大野芳华

周明生　著
陈治安

上海文艺出版社
Shanghai Literature & Art Publishing House

图书在版编目（ＣＩＰ）数据

　大野芳华 / 周明生，陈治安著 . -- 上海：上海文
艺出版社，2022
　　ISBN 978-7-5321-8566-5

　Ⅰ.①大… Ⅱ.①周… ②陈… Ⅲ.①长篇小说—中
国—当代 Ⅳ.①I247.5

　中国版本图书馆 CIP 数据核字 (2022) 第 208853 号

发 行 人：毕　胜
策 划 人：杨　婷
责任编辑：李　平　程方洁
封面设计：悟阅文化
图文制作：悟阅文化

书　　名：大野芳华
作　　者：周明生　陈治安
出　　版：上海世纪出版集团　上海文艺出版社
地　　址：上海市闵行区号景路 159 弄 A 座 2 楼
发　　行：上海文艺出版社发行中心发行
　　　　　上海市闵行区号景路 159 弄 A 座 2 楼 206 室　201101　www.ewen.co
印　　刷：成都市兴雅致印务有限责任公司
开　　本：710×1000　1/16
印　　张：17.5
字　　数：295 千
印　　次：2023 年 1 月第 1 版　2023 年 1 月第 1 次印刷
Ｉ Ｓ Ｂ Ｎ：978-7-5321-8566-5
定　　价：89.00 元

告读者：如发现本书有质量问题请与印刷厂质量科联系　T：028-83181689

目录

楔子　霹雳惊魂

春去秋来，斗转星移，省委组织部招聘来的优秀大学生雪雁，担任古堰镇枫杨村党支部书记已经整整两年了。这是2018年的8月下旬。

她的男友郑华曾经问过她，这两年来的感觉如何。她故意不细说，只说如人饮水，冷暖自知。她从两眼一抹黑到得心应手，这两年的风风雨雨不仅磨砺了她，还让她逐渐对这一方水土产生了故乡般的依恋之情。

但是，世事难料。人世间的事情，从来都是树欲静而风不止。

雪雁和她男友对话没过几天，这天下午，她接到了一个报警电话，这是村里的一个80多岁的老党员打来的。他告诉她，林盘院落群农居别墅的建筑工地上打起来了，村民和建筑民工对打，起码有100多人"参战"，锄头扁担钢管棍棒铁锹乱飞。

晴天霹雳，打得雪雁晕头转向，整个人也万分紧张焦灼。

糟了！她挂了手机，心中暗暗叫苦。要知道，这正是枫杨村乡村振兴如火如荼向前推进的关键时刻，枫杨人豪情满怀向农旅融合高地冲刺的当口啊。这么一打，好不容易才创造的和谐局面被猝然打破，好不容易才凝聚的人心将陷入惶恐不安。她虽说是这个村说一不二的掌门人，但她毕竟是一名只有24岁的姑娘，这么严重的祸端她可从未见识过啊！怎么办，该怎么办啊？她紧张地思索着。

雪雁强自镇定，不断地暗示自己，冷静，一定要冷静。她瞥见放在办公桌上的半导体喇叭，灵光倏然一闪，立刻有了主意。

她抓起喇叭，一口气跑出村委会办公楼，然后转身朝楼上大喊："所有人听着，老河湾那边的工地发生了群体械斗，情况危急！所有人赶快下楼，跟着我，跑步到现场，平息械斗！"楼里的人无论是村干部还是办事的村民，听到支部书记雪雁在召唤，立刻放下手上的事，冲下楼来。人们跟着雪雁，火速朝着村子东南方向跑去。雪雁一边跑，一边扭头吩咐尹久耕："快打110报警。"

雪雁只要看见有人，不管是过路的、干活的，还是在林子里纳凉的，她通通用手提半导体喇叭朝着对方喊话，招呼大家一起去平息械斗。等跑到打架的地方时，他的身后已经黑压压地跟了一两百号人。天气本来就闷热，一阵疾跑，人人汗流浃背，气喘吁吁。

还隔着老远，雪雁就听到了上百人混战的喧嚣声。转过一片竹林，混战的现场就暴露在她的眼前。村里的村民、工地上的民工，显然早已热血沸腾，失去理智，双方打红了眼睛，扁担锄头钢管铁锹棍棒乱砍乱劈，惨叫不绝。

雪雁立即提起喇叭，"先声夺人"："所有人听着，我是枫杨村党支部书记雪雁。我现在庄严宣布，你们聚众斗殴，扰乱社会秩序，已经触犯了《中华人民共和国刑法》。"雪雁擦了一把差点流进眼睛里的汗水，继续喊道，"你们必须马上停止械斗！凡是不听劝告、继续打人者，我们村委会将把你扭送到派出所……"

声音在工地上空回荡。打红了眼睛的械斗者，听到愈来愈响的喇叭声，不禁倏然一惊，现场立刻定格。他们再转身一看，女书记居然带来了一两百号人，并且已经包抄过来了。械斗者方寸大乱，一时不知所措。

雪雁不失时机，提起喇叭，再次发出严厉警告："打架者听着，赶快扔掉打人凶器。马上退到一边，表示你已经退出械斗，否则，我们将强行阻拦你的违法行为，把你扭送到派出所……"

浑浑噩噩卷入械斗的人，包括本村村民和乙方的民工，此时如梦初醒，低头一看，自己竟然手拿凶器，于是赶紧把这烫手的红炭圆扔掉，急急忙忙地退到一边，这才发现自己浑身大汗淋漓，狼狈不堪。

现场忽然安静下来。入眼一片狼藉，铁锹、扁担、锄头、棍棒、钢管扔了一地。地上还躺着七八个重伤员，头、脚、手、后背、前胸、大腿，各人受伤的部位固然不同，但是无不鲜血淋漓，其中最重的一个伤员甚至仰面朝天倒在血泊里。

时间就是生命。雪雁眉头紧皱，急忙掏出手机求救。她在电话里通知120，请他们火速赶到枫杨村老河湾抢救伤员。伤员们听到呼救声，心里顿时有了希望，便不再哀号。

雪雁首先冲到那名流血最多的重伤员身边，查看伤情。铁锹砍伤了那人的左手胳膊，血流不止。情急之下找不到止血带，雪雁只好扯出扎进腰带的短袖衬衣，哧的一声，撕下衣服的下摆，再撕扯成两根布条。然后将接好的布条扎在那人伤口的胳膊上面。

村主任尹久耕脸色铁青地走过来问："雪雁书记，这究竟是怎么回事？"

我还想知道是怎么回事呢！雪雁心情沉重地摇了摇头。

她忽然想到，省委巡视组不是正好在津南县巡视吗？这个群体事件恰恰在这个时候爆发，这不是故意让津南县在省委面前难堪吗？这不是给她这个村支部书记抹黑吗？这个群体事件必然带来极其恶劣的负面影响。她有责任马上把这个事情给古堰镇党委书记姚开华汇报。她拿起手机拨打姚开华的电话。岂料手机里传来这样的提示音，"对不起，你所拨打的电话已关机"。怎么搞的？一直像长辈一般关心她、支持她的姚书记，怎么会关手机呢？姚书记可是告诉过她，他的手机是24小时全开，她任何时候都可以打手机直接跟他联系。大白天的关手机，这太反常了，难道姚书记出了什么意外吗？

雪雁无论怎么怎么努力，都无法跟姚开华联系上。后来，她从内部得知小道消息，姚开华被省委巡视组控制起来了。这个消息对她无异于又一个晴天霹雳。

枫杨村建筑工地骤然爆发群体械斗事件的消息，天擦黑的时候，终于在互联网上迅速发酵，并且愈演愈烈，引发了一波又一波的网络暴力狂潮。在互联网上，雪雁被网络暴力讽刺、嘲弄、辱骂、仇恨、侮辱。她只觉万箭穿心，痛苦不堪。她很想号啕大哭宣泄一番，却只能把泪水强憋在心里。

作为枫杨村乡村振兴骨干项目的林盘院落群农居别墅建设，一直进行得十分顺利，为何突然间会爆发群体性械斗呢？

雪雁作为省委组织部从优秀大学生中招聘的乡镇干部，一个村党支部书记，为何会成为网络暴力集中攻击的对象呢？

发动群体性械斗乃至互联网暴力的是同一伙人吗？他们的作案动机何在呢？

第一章　驻村干部

1

雪雁身不由己地卷入了招聘活动，在期待和憧憬中整整折磨了自己半年。

她拖着一口淡紫色的旅行箱，从山坡上的老家走下来，笼罩在太阳的逆光里，整个人随之镶了一道明亮的金边。透着阳光的山林映衬在她的背后，她就一直在这美丽如画的光晕中，走到山边的公路站牌下，等待过路车。

她是肌肤白皙的美女。古诗中描绘古代美女的好句子很多，但她从未想过会跟她有什么瓜葛。有一次约会，她的男友郑华感叹道："那些写古代美女的诗歌，怎么就像比着你写的呢？"她知道他有点儿痴，就咻咻地笑。郑华就吟诵道："垆边人似月，皓腕凝霜雪；清水出芙蓉，天然去雕饰……"

雪雁身姿挺拔，凹凸有致，她的美是内敛的，不属于令人一见就惊艳的那种。她的打扮也很朴素，不施粉黛，只有冬天才抹点儿润肤露。比如此刻，她就只穿了件黑色的圆领T恤，发白的蓝色牛仔裤和一双白色旅游鞋，乌黑的头发随意用橡皮筋儿扎了一个马尾。

这儿是西岭雪山脚下的香楠坪，早晚温差大，她穿这身感到略微有点凉，不过，汽车只要一出山就好了。这是2016年的9月初。山地的中秋天，天高水清，凉风悠悠。她的心情就像这秋光一般爽朗。今天是她报到的日子，报到之后，她就成了一名正式的国家公务员了。她顺利地登上车。大巴车朝着山外大平原上的津南县城驰去。

雪雁时年22岁，两个月前刚从位于西都市的一所国家重点大学毕业，她是公共管理系的学生会主席，大二就入了党。春暖花开的时候，省委组织部去他们学校招聘乡镇干部，她是学校推荐去应聘的优大学生之一。

她出生苦寒，从小父母双亡。贫困的生活磨砺了她的个性，她不仅聪明、学业优异，而且善良、坚韧，遇事冷静。笔试满分是150分，她以140分的高分通过了严格的招聘笔试，名列榜首，顺利地进入了预选名单。不过，这是按照三选一的原则进行的预选。。

两个月之后的初夏，盼望已久的面试才姗姗来迟。

面试考官是经过考试的严格选拔而存入专家评委库的。当需要组成面试考官组时，再从评委库中随机抽取七个人。面试考官组由一名主考官和六名考官组成，另外再配备一名计分员和一名兼唱分员的监分员。不仅如此，就连面试考场也是随机抽取的。这场面试的地点，抽中的是雪雁的母校中文系的一间教室，其他学校进入预选名单的学生也都在这里面试。面试实行当场打分，当场亮分。去掉一个最高分，去掉一个最低分，最后再进行总记分。那光景，就跟央视播出的青歌赛的记分情况差不多。

这一天，将分别对42名考生进行面试，最后择优录取14人，供最后一关定盘。每名考生预计用时10分钟。考生多，任务重，早晨9点就准时开考了，其间没有午休，午饭只能吃盒饭。即便如此，也一直拖到下午3点过面试才结束。

面试顺序凭抽签决定。乍一看，这似乎很公正公平。其实，世界上是没有绝对的公正公平的，哪怕是这种面试也不能免俗。如果你抽签的顺序非常靠前，此时的评委阳气很足，头脑极其清醒，对你他将格外挑剔，能得高分的可能性不大。反之，如果你抽签的顺序非常靠后，此时，无论是考官还是考生都已经透支了精力，呈现出精神涣散、反应迟钝的状态。双方的情绪其实已经烦躁不安，但又必须努力克制着。此时，不说考生难以发挥到最佳状态，考官的打分也是敷衍的成分居多。

倘若上述状况落到雪雁的头上，她能不能通过面试就很难说了。但偏偏雪雁这天的手气暴好，她抽签抽了个第五名。当然，她这是大姑娘上轿——头一回，她并不了解这个序号对于她的好处。但是排在她前面的4号考生却非常倒霉，所抽中的那一套考题，居然就有4道完全不在他准备的范围之内。听考官念完题，他顿时蒙了，头脑一片空白，他暗暗叫苦，急得满头大汗。甚至在离开考场时慌慌张张，居然在门框上撞了一下。这就直接影响到雪雁的心情，她赶紧敛敛神，深吸了一口气。即便如此，她走进考场时还是不免有些紧张，心脏噗噗乱跳，就连室内的男人因她的美丽而眼神不禁一亮这点，她都毫不察觉。

教室腾得空空荡荡，讲台对面的墙壁下，坐着一排面目如铁的考官，左壁下坐着两个工作人员。在他们的面前分别摆放着身份牌。在考官座位对面的四米之外，空着一把椅子。

主考官是个40多岁的中年人，眼神锐利，无形中给人以压力。他冷着脸请雪雁坐下，请她做自我介绍。待雪雁照办之后，他请她抽题。她这才发现，考官面前的桌子上，除了身份牌、矿泉水和抽纸以外，就是摆了一长溜的牛皮纸信封。

雪雁下意识地横扫了一眼桌上的信封，略一思索，伸手取过她面前的那封，恭敬地双手呈给主考官。主考官单手接过信封，递给右边的助手。助手打开信封，抽出一张打印纸，纸上就是今天雪雁的考题。桌上的42套考题涉及政治、经济、哲学、科技、文化、艺术等诸多领域，并且角度刁钻，题型多变，检验考生的应变能力、知识面和口头表达能力。任何人都不敢打包票，他回答这些题能够得满分。

雪雁平时最喜欢阅读，宽广的知识面给了她临场发挥的底气。她侃侃而谈，时而深入浅出，时而引经据典，谈得头头是道，并且节奏把握得很好。居然在第七分钟，她就几乎完美地答完了打印纸上的5道面试题。

黑板上临时挂着一个小面盆儿大小的电子钟。主考官望了一眼钟，露出一丝不易察觉的笑容，说："你的题答完了，还有一点时间，我想给你加一道试题。你为什么要来应聘？请据实回答。"

她就讲了自己的家世和愿望。她说她从小在山里长大，爸爸在南方建筑工地打工，妈妈和奶奶留在家里种田，日子本来过得还算不错。在她上小学的时候，爸爸在工地上摔断了腰椎，下身从此瘫痪。妈妈既要照顾重病缠身的爸爸，又要种田养家糊口，压力太大，起早贪黑，积劳成疾，最终撒手西去。爸爸和妈妈的感情很深，妈妈的死，让爸爸非常自责。他思念妈妈，夜不成寐，一年后也因抑郁而去世。她说，她之所以能够顺利地念完大学，全凭好心人的资助，这个资助一直坚持了十年之久，本学期开学之前还给她寄过最后一笔学费。但是这位好心人一直隐姓埋名，她一直不知道对方是谁，只知道她的化名叫"杏花阿姨"。上初中时，有一次写作文，题目叫《我的理想》，别的同学写的都是长大后要当明星、当医生、当工程师、当大官，而她写的却是，她太想念资助她上学的恩人"杏花阿姨"了，她的理想就是找到她，当面向她谢恩。她说她现在长大了，是该她回馈恩人报效社会的时候了。

不知不觉间，男人们紧绷的面部肌肉变柔和了，显然，她的一席话把他们那坚硬如冰的心灵融化了。她见好就收，就故意调整了一下节奏，拧开随身带进来的矿泉水瓶盖儿，喝了一大口水，然后才试探着说，她有一个小小的请求，不知道当说不当说。主考官和蔼地鼓励她尽管说。她说，如果允许的话，请求组织上考虑，能否把她分配到津南县去工作。因为她的恩人肯定是在津南县的。

　　面试满分是100分，她得了87分。她不知道自己最终是否能被录取。但自己在关键时刻讲的那番话，对于最后是否决定录取她，应该会起一点作用吧。当然，她也知道面试之后还要对应聘者进行政治审查。对于这一道关口，她一点儿也不担心，因为从小到大，她一直是一名品学兼优的好学生，她的家人也纯洁得像西岭雪山流下来的雪水。

　　她就在这种企盼和担忧中毕了业，参加了大学里的最后一次舞会，然后就回到故乡江源县等候录取通知。她在故乡的县城找了一家超市打工。前天下午，她从网上得到通知，她不仅被录取了，而且组织上居然同意了她的请求，把她分配到了津南县。她马上辞了职，风风火火地赶回老家。

　　次日上午，她买了香烛纸钱，去给爸爸妈妈和奶奶上坟。爸爸妈妈是合葬墓，奶奶和早年就病故、她从未见过的爷爷合葬在一起。两座坟埋在半山坡上，经过一个夏天的雨水的滋润，疯长的野草已经齐腰深了，芦花在阳光下的秋风中摇曳闪烁。她拔尽坟场周围的野草，开始点香烛，撕纸钱。往事历历，她分明看见，骨瘦如柴的爸爸躺在自制木轮车上，对她凄然一笑；在田里收割水稻的疲惫的妈妈，直起腰擦了一把汗水；白发苍苍的老奶奶背着一背篼青菜，步履蹒跚地走向山坡下的小镇……不知不觉间，她已经泪流满面了。

　　当红烛泪滴、青香烟绕的时候，她点燃了一挂鞭炮，只见火光闪烁、纸屑纷飞，响亮而又有些沉重欢快的鞭炮声夹着回音传得很远。她一头跪倒在两座亲人的墓前，激动地说："奶奶！爸！妈！你们的小燕子向你们报喜，我考上公务员了！你们为我高兴吧。明天，我就下山，去津南县委组织部报到上班。请你们放心，我一定会找到我们家的恩人，向她报恩的。"此时，一阵微风吹来，吹得烛火飘闪，纸钱灰如蝴蝶般起舞。冥冥中，她分明看见奶奶和爸爸妈妈相视一笑，神情既满足又幸福。她也就破涕为笑了。

2

两个小时之后,终点站到了。她走下车,取了自己的行李箱,站在路边拿出手机,打开导航。她发现津南县委并不远,只有几百米,并且就在正前方的这条街上。反正时间还早,她就决定走路过去,顺便熟悉一下这座古城的街道。她拖着那口淡紫色的旅行箱,穿过斑马线,在大树掩映的人行道上不紧不慢地走着。

她的故乡江源县和津南县同属于西都市管辖。她对津南县并不陌生,她看过一本讲述当地历史文化的书籍,知道这个县有岷江水系的五条河汇流,是历史上著名的古渡。有一年,她的大学同学还邀请她在这儿观看过在川西坝子颇负盛名的龙舟会呢。三年前,这个县有一个景点曾经红极一时,在距离县城10公里远的一个古镇的边上,有人利用搬迁之后闲置的老林盘,打造了六座造型迥异原汁原味的川西院落,吸引了海内外游人。她还记得打造这个景点的能人名叫耿玉强,报道耿玉强事迹的那张报纸,还特意收藏在她的行李箱里。

十来分钟后,津南县委到了。她看见大门里的草坪上耸立着一幢火柴盒般的楼房,这楼房造型老旧,外墙装饰非常朴素。她找到县委组织部办公室,说明了来意。一位中年女士热情地接待了她,边说欢迎她到津南县工作,边请她坐下,还给她沏茶。女士用三分钟时间向她简单介绍了一下津南县的社会经济发展情况,之后告诉她,组织上安排她到古堰镇去当镇干部。她还嘱咐她今天之内必须去古堰镇报道。接着,给她指路。告诉她,县委大门外就有一个公交站,从那里上车,到一二十公里之外的古堰镇只要两块钱。

她告辞出来,看了看手机,报到只花了十几分钟。可就是这十几分钟,却彻底改变了她的心境。如果说,她刚跨进县委大门还有点儿兴奋和紧张的话,而此刻却是欣喜若狂。刚才组织部的那位阿姨告诉她,她的工作岗位安排在古堰镇时,她惊喜地瞪圆了双眼,差点儿就欢呼起来。但她下意识地感觉到,这样喜形于色会让人觉得她不成熟,于是就竭力保持平静。但她匆匆下楼的脚步声还是暴露了内心的激动。

这真是无巧不成书,她渴望到古堰镇工作,结果组织上果真就把她分到了古堰镇,是冥冥中的奶奶爸爸妈妈在帮助她吗?恩人资助她上学已经整整十年了，坚持十年如一日地资助她，这该得有多么高贵的一颗爱心才能做到啊！小时候，恩人寄钱给她，是通过村里的老支书转的。后来她上了高中，这钱就直接寄给她了，而落款的地址总是津南县古堰镇邮政代办所，一位姓雷的阿姨。这位雷阿姨第一次寄钱就明明白白地告诉她，她并非资助人，她只是一个受人之托的寄款人。这十年，她无时无刻不想报恩。现在，她成了古堰镇的一名小公务员，她跟她要寻找的恩人近在咫尺啦！她怎么可能不激动呢？

她拖着那口淡紫色的行李箱出了县委大门，一转眼就看见了大门北边的公交车站台。她兴冲冲地走过去，按照指示牌的提示，登上了开往古堰镇的大巴。

她在古堰镇街口下了车。放眼朝东边一望，她立刻发现，这里显然是个新兴的小镇，路面是混凝土沥青路，街灯是玉兰花柱，行道树是让西都市千古扬名的芙蓉花。她按照导航走了一百多米，就看见右边有一个园林环绕的广场，广场背后有一幢竹树掩映的楼房，那就是镇政府大楼了。

镇政府大楼的底楼大厅是政务服务中心，中间是一条过道，两边是摆放着十多台电脑的办公区，过道和办公区有挡板隔离。她拖着行李箱，刚一走进大厅，立刻有人热情地招呼她，问她找谁。她说她是来报到的，立刻有一个30来岁的男人从电脑桌前起身说：“组织部起先打过电话过来，欢迎，欢迎！我是这里的办公室主任，我姓赵，大家都叫我小赵。”

“赵主任好！我叫雪雁。”雪雁立刻甜甜地打招呼，边朝右边最后一张电脑桌走去，边掏出介绍信。

“别叫我赵主任，叫我赵哥就好。”小赵赶紧说，伸手接过介绍信看了看，然后，放进一个档案袋里。

“恭敬不如从命，赵哥。”她调皮地笑了笑，又说，“请问我的工作岗位……”

“镇长说了，你就先在办公室打打杂，帮帮我，过一段时间看看情况再说。”

她爽快地答应了一声，又接着问她的宿舍安排在哪里，她想先放好行李。他就抱歉地告诉她，这栋楼里早就没有空闲的房子了，住房就只能由她自己解决。她的心陡地一沉，随之皱起了眉头。对于这点，她缺乏思想准备。

小赵赶紧宽慰她说：“你可以去住镇上的旅馆，也可以去住条件好一点的酒店。如果想省钱的话，你还可以去租民房。"她礼貌地点点头。

小赵见她闷闷不乐，赶紧说："我们有伙食团，厨房就在这栋楼房的背后，每天管三顿，还有伙食补贴。啊对了，吃过午饭我陪你去租房子，房租绝对便宜。"

3

有小赵陪同，她租房子很顺利。小赵把她带到距离镇政府不远的一条横向的小街上。这是一个独门独户的小院落，青砖灰瓦的三合头房子，墙脚还种着花，里里外外打扫得干干净净。房东姓张，老两口儿约莫六十多岁。老两口的儿子在县城里开烟酒铺发了财，全家四口就住到南河边上的高档小区里了，留下老两口在家里留守。老两口儿长得慈眉善目，吃穿不愁，雪雁一见就明白是好相处的人。见是镇上的干部租房子住，老两口开的价就很便宜，每个月只要两百块钱，并且租给她的是儿子、儿媳妇原来住的最大的那间。小赵说还有事等着他办，就告辞一声，先走了。

老太婆把雪雁领到儿子的房间前将门打开。地板铺了瓷砖，屋子里很干燥，因为久不住人，两人都闻到了一股淡淡的霉味儿，老太婆赶紧走过去把窗户打开。老太婆还说，铺笼帐被由他们提供，雪雁不必去买新的，说他家的卧具有八成新，前不久她还刚刚暴晒过。雪雁忙解释她不是什么领导，是刚分配来的一个小公务员，叫她的小名燕子就行。老太婆抱出被盖和枕头、床单，并且还打开让雪雁闻一闻。雪雁感受到了她的体贴和善良，但她哪里好意思去闻，就红着脸表示感谢，说这事儿就定下了，随即交了租金。

雪雁把行李箱拖进她租的房子，把盥洗用具从箱子里拿出来，放在床边的五斗橱上。老太婆打了一盆水进来，要帮她打扫卫生，她连声道谢，忙抢过她手中刚刚绞干的抹布，自己动手抹了起来。

收拾完屋子，雪雁向老太婆打听清楚邮政代办所的位置，就告辞出了门。古堰镇邮政代办所设在正街上，她穿出小街，向东还要走半里路。距离代办所愈近，她的心情就愈激动。十年了，三千六百多个日日夜夜啊，"杏花阿姨"通过这个代办所寄钱给她，脚下的道路恩人不知走过多少次啊！今天，她终于来到了恩人住的地方，踏上了恩人走过的路，这是多么令人欣喜的事啊！且不说"杏花阿姨"本人，就是代办所的这位雷阿姨，十年如一日地帮助代办此事，也是挺感人的，等会儿见到她，该好好地表达一下自己的谢意。想到这儿，她的眼睛就在搜寻街上的水果店。她进店买了一大包色泽诱人的红富士，兴冲冲地走进了代办所。

代办所的大门内坐着一名中年保安。她一进门就问："师傅，请问你们这儿有一位姓雷的阿姨吗？"

"有啊。你找她什么事儿？"保安反问。

"请您帮我通知一下，我想见见她。"

"美女，你见不到啦。"保安遗憾地望着她，摇了摇头。

"为什么？"她的心陡然揪紧了，产生了一种不祥的预感，难道……难道她来晚了？

"你来得很不凑巧，她上午刚办完退休手续，人已经走了。"

哦！原来如此。她松了一口气，问："请您告诉我，她住在哪儿呢？"

"她具体住在哪儿我还真不知道，不过，她肯定是住在县城里的。她老公是当官的，县上的一名局长呢！她怎么可能住在乡下嘛？"保安一见美女，话就多了起来。

闻言，她犹如劈头挨了一盆冷水，心里不断地埋怨自己，唉！早知如此，她上午一到就该先找代办所的，那样她俩就可能不期而遇了。她还不死心，又问："请你把她的手机号码告诉我一下好吗？"

"美女，我没有她的手机号码。我要是早知道你会来找她，我就把她的号码要了。哦对了，你究竟是什么事情找她？"保安问。

"一点私事。"

晚饭以后，她在镇上逛了逛，就回到了她的出租屋，匆匆洗漱完毕，然后靠在床头看起书来。看书的时候，她不喜欢受到打扰，会习惯性地关掉手机的声音。她每天都要抽时间至少阅读一两个小时，现在工作不忙，正是她抓紧时间阅读的好时光。屋外很静，只有秋虫的唧唧声。她为自己泡了一杯茉莉花茶，水汽氤氲的茶香立刻让她神清气爽，她很快就沉浸到书的世界里了。

她的贫寒在班上是出了名的，虽说她穿的都是很便宜的地摊货，但她对色彩和布料很敏感，又很善于搭配，再加上她的衣架子身材，衣服上身的效果总是很出彩，她是阳光女孩儿，性格好，待人真诚，组织能力又强，系学生会开展的活动很受同学们的喜欢。系总支书记对她非常欣赏，就专门给她联系了学校的食堂，让她在那里打工，解决了她每个月的生活必需品购买费用问题。除此之外的业余时间，她就把自己泡在阅读里。因此她的床头常常堆着十多本书，铁打的床头，流水的书，读完这批，又换下一批。

成年累月的阅读在一点一滴地滋养她、改变她，让她收获了更好的自己。正如一位哲人所说，那些书中的人物，在读者深陷生活泥潭之时，轻声地呼唤，用他们的心怀梦想，不卑不亢的故事，激励读者抵御困难，勇往直前。那一本本读过的书，不断地充实着她的内心，让她灰暗单调的心灵世界逐渐变得五彩缤纷。她常常用白岩松说过的一句话激励自己——不读书，你拿什么和别人拼？正因为数年如一日的苦读，她才可能在突如其来的招聘中脱颖而出。

夜深了。茶杯里的茉莉花茶已变得寡淡如水，提醒她该睡觉的闹钟也随之响起。她将书签夹好，合上了书。她拿过手机，点开图标，看见了三个未接来电。打电话过来的，一个是她的男朋友郑华，另外两个是她的追求者金远航。

昨天上午，她在网上接到录取通知以后，欣喜若狂，就迫不及待地给郑华打了电话，她才眉飞色舞叽叽呱呱地聊了两三分钟，超市老板就粗暴地打断了她。她感到很不爽，就顺水推舟炒了老板的鱿鱼。老板后悔不迭，平日里她可是导购能力很强、很受顾客欢迎的好员工，万万没料到她的脾气居然这么大。既然昨天才跟郑华联系过，此刻她就决定不给他打过去了。

至于金远航，她根本没把他放在心上。金远航是建筑系的学弟，小她一岁的帅哥。她跟他邂逅于毕业舞会上。当他终于邀请到她跳舞时，边说自己一直想跟她交往，苦于找不到机会。她实在拗不过他的请求，才留了电话。一毕业，她就失踪了。金远航每天至少给她打两个电话，她连一个都没回过。既然电话打不通，对方就给她发短信，愈发愈热烈。

4

次日是她正式上班的日子。早上7点过，雪雁就赶到了镇政府，跟早到的办公室主任小赵打过招呼，就到办公大楼背后的餐厅用了早餐。时间还早，她就回到底楼大厅，向小赵要了面盆儿和抹布，从第一张桌子开始，打扫起卫生来。

快把十多张电脑桌抹干净的时候，上班的人陆陆续续地来了。雪雁忽然听见人们在七嘴八舌地问候书记好，她赶紧抬头，就见一个30多岁的男人站在过道上，边笑着点头示意边问候大家好。接着，就见他迎着雪雁走过去，并且做了自我介绍，说他就是本镇的党委书记姚开华。雪雁脸一红，赶紧回应姚书记好。姚开华和蔼地问她的名字，问她住下来没有，还问她习惯这边的生活吗。雪雁落落大方地一一做了回答。最后，他说："把你的工作调整一下，你先去枫杨村当一段时间的驻村干部再说。"他转头喊了一声："小赵！""哎！"小赵从旁边的门里伸出脑袋。他接着说："你把手里的事情放一下，马上把雪雁同志带到枫杨村，让她去认认门儿。"

　　雪雁从此做了枫杨村的驻村干部。

　　从镇子南边的枫杨路到枫杨村村委会，只有六华里地，不远不近的。第一天，是小赵骑自己的电动车送她下去的。第二天她就走路往返，她是大山里长大的孩子，这点儿路程根本不在话下，就权当是步行健身了。小赵说走路耽误时间，她要是不嫌弃的话，他愿意把他那辆老式的凤凰车借给她骑。小赵的凤凰车有点儿年月了，锈迹斑斑，除了铃铛不响周身都响。小赵帮她把自行车打整干净，调整好刹车，又在链条上上了一点机油。这车虽说旧是旧点，却很好骑。现如今最时髦的是骑电动车，一个妙龄美女骑辆破自行车在古堰镇往来穿梭，就成了镇上的一道风景。旁人在背后议论纷纷。雪雁却心安理得，乐此不疲。

　　如今是网络时代，一不留神，某人或因某件事在网络上意外走红的现象并不鲜见。雪雁在乡村公路上骑着破自行车奔波，某一天竟然与一名挂着长枪短炮、化名小蜜蜂的摄影发烧友撞见了。她那天穿的是一条旧牛仔裤和一双黑旅游鞋，上衣是一件蓝灰色的无领T恤，把她的肌肤衬得雪一样白。小蜜蜂乍一见她，惊为天人。他欣喜若狂，赶紧端起相机进行抓拍，全景、中景、近景、特写都拍。电动车对她一路跟踪，一直追到古堰镇的农贸市场，抓拍了她买水果的全过程。千年等一回，恐怕任何摄影人碰到这样的机会都会穷追不舍。魅力四射的青春美女，老掉牙的破自行车，锈迹斑斑的钢铁，画面上的影像对比强烈，更衬托了雪雁的柔美。小蜜蜂从几十张照片中精选了6张，发在抖音上，结果引起了连锁反应，一夜之间，雪雁在互联网上爆红。可是，她却毫不知情。

　　直到第二天上午，她在枫杨村调解一件民事纠纷结束时，将调成静音的手机打开，这才发现有十几个未接电话，并且全都是她的男友郑华打来的。她走到竹林里，赶紧回拨过去，问郑华有什么急事。对方急吼吼地说，你倒像没事人一样，你都成网红了，快打开微信看看！她大吃一惊，赶紧打开微信，结果差点儿惊掉了下巴。她不得不承认，抖音上贴的6张照片拍的真是太美了，美得连她都怀疑那是不是自己。而最有杀伤力的是那些留言，赞美的、求爱的、仰慕的、诅咒发誓的、羡慕嫉妒恨的、发神经的……林林总总，五花八门。她这才领教了互联网的厉害。

她拿不定主意该怎样处理，心想，网上的东西来得快，去得也快。她以为最好的方式就是不予理睬，以静制动。时间一长，就没人有兴趣了。

岂料这个图片事件继续发酵，从第三天开始，就有好事者专门跑到古堰镇镇政府来看她，起初是三三两两，后来惊动了西都市区的年轻人，这些人成群结队，好奇心爆棚，既有悠闲的参观者，也有心怀侥幸想跟她巧遇的摄影爱好者。古堰镇镇政府受到骚扰，极为恼火。之后是谣言蜂起，说雪雁沽名钓誉，利欲熏心，居然暗中雇人拍照上网炒作自己，造成轰动效应。

姚开华一得知此事，特意抽时间驱车到枫杨村找到雪雁。他告诫她说，为了平息事态，她暂时不能回镇上了，要她在枫杨村隐居一段时间再说。并且强调说，那辆破车她也不能再骑了，否则，这个事情就永远不能平息。雪雁这才意识到事情的严重性，内心对姚开华充满了感激。

幸好雪雁跟村中的寡妇方玉玲很投缘。34岁的方玉玲家庭条件很好，有一栋别墅式的两层小楼，她老公很能干，很会挣钱，却不幸遭遇车祸，在一年前撒手西去。她有个10岁的女儿由婆婆带着念小学。她见雪雁每天骑着一辆破自行车往来奔波，很是辛苦，曾经多次劝她，要雪雁搬到村里来跟她做伴儿。当雪雁找到她说明原委，要在她家租房子住时，她的心里顿时乐开了花。

5

雪雁当驻村干部一晃就是三个月。小赵昨晚打电话告诉她，次日早上八点半钟，姚书记在镇上三楼会议室等她汇报工作。今天早上，她骑着方玉玲的电动车，提前五分钟到达会议室。她见姚书记端着茶杯进来，立刻提起暖瓶给他掺水。二人寒暄了几句之后，工作汇报正式开始。

雪雁说，这三个月，她主要做了四件事，前三件是务实，后一件是务虚。第一件事是走访，逐步摸清了村里的情况，从两眼一抹黑，到了然于心。第二件事，是挖掘枫杨村的历史文化资源，比如，河渠、林盘、桥梁、水碾、地名、名木古树、民俗等的来历，其中蕴含着什么民间故事，以便未来开发利用。第三件事，为村民们调解纠纷，化解矛盾。

　　雪雁说，最后一件事，是务虚。自从当上了驻村干部，她就一直在思考。枫杨村是一个老先进，10年前就步入了小康村的行列，这些年却故步自封，原地徘徊。在党中央提倡乡村振兴的新形势下，这个村应该考虑尽快迎头赶上再创辉煌。

　　姚开华满意地点点头，问道："你认为枫杨村的症结在哪里？"

　　雪雁说："领导班子不团结，主持工作的副支书雷元华德不配位。"

　　姚开华何尝不知道枫杨村的情况。1949年后至今，枫杨村一共有三任党支部书记。第一任老支书雷明亮，从1950年一直当到20世纪70年代中期。之后，由雷火云接任第二任支书，一直干到2009年63岁时退休。第三任支书陈泽群，带领村民修村道、社道，苦干四年积劳成疾，35岁就死于肝癌。从2014年初起，主持全村工作的副支书为雷元华，此人为人圆滑，表里不一，跟土生土长的镇长肖显政走得很近。村委会主任尹久耕受雷元华排挤，外出帮人搞油酒作坊加工，难得在村里露面。为人正直的前任老支书雷火云受雷元华排挤，居然不能担任举足轻重的监事会主任。

　　"雷元华这个人你认为怎么样？"姚开华问。

　　雪雁说："群众反映这个人是笑面虎，说他善于用小恩小惠笼络族人和手下。他给我的感觉是味道不正。如果他继续主持村里的工作，枫杨村就别想在乡村振兴中再创辉煌。"

　　英雄所见略同！姚开华将桌子一拍，说："你有没有合适的枫杨村村支书的人选？"

　　雪雁搜索枯肠，最后只得摇摇头说："没有。"

　　姚开华平静地说："我倒是有一个……"

　　"谁呀？"

　　"雪雁！"

　　"你是说我……"雪雁惊喜地瞪圆了双眼。她毫不怀疑自己的能力，同时也很清醒，要带领300家农户，2000名村民走共同富裕的道路，枫杨村这个支部书记肩上的责任很重。于是，她照例谦虚地说："就怕干不好。"

姚开华看透了她的心思，就故意调侃她说："和尚都是人学的……"接着又说，"按照正常程序，支部书记应该由党员大会选举产生，当然在特殊情况下也可以由上级党组织直接任命。你任命的事需要在党委会上过一下。我马上就要去县上开会，今天下午和明天上午有两个会。我争取明天上午11点钟赶回来，然后镇党委开个短会。你就等着我，下午我陪你去走马上任。"

"是！谢谢姚书记栽培！"雪雁心花怒放，调皮地敬了一个军礼，转身离去。

殊不知任命雪雁当村支书的事情并不顺利。次日11点钟的时候，除了姚开华本人，其余六位党委委员都到场等候了。直到差10分12点，姚开华的银色奇瑞才匆匆驶进镇政府大院。

姚开华气喘吁吁，走进三楼的圆桌会议室入了座，立刻有人给他端来一杯茶。他说："让大家久等了。县上的会推迟了，我也没办法。现在开始开会。"接着，分管党务的余副书记开口道："今天开个短会。"他讲了今天开会的意图之后说，"现在进行举手表决。同意雪雁同志担任枫杨村支部书记的请举手。"

"慢！"镇长肖显政笑盈盈地插话，"先不忙表决，听听同志们的意见嘛。"

镇长和书记顶牛，这是每个班子成员最不愿意看到的，几个人貌似原封不动，室内气氛却明显紧张了。

肖显政的老岳父是个成功的家具商，生意做得很大，41岁的肖显政能够当上津南县第一大镇的镇长，背后当然有故事。他对姚开华不服气是显而易见的。现年36岁的姚开华是大学毕业生，最初是中学里的教师，因为表现出色，入党后提拔为某局副局长，半年前县委组织部任命他为古堰镇党委书记，由此可见组织上对他的欣赏。而他肖显政比姚开华的资格老，已经在本镇当了三四年镇长，居然得不到重用，心里的嫉妒恨可想而知。

肖显政是本地人，头脑膨胀，对于外地调来的干部很是排斥。他常常在本镇的村干部面前口出狂言，说："我们都是本地人，对本地的情况知根知底。要是没有我们，那些外地人寸步难行！"因为他是本地人，再加上资格老，会笼络人，在某些场合他说话比姚开华还管用。而枫杨村主持工作的副支部书记雷元华，正是他手下的得力干将，他正找机会将他的副书记转正呢。如果这个村的支部书记让雪雁当了，不仅让他失掉了一大块地盘，而且也没办法向他的心腹贴心豆瓣儿雷元华交代。他怎么可能不出面阻击呢？

姚开华当然知道官场的复杂微妙，表面上对肖显政很客气。就微笑着说："好吧，请畅所欲言。"

分管纪检、统战工作的副书记老曾明察秋毫，却宁愿装糊涂，和稀泥。他说："雪雁同志来的时间有三个月了吧？据说她工作上很努力。像她这种省委组织部招聘的优秀大学生，上升的空间很大，作为培养对象，是可以提拔的。不过话又说回来，枫杨村很大，又是在川西平原上响当当的老先进，这个村支部书记的担子很重，雪雁同志又那么年轻，缺乏基层工作的经验，欲速则不达。现在是否提拔她，我还有点儿吃不准。开华同志能不能介绍一下她的表现啊？"

这个老曾八面玲珑，两边都不得罪。姚开华暗忖，不过倒是给他搭了一架顺势下楼的梯子。于是就说："老曾同志提醒得及时，下面我就来简介一下雪雁同志三个月来的表现。"接着，他就简明扼要地介绍起雪雁来。最后，他说："雪雁同志是比较低调的，要不是我要求她向我汇报一下她三个月来的工作，很多事情就连我也不知道。一个优秀大学生，毫无骄傲之心，成天骑着一部除了铃铛不响周身都响的破自行车跑来跑去，这种艰苦朴素品质的自然流露让人动容，她是省委组织部替我们把关招聘的，是经过生活磨难的优大生，这样的人是值得我们培养的。"

一席话说得在理，众人便议论起来。

肖显政笑容可掬地说："开华同志，这恐怕只是她本人的一面之词吧，一面之词就是孤证，不可全信。她才当了三个月镇公务员，也没见她有什么突出贡献，这就要提拔，其他年轻同志会怎么想呢？要说贡献，也算有，前不久那个网上事件，她倒是大出了风头，我们镇政府却成了当街戏耍的猴子。况且现在的舆论对她很不利，我们贸然带病提拔她，就等于是把她弄到火上去烤，万一把她烤焦了怎么办？"

"老肖，言重了吧？那个照片事件，事出有因，事发偶然。雪雁同志也是受害者嘛。再说，这不过就是一个村支部书记的任职嘛，如果实践证明我看走了眼，我们还可以把她拿下。姚开华说罢，瞟了瞟自己戴的手表，哎呀，早就该吃午饭了。大家还有什么不同意见？要是没有的话，我们举手表决吧。"

这就是担任一把手的好处，关键时刻他可以固执己见，行使一票否决权，而其他班子成员往往会选择顺从。他扫视了班子成员一眼，严肃地说："现在进行表决。同意雪雁同志担任枫杨村支部书记的，请举手。"

姚开华看见，包括他这一票在内，总共有4票赞成。他又说，不同意雪雁同志担任枫杨村支部书记的，请举手。

包括肖显政在内，总共有两票反对。老曾插话："本人弃权。"

姚开华暗喜，不露声色地总结道："选举结果如下，4票赞成，两票反对，一票弃权。我宣布，雪雁同志正式担任枫杨村支部书记！"他扭头吩咐担任会议记录的列席人员小赵，"你马上准备好雪雁的任职通知，等会儿我要带走。"

小赵正要点头，没成想肖显政懒洋洋地喊了一嗓子："吃饭吃饭，肚儿早就饿来巴到背了！"

次日上午，雪雁赶到镇上等候姚开华。她当然没有资格参加镇党委会，但从推迟了一个小时才吃午饭这点，她意识到她的任职绝对不顺。

小赵走到姚开华正在用餐的餐桌边，把任职通知递给他，小声说："姚书记，枫杨村的党员大会原定下午一点半召开，时间已经到了，你看要不要通知村里，延期召开。"

姚开华说："没有必要。现在通知也晚了，那边开会的人应该早就到了。"

雪雁早已提前吃过午饭，看见姚开华走向他的轿车，立刻跟了上去。她伸手拉开车门，一闪身进了副驾驶室，坐在姚开华的旁边。

姚开华边发动汽车，边奇怪地问："怎么不坐后排？我旁边的座位不是该保镖坐吗？"

"书记这是考我呀，你是顶头上司，我当然应该尊重你。"雪雁嫣然一笑，"如果我坐后排，别人会以为你是我的车夫，那我就是目无尊长，没教养！"

"你连这个都有研究啊？"

"世事洞明皆学问嘛。"

"世事洞明？你就那么自信？"

"多看书多阅读，向世事洞明看齐嘛。"

"对了，你有什么好书，一定别忘了推荐给我看看。"

"好呐！"

6

这边，姚开华的银色奇瑞才刚刚驶出镇政府大院，那边，肖显政的电话已经打到了枫杨村村委会。

川西平原村级两委会办公大楼俗称村委会，通常是一幢装修漂亮的三层小楼，其标配设施是，在楼房周围花木扶疏的绿化带围绕下，总有一个供人们跳健身舞的广场，以及安装着方便人们锻炼身体的体育运动器械。大楼里，政务服务中心、大小会议室、办公室、图书室、档案室、洗手间、厨房、餐厅等一应俱全。楼顶的中间，高高飘扬着一面鲜红的五星红旗，让大楼既庄重又亲切。

会议大厅设在三楼，可容纳上百人开会，这里有一个小舞台，台下，一排排条桌配一排排椅子，安放得整整齐齐。

全村20多名党员，能来的早就来了，村上原有4名女性党员，有两名已搬到城里多年，来开会的，一个是40岁的村会计兼文书雷小群，另一个是受到雷元华排挤，到村监事会挂个闲职的妇女主任方玉玲。主持工作的副支部书记雷元华，这些年没发展年轻党员，党员们的年纪普遍偏大，而且有好几个五六十年代的老党员走路都是颤颤巍巍的，才是十月小阳春的末尾，他们却都穿上了臃肿的冬装。农村里开会，通常都是领导先到，而今天的领导却迟迟未到。大家都等得有点儿不耐烦了。

这个村子很大，党员们虽然同处一村，但平时少有打堆。大家一见面就很亲热，忙着招呼应酬，互相递烟。叶子烟、香烟的烟头比赛似的明明灭灭，不一会儿，大厅里就弄得烟雾弥漫，再加上七嘴八舌的喧哗声，时不时的咯痰声，大厅里的嘈杂可想而知。

雷元华的手机响了，一看是肖显政打来的，就忙朝楼顶走去。肖显政没好气地告诉他，有人狗急跳墙了，找了一个狗腿子来取代他。他一惊，忙问："是谁？""还有谁？还不是那个红苕屎都没屙完的女娃儿。"他冷笑道："哼！嫩水水娃娃，不得虚她。"他心里邪火乱窜，直接就埋怨肖显政没有早点让他坐正，才种下了祸根。肖显政劝他不要鼠目寸光，说他一定可以东山再起。他告诉他，从今天起，他们就要耐心收集证据，到时候绝对把两人扳倒。听肖显政这么一说，他心头才稍微舒服了一点。

他看见姚开华的银色奇瑞驶到了村委会大楼前的停车场，就赶忙下了楼顶。

姚开华和雪雁爬上三楼,走进大厅。人们纷纷热情地打招呼。雪雁立刻感觉到满屋盘旋的蓝色烟雾的威胁,直呛得呼吸急促,喉头奇痒,就紧皱眉头强忍着,面颊憋得像喝醉了酒。

雷元华觑的真切,抢上前来跟二人热情握了手,然后,似乎不经意地把叼在嘴角的烟卷儿猛吸了一口,紧接着,拖着尾巴的浓烟汹涌着喷射而出。雪雁无法忍受,猛然转身奔向窗边,将玻璃窗户猛地一推,痛苦地咳嗽起来。

姚开华皱了皱眉头,紧走几步,抓起主席台上的话筒,幽默地说:"党员同志们!你们这是在干什么?是在集体熏腊肉吗?"

台下随即爆发出一阵大笑。"请同志们动动手,把所有的窗户都打开,通通气吧!"姚开华话音刚落,大厅里响起了噼噼啪啪的开窗声,屋里马上有冷风穿过。

雷元华赶紧走上台喊道:"灭了,灭了,赶快把烟灭了!有美女进来啦,人家又不会抽烟,还要不要别人活了?"

众人好奇地左顾右盼,用目光搜寻着,甚至有人大喊:"美女在哪里?"

"没有看见美女就站在窗子边上?你们敢昧着良心说,那几张照片不漂亮吗?我们的驻村干部雪雁难道不是资格的美女吗?"雷元华似乎在为雪雁抱不平。

人们随着雷元华瞟向雪雁的目光,也朝着站在窗边的她打量。

雪雁刚才失态,正当狼狈不堪,不料雷元华居然含沙射影,一时窘迫不安,真恨不得钻了地缝。但她随即意识到,由于她的提升,动了雷元华的蛋糕,对方这是在变相发泄。既然如此,她就只能沉着应对,于是她将脸大大方方地转向了主席台。

一招中的,雷元华窃喜不已,但又不敢过分放肆,就哈着腰问:"书记,可以开会了吗?"见对方点了一下头,就当仁不让地宣布道,"同志们!闲话少说,书归正传。我宣布,枫杨村党员大会现在开始!现在请姚书记讲话。鼓掌!"

姚开华在掌声中精神抖擞地起身,说道:"枫杨村的党员同志们,大家下午好!我想问一下大家,我们枫杨村没有一把手,已经几年了?"

下面齐声回答:"三年!"

"三年啦，我们枫杨村的党组织居然没有一把手，这是很不正常的，上级布置的许多工作都无法推动。有感于此，镇党委今天中午做了个决议……"他扭头望向站在窗边的雪雁，喊道："雪雁同志，请你上主席台来就座！"

雪雁已调整好心态，就下意识地拢了拢头发，不卑不亢，走上主席台就座。

姚开华打开公文包，取出古堰镇党委的红头文件，朗声宣读了任命雪雁同志担任枫杨村党支部书记的通知。之后，他热情地说："同志们！让我们以热烈的掌声，欢迎枫杨村新任支部书记雪雁同志走马上任！"

姚开华带头热烈鼓掌，但会场上的掌声却不冷不热。姚开华见惯不惊地淡淡一笑。

雷元华赶紧表态，说他衷心感谢镇党委的英明决定，这个任命太及时了！他的能力有限，有了新书记领导，就把他解脱了。他喊道："现在，请新书记给我们讲话，谈谈她的施政纲领，给我们村鼓鼓劲。鼓掌！热烈鼓掌！"

台下的掌声居然比刚才还热烈。

雪雁的脸颊白里透红，微笑着站起身，说："各位前辈，我是一名二十二岁的年轻党员。第一次见面，我就迟到了一个小时。我很对不住大家。我诚心诚意地给大家道歉！"她弯下腰，很优雅地行了一个标准的鞠躬礼。

"今天的迟到是我造成的。"姚开华忙补充道，"是县上的一个会议推迟了，我赶回来得太晚，应该抱歉的是我。"

众人深感意外，会场上一时鸦雀无声。

雪雁说："大家都知道，我当了三个月的驻村干部，我当初是两眼一抹黑，然后才逐步进入角色。"

雷元华一心要让她当众出丑，就热烈地说："我们请新书记谈谈她的'施政纲领'，好不好？"

"好！"台下众人立即附和。

雪雁马上说："'施政纲领'谈不上，不过对于我们村的未来，我倒有一个初步的想法。我决心跟在座的党员干部们一起努力，不仅要让全村粮食油料作物的产量和质量进一步提高，让广大村民都能增收，走共同富裕的道路，还要尽快改善村民的居住环境，让已是小康村的枫杨村，尽快建成富庶的农旅融合综合体。"

见雷元华在台上噜嘴示意，那些一贯看他眼色行事的村、社干部心领神会，马上发起杂音来。

"农旅融合综合体，啥子意思？咋没听说过呢？"雷会计说。

"癞格宝打哈欠——吹哟！雪书记的口气好大啊！"

"小书记，我就等着你给大家带来富裕生活啰！"

"虚劲哪个不会提？尽快改善村民的居住环境，拿啥子来改善？"

"简直不知天高地厚！我才肯信，除非银行是她开的……"

"小书记，说那些空话没得用，莫如利用你在互联网上的影响，给我们村多捞点儿好处……"

台下噜噜切切，七嘴八舌，冷嘲热讽，毫不留情，一句比一句难听。雪雁固然早有思想准备，也还是感到诧异，她当了三个月的驻村干部，今天才算见了真钢，看来枫杨村的水很深啊！要冷静，不能让人牵着鼻子走，她告诫自己。

今天的会出奇地热闹，姚开华却故意默不作声，他要借机观察一下这位优大生的应变能力。就见雪雁起身，转身走下舞台，走到反响最强烈的那些人面前。姚开华一怔，担忧地注视着她。

议论最起劲的七八个人，看见雪雁走过来，都诧异地赶紧闭嘴。姚开华看见雪雁居然对着他们嫣然一笑。

她说："总老辈子！雷会计！大爷们！你们有什么意见，请尽管提。我人年轻，资历浅，有很多事情我都不懂。我想先请教一个问题。我们村是老先进，早在10年前就实现了小康，但是最近几年我们落后了。我想问问，我们为什么会落后？我想听到真心话。"

第二任村支书、总老辈子雷火云自从前任支书病死后，就一直受他的远房堂孙雷元华排挤，此时带着情绪说："上梁不正下梁歪，有的人就跟漕沟头的牛一样，光晓得自己捞……"

雪雁窃喜，这正是她需要深入的话题，刚要鼓励雷火云往下说，楼下忽然传来喧闹声。

第二章　魅力初显

1

雪雁正要倾听总老辈子雷火云发表高见，村委会大楼前的空坝上，忽然响起一片闹嚷声。人们好奇，纷纷走到窗前朝楼下观望，就见涌来了七八十个老少男女。有人手里还捏着一束盘扎盆景用的棕丝，有人拴的蓝布围腰，还兜着用于播种的麦粒。他们显然是刚从地里赶来的。原来，这些村民刚才正在地里忙活，忽然看见村道上有人拿起晶体管手提式喇叭，在大声打着四川"莲花闹"的说唱段子。

"村民们，听我言，今天我又来宣传。

村委会，好热闹，有人大声在喊叫。

女汉子，犟牯牛，我看他俩要带头。

他们究竟想干啥，要找村委来对话。"

这个唱着段子的中年汉子，他姓王，长期用莲花闹这种曲艺唱词抒发情感，他自号宣传员，村民们称他王宣传，还将他誉为乡村诗王。他的脑袋曾经受过刺激，经过住院医治后，却留下一个轻度的后遗症，叫作间歇性兴奋症。每当他兴奋起来时，最乐于干的一件事，就是用当年在文化站培训学到的创作本领，即兴编唱莲花闹唱词，或当众说唱，或打印成署名"宣传员"的特号粗体字宣传单，在公共栏张贴。他每月要花上百元的打印费，自己却舍不得花钱。幸好他有个做生意的二弟，可怜他这个精神不太正常的哥哥，每月定时去打印店帮他结账。为了疼惜哥哥的喉咙，使他不至于声嘶力竭地大吼，那个晶体管喇叭，也是他二弟专门开车去西都市电器商场买来送他的。王宣传自发编唱四川莲花闹唱词的举动，多年来从未受到村委会干涉。原因是他宣传的内容，大都是正能量。即便雷元华很烦他，也不敢说他什么。偶尔他也编唱点搞笑的小段子，博得大家一乐，他就很有成就感。

　　生性爱撺热闹的枫杨村人，大凡听到他快板一响，好些人就会脚板心发痒，争先恐后地围了上去。今天听他宣传有人要到村委会闹事，就更勾起了众人的好奇心。不少人干脆放下手里农活，一窝蜂似的朝村委会跑。

　　在村委会办公楼前的院坝上，人愈来愈多。早来的几个人，正仰头朝三楼的会议厅高声呼喊，嚷着要村委的领导下来对话。后来的几十个人问明缘由，也自发地跟着叫喊。那叫嚷声就更加庞杂，更加热烈，并且愈喊愈起劲。其间，有的嗓门粗犷，有的嗓门尖细；有的声音清亮，有的声音沙哑。众人异口同声，都吼着同一个要求："我们要宅基地使用证！把宅基地使用证给我们……"

　　此刻，雪雁正站在三楼会议厅玻璃窗的后面，把楼下一片闹哄哄、乱糟糟的景象看得一清二楚。她隐约感觉到，这是枫杨村的村民们，给她这个刚刚走马上任的党支书，送特殊见面礼来了。

　　掐指算来，雪雁担任枫杨村驻村干部已经三个月了。全村除了那些出去打工或做小生意的人，留在村里的所有男女老少，她都混了个脸熟。此刻，她很快便从吼闹的人群中，分辨出领头的两个人是谁。那手握着保温水杯的大伯叫牛武江，听人说过，他20岁的时候，就河滩地种韭菜好还是种芋头好的问题，跟他爸争论不休。明明是他主张种芋头的观点错了，可他怎么都不服，竟然闹到跟父亲抓扯起来的地步，而且还不止一次。这样，他认死理的倔强脾气就名扬全村了。枫杨村人喜欢给人取外号，不知是谁脑洞大开，发现把牛武江的名字倒过来就成了江武牛，江武牛，犟牯牛，他的倔强固执，比牛圈头的牯牛还难驯服。众人无不拍手叫好，都说他这个外号取得太贴切了。

　　至于吕含芝那个女汉子的外号，与其说是外号，不如说是民间对她的美誉。与村主任尹久耕同岁的她，今年也38岁了。听说早在20世纪90年代，她还是大姑娘那阵，因为是独生女，得帮家里干农活。她干起农活来，比不少青壮年汉子还泼辣。有人根据她吕含芝的谐音，称呼她为女汉子，她也欣然接受了。她后来担任了村民小组长，凡是该她负责的事情，她都干得风风火火。同时，她还很有胆量，为维护她自己和邻居们的利益，对历届村委会的领导，什么意见都敢提。于是她女汉子的外号，便在养马河畔不胫而走。

　　雪雁望着窗外暗忖，犟牯牛和女汉子今天敢于挑头闹事，要找村领导对话，肯定是来者不善。但他俩毕竟都有个村民小组长的身份，在各自的村民小组里还都挺有威信。由于他俩不服从雷元华支配，一直受到排斥打击。凭着三个月来对他俩的了解，这二人虽然敢说敢吵，却并不无理取闹。甚至于他俩的那个外号，雪雁也觉得是褒多贬少。

此刻，雪雁又回头一望，瞥见雷元华嘴角挂着一丝冷笑，俨然一副稳坐钓鱼台的样子。莫非他是想借自己之手，来打击不受他驾驭的两个人？

而作为古堰镇一把手的姚开华，站在窗户后面却默不作声。他想先看看情况再说。他深知，要当好一个村的支部书记是不容易的，雪雁再怎么优秀，她毕竟年轻。他冷静观察着，这个刚刚走马上任的姑娘，是如何面对群众，如何处理突发事件的。是处变不惊，还是惊慌失措？同时他还十分注意，是否有人故意放纵一些村民闹事，借以给年轻新支书一个下马威。

对于雷元华的为人，姚开华是了解的。雷元华先任村治保主任，后任村党支部副书记，三年前开始主持全村工作，每逢遇到有人闹事，他都会高调应对，不是用软的办法去安抚，就是采取强硬手段去压服，处处都要显示他的存在，事事都不忘展露他的权威。可今天呢，他却一反常态。面对那么多村民吼闹，竟然阴悄悄地坐到一旁吞云吐雾，狠劲抽着"大重九"香烟。他是在发泄他没有当上村支书的不满吗？

今天也在现场的老支书雷火云，原本就不待见雷元华这个本家堂侄孙，尤其在前任支书陈泽群因修全村道路积劳成疾患肝癌去世后，这个堂侄孙在主持全村工作期间，不仅利用雷氏族人打压外姓村民，以培植自己的亲信，而且还挑动族人的不满情绪，攻击他这个"总老辈子"，手肘朝外拐，不维护族人利益。今天雪雁刚刚才上任，这个龟孙子竟然不顾大局，在一旁看笑话。

想到此，雷火云不由得冷哼了一声，这个家伙，自己当初真不该把他吸收进党内。他看得很清楚，从小雪雁刚进村那一刻起，雷元华就犯猜忌，防着她会抢了他的权力。天晓得他在背后搞了多少小动作？

雷元华见姚开华冷眼旁观，就拿定主意继续稳坐钓鱼台。他打心眼里感激跑来村委会闹事的这些村民，巴不得女汉子和犟牯牛等人闹它个地覆天翻，闹得她雪雁头昏眼花、六神无主，让她先尝尝枫杨村人的燥辣，好尽早抽身。吕、牛二人向来不听他雷元华的招呼，正好利用雪雁把他俩收拾收拾，来它个一石二鸟。至于宅基地未办证的事，他也不怕她雪雁当场揪住不放，等她下来摸清情况，顶多也只能把火烧到雷会计身上。堂妹雷会计可是个有头脑的女人，想从她嘴里掏出点打击他雷元华的材料，门儿都没有。嘿嘿，以为这村支书的宝座就那么好坐么，一个嫩水水女娃子，倒要看看你今天咋个么台。

雪雁迈着沉稳的步子走过姚开华的身边时说："姚书记，我想下去看看。"姚开华鼓励地点了点头。雷火云见雪雁要下楼，便紧随着她，边走边悄声地在她耳边提醒："雪雁书记，楼下那些人，是冲着村会计雷小群来的，村上的遗留问题，要管也是该某人去管，你可不要惹火烧身啊。"雷元华正在抽烟，一抬眼瞧见雷火云在向雪雁说着什么，心里不免打起了鼓。

雪雁微笑着对雷火云点点头，随即用手捋了捋头发，从容不迫地出了会议厅，朝楼下走去。

在底楼的出口处，活泼乖巧的村团支书梁杏儿，还有雷鸣、方青竹、杜鹃等几个共青团员，一看见雪雁，就向她做了个要镇静的手势。杏儿还挤到雪雁身边轻声说了句："你可是我的领导加闺蜜，我不会允许任何人对你无礼。"杏儿说罢便脚跟脚地陪着雪雁，毫不怯场地来到那些闹事人的面前。

2

让雪雁诧异的是，她正走向吕含芝和牛武江时，雷元华不知哪来的一股疯劲，居然噔噔噔地追下楼来，要雪雁等一下。紧接着，他气喘吁吁地说："对不起，恕我打扰了。不过，从大局出发，我这个老党员有话对你这个新书记讲。"

雪雁只好住脚，转身平和地说道："雷副书记千万别客气，有话请尽管讲。"

对雪雁的如此冷静，雷元华真感到诧异，便讲起了官话："我说雪雁书记，咱们身为党的干部，做事总得讲点规矩吧。"雪雁平静地问他这话是什么意思。雷元华忧心忡忡地说："新书记还真是太年轻了，你要在院坝上和闹事者当众对话，你一张嘴说得过这几十张嘴么？我看你这么做，不但平息不了这场风波，恐怕还会……让事情闹得更大。"

雪雁咧嘴一笑说："雷副书记，你咋就断定，我会让事情闹得更大呢？"

雷元华一愣，马上换了一副关心的样子，滔滔不绝地说起来。"其实我雷某人倒没什么，反正是个闲职了。你可是我们村如今的当家人，今天这事你要是搞砸了，可就给开华书记脸上抹黑了。不听老人言，必定受饥寒。听我一句劝，对你只会有益无害。把两个带头闹事的犟牯牛、女汉子，先请到会议厅里面去，再把坝子上那些一起闹的人解散，让他们回去各干各的事，免得他们的生产受影响……"

雷元华愈说愈感到缺发底气，他原本抱着看笑话的心态，巴不得犟牯牛、女汉子把雪雁闹个头昏脑涨、束手无策，让她无心顾问宅基地办证的事。可经过跟他几度交锋后，他这才发觉，这女人不仅很有头脑，而且气场十足，对她绝不可小觑。如果这村民宅基地使用证的事，真让犟牯牛和女汉子等人抄个底朝天，她就会顺藤摸瓜，挖出他雷元华的秘密。想到这里，尽管时令不过是十月小阳春天气，他却分明感觉有一股寒潮袭来，背心顿时冒出涔涔冷汗。

雪雁边听雷元华啰唆边寻思，他为什么要阻拦我呢？难道真有什么见不得光的内幕？看来必须得敲打他一下了。

她郑重地告诉他："雷副书记，我们作为最基层的党支部，难道还怕群众吗？我们只有走到乡亲们中间，跟他们坦诚相见，才可能听到最真实的意见，才能帮助他们解决迫切需要解决的问题，这难道不正是我们基层党组织的使命吗？"

"这……"雷元华碰了一个软钉子，一时语塞。

雷火云笑嘻嘻地走过来插话："是呀，群众吼闹一下有什么了不起？犟牯牛也好，女汉子也好，有人认为最难对付，依我看，只要公正解决他俩提出的实际问题，相信他俩也会通情达理的。"接着，雷火云又故意紧盯着他这堂侄孙，悄声问，"你是不是有什么把柄落在他们手里啊？"

"笑话，我有什么把柄？"雷元华表面上嘴硬，但他心里清楚，在这枫杨村，明面上他还真不敢跟雷火云叫板。

雪雁带着甜甜的笑意，走到吕含芝和牛武江身边，轻言细语地说："大伯，大姑，二老不消着急，有话请慢慢给我雪雁讲，我一定会认真听的。"

俗话说，开口不骂笑脸人，女汉子吕含芝见雪雁这么尊敬她和老牛，语气变得有些缓和了，但上下嘴唇依然不住地颤抖。她对雪雁说："我跟老牛，都知道你是才当书记的，我们担心你，会不会成为别人的挡箭牌。"

牛武江一脸傲骄地接过话头："是呀，你这个小书记，看起来倒是有点讨人喜欢。不过丑话说在前头，你要是胆敢搞官官相卫，想把这盆大火压住，说啥我都不会同意。"

雪雁忙说："请老辈子们相信我，从现在起，我们村两委，绝不允许损害村民利益的事发生。"

跟随犟牯牛前来助阵帮腔的，又七嘴八舌地吼闹起来："那原先发生的事情呢，还管不管？就说宅基地使用证，办证费交了两三个月，到今天都没拿到。你这个新书记又管不管？"

"肯定管！"雪雁斩钉截铁地回答之后，又平和地向众人说，"不过我也有个请求，你们说的这宅基地使用证，究竟咋回事？你们得把事情的来龙去脉，给我说个明白呀！"又有好几位村民争先恐后吼起来："我说！我说！我说……"

雪雁苦笑了一下，提高嗓门说："一个一个地来，你们七嘴八舌的，我到底该听谁的呀？"说着，她环视了一下，感觉村民们也很得太拢了，前面的人已经挡住了后面的视线，便顺势站上了身旁的塑料独凳。杏儿生怕雪雁跌下来，连忙帮她稳住凳脚。

雪雁说声"谢谢"，同时白了杏儿一眼，怪她多虑了，要她不准以貌取人。还说在学校的运动会上，她还是系里面举杠铃的头把啊。

雪雁正自信满满的，谁知那脚下的塑料独凳，忽然猛地闪动了一下。场中紧盯着她说话的村民们顿时惊呼起来。发出惊呼声最大的，是站在底楼大门边的一位34岁的漂亮村妇。

她叫方玉玲，一头齐颈短发，两只水汪汪的豆荚眼，全身充盈着成熟女性的魅力。她是个独居的年轻寡妇，擅长祖传根雕、盆景、竹雕等手工艺。因此，当雪雁发生所谓"车恋美人"的互联网事件后，姚开华要求她在枫杨村隐居，方玉玲也就顺理成章地成为雪雁的理想房东。此刻，方玉玲一见雪雁就要跌倒，从人群中挤过来，不由她分说，一把拉起她，奔向前边那个小花坛。

种着红杜鹃、黄月季和紫丁香的小花坛，处于村委会院坝的中央。花坛用花岗石镶砌而成，四周的边沿可供人座，虽然不够宽绰，但站人还是可以的。花坛中心刚好有一棵杏花树，虽说它树身并不高大，可临时用作扶手，还是蛮不错的。

雪雁扶着方玉玲的手登上了小花坛，她左手扶着杏花树枝干，右手用方玉玲递来的纸巾擦了擦额上的细汗。然后转身，望着眼前一张张神情各异的面孔，询问哪位乡亲愿意先讲。

没想到，仍然有几位村民一齐争着要先讲。吕含芝说话了："别不讲规矩啊，你们这样吵吵闹闹的，谁能听清楚？这件事呢，原本就是我和老牛先吼起来的，还是由我俩来放头炮吧！"牛武江却说："你这个女汉子不光嗓门高，说话也像放鞭炮一样，响得个噼里啪啦的，这事你来说最好。"

雪雁也对吕含芝投去一个鼓励的眼神，说："大姑你比牛大伯年轻，嗓门也大些，就你来说吧！"

吕含芝正要开口，此时几声清脆的莲花闹的竹板声，忽然在院坝中响起。

"女汉子，快说话，书记支持你怕啥。

有意见，赶快说，别把大家来冷落。

干群对话就是好，村里应该经常搞。"

王宣传的即席说唱，赢来了十分热烈的掌声，掌声里还混合着叫好声。有感于新书记对她的鼓励，以及现场气氛的感染，掌声刚一停歇，吕含芝就不再推让了。

她说："既然新书记都这么看重我，我就把要向村委反映的事情敞开讲了。"说罢，她也站到花坛上去。

趁着这个空隙，雪雁对站在身边的杏儿轻声说："快去把参加党员大会的所有人，都请到外面来，认真听听群众的呼声。"见杏儿点头离去，她扭身向吕含芝鼓励地笑了笑。

吕含芝习惯性地清了清嗓门，慷慨激昂地说道："大家都晓得的，我那个第六村民小组，跟老牛那个第五村民小组，各自有五户人的宅基地，都在养马河那儿的老河湾上，那儿庭院宽敞，林盘竹木茂盛，侧边还有一大片水面，用来搞农家旅游，硬是再安逸不过。"

牛武江冷冷地猛插一句："说再安逸有个屁用？想搞旅游都想了十年了，村上又没把这当回事，有些人到处提劲说他在外面的关系很过硬，但是，从没见他帮我们拉点人来投资，这想搞农家旅游，还真成了白日做梦。"

吕含芝瞪了他一眼说道："刚才叫你讲，你又不讲，你就只晓得向我发牢骚，你硬是一根不折不扣的犟牯牛！"

牛武江颈脖子一硬大声说:"讲讲讲!我在雷圆滑面前还讲少了吗?可他连个泡儿都不冒一个。我原想今天镇上的大官会接见我们,哪晓得还是只有村官出面。这样反映问题会有结果吗?哼!我就是不想说,你骂我犟也行,骂我固执也行,反正打雷都把我激不起来。"说着他打开保温水杯猛喝一口,朝那个塑料独凳上一坐,眯着牛眼睛打起瞌睡来。

吕含芝向雪雁道声对不起,然后说道:"这犟牯牛不肯说,就由我来说好啦。在场的乡亲们,可能你们做梦都不会想到,就在三天前,我求爹爹告奶奶,好不容易找到门路,才把几位投资人请到了老河湾。他们看了我们十户人的宅基地摆布,那硬是高兴惨了,马上就表示,只要我们肯把宅基地上富余的房屋和林盘租给他们使用,他们不仅按规定付给我们一大笔租金,还要在这儿投资开办农家乐搞旅游接待。雪雁书记,你是省上派来的名牌大学优秀生,你说说,这是不是双赢的大好事?"

不等雪雁表态,那十家心怀怨气的户主们,就一齐吼开了:"不光是大好事,还是天上落馅饼的好机会!"

岂料吕含芝的情绪陡然一转,极其失望地说:"但是,但是,但是我们都真成欢喜老鸹打破蛋。眼看着宅基地的租赁合同就要板上钉钉了,不料对方这时偏偏提出要求,说为了租赁合同具有法律效力,要我们提供宅基地使用证的复印件,否则这租赁的事就作罢。人家这个要求也很合理,可是,可是我们偏偏拿不出宅基地使用证,我们十户人的全家老小,一个个都傻眼啦。大家原本还认为,向村财会室交了办证费,这宅基地就有使用权了。谁知投资人一口咬定,说口头讲的不算,非得要有那个小红本本才行。当时我们想得简单,以为雷会计是不是因为忙,把办好的红本本放在柜子头,搞忘了发给我们了。"

这时,一旁的村监事会主任、在本村开农家乐开得风车斗转的陈双梅插了一句嘴:"吕组长这想法,也有些可能。这几个月,会计兼文书的雷小群,手头的公事,的确是和尚敲木鱼——多多多。上头要的各种报表呀、总结呀、计划呀,还真是一个接着一个的,让下边忙不过来。"

雪雁听说过陈双梅是个谁都不愿得罪的和事佬,便没接她这个话茬。只是向吕含芝催问:"吕组长,真是这样的吗?"吕含芝立即连连摆手:"不是,绝对不是!当时我还抱着几分希望,去找雷会计要那红本本。可得到的回答是,宅基地使用证还在办理之中。"

村监事会成员方玉玲也说话了:"我的天倌老子,已经整整三个月啦！买只大母鸡，都生出一筐鸡蛋了。办一个小本本，咋就这么艰难哟？乡亲们眼睛都望痛了，连个影儿都没有。这究竟是咋回事？"

雪雁向方玉玲点了点头说道："玲姐姐这一席话说得好，这究竟是怎么回事？我想这也是我们村绝大多数村民的想法。"

吕含芝一听，正中下怀，就接着说："大家都知道，村会计雷小群和我沾亲带故，我在她办公室坐着不走，要她必须给我个准信，使用证到底哪天办得下来。雷会计见我来真格的，就光顾擦她的近视眼镜不开腔，好半天才回话，要我回家耐心等待。见我赖着不走，最后干脆给我上起课来，说我大小也是个村民小组长，应该相信上级相信党。还说办这宅基地使用证，是要走很多程序的，相信早晚总会办下来。早晚总会办下来？说得轻巧，早晚究竟是好久嘛？看到银子化成水，你们当官的就兴这样收拾人是吗？"

讲到这里，平常一贯高喉咙大嗓门的女汉子，眼睛里噙着泪水。雪雁忙掏出纸巾，递在她手上。吕含芝擦了擦眼泪，眼巴巴地望着雪雁说："我们的小书记，你可得替大家做主啊，老百姓靠自家努力想多挣点钱，真是艰难啊！"

在一旁装睡的牛武江再也坐不住了，出人意料地把保温杯朝地上一杵，用布满青筋的拳头直往自己的胸口来回捶打着，嘴里喃喃地说："使用证，让人伤透心的使用证，到底还拿不拿得到嘛？"

雪雁只觉心头又是一酸，忍不住感叹道："乡亲们啊！我看到你们，就想起了我已经去世了的农民父母啊！哪里的庄稼人想多挣点钱，都不是件容易的事啊！"她定了定神，掉头吩咐杏儿，"马上把雷会计请过来，叫她把办理使用证的事来个竹筒倒豆子，向大家实话实说。"

3

"打竹板，声连声，
　书记办事很认真……"
这时竹板声又在院坝上响起来，雪雁忙摆了摆手，望着近处的王宣传说："王宣传叔叔，雪雁打心里尊敬您，我知道你的好意，想用莲花闹唱词夸我两句，我刚刚上任，无功不受夸。王叔叔，我想交给你一个光荣任务，写一写咱们枫杨村的美好风光、美好前景、美好民心，用莲花闹唱词好好唱一唱，好吗？"

"好好好！"王宣传受宠若惊，连连点头，说："过去有人想我用唱词夸夸他，我整死不答应，今天是我想主动夸夸你，你反而不肯。好侄女，你的心思我明白了。你交给我的光荣任务，我马上就去办，保证超额完成！王叔叔好想你在这儿当一辈子书记啊！"说罢，恭恭敬敬向雪雁鞠了一躬，兴冲冲地离去。

好纯朴的话啊！雪雁暗自叹道，这其实也是所有的平头百姓的期望，对我们整个干部队伍最纯朴的希望。雪雁发现杏儿还没去叫人，就催促她："杏儿，知道你想听莲花闹，你这个团支书，我知道你想把瘫痪了的中老年演出队恢复起来，你可别忘了把王宣传叔叔也吸收进去啊。快去！叫雷会计下来。"

杏儿正要抬腿往财会室跑，老支书雷火云中气十足地喊住她："不忙！雷小群是我堂侄孙女，雪雁书记，你还是让我去通知她吧！顺便我还可以先开导开导她，让她丢掉顾虑，她才可能实话实说。"

雷火云见雪雁赞赏地点了点头，便迈步朝村财会室方向走去。他刚跨了两步，老伙计梁青山就迎面将他拦住。"这不行！"梁青山很严肃地说。雷火云冒火了，大鼓起眼睛瞪着梁青山，质问他为啥不行？梁青山以眼还眼，也鼓起眼睛瞪着他说："不行就是不行！"雷火云回头望着雪雁，意思是你看这个梁青山……

雪雁略一思索后，才婉言劝两位老人家，先歇歇火气再说。

雷火云恍然大悟，自己和梁青山是有着40年党龄的人，今天咋就这么冲动，咋就还不如雪雁一个女孩子沉得住气呢？哎，若是这么由着性子跟梁青山顶牛，岂不让群众看笑话？他赶忙收敛一下火暴脾气，平和地问："青山，你能不能告诉我，我为啥就不能去找雷会计？"

梁青山也和软了下来，望着雷火云说道："你是雷家的总老辈子，雷会计还有雷副书记，都是你当年当村支书时提拔的，大家都清楚，那很大程度上是当时的副镇长肖显政的意思。眼下这宅基地使用证的办理问题，肯定有鬼，恐怕雷会计、雷元华都脱不了干系。你这个前任老支书，应该懂得回避的规矩吧？"雷火云一听，当即习惯性地拍了拍额头说："青山，你考虑得周到。"

此时，只见雪雁咚的一声跳下花坛，说："还是我去吧。"当她来到二楼的财会室一看，门已经锁上了。她暗忖，还没到下班时间呀，这雷会计跑到哪儿去了呢？

等雪雁回到院坝时，村民们已经散了。她想去找姚开华书记汇报，就正好看见在底楼阶沿的一端，方玉玲正向姚开华说着什么。姚开华一看见雪雁，就向她招手。雪雁忙走过去。姚开华说他马上要回镇上了，有些要紧的话，要跟雪雁单独聊聊。方玉玲离开前，专门叮嘱雪雁，别耽误太久，准时回去吃晚饭。

雪雁跟在姚开华身后，来到了村委会旁边那道渠岸上。

时令虽是初冬，川西平原却是暖阳高照，是所谓十月小阳春播小麦、培育油菜秧的黄金时间。堤岸上依旧柳条青翠，干渠里水色清亮，流水淙淙。雪雁累了一下午，也想放松一下，就顺手摘了片青绿的柳叶，含在红润的双唇之间，吹出几声模仿杜鹃鸟催春的啼鸣。

杜鹃鸟的叫声？简直惟妙惟肖！正皱眉思索着该怎么给雪雁谈的姚开华，回头一望，有些惊喜，然后说："我考你一下，杜鹃鸟到底叫的是什么？"

雪雁说："因人而异。有人说，叫的是'贵贵阳！贵贵阳！'；另有人说，叫的是'民贵呀！民贵呀！'"。

"你这个小脑袋，思维真是跳跃。"姚开华笑了笑说，"刚才还是满脑袋的宅基地使用证，一瞬间，就跳到了杜鹃催春。"

"这两件事都与民生相关嘛，自然就产生了联想。"雪雁开心地笑了，笑容里含着调皮的童真韵味。

"听说你的老家在西岭雪山？"姚开华问。

"是！"她告诉姚开华，在故乡的村子里，她从小就喜欢用棕树叶子编织小燕和大雁，并且还卖钱贴补家用，她那会儿就学会用树叶吹鸟叫了。她忽然觉得把话扯远了，就赶忙打住，叫姚书记快告诉她，他要讲的要紧话。

姚开华心里已经有了决定，就说："是想告诉她，不要去找雷会计了。"

雪雁感到不解。姚开华就开导她，说起先院坝中发生的事情，根子就在雷元华和雷小群的身上。还说这是方玉玲刚才悄悄告诉他的，雷元华已经叫雷会计去谈工作了。

雪雁哦了一声，有些迷茫，她问："雷副书记现在只分管环境整治，他找雷会计谈哪门子工作？"姚开华点拨她："村民宅基地使用证几个月都办不下来，这可能吗？"

按理说，这种事关农户切身利益的证照，几天就可以办好的。雪雁心中豁然开朗，说："难道雷会计根本没去办理什么宅基地使用证，或者，她把村民交来的办证费给私吞了……"

"雷小群这同志，我还是了解的，除开她老公是县城的著名律师，家里富裕不说，她本身在经济上也是个从不乱来的人。"姚开华果断地摇了摇头。

雪雁继续说："村民的办证费，是三个月前就交到村上的，会不会是雷元华指令雷会计，扣下这笔钱，交给他挪作他用了？"

姚开华赞赏地一笑说："你脑装转得真快，你已经猜了个八九不离十了。"

雪雁那略带稚气的脸庞上升起了一朵红云，真诚地说："姚书记谬赞了。其实我要感谢您，今天您让我独自面对村里的矛盾，让我在风口浪尖上闯关破阵。我明白，您这是在给我锻炼的机会，我对当好这个村书记更有信心了！"雪雁愈说愈激动。

"你今天的表现让我刮目相看，把枫杨村交给你管理，我放心了。解决村民宅基地使用证的问题，这只是解决枫杨村问题的一个突破口。"姚开华语重心长地说，"以后，枫杨村这个老先进该怎么振兴，你怎么样带领乡亲们实现共同富裕的宏伟目标，希望你多加考虑。你有什么需要镇党委帮助你解决的问题，可以随时可以来找我。"雪雁严肃地点着头，还下意识地握紧了拳头。

二人挥手告别后，对这位叔叔般的上司，雪雁心里涌动着真挚的感激之情。

雪雁转身朝村里走去。她已经胸有成竹，她要主动出击，选定一个时间以党组织的名义，去找雷会计谈话，等她说出那笔款子的去向后，尽快把款子追回来，及时为村民们办好宅基地使用证。并且，还要找到吕含芝引进的投资人，做好挽留工作，促成老河湾的旅游发展计划尽快变为现实。

古堰镇是西都市的一座名镇，它夹在养马河与西江公路之间，明清时代，是西都市至江口县古道上的一个驿站。现在的镇政府所在地处在国道中段，离养马河畔的那座唐代古堰只有四公里，古堰镇的得名就来源于此。枫杨村村委会，就在那座古堰北边一公里。也就是说，从村委会沿着枫杨路北行三公里，就到古堰镇镇政府了。

姚开华在驾车回镇的路上，时不时地就会望见路边的枫杨树，就会不由自主地回忆起他童年时的故乡生活。姚开华的老家在川北山区，毕业于西都市的那所国家重点师范大学。小时候，他只知道麻柳树。直到组织上安排他到古堰镇任职，才知道，麻柳树的学名叫枫杨树，属于胡桃科乔木。枫杨村的老地名就叫麻柳村。

麻柳有着灰黑粗粝的树皮，老干虬枝，绿叶纷披，河渠溪沟边的一片麻柳林，往往就是一道风景线。麻柳的木材灰白色，轻软细致，可制箱板、火柴梗等，因木性不大稳定，本地人说它容易"翘骻"，因此一般都不用它制作家具，只用来打造叫作拌桶的水稻脱粒农具，或用来做简易房屋的柱子。倘若将新鲜的麻柳枝叶捣烂后丢进那老式茅厕，可杀灭蛆虫。麻柳叶的水浸汁液，还用杀虫灭钉螺。

其貌不扬的麻柳树，却由于它易成活长得快，川西农家都喜欢广泛栽种，于是才有麻柳村这样的村名出现。姚开华还清晰地记得，当枫杨树结出仿佛由一串小鸭儿连成的青黄色果串时，小伙伴们捧起这种果串，边喊边向河沟里抛撒："放鸭儿串串啦！放鸭儿串串啦！"在他们那些土生土长的乡间孩子们的眼里，枫杨果就是心中最美的果。

4

这一天，是古堰镇赶场的日子。那几条近些年新建的大街，无论商场、超市、茶楼、时装一条街、美食一条街，营业状况都跟平常差不多。只有那条长长的偏僻老街才是乡下人赶场的目的地。老街上摆地摊的，一家挨一家。卖花草的、卖中草药的、卖蔬菜瓜果的、卖腊肉香肠的、卖郫县豆瓣和温江酱油的，加上好几家卖一块钱一杯茶的大众化茶馆，把原本就不宽的街道变成一条窄巷子。来来往往的赶场人都走在窄巷内，那拥挤程度可想而知。可偏是这样，人们却认为这才有赶场的味道。

就在老街分支的一条横街上，偏有一家两层三开间的春水茶楼。这家茶楼卖的茶最低也是10元一杯，但因茶好座位好，再加服务员年轻漂亮，底楼大厅基本上每天都满座。一般的茶客，是上不去二楼的。因为楼上三个环境幽静、装修阔绰的包间，其中两间是专为来打牌的常客准备的。这些常客，不是闲耍了的镇村领导，就是镇上比较有名气的老板。他们或多或少都帮过茶房老板的忙，因此他们在这儿边打牌边说些比较秘密的话，都不会有所顾忌。不再主持全村工作，心情一直不好的雷元华，就是这儿的常客之一。

而作为"业务洽谈室"的那个包间，一般茶客更是进不去，进去了也舍不得花那个高价。业务洽谈室是专为两类人准备的，一是有点身份的好朋友，二是有点来头的情侣，这些情侣还必须是茶楼老板的熟人。

今天来此之前，雷元华就接到肖镇长电话，叫他中午在业务洽谈室等他，有重要事情给他谈。

中午到了，两层楼的顾客基本上都散了。雷元华到了那间业务洽谈室，见肖显政已经斜躺在宽长的沙发上等他。

肖显政跷着二郎腿，边抽着中华烟边看着窗外，把偷偷摸摸前来找他的雷元华晾在那把有坐垫的木质椅子上，铁青着一张瘦削的脸，半天不说一句话。

雷元华一个劲儿地骂着自己："都怪猪油一时蒙住了我的心，竟敢把村民交的十五万元办证费私自挪用来打麻将，结果输了。"

肖显政问他输了多少。

雷元华有些结巴地回答："全输了！"

肖显政两个牛卵子眼睛一鼓："什么？一分都不剩了？当真不是你的钱，你一点都不心疼。"

雷元华说："只怪自己倒霉，手气太臭。"

说到打麻将，肖显政猛然想起什么，紧盯着雷元华说："我好像听你说过，你打算在村上装修一个麻将厅，为几个关系密切的麻友提供一个既舒适又隐蔽的地方。"雷元华忙说是是，我起心就是想挪用那笔款子装修麻将厅，只可惜我输光了那笔钱，我辜负了镇长的信任啊！

肖显政教训道："你笨得屙牛屎！村上装修麻将厅，就该村上出钱嘛，你干吗要打村民办证款的主意？这下好了，麻将厅没装修成，反而惹出村民大闹村委会的事，这岂不是在给别人递刀子吗？"

"我将功折罪，下次一定用村上的群众文化活动经费，把麻将室装修得很巴适。"雷元华又忙献殷勤。

"哼！还下次？这次你副书记职位保不保得住都成问题。"肖显政鄙夷地盯了他一眼。

雷元华哭丧着脸说："镇长，我错了嘛！"

肖显政露出一种恨铁不成钢的表情，又斥责道："光认错有个屁用，我问你，昨天下午去找雷会计，你们是怎么商量的？"

雷元华说："我和雷会计都认为，如果再说那笔钱已交到国土所，宅基地使用证正在办理之中，肯定是不管用的。雪雁只要一个电话打到国土所，我们村并没去办过证之事立马就坐实了。"

肖显政忙问："那你打算咋办？"

雷元华忙说："我要雷会计一口咬定，就说我当初为了丰富老年文化娱乐生活，要给老人们购买4张机麻桌，恰好监事会主任陈双梅外出旅游了，没有经监事会讨论通过并盖章，村上没法支取这笔钱。我只好带着村民那十五万办证款，去西都市一家麻将厂去购货，哪晓得路上贼娃子猖狂，钱遭扒手偷了。因此，就一直没法去国土所办证。现在办证又要得这么急，我就只好求村上把这笔款子先垫支一下。我就说我是好心办错事，我把检讨写深刻点就是。雪雁为了安抚村民，她不想同意都不行。"

肖显政松了一口气，指了指他额头："难怪有人背后叫你雷圆滑，你小子这个脑袋啊，还真是装了滚珠又抹油，简直滑透了。"接着，又警告雷元华，"你给我好生听着，要想不把副支书的职位也耍掉，这事就必须处理好，特别要把控好雷会计，千万别让雪雁抢在你前头，从她身上打开缺口。"

雷元华诺诺连声，告辞离去。

不一会儿，一个叫做冯富怀的人来了。这人中等身材，长得相貌堂堂，若是注意观察他，他的眼神总是有些游移不定。他招呼了一声镇长过后，便挤出了一丝微笑，恭敬地将一张银行卡放在肖显政手中，低声说道："里边有50万，密码还是你的生日。"

肖显政假意推辞道："我说冯富怀呀，你也太客气了，年初你才给了150万，今天又让你破费，咱们是铁哥们儿嘛，你这么做真让我有点不好意思。"他边说边把银行卡放进贴身的衣袋里。

冯富怀做出一副很诚恳的样子，说道："没什么不好意思的，肖镇长能稳坐古堰镇镇长宝座，帮了兄弟不少忙，也需要用钱来打理各方面嘛，送这点薄礼是应该的。"

肖显政脸上又露出理所当然的神情，说道："理是这个理，不过冯老板也够出手豪爽啊！"

冯富怀干涩地笑了笑："我这不也是奉行一下'双百方针'，来个好事成双嘛。"

这话一下子就勾起了肖显政的欲望，他意味深长地感叹道："成双好啊。"

肖显政正色道："冯老板，闲话少说。既然你我是铁哥们儿，有些事我还得提醒你，现在的枫场村已经不是雷元华的天下了，新来的书记雪雁可是个厉害角色，你在金家河坝角落里做的那种事，可得小心再小心，千万不要让村民们靠近，更不能让那个雪雁察觉。"

"感谢镇长提醒，不过我那地方外人是靠不拢的。"

"但愿吧，你那儿是两村交界处的野林子，正门也是向外村那边开的，再加上还有两条凶猛的大狼狗。但我还是要告诫你，你那里之所以安全，是因为不惹人注意。万一有人盯上了，那就麻烦了。"

冯富怀像鸡啄米似的点着头："镇长请放心，我会时刻记住你的话。"

冯富怀正欲离开，肖显政又叫他再等一下，告诉他说："姓雪的小女人为了出政绩向上爬，接下来会有很多大动作，你在村里的那处空间，早晚都会容易暴露的，你要尽量推迟这个暴露的时间，尽量多出货。"

冯富怀插嘴说："村里不是还有个雷副书记罩着吗？"

肖显政鄙夷地摇摇头："这个人是个老滑头，跟你我的关系没法比。"

冯富怀嘿嘿一笑："承蒙镇长大人高看，咱们是有钱同赚，利益均沾。你为我提供保护伞，我为你奉献真金白银。"

肖显政不悦地瞪了冯富怀一眼。

冯富怀夸张地打了自己嘴巴一下："瞧我说得好直白好俗气，一点都没学到镇长的含蓄。"

肖显政摆了摆手："不谈这个了。我现在担心的是，雷元华扛不住会打退堂鼓，村里的事你睁大眼睛给我盯紧点，多长点心眼。如果要绝对安全，除非把姓雪的撵走，但这是不可能的。只能是尽量推迟暴露的时间，唯一能做的，就是看准机会打击姓雪的，让她处处碰壁，让她心灰意冷，自己卷铺盖走人。"

5

雷小群家的小院，就坐落在老雷家碾遗址旁边。这是一座典型的川西三合院。院子的左右后三方，有竹树葱茏的林盘护卫。前面的小院坝，有铁栅栏门通向外面的村级公路。整个院落四周，有浓密的柏夹竹所构成的生态篱笆环绕。

雪雁担任村支书后的第二天黄昏时分，小院女主人雷小群简单地吃过晚餐，便在客厅等候雪雁的到来。她提前接到通知，今晚新支书要上门找她谈话。她在客厅里来回踱步，心里沉重得像压了一块大石头。尽管她认为，用下午雷元华教她的那套说法去应付新书记雪雁的查询绰绰有余，但她总感觉忐忑不安，一个党员怎么能够不分青红皂白、而编造谎言、欺骗组织呢？况且，这个第一天走马上任的小雪雁，因为她的出色表现，让村民们尤其那些在村里很有影响的人物，都从瞧不上她变得服她、敬她、喜欢她了。

对比雪雁的阳光和真诚，雷小群感到自惭形秽。其实，这三个月以来，雪雁造访过这里好几次，而且二人还处得十分自然和谐。雪雁亲热地叫她大姐，雷小群也把雪雁当成自家小妹妹。可今晚雷小群却怕见到雪雁了，二人这关系忽然就生疏了。雷小群心里明白，造成生疏的原因不是因为雪雁地位的变化，而是因为她自己心中有鬼啊！

门外传来熟悉的脚步声。雪雁从跨进小院到步入客厅，依然那么从容，从清亮的眼神到纯净的微笑，一切都还是那么自然。但是雷小群却有点儿手足无措，她招呼雪雁入座，沏茶也不是，摆水果也不是。一想到自己将要说谎，立刻满脸绯红，耳朵根发烧。

雪雁眼尖，早就捕捉到对方闪避的眼神和反常的脸红，马上意识到，雷小群内心的天平已经倾向了她。她要在她心中的天平上再加一个砝码。雪雁甜甜地一笑，主动坐到雷小群身边，轻轻拉起她的手，边轻轻地抚摸，边轻柔地说："姐，你不必多说，把你知道的写出来，明天交给我就好。"说罢，起身要走。雷小群回过神来，说什么也要送一送雪雁小妹妹。

二人相偎着，刚走出院门口，就见前面的村道上射过来两道轿车的光柱。原来是雷小群在县上当律师的老公卢平回来了。消息灵通的卢平，此前早在家里见过雪雁，一下车就首先祝贺雪雁当了村支书，接着又要雷小群用车把雪雁送回住处。

雷小群忙说："老公，还是你用车送送吧！"说罢，她在卢平耳朵边低声说着什么。

卢平听后忽然嘿嘿一笑，从衣兜里拿出一个信封说："你打算要写的那个检举材料，我已经帮你写好了。上面的事实，都是你前前后后亲口告诉我的，你签了字就交给雪雁书记吧。"

雷小群连忙拿过材料，认真地看了两遍，然后以媚眼将卢平一瞟，好老公，我这就签字。三人走进屋里，雷小群将材料签好字后，交给雪雁。雪雁接过材料迅速浏览了一遍。这个雷元华怎么能这么搞呀？她沉重地叹了口气。

卢平又从衣袋里取出另一份材料，拿在手上拍了拍："瞧这儿，还有枚重磅炸弹哩。"

雷小群一把拿过，正想问是啥材料。

雪雁猛见有几个散步的村民正向这边走来，就忙做了个暂停的手势。

雷小群会意，忙把材料交丈夫放进公文包。

卢平望着雪雁说："我们送你回去，你一个人慢慢看。"

于是，三人一齐朝停车处走去。

次日上午，雪雁和雷小群乘着由卢平驾驶的丰田轿车，刚从古堰镇回到村上，天上突然飘起了毛毛细雨。冷风很轻，雨丝却密集。雪雁站在方玉玲租给她的卧室内，望着窗外细雨如烟的林盘美景，心中却生不出半点诗意。并非她缺少青春的浪漫情思，而是整个心都让眼前的公事堵塞满了。

今天一早，她和卢平夫妇一起赶到镇政府，把那两沓材料交给了姚开华和分管纪委工作的副书记老曾看了。之后，她又单独向姚开华汇报了如何处理雷元华等人的建议。姚开华告诉她，她做得很好，也想得比较周到。下面的有关程序如何进行，等他向县纪委请示之后，再决定下一步的行动吧。

6

一阵欢快热烈的手机铃声打断了雪雁的思绪。她拿起手机一看，屏幕上显示粗体的"郑华"二字，顿使她眼前一亮，宛若一阵温暖的春风吹散了她浑身的疲惫。她撒娇地说："亲爱的，你是要告诉我，九个类别的彩花油菜种子，你已经帮我订购好了吗？"

手机里立刻传出郑华那富于磁性的男中音："订购好啦！我的小燕子，你这个枫杨村的大书记，彩花油菜要是种植成功，你这个小燕子就真的飞成大雁啦！"雪雁娇嗔地一笑："华哥，人家才刚刚起飞哩，你比人家还迫不及待……"

几天之后的一个大晴天。初冬季节的阳光虽温软无力，却给枫杨村党群服务中心的墙壁涂抹上片片橙色的光斑。院坝里新放的长条枫杨木矮凳上，坐着好些晒太阳的老人。那些依旧把服务中心叫作村两委办公处的老人们，正低声传播着村里近来的新闻。

有人说，办公处下午又要开党员大会了，听说还邀请了监事会、议事会的代表。

有人更小声地说："晓得不？昨天，我看见雷元华手上的烟，都由'大重九'变成'软云'了……"

在下午两点准时召开的党员大会上，雪雁让雷元华先念念他的自查报告。专门赶来参加会议的姚开华和其他与会者都十分认真地听着。雪雁见雷元华在自查报告中，仍然避重就轻，只承认他挪用村民十五万元办证费，并坚持说是为老人们买机麻才惨遭扒哥的毒手，那钱是遭偷了的，绝不是参赌把钱输了。还说雷会计检举她多次参赌纯属诬陷。

姚开华瞥了雷元华一眼，严肃地说："我们是听了村支书雪雁的一再建议，才给了你主动说清问题的机会，可是你却不思悔改。雷小群同志检举你，说丢钱纯属谎言，参赌输了那笔钱才是真相，你反而一口咬定她是诬告。你要一条道走到黑吗？"

雷元华置若罔闻，仍旧半点不松口。雪雁见状，向党支部特邀的列席人员卢平律师，传递了一个眼神。

坐在会场角落的卢平站起身，从公文包中取出几页材料，然后说道："我是县城正平律师事务所的首席律师，我叫卢平。最近我接到的一个案子，是几位公民状告鸿发酒店开设地下赌场的事，在他们提供的证词中，五次提到参赌人员中有雷元华，在提供的赌博现场的视频、照片中，有雷元华的三张照片、两个视频……"

卢平还要往下说，脸色变得苍白的雷元华，哀求卢平别再说了，他愿意写补充检查。

又是几天之后，还是在这个会议厅内，雪雁宣读了镇党委对雷元华处分的批复，鉴于雷元华已退回全部挪用款项，决定给予党内严重警告处分……

7

这是2016年初冬一个难得的夜晚，一轮光洁明媚的圆月，刚爬上枫杨树浓密的树梢，雪雁就从办公室回到方玉玲的竹林小院。她见不仅村会计雷小群来了，雷火云、梁青山、吕含芝、牛武江等中老年同志也来了。更让人眼睛一亮的，是杏儿、雷鸣、青竹、杜鹃等年轻人，也比她早到了。

大家都围着一大锅香喷喷的柴火鸡，就等着她雪雁来一起动筷子。

雪雁调皮地凑近大锅，用鼻子闻了闻，惊呼一声："好香呀，馋死人了！"说着就要动筷子。

"且慢！"杏儿伸手将她的筷子一按，俨然一副餐会主持人的身份，用悦耳的普通话说道，"女士们，先生们，晚上好！在这明月当头、柴火鸡飘香的时刻，有请我们雪白的大雁、枫杨村历史上最最年轻的村支书，先给大家敬上一杯美酒……"

牛武江不管不顾地将杏儿的话打断："我早就想喝酒了，酒在哪儿？"

杏儿挠了挠脑袋，说："当真酒在哪儿呢？"青竹向四周环视一下，也说："酒在哪儿呢？"杜鹃差点笑岔气，指着杏儿笑骂道："好一个恍师，你，你，你连有酒没酒都不知道，你叫人家雪雁书记拿白开水敬大家呀？"

这时方玉玲拿出几瓶果子酒，放在安放大铁锅的桌子上，说："这不是酒是什么？"雷火云和梁青山不约而同地说："这果子水都能叫酒么？"方玉玲笑容可掬地说："两位老爷子，喝不喝随你们，我就只备了这个……"

牛武江不依了，固执地说："无酒不成席，我就是要喝白酒！主持人，快提白酒来！盼星星盼月亮，好不容易才盼到一个名牌大学生当我们的村官书记，要给我们庄稼汉敬酒，这个天大的好机会，我咋舍得白白错过？"

杏儿向牛武江做了个怪相，说要喝烧捞捞，各人回家慢慢喝。牛武江的犟牛脾气忽地一下就上来了。他猛然起身说："走就走！"杏儿觉得真切，见他只是动嘴，并未动步，便调笑说："你走呀！没人留你。"谁知牛武江一反常态，叫道："除非雪雁书记发话，她喊我走，我才走！"众人一见，无不拍手称快。

雪雁忍不住呵呵大笑，说：“牛大伯，你火眼金睛，识破了杏儿的激将法。这人啊，该犟的时候就犟，不该犟的时候就不犟。不犟多好呀！不犟就有津南老白干喝。”说着，她从双肩包中迅速取出几瓶酒来，牛武江接过酒瓶一看，我的天，还真是津南老白干！众人相视而嘻，都夸雪雁想得周到。

雪雁向在座的人鞠了一躬。

“别别别，雪雁书记，别动不动就鞠躬，受不了！”众人发一声喊。

雪雁接着把芭茅色的风衣袖口一挽，莞尔一笑说：“首先是感谢玲姐提供了这么美味的柴火鸡，二是让大家都久等了，表示歉意。”杏儿一听，带头鼓起掌来。

“咱们就边吃边聊吧。”雪雁把斑竹长筷一举，豪爽地说，“来！开船！”

“开船！”众人呼应一声，一起举起筷子，伸向水汽氤氲、热气腾腾的大锅内。杏儿首先夹起一块鸡腿，往雪雁的碗里放。雪雁转而又将鸡腿送进梁青山的碗里。一脸皱纹的梁青山，古铜色的脸庞顿时笑靥如花。他夸耀地对孙女儿说：“瞧瞧，还是人家小书记对我老头子好。”杏儿立刻噘着嘴，接连给爷爷夹了几筷子鸡肉，惹得雪雁和大家一起哈哈大笑。

方玉玲爱怜地望了雪雁一眼，为她送上她最爱吃的吊气粑。这吊气粑，是川西农家的发明，在沸腾的大铁锅的边缘四周，将黏稠面糊贴在锅边上烤熟的麦面薄饼，特别可口，跟柴火鸡是绝配。雪雁接过吊气粑，连说几声她最喜欢这个。还告诉杏儿，她在故乡西岭雪山的老家，小的时候就最喜欢母亲做这个给她吃了。杏儿问了一句：“你母亲还好吧？”雪雁若无其事地摇摇头，神色中暗含一丝凄苦，顿了顿才说：“我父母在我小学毕业那年就都去世了。”众人心头不由一惊。心直口快的杏儿又问：“你父母那么早就不在了，又是谁供你念中学和大学的？”“我遇到好心人啦！”雪雁顿时两眼放光。说她只知道是古堰镇的好心人，可一直都没有打听到他们究竟是谁。

雪雁意识到不能让自己的身世搅了大家的好心情，就赶紧打住了。她的初衷，是今晚借方玉玲用柴火鸡招待大家的机会，给大家联络一下感情，并督促一下筹建枫杨村乡村振兴青年志愿服务队的进度。梁杏儿听她一提起，赶忙用抽纸擦擦嘴说：“哎哟，我的姐姐，人家还以为你把这事忘了哩，我们30个人的志愿者队伍，排着等你检阅，都望穿秋水啦！”

"很好！"雪雁把大拇指一翘说，"再劳烦你把瘫痪的中老年文艺演出队马上恢复起来，赶在乡村振兴志愿服务队成立那天，推出一台特色歌舞。"

紧接着雪雁又面向有些腼腆的雷鸣，问他优质粮油作物科技指导组的成员物色得怎样了。雷鸣的回答有些迟疑，说村里读过农校的、过去当过农技员的，他都基本说动了，只是……这时，雷火云一下子站起来说道："瞧你小子吞吞吐吐的模样，还像是我雷火云的孙子吗？拿出点豪气来！"雪雁说："老爷子别急，雷鸣你慢慢讲。"雷鸣白了他爷爷一眼，才转向雪雁说："雪书记，我求你一件事，你能把尹久耕主任快点请回来吗？只要尹主任这个农技高手回来了，这个优质粮油作物科技指导组就有望了。"雪雁立即点头说："讲得好，这事我马上办，请他回来履职。"

聚餐会进入到最后阶段，牛武江和吕含芝才报喜似的告诉雪雁，那几位投资人，已经跟老河湾的有关农户签了宅基地上房屋林盘地的租赁协议，而且租金已经到账了。

雷小群紧接着对雪雁说，她和方玉玲还准备利用林盘院落优势开办农家乐，今天用来招待大家的柴火鸡，就是方玉玲专门去陈双梅那儿学来的手艺，也是为办农家乐做好菜品方面的准备。方玉玲甜甜一笑，说今晚来不及听大家提改进意见了，下次再请有关聚会时，不提意见就没再下次了。逗得大家笑声再起。

月光如水，众人心满意足，戴月而归。

大约晚上10点，当包括雪雁在内的其余人员都离开饭厅之后，"杏花阿姨"现身了。"杏花阿姨"是一个化名，一共有四个人，他们是雷火云、梁青山、方玉玲和雷三嬢。就是这四个好心人，十年如一日，连续资助西岭雪山脚下的一个贫困孤女。并且相约，做好事绝不能图留名。除了在外地养病的雷三嬢，另外三人在散席以后，不约而同地滞留在饭厅内。方玉玲指了指雪雁的卧室，低声对其余二人说："喂，刚才雪雁无意中透露的身世，你两位都注意到了嘛？"雷火云和梁青山同时轻声回答："当然注意到了。"方玉玲又压住嗓门说："我咋越来越觉得，雪雁就是我们资助过的那个女孩呢？"雷火云和梁青山忙点头称是。方玉玲接着说："看来我们三个人感觉都一致，那就等在外头治病的雷三嬢回来之后，听听她的意见再作打算。"雷火云插话："哎，我们四人原先的约定，必须继续遵守啊。这件事一定不能让雪雁知道。"方、梁二人郑重地点头答应。

第三章　好事多磨

1

时间过得好快呀，雪雁当村支书一晃就半个多月了。

昨天晚上男友郑华再次给她打电话过来，非常关心地问起她当村支书的感觉，她躲进房东方玉玲屋后的竹林，轻描淡写地回答道："小试牛刀吧。""哇！燕子妹妹口气不小啊！"她仿佛看见他发出惊叹时夸张的面部表情，就咻咻地笑了。她弄不清自己当时的心态，究竟是骄傲呢，还是自信，反正她一张口就那样说了。走马上任以来的表现，她给自己打了80分，觉得自己还能干得更好。她明白自己的优势，满腹诗书，并且还在不断地阅读，她的同班同学无人能够出其右；源源不断的阅读犹如源头活水，一直在源源不断地给她以补给。还有，她是一名好棋手，她下起围棋来，全班几十个人没有一个是她的对手，她的优势是具有战略眼光，总是能比对方多看两步棋。

她的目光早就看到了枫杨村的未来。她有决心让枫杨村这个故步自封的"老先进"焕发青春，在她的心里对这个村的未来早就有了大体上的规划。但是，如果没有一个理想的从事乡村发展规划设计的人才来辅佐她，一切都将是水中月、镜中花。还有一个因素也不容忽视，那就是她的所有构想都必须得到镇党委书记姚开华的鼎力支持。她感觉自己真是幸运，她主动要求到古堰镇工作，竟然遇上了一位好领导。姚开华人品不错，有能力、有原则、有思想，但是光有这些还不够，最好他跟她还应该有着比较接近的文化品位。人说，审美与感受之深浅，实与文化修养有关。如果姚开华跟她有共同语言，每当请示工作时，交流起来就会格外轻松，在枫杨村的建设上自然也会形成合力。虽说这只是她的一厢情愿。但她拿定主意要试他一试。

早晨六点半钟，她在闹钟声中苏醒过来，穿好衣服，梳洗完毕，就走到方玉玲屋后的竹林，拨通了姚开华的手机。

坐在餐桌前正准备吃早饭的姚开华，一开口就问有什么急事。她就咯咯地笑了，先向他问了声早上好，接着说，他那天不是说有什么好书，一定别忘了推荐给他吗，昨天晚上刚看完一本好书，问他要看吗。姚开华忙问什么书。她就介绍说，当代园林大师陈从周先生的《说园》。果然不出她之所料，对方对于陈从周很陌生。她就介绍说，陈从周先生是当代中国园林艺术学的开创者和奠基人，建筑大师贝聿铭把他誉为"一代园林宗师"。这本书深入浅出地讲解了中国古典园林的艺术美、造型美、文化美和意境美，文笔清丽，意境宏阔。不仅开卷有益，而且一读就会上瘾。姚开华马上开玩笑说，她在为这本书打广告吗，真怀疑她有广告提成。他说他也很喜欢中国古典园林，但纯粹属于看热闹的外行，很想看点入门的书籍，却苦于不知情。又说她把他的胃口高高吊起了，他今天就想把书拿到手。而他的表现正中雪雁的下怀，这一试，就试出了对方的深浅。她不禁窃喜。

姚开华又说："工作那么忙，你还有闲心看闲书。"

雪雁说："姚书记，我干脆向你坦白了吧，我在大学里，是出了名的书虫。对于乡村振兴，我是有野心的。我人在当下，但是一颗心早已飞到了明天。乡村振兴是前无古人的伟大事业，除了产业、组织、文化、生态振兴以外，人才的振兴更要紧紧跟上，人是第一要素，事在人为嘛！"

姚开华就笑了，说："你好像有弦外之音……"

"对！"雪雁接着侃侃而谈，说人才是可遇而不可求的，枫杨村要搞农旅融合体，必须要有人才的支撑。她说她早就看中了一个奇人，此人是津南县铜马镇人氏，三年前打造的川西林盘的六个院落曾经轰动一时。她一直保存着当时的一张报纸，那是记者报道奇人耿玉强的一篇通讯。姚开华说他知道耿玉强这个人。"哇！"她喜不自禁地叫了一声，便顺水推舟，请求他帮助打听一下耿玉强的下落。

她正愁找不到耿玉强的线索呢，岂料转瞬之间就是柳暗花明。她简直高兴坏了。扑面而来的冷风，把依然青绿的竹叶吹得簌簌作响，也把她白皙的面颊吹得绯红。她活动了一下筋骨，就听见方玉玲叫她吃饭的喊声。

早饭还没吃完，姚开华的电话就打了过来。姚开华告诉她，他打了几个电话，了解到耿玉强的一些情况。今年30岁左右的耿玉强，确实是个奇人。津南县实施旧城改造，他觑准了这个商机，承包了半个县城的拆迁。

县城的老屋，尤其是一些富人的大宅院，建筑格调很讲究，其中的廊柱、吊柱、雀替、窗棂、驼峰撑、落地雕花门窗等建筑构件，不仅是楠木、柏木这样的优质木材，更是古董。他将这些古董分门别类，将其中的精品留给自己收藏，其余的转手出售，赚得盆满钵满。他摇身一变，成为老百姓嘴里名噪一方的"耿百万"。今年年初，他踌躇满志地跑到朱德的故乡仪陇，办起了一个饲养上万头猪的大型养殖场。岂知人算不如天算，一场从某国传来的传染性超强的猪瘟，突然横扫了他的养猪场。可怜防疫部门强制处死了他的瘟猪，并且焚烧、深埋。养猪场倒闭，他负债六七十万。妻子绝望，坚决要跟他离婚。他抱着愧疚，在离婚协议上签了字，从此成为孤人。虽说他在一夜之间跌落到人生的最低谷，但据说他并不服输，在暗中寻找机会，企图东山再起。表面上他似乎走投无路，十几个债主上门，对他进行围追堵截，他只好东躲西藏，有家不能归，忙忙如丧家之犬，急急如漏网之鱼。

"这么说，耿玉强失踪了？"雪雁急了。

"可以这么理解。"姚开华回答，之后又安慰了她几句。

不料，她却说："我自有办法找到他。"

2

三更时分。四野阒静，夜色如墨，寒风中偶尔传来一两声狗叫。他背着逃难用的脏兮兮的双肩包，身影与暗夜几乎融为一体。他避开穿越村子的水泥路捷径，绕着从田野里伸过来的一条小路，走向村边一座单门独户的小院。小院是一排灰瓦青砖的三合头平房，周围那一片竹树荫蔽的林盘，此刻成了黑漆漆的怪兽。

黑影刚走到小院落的龙门子前，马上又转过身，目光透过镜片警惕地朝着四周张望，又支起灵敏的耳朵倾听了片刻。当确认无人跟踪之后，他这才松了一口气。他双手扶着围墙，纵身一跃一跳，落在了院内。他伸出双手探路，穿过长满荒草的院坝，蹑手蹑脚，来到堂屋门前。他取出钥匙开了锁，轻轻将门一推，一闪身进了堂屋。

突然，他敏锐地捕捉到了头顶掠过的阴风，以迅雷不及掩耳之势猛然一扑，居然侥幸躲过了一根木棍的偷袭，那木棍落在地上发出沉重的响声。毛骨悚然的他下意识地低喝了一声："谁？"

"我！秦木匠……"

"你……你，真下黑手呀！"他低声数落道，"这一棍子要是落在头顶，天灵盖儿早叫你敲碎了。"秦木匠是他的哥们儿，也是他的助手，二人亲如兄弟，相互间说话没有什么顾忌。

"哎呀，对不起，对不起！"秦木匠忙悄声道歉，"我跟你失去联系太久了，很担心你啊！玉强，我是今天下午过来的。心想我藏在你家等你吧，你总要回来嘛。等着等着，我就睡着了。是你跳墙的声音把我惊醒了，我还以为来了坏人呢。我懵懵懂懂地跳下床，操起你放在床边用来自卫的木棍……"

秦木匠下意识地摁亮了堂屋里的顶灯。耿玉强惊慌地急忙关掉："开不得开不得！"

二人哪里知道，就这一闪即灭的灯光，时间短暂到极点，居然也会带来灾难。

耿玉强顺手将门锁死。二人摸黑走到寝室里。他告诉秦木匠，他没钱吃饭了，只好冒险跑回来一趟。他说他还有一点儿救命钱藏在五斗橱下方的暗格里。他要秦木匠尽量把手机电筒压低，为他照明。他也不避讳秦木匠，当他的面儿就打开五斗橱，在接近地面的地方，摸出来一个小木盒，里面有一叠百元大钞。他刚把钱藏在身上，就听见院门外传来两只狼狗令人胆寒的狂叫，接着是砰砰砰的打门声和叫骂声。

二人大惊。秦木匠忙关了电筒说："你快从后门走，我来掩护你。"

"拜托了，好兄弟！"耿玉强说。二人摸黑，匆匆走到后门边，耿玉强轻轻拉开门闪了出去。秦木匠赶紧关上后门，走回堂屋，就见外面的一伙人已经破门而入，七八只电筒光柱乱晃，两只凶猛的狼狗狂叫着，从大门口挤了进来。秦木匠情知不妙，一瞬间奔出堂屋，噌噌噌噌，眨眼工夫就爬上屋檐下那棵合抱粗的老酸枣树，骑在离地三四米的树杈上。七八名债主怒不可遏地冲过来，就像舞台上打追光灯一样，将手电筒光柱一起射向秦木匠，两只狼狗龇牙咧嘴，对着大树扑上扑下。

有人大吼道："不是他！快快！进屋搜！"

众人跟着狼狗冲进堂屋，不一会儿就发现了后门。有人拉开后门，将耿玉强放在桌上的脏衣服摔在地上，让两只狼狗嗅了嗅。两只狼狗嗅毕，兴奋异常，狂叫着，沿着渠水追踪而去，几分钟后，又懒洋洋地跑了回来。

原来，耿家的屋后有一条正值枯水期的灌溉支渠，耿玉强当时一出门，灵机一动，立即跳进打齐脚背的渠水，冰凉的渠水顿时让他打了一个寒战。他咬紧牙关，踩着渠水没命地飞奔。正是这一招，化解了他本人特有的气味，成功地逃脱了狼狗的追咬。

3

物以类聚，人以群分。团支部书记杏儿只比雪雁小几个月，二人不知不觉就成了无话不谈的闺蜜。她不折不扣地执行了雪雁的提示，几天之内就把村里瘫痪的演出队恢复了。演出队主要由村里比较活跃的中老年妇女组成，再加上王宣传等三个不可或缺的中年人。杏儿从小就有文艺细胞，加上人长得漂亮，身材又好，不管是中学还是大学里的校园艺术节，她都没少登台演出。如今当了演出队队长，每天她感觉浑身都有使不完的劲。杏儿还特别把王宣传吸收进演出队，而且嘱咐他，今后就发挥他的特长，由他用打快板的方式来报幕。王宣传喜出望外，做梦都没想到杏儿会这么重视他。人们都说，杏儿的这个决定别出心裁，肯定受观众欢迎。

悠悠流淌的枫杨溪，从村子南边养马河的古堰起水，傍过村委会的广场，穿过村子，流向北边的古堰镇。溪边，有一条双车道的混凝土沥青路，名叫枫杨路。沿着枫杨路，从村委会到古堰镇，最多3公里路。

凡是村里排练节目，都是在村委会的广场上。午饭过后不久，演出队的排练就开始了。这天排练的是一个热闹喜庆的开场歌舞，是杏儿教大家跳的。伴奏是从网上下载的。如今演出的歌舞无须愁伴奏问题，当音箱里响起绝对一流水准的音乐伴奏和演唱时，那动听煽情的旋律，立刻感染了看热闹的村民和参加表演的演员，现场气氛一下子就火红活跃起来。演员们嫌累赘，纷纷脱掉了羽绒服、呢大衣等臃肿的外套，亮出了各人穿在里面的紧身毛衣。毛衣五颜六色、式样又各异，顿时就让她们光鲜起来。其实，川西平原的乡下女人都很会收拾打扮自己，光看外表，外人是难以看出她们是城里人或是乡下人的，也休想猜准她们的实际年龄。当音乐重新响起时，各就各位的演员们相继上场，非常投入地跳了起来。

这个开场歌舞接连跳了三遍，演员们都有点累了，一个个满脸绯红，气喘吁吁。杏儿赶紧叫停，宣布休息一下。

杏儿一抬头，就看见从镇上开来一辆宝蓝色的轿车，车头就像大张嘴巴露着尖利牙齿的鲨鱼，其铭牌是在蓝色的底座上矗立一件类似于三叉戟的兵器，但它不是像通常那样树立在车头上，而是贴在车头通风口的"牙齿"正中。给人一种奇特的感觉，非常豪华，非常拉风。轿车拐进村委会前面的停车场，熄了火。杏儿从没见过这种轿车，不免好奇，心想这是谁这么张扬啊，就迎着轿车走过去。从标牌上的英文字母，她认出了这车名叫玛莎拉蒂。

此时车门开了，从车上下来一个体型高大的帅哥，穿一身名牌黑西服，系着一条暗红色的领带。满面春风的帅哥看见杏儿，礼貌地问道："请问美女，这儿是枫杨村村委会吗？"

杏儿点了点头，心想这帅哥这么面生，到这儿干什么呢？

帅哥看出她的狐疑，爽朗一笑，说："你们村的支书雪雁是我的朋友，我今天专程从省城来看望她。请问她的办公室在几楼？"

"哦！帅哥，原来你是我们雪书记的朋友啊，欢迎欢迎！"杏儿面露惊喜，热情地说，"雪书记的办公室在二楼，你上去吧。"

蓄着平头的雷鸣从广场边上路过时，站在人丛里凑了一会儿热闹。他是总老辈子雷火云的宝贝孙子，农学院的专科生，今年25岁，如今是村里青年志愿者服务队的副队长。这是个敦厚壮实寡言少语的小伙子，长着一张英俊的面孔。音乐声一停，他就转过身子准备离开。他一抬眼，就望见了宝蓝色的豪车和走向豪车的杏儿。他就好奇地尾随杏儿走了过去。

只听杏儿热情地说，帅哥，你稍等，我向雪雁书记通报一声。

"不用，不用。谢谢美女！我想给她一个惊喜。"正说着，帅哥发现雷鸣走过来，就吩咐道："帅哥你好。我想请你帮个忙。是这样，我是你们雪书记的朋友，我给她带来一点儿小礼品，东西有点儿多，麻烦你帮我搬上楼一下。好吗？"

什么？他是雪雁的男朋友？雷鸣把朋友听成了男朋友，心里顿生反感。加上对方公子哥儿的派头，心里就更加排斥。于是就旁若无人地朝着村委会办公楼走去。

杏儿却急了，她同情地瞥了一眼帅哥，喊道："雷鸣！死人！快过来，帮这位客人搬搬东西，那可是送给雪雁书记的礼物啊。"

杏儿是雷鸣的顶头上司，他不想顶撞她，就默然站住。

"谢谢美女，谢谢帅哥！"帅哥边连声道谢，边打开后车盖，取出了十来个大小不一的纸箱纸袋。

这些礼品的外包装印得花花绿绿，很扯眼球。在广场上休息的演员和观众感到十分好奇，不由自主地围了过来。

"哎哟！这是谁呀？这么有钱！"

"瞧这豪车！瞧这礼品！这送给谁的？啧啧啧啧啧……"

惊叹声夹杂着羡慕和好奇，七嘴八舌，议论纷纷。

有人指名道姓地问杏儿："这帅哥究竟是谁？"

杏儿开心地回答："这帅哥是我们雪雁书记的朋友。"又说，"帅哥，你快给大家介绍一下自己嘛！"

这帅哥也是人来疯，就大方地说："我名叫金远航，是一名在校的大学生。雪雁是我的学姐，是我的朋友……"

人们下意识地都把这个帅哥误认为是雪雁的男朋友。"哇！雪雁书记的男朋友！好帅哟，好有钱啰！"

"什么什么？雪雁是他的学姐？原来才是姐弟恋哟……"

在众人好奇惊喜的议论声中，金远航眉飞色舞，雷鸣眉头紧锁，各自抱着一摞重重叠叠的纸箱纸袋，小心翼翼地踏上了村委会大楼的台阶。

4

金远航怎么会突然登门造访雪雁呢？

在毕业的舞会上，金远航终于邀请到了忙得滴溜溜转的雪雁，摆谈加上起舞，两人总共在一起待了大约半个小时，之后，他就眼巴巴地看着别的男生把她请走了。这半个小时在他21岁的生命历程中是如此短暂，但留在他心目中的雪雁的美丽却是无比动人，无比令人陶醉。雪雁的音容笑貌，雪雁的一颦一笑，成天在他的脑海里盘旋。但是，雪雁——他心目中无与伦比的女神，居然失踪了！从此杳无音讯……无论他怎么拨打她的电话，对方就是不接听。他绝望，他痛不欲生，他魂不守舍。就像世间所有的痴情男子一样，人的精神眼看就萎靡下去。

他的父亲金茂江是西都市有名的房地产商。他在50多岁的时候，断然跟发妻、金远航的生母离了婚。新任妻子风情万种，是金茂江的前任女秘书，她还没来得及为他生个孩子，他却因为动了前列腺癌手术而失去了生育能力。金远航自然恨这个抛弃了母亲的生父，金茂江却很爱这个唯一接香火的儿子。他发现儿子精神恍惚，就派自己刚招聘的女秘书去安慰他。

长相清丽的女秘书很有亲和力，她不知用了什么招数，居然取得了他的信任。金茂江这才得知，原来儿子是失恋了。他魂牵梦绕的女神名叫雪雁，是省委组织部招聘的乡镇干部，这个雪雁居然就失踪了，并且整整失踪了半年之久。要想找到雪雁，在儿子是难于上青天，在他就是易如反掌。他稍微动用了一下他的关系网，两天以后就得到了确切的消息，雪雁如今在津南县古堰镇当镇干部，半个月前受到提拔，当了该镇枫杨村的党支书。金茂江得到这个情报以后，并没有急于给儿子打电话，而只是给他发了一条短信。金远航接到这个短信后，欣喜若狂。金茂江果然如愿以偿，得到了儿子的回复短信：谢谢老爸。

雪雁的办公室在二楼背后最东边的一间。雪雁在安排好近期工作时，心思已经飞到了未来。她面前的办公桌上摆着那篇报道耿玉强的报纸，望着报纸上刊登的耿玉强的照片，她陷入了沉思。

此时传来敲门声。"请进！"她喊。

两个抱着一大摞箱包的人，却不方便腾出手去开门。

雪雁略感诧异，再次喊了一声"请进"！见门外毫无动静，就径直走过去将房门一拉。这一拉，让她立刻僵在了原地。我的天呐！金远航这家伙居然堵在门口。原想冷落了这家伙半年，他也应该知难而退了吧，岂料他竟然找上门来。她的内心极为恼火，恨不得把他骂得狗血淋头，然后把他推出办公楼。但是现在她的身份特殊，她得顾及影响，顾及村民们的感受，岂能由着性子来？

朝思暮想的雪雁突然神采奕奕地出现在眼前，金远航只觉心脏突突突地狂跳不已，热血沸腾，面部因激动而痉挛起来。他有太多的绵绵情话想对她倾诉，而此刻却只会张口结舌，说不出话来，勉强挤出了一声："雪……雪姐……"

"金远航，你这是干什么？"雪雁冷着脸，竭力平和地问。

"我……我想你……"金远航的眼神炽烈如火。

哗啦！耳边传来一声骤响，雷鸣抱着的箱包突然撒落一地，让二人陡然一惊。就见雷鸣十分尴尬地弯下腰，手忙脚乱地将东西搬进屋内。之后，扭头瞪了雪雁一眼，夺路而走。

金远航趁机挤进屋内，将抱着的箱包放在办公桌前面的条形茶几上。此刻，他突然意识到自己今天的唐突，就有点儿手足无措。

"你坐吧。"雪雁的理智一直在提醒她，要冷静。

他如蒙大赦，立即顺势坐在沙发上。

"你这么做，影响很不好。"她背倚办公桌，严肃地说，"尤其还带着这么多东西。"

"一点儿心意罢了，又不值几个钱。只不过是一些女孩子喜欢吃的零食、奶粉、咖啡而已，还有几件比较雅致的时装……"

"一会儿你走的时候，把它们带走吧。"雪雁轻描淡写地说。

"什么？"金远航大惊失色，"你打死我都不会带走的，你让我的面子往哪儿搁？"

"你为什么要这样？"雪雁恼火地紧皱眉头。

"我爱你呀！你不知道，这半年我是怎么死去活来的……"

"我们认识的那天晚上，我不就明明白白地告诉过你，你别胡思乱想，我已经有男朋友了吗？"

"只要你没有结婚，我就有追求你的自由。我爱你，跟你无关。"远航斩钉截铁地说。

雪雁气得一跺脚："你这人怎么能这样？"

"这可不能怪我，谁叫你那么美呢？"

雪雁忽然醒悟，不能再跟他这么待下去，否则早晚会把她绕进去，就改口说："我有急事，马上要走。"说罢，拨通了杏儿的手机："喂，你安排一个人临时负责一下排练，我马上去铜马镇，你跟我一起去。"

"铜马镇我去过，离这儿少说也有40里路。"金远航赶紧插话，"这样，我开车送你们吧。"

雪雁略一沉吟："……那，你把你的东西带走吧。"边说边去抱纸箱。

金远航急了，赌气地说："行！我马上把这些东西扔出去。"边说边顺手操起一口大纸箱，朝着窗户走去。

"你敢！"雪雁忙张臂一拦，喝道，"放下。"转瞬之间，她已有了主意，好吃的东西送到镇幼儿园去，至于时装嘛，看看谁穿合适就送谁。

金远航以为她已回心转意，就将纸箱放下。

雪雁莞尔一笑："快走吧，时间不早了。"

5

找到铜马镇的谢家林盘时，温吞水般的夕阳已经偏西了。一路上，雪雁一直都在赞美耿玉强如何了得，他亲自监工打造的六个川西林盘的院落是如何的了不起。等到三人停好车，兴冲冲地赶到谢家林盘的入口处时，雪雁却突然失语了。

面对眼前的荒凉景象，雪雁诧异极了，她瞪大双眼，茫然四顾。三年前曾经风光无限的谢家林盘，此刻却衰草丛生。慈竹林和乔木的枝叶，以及一人高的荆榛草莽，在寒风中摇曳着。橙黄色的夕阳光柱忽明忽暗，给整个景区涂抹了一层悲凉的色彩。"怎么会这样？"雪雁大失所望地喃喃自语。金远航和杏儿莫名其妙地望着雪雁。好在林盘中鹅卵石镶嵌的水泥过道少有长草，雪雁就带头朝景区走去。

这个林盘并不大，只有三四十亩。是当地人祖祖辈辈赖以生存的原生态林盘。因为搞城乡一体化，林盘里的人搬到旁边的新小区集中居住，镇上就决定将它打造为农耕文明时代典型的聚落址。耿玉强素来喜欢研究乡土文化，当时在镇上已经有了一些名气，他一出手就身手不凡，他受朋友举荐，负责解决铜马小学的绿化问题，这时他才30岁。他厚积薄发，出奇制胜，美化后的铜马小学名声在外，一举成为全国闻名的园林式学校，得到了县、市、省乃至中央文明办的表彰，还迎来了中央文明办副主任的调研。他的才干受到唯才是举的镇党委张书记赏识，在镇上决定打造谢家林盘时，他自然成了不二人选，这时他才32岁。雪雁一边走，一边将她从报纸上得来的信息向金远航和杏儿转述。

耿玉强直接指挥一支100多人的施工队伍，历时三个月的时间，在林盘里按原有民居布局修旧如旧，成功实施了对林盘的保护。他将林盘中的六个院落在原址上进行了保护性的改建，强调富于川西民居特征的某些符号，形成了六个风貌迥然不同，并且修旧如旧的民居院落，以展现20世纪80年代以前当地林盘农村院落的生活情景。这六个原汁原味的院子明显是川西民居的六种类型，六种龙门子的式样绝不相同，房屋的墙壁也各有讲究，令人叫绝。

雪雁强调说："我怕你们听着枯燥，我就不详细介绍院子了。我只说说这六家院坝的围墙。我当时正读大二，从自媒体上得知这个消息后，我们十几个爱好乡土文化的同学相约，专门赶到这儿来参观。"

雪雁带着二人，在林盘中逛来逛去，一家一家地看，看到精彩处，雪雁就及时点评几句。雪雁说："光是川西林盘的院落围墙，这里就有六种标本。火砖十字花式墙，青砖瓦脊镂空墙，卵石黄泥墙，泥砖草顶墙、红石毛石墙、竹编篱笆墙，每一种围墙都具有一种生活本真的美，质朴的美。"有雪雁这样一位知识渊博的美女当导游，金远航和杏儿看得兴致勃勃。杏儿虽说是长在农村，但从未以旁观者的目光来审视自己一直生活在其中的川西林盘，连呼："哇！真是脑洞大开，林盘中的院落居然有这么美！"

这个林盘的打造，每一个细节都体现了耿玉强的匠心。雪雁对耿玉强的欣赏溢于言表，说，这个林盘的不同凡响之处是，每个院子都设定了一个主题，诸如"农耕之家"的安居乐业，"锄禾之家"的勤俭持家，"耕读之家"的书香院落，"竹林茅屋"的福禄寿禧等。更难能可贵的是，每个院落根据不同的主题诉求，摆放不同的川西农家的生活用具和农耕工具，以及某个历史阶段特有的招贴画。

记者的文章还说，对于各种农家物件的搜集，耿玉强可谓呕心沥血无微不至，大到神龛、犁耙，小到清油灯盏、当年的火柴盒之类，平坝、山上、县城、省城，跑了无数的冤枉路。恰恰是招贴画、烘笼、灯盏之类从前的寻常之物，最后踏破铁鞋无觅处，在省会西都市的古董摊上才买到。

尤其值得称道的是，耿玉强复原川西林盘生活情景的努力。他特意保留了林盘中的一口老井，给它镶了石板，砌了井栏。又在林盘边上按实际大小，平地新砌了一座过去当地林盘的常见景观——烧石灰的灰窑，并复制了灰篓、篼箕、掏锄、称石灰的抬称和称架子。

三人在林盘中走着走着，就见在不远处的路旁，竖立了一个大户人家的龙门子，显得很是突兀。雪雁说，这个龙门子是建得很地道的，你们看，瓦顶瓦当，吊柱雕花，铺板为壁，廊柱森严；大门里面，是俗称二门的映门，由四扇小门组成。雪雁又指着龙门子的侧后方，说："那是一个温饱之家厨房的剖面，它的梁和柱明显瘦小，一段老墙支撑着一个老灶台，它的椽子檩子是竹竿做的，房顶上盖的是谷草，房屋的排列结构是五柱四的竹篾泥面。远航，杏儿，你俩说说，耿玉强为什么要把这两道景观摆在这儿？"

"为了展示川西林盘建筑的多样性。"金远航抢着回答。

杏儿想了想说："他是想提醒人们，林盘中既有富人，更有穷人。"

一句话把雪雁和金远航都逗笑了。

雪雁指点道："耿玉强这个人确实睿智。他这叫别出心裁，普普通通的林盘景观，摆放在这里却妙不可言……"

金远航并非那种花天酒地的纨绔子弟，是肯认真读书的。此时赶紧插话："雪姐，你看我说得对不对？从美学的角度来看，这两道景观其实饱含抽象意味，具有形式感之美。"

杏儿不料公子哥儿的金远航能发表如此高见，顿生好感，情不自禁地鼓起掌来。

雪雁别有深意地瞟了一眼杏儿和金远航，说道："远航说到了点子上，鼓掌！"边说就边鼓掌。

金远航是属于那种给他点儿阳光，就灿烂的那种人，她立刻靠近雪雁，在她的耳旁低声说："雪姐，我并非你想象的那种纨绔子弟，我的家庭就是一出悲剧，希望你给我点儿倾诉的时间……"

雪雁一愣，深恐他借题发挥，便道："就事论事，不要扯远啦。"

杏儿自然不知道金远航碰了一颗软钉子，只看见他放慢了脚步，她有话要说，便紧走到雪雁的身边，附在她耳边问，俗话说："小别胜新婚。我感觉你俩怎么怪怪的，一点儿都不亲热。"

"傻丫头，你胡说什么？"雪雁正色道，"你知道我是有男朋友的人。后面这个人跟我纯粹就是校友，在感情上我跟他毫无瓜葛。"

"啊？"杏儿惊奇地瞪圆了眼睛，"那他怎么给大家说，你是他的男朋友呢？"

"他真是这么说的？"雪雁脸色陡然一变。

杏儿赶紧改口："他，他只说他是你的朋友……"

"这还差不多。我就说，这个人还没有那么坏嘛？"

我倒觉得他挺不错的，他至少没有那些纨绔子弟的臭毛病。

雪雁忽然半开玩笑半认真地说："哎，你可是我们古堰镇百里挑一的美人，我给你当媒婆怎么样？"

"讨厌！"杏儿当即羞红了脸，她扭身一看，金远航已经跟了上来，便抢先朝前面疾走。

谁知金远航却来了一句："杏儿小心！林子里有大灰狼！"

两个女孩掩嘴大笑。过了一会儿，雪雁一本正经地说："尊敬的游客朋友，请听我接着往下介绍。"

雪雁告诉二人，原汁原味的林盘风貌对城里人的确有吸引力。这个经典林盘一问世，立刻引起轰动，媒体争相报道，游人络绎不绝，学习考察的团队让镇上应接不暇。乃至法国的乡村旅游团一行50多人，世界粮农组织亚非拉13个国家20多人，英国的十几位中、小学校长，海峡两岸文化交流的多个团队都慕名前来观光。还有，当年的中国农民丰收节把这里作为分会场。六个院落全都安排了农耕文化的非遗项目展演，一时间，这里张灯结彩、欢天喜地、热闹非凡。

"这才过了三年时间，这里怎么就荒芜成了这样？"金远航和杏儿几乎同时喊道。

"这也正是我心中的疑问。"雪雁随即掏出手机拨通了姚开华的电话。

她首先向姚开华报告了自己的行踪，谈了谢家林盘的现状，接着问他这究竟是怎么一回事。

姚开华告诉他，铜马镇这三年换了三任一把手。三年前打造谢家林盘的张书记调到某局当了局长以后，第二任第三任一把手先后走马上任，他俩有一个共同点，就是不愿吃别人嚼过的馍，他俩上任之后，都确立了自己新的工作目标，并且做出了成绩。偶尔有领导问起谢家林盘，二人的解释几乎如出一辙，没考虑好该怎么继续打造云云。因为日复一日地没考虑好，日复一日等待着的谢家林盘，也就日复一日地荒芜了。这种事情在背后当然少不了挨老百姓的骂，但官场对于这种小事似乎已经习以为常了。

姚开华已经挂了电话，雪雁却还沉浸在其中不能自拔。她暗暗告诫自己，未来的枫杨村建设，绝不可以重蹈谢家林盘的覆辙。

6

三人不无遗憾地走出谢家林盘。雪雁明知耿玉强失踪了，却并不死心。她对金远航和杏儿说："来都来了，干脆去耿玉强的家找找线索吧。"金远航巴不得跟两位美女多待一些时间，尤其是怕雪雁把他撵走，赶紧说："就是就是，雪姐考虑得周到。"

雪雁向金远航提供了耿玉强家的方位，这是他刚才向姚开华打听来的。玛莎拉蒂在津铜公路上朝着北方跑了十多分钟，导航提示目的地到了。金远航将轿车停在穿越村子的那条水泥路上，经过路的老乡指点，他们找到了村边那座竹树簇拥的林盘小院。面对铁将军把门的耿家龙门子，两位姑娘束手无策。

金远航自告奋勇地说："看我的。"就见他纵身一跳，跃上墙头，转眼消失在视野里。紧接着，他又从墙头上跳了下来。他拿着从院子里寻来的一根铁钉，对准插在门扣上的弹子锁一阵忙活。咔嗒，锁居然让他给捅开了。他立即招来两个姑娘的青眼。

杏儿开玩笑说："哎，你这个富二代，怎么也会偷鸡摸狗的这一套？"

"小意思，我室友的老爸是配钥匙的，他顺便教了我两手。"金远航望着雪雁，暗自得意。

雪雁轻描淡写地说："看不出学弟还真有一手。"边说边推开大门，朝里面走去。

等三人走进大门，金远航转身将门闩上。院里满地荒草，三人都有点儿见惯不惊了。这是一座老式的川西民居，怕是修了有二三十年了。三人穿过草丛，朝着堂屋走去。见院子里有些潮湿，吊在最后的雪雁，就边走边埋头细心地观察着。

她忽然发现，脚下的浅水凼边，似乎有半截皮鞋鞋印，她俯身定睛一看，鞋印居然还比较新鲜。她抬眼望了望前面紧锁的堂屋大门，心里便有了主意。她见杏儿和金远航站在廊檐下窃窃私语，便会心地一笑。

两个相见恨晚的年轻人谈兴正浓，却见雪雁径直走到堂屋门前，就跟表演话剧似的，面对金属的防盗门，开始了声情并茂的内心独白。

"门背后的朋友，下午好！我在院坝的湿地上发现了你的脚印，我知道你藏在屋里。我先自我介绍一下，我是古堰镇枫杨村的支部书记，名叫雪雁。我是一名大学生村官。耿玉强先生，我早就知道你，一直想跟你交个朋友。三年前，你精心打造的谢家林盘红极一时，我曾经专门赶来欣赏过。我对你的别出心裁极为欣赏。你的用心深深地打动了我。刚刚，我和我的朋友又专门去那里参观，那里的荒凉出乎意料，说实话，我感到很痛心。我到这里之前做过功课，我知道你目前的处境十分艰难，你这样东躲西藏也不是办法。我们枫杨村是个大村，我想把它建成以川西林盘为依托的农旅融合综合体。你是难得的人才，你的聪明才智应当在乡村振兴中大显身手，我决心在我们枫杨村建成一个别人难以复制的农耕文化博览园，那正是你这个英雄的用武之地。我诚恳地向你发出邀请，到枫杨村去，去施展你的才华，去追求你的美梦吧！"

金远航和杏儿听得正来劲，雪雁的独白却戛然而止。只见她略一思索，又补充道："只要你乐意，我们可以开车来接你。建议你住在我们村委会的大楼里，这样比较安全。我们的村民会保护你的人身安全，没有人敢来骚扰你。耿玉强先生，你和我素昧平生，我刚才说的话，你肯定半信半疑，欢迎你调查我的底细。我把我的电话留给你，请你记住。"接着，雪雁报了自己的手机号码。

屋里没有一丝动静。金远航和杏儿面面相觑，认为雪雁这是瞎子点灯——白费蜡。不料，一把钥匙却从窗户缝里飞了出来，落在地上。三人喜出望外。杏儿一把将钥匙抢在手里，在防盗门的钥匙孔里转了两圈儿。门缓缓地开了，门口站着一个三十来岁的精壮汉子。

"耿玉强！"金、杏二人又惊又喜。

"你不是耿玉强……"雪雁嫣然一笑，语气平静。

"我是秦木匠，我是他的助手，也是他的铁哥们儿。我藏在他家，想等他回来……我很担心他的安全。"

雪雁微微点头，伸手将秦木匠的手一握，说："幸会幸会。请你把我刚才对你说过的话一字不漏地转述给他。拜托了，秦先生。请你转告他，枫杨村的大门随时为他敞开着。同时，我们也衷心欢迎你这位助手跟他一起到枫杨村。"

7

雪雁很自信，她与耿玉强虽然素昧平生，但是凭着她"一顾茅庐"的坦诚和对人才的仰慕以及她那一段声情并茂的"内心独白"，是足以让对方心动的。耿玉强到枫杨村辅佐她建功立业，只是一个时间早晚的问题，可以说是毫无悬念了。可是还有一个问题，她却没有处理好。那就是村委会主任尹久耕，她已经当众夸下海口，要把他请回来履职，可是半个月过去了，此事却毫无进展。这当中自然也有客观原因，比如说，她杂务太多，分身乏术；又比如说，尹久耕在外地打工，他的地址一时还难以弄清。但是，无论怎样，此事反正没做好。

雪雁坐在办公室里，一个人正闷闷不乐时，方玉玲气喘吁吁地小跑着来找她了。她兴奋地告诉她，尹久耕回来了，是昨天晚上到的家。"是吗？"雪雁激动地从座椅上一跃而起，一把将对方搂在怀里，说，"玲姐，太感谢你了！"没等方玉玲反应过来，她已经兴冲冲地走出了办公室。她从枫杨路向南走了一会儿，再折转向西，从一条社道走到第7村民组。她知道尹久耕的家，她曾经不止一次地从他家附近走过。一出翠竹林，就望见了尹家的一排砖砌平房，平房是青瓦盖顶，房前有一个不大的坝子，房后是一个小梨园。周围环绕的并非砖墙，而是高可两三米的植物绿篱。这种在春天开小白花的灌木丛绿篱名叫枳壳，它浑身长刺，密不透风，连野猫野兔都不敢乱钻。

雪雁沿着小路，兴冲冲地走近枳壳的绿篱笆，旁边恰好是尹家后园的园门。她随手推开园门，毫无戒备地走了进去。她的脚下，是穿越梨园的红砖拼成的小道。她边走边喊："有人吗？尹主任在家吗？"

无人应声。

她有点诧异，就停下脚步，清了清嗓子，准备用点儿力气大喊。突然，弯道上传来急促的喘息声。她定睛一看，哇！是狗！只见一只势若猎豹的四眼子黑狗拖着长舌，旋风似的冲将过来。这狗也不出声，只顾猛冲。老辈人讲，不出声的狗咬起人来分外凶狠。她是乡下的孩子，当然明白这点。她扭身就跑，在下意识地发出尖叫的同时，以百米冲刺的速度，冲出园门，冲进了竹林。

竹林中，正逢雷火云从对面走来，他放眼一看就明白了。情况紧急，容不得他多说。"别怕！有我哩！"他厉声高叫，往路边一闪，让过飞奔而去的雪雁。紧接着，又威风凛凛地站回原位，那架势，犹如长坂坡横刀立马的猛张飞。在黑狗距离他只有十来米时，他突然倒吸一口凉气，非常夸张地大咳了一声。正在冲锋陷阵的黑狗闻声大惊，慌忙住脚时，距离雷火云已不足两米，猛抬头一见他张口要吐，吓得魂飞魄散，转身落荒而逃。原来，这黑狗小时候并不知道雷火云是总老辈子，有一次不揣冒昧对它示威时，挨过他吐的一口浓痰，并且不偏不倚地吐在它的狗眼上，造成了它对咳痰声的极度恐惧和终身记忆。它也不知道那家伙吐的什么，反正那玩意儿粘在眼睛上特别难受，要不是它聪明，跳进养马河水去清洗，估计它得当好几天独眼龙。

"这个尹久耕，也太不像话了！"在雪雁的办公室里，杏儿听完她的诉说，气得直拍桌子。他居然敢放狗咬你……

"或许他不是故意的，那黑狗是他忘了拴吧。"雪雁说。

"我才不管他是忘了还是没忘，我有办法叫他乖乖出来见你。雪雁姐，我陪你去出这口恶气。"说罢，起身朝门外走去。

"那黑狗好凶啊！"雪雁忙跟上去问，"你就不怕它咬你？"

"不怕！看我的。雪雁姐，你先等我一下，我回家拿样东西。"

杏儿匆匆出了村委会大楼，骑着电动车，朝着村子东北她家的，飞驰而去。过了10分钟，她原路返回。二人步行，拐上了枫杨溪边上的那条小路。二人走出竹林，来到尹家后园的绿篱笆门口，杏儿使劲将园门一推。

"那狗真的很凶，你就不怕？"雪雁心有余悸地说。

"不怕！"杏儿下意识地挽了挽袖子，故意高声叫道，"有人吗？尹主任在家吗？"她一边说，一边带头往园子里走。

"小心狗！"雪雁警惕地猫着腰。

话音刚落，弯道上马上传来急促的喘息声，只见那只势若猎豹的四眼子黑狗，拖着长舌，旋风似的冲将过来。

雪雁吓得脸色惨白，转身就跑。

杏儿却像钉在原地一般纹丝不动。只见她扬起右手，朝着脚下的红砖小路猛然一摔。砰！一声巨响，打破了小园儿的寂静。黑狗闻声丧胆，掉头就跑。

杏儿意犹未尽，砰！砰！又连续两次一挥一摔。在雪雁看来，杏儿的动作英姿飒爽，简直漂亮极了。杏儿刚才的两下子，她看清楚了，原来他摔的是小孩儿玩的欢喜弹儿。欢喜弹儿是黑色炸药混合瓷器末，用丝绵纸裹成玻璃弹丸般大小，一摔就炸，爆炸声犹如枪声，话剧舞台上常用它为前台表演的打枪动作配音。

"别开枪，别开枪！"声音很惊惶，接着，从弯道上闪出一个高大的汉子，汉子脸型略圆，慈眉善目，大约三十七八岁。

"谁开枪啦？那只不过是我侄子玩剩的欢喜弹儿罢了。尹大主任，你终于回来了，要见你一面真不容易呀！"杏儿毫不客气地嘲讽道，"雪雁书记来见你，你居然敢放狗咬她，你……"

"你误会了，那狗没拴，是它的四只脚要乱跑。"尹久耕红着脸辩解。

雪雁怕杏儿说出更难听的话，赶紧走上前说："尹主任，你好。我是我们村的新任支部书记，我名叫雪雁……"

尹久耕不冷不热地说："雪书记好。你的事我听说了。要不要进屋坐坐？"

"就在这儿聊挺好。"雪雁看出了他的冷淡，知道他不打算请她俩进屋坐，说道，"久耕同志，你是现任的村委会主任，更是一名老党员。村里的工作现在很忙，村民们都盼望你回村主持村委会工作。"

尹久耕没吱声，下意识地抽出一支香烟叼在嘴上，却忘了打火。

"听说你在外县的一个民俗博物馆帮着他们搞烤酒作坊和榨油坊，收入还挺可观的。"雪雁说。

他也不接话，只是摇了摇头。

"尹主任，我看你是乐不思蜀啦！"杏儿说道，"枫杨村是你的老家啊，振兴老家，你不能袖手旁观吧？现在没人敢排挤你啦，你就快回来吧！"

他白了杏儿一眼，依旧不说话。当他听到杏儿告诉他，雷元华因挪用村民的15万办证费而受到党内严重警告处分时，他的眼神倏然一亮。

雪雁及时捕捉到了他眼神的微妙变化。这说明他的血是热的，雪雁暗忖，看来他对她还缺乏信任啊。俗话说，一把钥匙开一把锁。看来，得找到能打开他这把锁的钥匙才行。"尹主任，你这次回来准备耽误几天？"

"这次，我是为我妈的病赶回来的，她有胆囊炎，疼起来要命。看她的治疗情况再说吧。"

"哦！赶紧把她老人家送到医院去看看吧。我还有点急事，回见。"说罢，她和杏儿告辞而去。

8

吃午饭的时候，方玉玲见雪雁闷闷不乐，就关切地问长问短。雪雁就跟她说了不能说服尹久耕的苦恼。方玉玲莞尔一笑："妹子，你怎么不早说呢？我手里就有一把钥匙，打开尹久耕这把锁不费吹灰之力。"

"真的吗？"雪雁喜出望外。

"你知道前任支书陈泽群是怎么死的吗？你知道尹久耕还有吕含芝，两人都一大把年纪了，为啥不成家吗？"方玉玲故意逗她。

"哎哟！我的好玲姐，你就别卖关子了吧。"

方玉玲说："等吃过午饭我再告诉你。"

饭后，方玉玲给雪雁讲了一个荡气回肠的故事。

陈泽群、尹久耕、吕含芝都是枫杨村的人，三个人都同年，若陈泽群还在，今年也是三十八岁。三个人从小学到高中一直都是同学，并且一直都比较要好。三个人中，陈泽群长得最好看，是公认的班花。尹久耕长得慈眉善目，人厚道能干，脾气又好，好多女孩儿都暗中喜欢他。吕含芝高大壮实，五官端正，嗓门儿是典型的女中音，力气又特别大，好多男孩子嫌她不性感，就送给她一个女汉子的绰号。吕含芝内心其实很柔软，也很会心疼人，是做贤妻良母的好坯子，只可惜没有机会去实践。吕含芝的婚姻就很不顺，介绍过几个男朋友都没有结果，要不嫌她太高大，要不嫌她腰太粗，要不嫌她说话不温柔，反正是高不成低不就。一来二去，就伤了她的心，她就发誓再也不找男人了。

在镇上读高中的时候，陈泽群是班长，尹久耕是生活委员，二人接触的机会多了起来，正值青春花季，一来二去，二人就相爱了。二人爱得很苦，原因是他俩相约恋爱绝不能公开。即便是周末回家，二人也不并肩而行，而只是一前一后地吊着走。但他俩每周必定在老河湾的密林中约会一次，其中的幸福和甜蜜，不足为外人道也。

那一年春天，油菜花怒放的时节，发生了一件大事，让陈泽群和尹久耕的命运彻底改变。

当年的那个周末，那天下午学校有事，天快黑时，二人才一前一后地出了校门，二人傍着枫杨溪，不紧不慢地朝着村里走去。暮色中，遍野金黄的油菜花散发着醉人的幽香，这种隔开距离的花海漫步，让他和她的内心不禁涌上了一种浪漫的感觉。

不巧的是，他有了便意，而前面恰好是弯道，行道树自然形成了屏障。他就趁机走下公路，钻进华英满枝的田埂，哗哗地方便起来。

岂料突变就在一瞬间。走在200米之外的陈泽群，浑身只觉得甜蜜和浪漫，正乐颠颠地哼着邓丽君的甜歌。突然，从油菜花覆盖的田埂上，冲出一个脸上套着棕色丝袜的黑大汉，朝着她猛然一扑，一手捂着她的嘴，一手箍着她的脖子，使劲儿把她朝油菜田里拖。她拼命挣扎反抗，造成歹徒在后退时脚下一绊，二人同时仰面朝天栽倒在地上。歹徒也是倒霉，田埂上有块鹅卵石，不偏不倚刚好硌在他的腰上，他在发出惨叫的同时，钳制她的手也自然松开了。她就势一滚，一跃而起，跳上公路，朝着尹久耕的方向狂奔。

歹徒兽性大发，旋风般地冲到她前面，猛一转身，对准她的裆部，飞起右腿，狠命一踢。她惨叫一声，仰面朝天栽倒在公路上。歹徒发疯般地扑上去，撕扯她的衣服。眼看就要羊入虎口时，歹徒身后传来尹久耕急促的脚步声。歹徒慌了，一翻身爬起来，往菜花田里一钻，消失得无影无踪。

尹久耕赶到时，看到的是昏迷中的她仰面倒在血泊里。如果不是尹久耕及时赶到，背着她狂奔到镇卫生院求医，陈泽群的结局必然是流尽最后一滴血。经过手术抢救，陈泽群活了下来。医生告诉她，她此生已不能生育。

陈泽群和尹久耕读书很努力，但那时候大学很难考，二人以几分之差而名落孙山。他正式向她求婚，却遭到她的严词拒绝。她说他不适合她，自己已经另有新欢。为了断绝他的念头，她很快就结了婚，男人是大她十岁的本村人张三哥。张三哥有个儿子，本人既善良又能干，是男人中的极品，他无微不至地照顾得了绝症的发妻，仍然没能挽留住她的生命。陈泽群心里明白，像张三哥这样的好男人，是不会嫌弃她不能生育的。当尹久耕得知陈泽群嫁人的内幕之后，一个人躲进房间用被盖蒙着脑袋大哭了一场。谁知，泪水不仅没有化解他对恋人的思念，反而坚定了他要守望对方一辈子的决心。

2009年雷火云退休后，陈泽群接任支部书记。村支部提名尹久耕、雷元华为新一届村委会主任的候选人。大多数村民选择了尹久耕。尹久耕一心一意辅佐陈泽群，心甘情愿充当马前卒。四年来，陈泽群一心要带领村民致富，就以沥青混凝土路的标准修通村道，勾连各家。她四处募捐游说，起早贪黑，积劳成疾，一发现肝癌就是晚期。陈泽群的死，让尹久耕痛心疾首，他责怪自己粗心大意，居然未能及时发现她的病情。

陈泽群去世后，在雷元华当政的三年里，尹久耕一直思念陈泽群，不能自拔。方玉玲停止了讲述，端起保温杯喝了两口水。

雪雁感叹道："哦！是这样啊。尹久耕了不起，是个有情有义的男人。玲姐，谢谢你给我讲的故事。哎，你说的开锁的钥匙呢？"

方玉玲说："开锁的这把钥匙嘛，不是别人……"

"玲姐先别说，让我猜猜。"雪雁插话，"如果不是别人的话，那就肯定是……吕含芝！"

方玉玲莞尔点头，接着继续往下讲故事。

"我们村里人都重情重义。尹久耕暗恋嫁为人妇的陈泽群，因为他过于优秀，发誓不嫁的吕含芝又在暗恋他。吕含芝暗恋尹久耕已经多年了，但是这桩心事儿她一直压在心里谁都没说，暗中关怀尹久耕的陈泽群却把她的心事看破了。据说，陈泽群弥留之际时回光返照，她叫张三哥把二人叫到床前，托付后事。具体的情况，就得找吕含芝了。这样，你就在家里等着，我去找她过来问问。"

"不妥不妥。"雪雁连忙说，"这牵涉到别人的隐私，如果就这么随随便便地跑去找她，很难不让人反感。我看，还是我直接出面去找她吧。"

"还真是的，万一她不买你的账呢？"方玉玲有所醒悟，"虽说他们三个人的龙门阵村里的人都晓得，但你毕竟是外人，又还是她的上级，万一她放不下脸面呢？"

看来，要请吕含芝打开尹久耕这把锁，得先打开吕含芝心上的锁才是。雪雁略一沉吟，说："玲姐，我想多了解一点儿他俩的情况，再做决断。"

"我明白了。对了，尹久耕的老妈有一个好姐们儿，名叫赵二孃，就住在他家的斜对门儿。这个赵二孃是我老公的表姨，我们两家关系一直不错。雁妹儿，你等我一下。"

方玉玲说罢，就匆匆出了门。

9

傍晚，雪雁一下班回家就催促方玉玲快说。方玉玲很沉得住气，一直闭口不提打探消息的事，只说吃过晚饭再讲。雪雁撒娇说："玲姐，不兴这么折磨人的，我抗议！我要绝食！"

方玉玲赶紧说："好好，我说我说。姑奶奶，要是真饿坏了你，那杏儿他们不把我撕来吃了才怪！我说姑奶奶，你真是福将，赵二孃告诉我的事情啊，足以惊掉你的下巴。"

"玲姐，我的姑奶奶，你就别卖关子了好不好？"雪雁迫不及待地嚷道。

川西把未婚男女当面相亲称为看人。方玉玲告诉雪雁，尹久耕之所以突然回家，说他母亲生病只是借口。其实他母亲的真实用意是骗他回来看人。儿子人到中年，一直都没安家，当母亲的急得头发都白了。这些年媒人也没少上门提亲，但尹久耕全都一口回绝了。这回跟着媒人上门提亲的女子，志在必得，是个跟方玉玲同年的寡妇，不仅人长得好看，小嘴甜，一跨进尹家，就帮助尹母做这做那，很能讨尹母的欢心。尹母认准了这个准儿媳，就故意装病把儿子骗回家，明天正式在尹家看人。

"哦，还有这么一出？"雪雁甚感诧异，"这女子跟吕含芝相比，人品如何？"

"她怎么能跟吕含芝相比？"方玉玲撇了撇嘴，"说来也巧了，这人姓羊，是我的高中同学，外号交际花，上高中的时候就擅长之际。到如今已经嫁过两嫁，为那两个前夫分别留下了一儿一女。她改嫁的原因只有一个——水性杨花。"

"尹久耕知不知道这些情况？"雪雁急了。

"应该不知道。如果知道姓羊的女人水性杨花，依他的性子，他怎么可能答应明天看人？"

"要是尹主任跟这个女人一块儿过，他的这一生就毁了！"

"要是我这个羊同学把尹主任抢到手，吕含芝可就惨了。"

"玲姐，如果吕含芝知道这个消息，她会怎么办？"

方玉玲莞尔一笑，反问道："如果你是吕含芝，你会怎么办？"

"事不宜迟，走，马上找吕含芝去！"

两人花了5分钟用来狼吞虎咽，碗也顾不得洗，就匆匆出门走了。

天刚擦黑，一弯新月已经升起来了。吃过晚饭的吕含芝刚洗完碗，一听见雪雁的招呼声，就赶忙把两人迎进了客厅，三人分主宾入座。吕含芝是个聪明人，她一猜，就猜到雪书记一定是在尹久耕那儿碰了钉子。她就问坐在身旁的方玉玲："你把我们三个人的故事讲给雪书记听了没有？"方玉玲就说："当然讲了，雪书记又不是外人。但是最关键的部分我弄不清楚，没敢乱讲。"吕含芝就问她什么是关键部分。方玉玲诡秘地一笑："泽群大姐临终前给你们两做媒的事啊。"

吕含芝是个爽快人，雪雁和方玉玲都是她信得过的人，立刻就竹筒倒豆子，把事情的来龙去脉倒了个干干净净。吕含芝他们三个人的故事太感人了，把雪雁和方玉玲弄得泪流满面。最后吕含芝说："这个尹久耕，什么时候学会这么阴阳怪气了？明天我去找他理论理论……"

"我的吕大姑，明天去恐怕就晚啦！"雪雁赶紧插话。

"你们是不是有什么事情瞒着我？"吕含芝敏感地问。

方玉玲连忙把赵二嬢跟她讲的事情复述了一遍。

"玲玲，你这个情报来得太及时了。"听了方玉玲的讲述，吕含芝的脑海里仿佛响起了一声炸雷，但是那雷声稍纵即逝，她马上发问："这事儿尹久耕知不知情？他是什么态度？"

"我敢断定，尹久耕肯定不知情。"方玉玲说。

"管他知情不知情，如果你退让，你和尹主任的这一生就毁了。当仁不让，属于你的，就必须努力去争取！"雪雁道。

"雪雁书记说得是。我就不信，他尹久耕的心里放得下我。说实话，我跟尹久耕有半年没见过面了，这心头还怪想念他的，就假公济私一次吧，趁这个机会我去看看他……"

林盘里的月色弥漫着淡淡的薄雾，影影绰绰，有一种迷人的神秘感。虽说三人一路无话，吕含芝的心里却一直翻波涌浪。

吕含芝领着两人，不走后园，直接走到前院。隔着枳壳绿篱，吕含芝就亮开中气十足的中音嗓门大喊："尹大哥！尹大哥！我知道你回来了。快把你的黑狗拴好，我进来啦！"

过了几分钟，就听尹久耕在院子里回答："狗拴好了，进来吧。"

吕含芝和雪雁刚走到龙门子前，双扇木门吱嘎一声打开了，就见尹久耕微笑中带点惊讶，站在门口说："稀客，稀客。"

"我是稀客，雪书记不是。"吕含芝故意说，"雪书记，你今天是第三次来了，对吧？"

"算是吧。"雪雁见尹久耕脸色一红，就莞尔一笑。

三个女人跟随男主人走进客厅。他请三人入座，泡茶。

"怎么没看见伯母呢？"吕含芝问道。

到张三孃那儿摆龙门阵去了。

吕含芝明白机会难得，一开口就深情地说："尹大哥，我有半年多没见过你了，这心里还怪想念的……"她一边说，一边别有深意地望着尹久耕。

尹久耕瞟了她一眼，心就有点儿发慌。

"唉！"吕含芝重重地叹息了一声，"真是光阴似箭哪，泽群离开我们一晃就三年多了……当时，她都快咽气了，可是放心不下你，也放心不下我。她叫张三哥把你我请到他的病床前，交代后事……"

往事历历，尹久耕不由自主地抬头望着虚空，仿佛那里站着他精神上的恋人泽群。

雪雁感觉吕含芝这把钥匙真的太厉害了，一进门就直奔主题，并且打的是感情牌。

"在弥留之际，她瘦得只剩皮包骨头，她早已精疲力竭……"吕含芝继续煽情，"可她，为了你、我，强打精神，最后居然回光返照。"她说："久耕，感谢你一直以来对我的爱……我要走了，一无牵挂。最不放心的就是你啊……为了我，你至今不肯结婚……"说到此，吕含芝泪如雨下。

望着虚空的尹久耕神色凝重，眼里渐渐噙满了泪水。

"'来，你俩过来！'泽群当时命如游丝，却坚持喘息着说，'各人伸出右手。含芝，你把久耕的手……抓在手里。'我赶紧照着做了。她凄然一笑，说：'含芝，我把久耕托付给你了……你，你要，帮我……照顾好……'话没说，她就撒手西去……"

尹久耕百感交集，忽然一埋头，用粗糙的大手将脸庞一捂，旁若无人地啜泣起来。

"我知道你很痛苦，知道你想她，也明白你一时挣脱不出来，我就默默地等啊等，等了你整整三年。我就不信，我吕含芝滚烫的胸怀捂不化你这坨冰！"

"含芝，你别说了……"尹久耕泪眼迷离，央求道。

"不！我要一吐为快，不然会把我活活憋死的。久耕，你我生是枫杨溪的人，死是枫杨溪的鬼，建设自己的家乡责无旁贷。雪雁书记是远方人，她却把我们的老家当成她自己的故乡在爱，她含辛茹苦为的什么？她来请你出山，请你重新执掌村委会主任的帅印，你居然敢放狗咬她。她是党派来的，是泽群的继任者，如果泽群九泉之下有知，她难道不痛心吗？"

"含芝！我混账啊！我尹久耕辜负了泽群，辜负了你啊！"说罢，尹久耕倏地站起身。

"听说明天你要看人？是吗？"吕含芝不动声色地问。

"看人？看什么人？"尹久耕大惑不解，赶紧擦了一把眼泪。

"听说，有人给伯母介绍了一个风流寡妇，这人姓羊，恰好是玉玲妹子的高中同学。这人是出了名的水性杨花，可人家的假面子做得好啊，俘虏了伯母的心，她这才借口生病把你骗回来，让你看人的。"

"你是听谁说的？"

"是听伯母的好朋友赵二嬢说的，赵二嬢是我表姨你是知道的。"方玉玲赶紧插话。

"我妈……她、她真是老糊涂啊……她怎么能这么做呀？"尹久耕的胸脯剧烈地起伏着，一转身，冲动地跑出客厅消失了。

雪雁早已热泪盈眶，她缓缓起身，一把将吕含芝搂在怀里。

10

尹久耕的回归理政，让枫杨村两委会领导班子如虎添翼。但是引进人才这方面的工作却毫无进展。俗话说，栽下梧桐树，引来金凤凰。或者说，筑巢引凤。枫杨村这边可以说已经筑好了巢穴，但金凤凰就是迟迟不来。雪雁寻思，究竟问题出在什么地方呢？是枫杨村的感召缺乏吸引力，是她雪雁引进人才的方式不对，还是耿玉强的派头太大？距离"一顾茅庐"都好几天了，可是耿玉强那边仍是杳无音讯。耿玉强这个人才对于未来枫杨村的建设风貌，可谓举足轻重。雪雁忽然醒悟，不可守株待兔，必须主动出击。她马上打电话通知杏儿，叫她搞一辆出租车，她俩马上去铜马镇跑一趟。

开出租车的是村里的雷师，雪雁和杏儿上了他开的一辆小面包。当杏儿得知又要去耿玉强家时，试探着提醒道："要不要通知金远航过来开锁，否则进不了大门的。""是不是想他了？"雪雁瞟了她一眼，半开玩笑地说。"讨厌！"杏儿脸一红。雪雁并不理她，只是咯咯地笑。"再笑，我就给他打电话，叫他来骚扰你。"杏儿一边说一边做出翻电话号码的样子。"别别别，小姑奶奶，我求你了。"雪雁马上就服软了，接着又说："你也是，开个弹子锁还费那么大的劲，舍近求远！"开车的雷师一听，马上插话："杏儿，你忘了我以前是配钥匙的了，如果是弹子锁，我包开。"两个姑娘拍手称快。

雷师傅果真会开锁。他等两个姑娘进了耿家的院子后，就拉上大门，回面包车上去等候。这几天没下过雨，满院枯草显得比较干燥，雪雁放眼一看，就明白今天是不可能发现什么脚印了。雪雁侥幸地暗忖，万一耿玉强又在呢。不管他躲没躲在屋里，她既然来了，就应该表明她思贤若渴的态度，机会难得。于是，她面对金属防盗门，又来了一次声情并茂的"内心独白"，并且再次留下了手机号码。并且强调，她今天是"二顾茅庐"。她准备效仿刘皇叔"三顾茅庐"邀请诸葛亮出山的诚意，来一个"三顾茅庐"请耿老师。

原来，雪雁"一顾茅庐"的"内心独白"，耿玉强并不知道。为了逃避追踪，他早就把手机里的SIM卡扔了。在这个信息爆炸的网络时代，他和秦木匠使用的依然是最原始、最安全的联络方式，那就是，把耿玉强的家作为联络的交通站。但是这种联络方式的弊端很明显，二人阴错阳差，总是失之交臂。

而今天，耿玉强恰好躲在家里。当龙门子的双扇大门发出吱嘎声的时候，他惊诧地看到，他的院子里居然走进来两个如花似玉的年轻女孩，他揉了揉眼睛，以为这是做梦，或者是电视剧《聊斋志异》的拍摄现场。而其中的一个姑娘居然是古堰镇枫杨村的支部书记。而这个支部书记是一个决心干大事的人，是一个非常欣赏他才干的人。她向他发出召唤，欢迎他到枫杨村去大展宏图。在他人生陷入最低谷的时候，在他内外交困忙忙如丧家之犬的时候，这种异乎寻常的遭遇，让他激动万分，热泪盈眶。

他真想破门而出，向这位美女支书表达感激和尊敬之情。他快步走向堂屋的防盗门，在伸手去开门锁时，他看到了自己映在门上的影子。蓬头垢面，胡子拉碴，并且浑身发出酸臭味儿，他顿时一惊，这副面容，岂能拜客？

屋里传来的脚步声，岂能逃过雪雁敏锐的耳朵。她不由得一阵兴奋，往门边一闪，等待着这位32岁成名的乡村园林的打造和监制老师。

时间在一分一秒地过去，她渴望的情景并未出现。她坚信，耿玉强就在门后。因为某种原因，他今天不能露面。于是她最后说了一句很得体的话："耿老师，时间不早了，我们就此别过。不管你有什么困难，我们都愿意帮助你。不管你有什么要求，我们都可以推心置腹地谈。再见！后会有期！"

他从门缝里看到她们愈走愈远，感到难舍难分。等到双扇门再次传来关上的吱嘎声，他再也受不了这种折磨。他冲动地从五斗橱的暗格里取出另一只手机，输入他背下来的雪雁的手机号码，激动地等待通话。可是手机里的提示音却是："对不起！你所拨打的号码是空号。"他感到莫名其妙，接二连三地重新拨打，但得到的仍然是那一句话。他简直要疯了。为什么会这样？他坚信，雪雁绝不会骗他。那么就只有一种可能，是他记错了电话号码。他真想不顾一切，破门而出，冲出龙门子，一路狂奔，去追她们的汽车。

苍天啦！快帮帮我吧！他的灵魂深处发出声嘶力竭的大喊。

俗话说，天无绝人之路。姚开华见雪雁寻找耿玉强的心很急迫，就决心帮她一把。他通过拐弯抹角的关系，摸清了耿玉强东躲西藏逃债的规律，这天早上他六点就起床，把耿玉强直接堵在自己的院子里。隔着紧闭的双扇门，他向耿玉强说明来意，取得了对方的信任。耿玉强大喜过望，他做梦也没想到，那位美女书记的上司居然会亲自开车来接他。他赶紧打开龙门子的大门，把姚开华迎进院子。姚开华见满院荒草，不胜感慨。他请姚书记稍微等他一下，之后就赶紧跑进卫生间，洗澡，换衣服，接着又把胡子刮得溜光。不大工夫，一个容光焕发、精神抖擞的耿玉强，就出现在姚开华面前。姚开华莞尔一笑，建议他应该躺在汽车后座，耿玉强连声叫好，说这正中下怀。姚开华一早就驾车直接朝着古堰镇枫杨村驰去。

第四章　风啸雷鸣

1

温润的川西平原，在金秋十月时节，大凡晴天早晨，总会升起淡淡的薄雾。枫杨树和慈竹林簇拥的方玉玲家小院，远看犹如一幅朦胧的水墨画，近观时，那座挺立于竹树丛中的二层小白楼，便清晰地展现出它的典雅风韵。

有着晨练习惯的雪雁，昨夜看书看上了劲儿，她原以为今天早起不了，可当手机闹钟一响，她依旧一骨碌下了床，穿上淡青色运动装，便来到二楼她喜欢的那个露台。她随着手机音乐做完全套健美操之后，便继续翻阅随身带来的那本《农时要述》。

"九葫十麦冬菜籽"，一条节气谚语猛地扑进她眼帘，耳边犹如有警钟鸣响。眼下已是农历十月中旬，若再不动手培植油菜秧苗，到了冬月中下旬，拿什么秧苗往大田里移栽？

她越想越感到时间紧迫，突然打了个寒噤，忙将挽起来的衣袖拉到小手腕。她心想，自前几日尹久耕回村里，全村就拉开了彩花油菜种子推广工作，不知现在进展到哪一步了。她有些忧心如焚，来不及多想，便打手机询问尹久耕："喂，尹主任，这么早就打扰你，实在抱歉，不过这件事真有点急……"

尹久耕一口接过话来："雪雁书记，我晓得你担心啥，不过你千万别着急。我已经在村委会了，正在汇总三个推广小组的进度。"

其实，尹久耕心里正为推广油菜新品种的事犯愁，愁得焦头烂额，愁得心急火燎。想到雪雁请他回村履职时情真意切的嘱咐，他就感到内疚，感到有负重托，回电话的声音都有些颤抖。

从尹久耕的语气里，雪雁意识到情况有些不妙，一种危机似乎迫近。她必须先稳住尹久耕，绝不能让他这个刚归位的村主任产生一丝打退堂鼓的念头。忙说："尹主任稍等一下，我马上就到。"

雪雁噔噔噔走下露台，推起绿色电动车就朝院外走。

不料方玉玲已在院门口候住她，拿着！这是我刚蒸好的韭菜肉包，这是你的羽绒服。

她见雪雁并未伸手，就紧盯住她说："别急着走，今天我要啰唆几句，行吗？"

雪雁见方玉玲一脸严肃，有点茫然，不过还是认真点着头："说吧，小妹聆听教诲。"

"态度还算端正。"方玉玲接着说道，"作为房东，我得为你的饱暖负责；作为闲了三年的村妇女主任，我不想再闲了，想跟尹久耕一样正式归位，好好管下你这个小女生。"

"那好呀，我正打算哪时找上你，谈谈你的归位问题哩。"

"用不着，我没尹久耕那么麻烦，只需你这个领头的一句话，我现在就算归位啦！"

"玲姐姐真爽快，那这事就定啦！"

"既然小妹妹也爽快，那我就开始行使职权。"

"啊啊，玲姐姐你什么意思？"

"没别的意思，作为村妇女主任，就想管管你的生活还有身体，懂了吗？"

雪雁无奈地一笑："方主任，小女子懂啦。"

"懂了就好，那就把这两样东西带走吧！"方玉玲不由雪雁分说，把装着肉包的饭盒和羽绒服放到她手上。

"谢谢！"雪雁银铃般的声音，让方玉玲装出的那一脸严肃瞬即烟消云散。凝望着雪雁急驰而去的身影，她内心荡漾着一波又一波的暖流。

村委会院坝中，雪雁刚把电动车停好，姚开华就驾着那辆银色小车，把耿玉强送到了。

大门口迎接新朋友，这是惯常的礼仪。雪雁表现出十二分的热情，恭迎耿玉强的到来。

姚开华望着有些疲惫的雪雁，指了指刚下车的耿玉强说："他就是你寻找的林盘文化专家。这么说吧，要不是我提前打了电话，这小子今天又不知会躲到哪儿。"

耿玉强不禁脸上一红。那副尴尬样，让雪雁心里好笑。她握着他的手说："耿大师的架子真够大哟，我已经两顾贵府了，可都吃了闭门羹。但我始终坚信，只要不放弃，精诚所至，金石为开。"

耿玉强连忙致歉："我不是躲你，我是在回避另外的人。"耿玉强暗忖，我可不能暴露那天我隔着门缝见过她，就故意把话岔开。"哟哟哟，雪雁书记，只听说你人年轻文化高，没想到气质也如此高雅。早知是你找我，在下绝对家里候着。真是失敬失敬。"

"别客气，你的事姚书记已经讲了，我这是难为你了。哎！真是越能干越有本难念的经呀。"雪雁不禁喟然长叹。

"彼此彼此。"耿玉强苦笑着说。

雪雁正要请二人上楼，偏偏出现两位大婶，闹嚷着前来找她。真是的，热闹都往一块儿凑了。

正赶来村委会办事的杜鹃，见有人像要闹事，就急忙到雪雁身边站着。

两位大婶面对雪雁，嘴里不干不净地骂道："村两委干什么吃的？莴笋颠吃多了眼睛雾呀，推广油菜良种这种事，那么多人不派，咋就派上雷鸣这个混蛋小子？硬是气死人，收了钱没留下种子，趁我们给乖孙换尿不湿，转眼就不见人影啦。"

杜鹃连忙插嘴："两位大婶，说话要讲证据，雷鸣哥可不是这样的人。"

雪雁向杜鹃摆了摆手，示意她不必插手这件事情。她的眼睛瞟向姚开华，歉然一笑。然后掏出手机，打电话向尹久耕询问了事情的全过程。

原来，作为优质粮油作物技术总指导的雷鸣，这两天老是像丢了魂一样，闷葫芦又成大痴鹅了。他那个小组的推广进度，比起另外两个小组来，竟然差得离谱。更令人不可思议的是，他收了村民的钱，彩花油菜种子没给人家留下一颗，居然就莫名其妙地走了。甚至，还弄丢了30斤种子……

听了尹久耕这番话，向来沉稳的雪雁，也感到十分恼火。她吩咐尹久耕，马上把雷鸣给她叫过来。

望见雪雁这般神态，估计是遇上大难题了。姚开华便说："我先陪耿大师去杏花坡吧，在那儿喝茶等你。"

真是不好意思，雪雁抱歉一笑。

姚开华莞尔一笑："没事没事，我完全理解。"

雪雁感激地说道："姚书记，耿大师就拜托给您了。"

目送姚书记和耿玉强离开后，雪雁回过头来，安抚了两位大婶好一会儿，并向她俩做了郑重承诺，说她若处理不好雷鸣的事，就自己卷行李走人。

雪雁送走两位大婶，一回头，见杜鹃居然没走。满腹心事的她一开口就问："雪书记，雷鸣哥事情严重吗？"

雪雁知道，这个杜鹃是雷鸣的邻家小妹，平时就比较关心雷鸣。她不想让杜鹃着急，就把话岔开，问她到村委会来办什么事。杜鹃见雪雁不想说，估计雷鸣肯定出事了。不过，她还是告诉雪雁，她是来给孤寡老人办理养老手续的。

见杜鹃离开时忧心忡忡的样子，雪雁又叫住她，说雷鸣没什么大事，只是这几天情绪不太对劲，要她多注意他点。

杜鹃应了一声就离开了。

二十三岁的雷鸣，先后有过两个女友，雷火云告诉过雪雁，头个是雷鸣丢了人家，嫌那姑娘说话啰里啰唆。第二个他倒是满意，却遭到富二代挖了墙脚。雪雁暗忖，这后者，很可能就是他这几天闷着脑袋不说话的缘由吧。俗话说，响鼓不可重锤，既然雷鸣成了一面不响的鼓，她就有责任好好敲打敲打他，才可能让鼓声重新响亮起来。

2

雪雁坐在村委会院坝中的长条凳上等着雷鸣，左等右等，才看见这家伙垂着头，磨磨蹭蹭地从村委会院门口走进来。

雪雁严肃地询问他："这几天究竟咋回事？"但雷鸣面无表情地一声不吭。

"瞧你这副熊样，这几天到底咋啦？"雪雁着急地逼问道。

"我……"似乎有什么东西堵住了雷鸣的喉咙，他只吐出了一个字。

雪雁竭力压住火气，把雷鸣带进她二楼的办公室，将一瓶农夫山泉放在茶几上，示意他在沙发上坐下。

雷鸣却死活不坐。雪雁发现，她的目光一瞟向他，他就躲闪，再一瞟，他就慌乱地垂下头。

"我又不是吃人的老虎，你为什么不敢看我？你先前可不是这样。"见他就这么闷着，雪雁又催促道，"为什么不说话？"

雷鸣依然没有回应，雪雁把火气压了又压，说："好，你私人的事下来再谈。可彩花油菜种子的事，你的确给村里带来不少麻烦，今天你必须给我说清楚，否则我不会让你离开的。"

……

雪雁加重了语气，说："我不管你是什么原因，工作上的错误，你必须认真反省。"雷鸣不仅没有应声，反而痛苦地咬着下嘴唇，把头扭向一边。

雪雁一见，火气又冒了上来。说："其他两个推广小组，都各自推销了四五十亩地的彩花油菜种子，你负责的那个小组，咋就不认真做做动员工作？整整三天了，只推销了十亩地的种子，我都替你脸红。还有，连我这个比较了解你品行的人，也闹不明白，告诉我，你咋收了别人的钱没留下一粒种子就走了？更严重的是你还丢了30斤种子。30斤啊！这可是出高价都买不到的特优精品良种啊！你不会不知道这意味着什么吧？今天的30斤，在明年春三月，就是令人惊艳的30亩七彩花田呀！"

雷鸣嘴角略微拉动一下，依旧沉默着。

雪雁叹了一口气，尽量委婉地说："哎——我今天真是服了你。我雪雁好歹也算是你朋友吧，把你心中想的告诉我，真的就这么难开口吗？"

雪雁相信，自己的这番苦口婆心，即便是以固执著称的犟牯牛，此刻若在这儿，也不会无动于衷的。

雪雁再次想到雷火云告诉他的事，问他是不是还想着那个林莎莎。雷鸣的嘴巴张了张，马上又使劲摇着头。

"不是林莎莎？又是谁让你丢魂失魄的？"雪雁又好气又好笑。

　　岂知雷鸣忽然转过头来，像做贼一样，偷偷瞄了雪雁一眼，眼里瞬间似有光亮一闪，但很快又把头偏向一边。

　　雷鸣这个瞬间的微妙反应，让雪雁大感诧异。莫非他在倾慕我？深藏心底还怕我知晓的倾慕……我今天又狠狠地批评了他，是他感到伤心才成这模样的？

　　想到这儿，雪雁不禁苦笑了一下。想不到这个闷葫芦，居然还有这样的心思。她庆幸自己幸好发现了对方的秘密，就想趁机对他做些思想疏导，可不巧的是，她忽然想上洗手间，便离开座位，向一旁走过去。

　　等雷鸣转过头，发现雪雁不在，他短路的神经立刻认定，是雪雁不想理他了，便一抬腿噔噔地跑下楼，跑进院坝，跑出院门，见四下无人。一阵仰天长啸，宣泄着内心的苦闷。

　　在底楼办事的杜鹃，一见雷鸣跑下楼，就知道这位邻家大哥果然有事情发生了。想到雪雁让她注意点雷鸣的话，她立刻追出大楼大声喊道："雷鸣哥，你今天咋啦？"

　　可雷鸣却听而不闻，长啸过后，冲上枫杨路，一个劲儿地猛跑着，再次大吼几声，头也没回一下。

　　雷鸣今日的一反常态，柔弱却不乏睿智的杜鹃，对个中情由已隐约猜出几分。

　　杜鹃是雷三孃收养的弃女，从她进工艺专科学校起，她就把英俊实诚的雷鸣装进了她少女的心灵空间，期待着他来撒播爱情的种子。可能是太熟悉的缘故吧，比较内向腼腆的雷鸣，始终没有向杜鹃开口。他在外经商的父母，先后为他找了两个女友。本来杜鹃已不抱什么希望，是天佑见怜吧，没想到就在三天前，一场变故又突如其来，雷鸣喜欢的林莎莎被一个富二代残忍地夺走了。善良的杜鹃，只是为此悲愤不平，想多抚慰一下从小爱护着她的雷鸣哥，而不是想趁机插上一腿。

　　此刻，尾随雷鸣向前奔跑的杜鹃很快发现，雷鸣从枫杨路向西转拐，上了一条称为社道的小公路，朝老雷家碾方向飞奔而去。她知道，他这是要跑回地处八村民组的家，但不明白他回家做什么。

　　杜鹃有意隔着一段距离，暗暗跟踪着雷鸣，进入那个生态竹篱笆围绕的小院。院坝边有棵粗大的枫杨树，她正好隐身树后进行观察。

　　她瞧见房门敞开的卧室里，雷鸣四仰八叉地倒在床上，双手紧蒙着头，嘴里喘着粗气，胸口不停地一张一缩。大概是跑得太热的缘故，他已经扯开自己上衣，敞露出肌腱鼓绽的胸口，更突出了一个成熟男人的雄壮。她和雷鸣，虽是青梅竹马、两小无猜，可他裸露的上身，她还是头一遭见。一瞬间她那颗少女的心，竟然不由自主地咚咚咚跳个不停。她忽然感到十分羞涩，顿时面红耳赤起来。她想避开不看，又担心他身上真出了啥毛病。她几次想进入卧室，可双腿居然不听使唤，软得提不起来，就更别说迈开步了……

幸好雷火云爷爷这时进了卧室，用一张大浴巾盖住雷鸣的上半身，她才慢腾腾地向卧室走去。"雷爷爷，我是怕雷鸣哥出事，才一路跟过来的。"

"谢谢鹃姑娘费心啦，进来坐坐吧！"雷火云瞥了一眼床上的孙子，对杜鹃说道，"别担心他，他那么壮实会出啥事？"

杜鹃说："不出事最好，雪书记那儿，好多工作等着他哩！"

雷火云见孙子仍是一副痛楚难受的神态，狠狠瞪了他一眼，说："没出息的东西，你那个高中同学林莎莎，不就是靠着他老子有几个臭钱，打扮得妖艳一些嘛，就让你迷恋成这样？"

"不！不是！"雷鸣终于张口了。

"哼！还敢说不是？从前天起，你小子就像丢了魂似的。"雷火云大声呵斥道。

"是！那天我看见那个富二代搂着莎莎在街上走，当时我的确很难受。可今天让我更加难受的，绝不是那个林莎莎……"雷鸣说到这儿，又一下把话打住。

"嗯，不是为林莎莎变心而难过，还算有点骨气。那你今天好像丢了魂儿，那又是为了谁？"雷火云不依不饶地追问。

"别，别问了，我，我心里难受啊！"雷鸣竟然结巴起来。

雷火云见孙子这般模样，又哼了一声："我看你这个没出息的闷葫芦，迟早要毁在女人身上。"

雷鸣奶奶从菜地里回来了，手中的竹篮内，装满溢着清香的莲花白、紫菜苔、青菜头。

满脸悠然自得的她，听到老伴责骂雷鸣，顿时气不打一处来。"我说雷火云，有你这样说孙子的吗？"

她把菜篮朝他手上一杵，到床前拿开雷鸣蒙着脑袋的双手，十分疼惜地抚慰道："我的乖孙子，不消难过，快跟奶奶说到底咋啦？奶奶替你出气。"

见孙子一个字也不吐，她耐心地连诓带劝，轻轻拍着他的肩膀，可能是太劳累了吧，雷鸣竟然闭着眼睛睡着了。

3

在枫杨村的南部中段，有一大片占地约三百亩的河湾地，人称老河湾。是养马河历史上经多次大洪水，让河流几经改道后，老河道留下的区域。数个河湾宽宽窄窄，共形成四个相对独立的大水潭，河湾之间有水草丛生的湿地相连。河湾堤岸，宽的地段有近百米，星罗棋布着二三十户人家，都是些竹林小院。较窄的堤岸平均也有四五十米宽，成了枫杨、构树和荆榛丛莽混杂的野林子。野林子平时少有人来，所以青春花季的陈泽群和尹久耕当年才会选此为秘密幽会之地。

整个老河湾呈长长的弯曲凸凹形状，老河湾南部与养马河之间是第4村民小组区域。西部和北部西段与第5村民小组相连。北部中段部分是第6村民组的一部分区域。东部和北部东段与第7村民组接壤。也就是说，除第4村民小组完全在老河湾区域，第5、6、7三个村民小组，也各有一部分河湾地。

村内从养马河起水的枫杨溪，与依溪而建的枫杨路，就是傍着老河湾东部由南向北通向古堰镇城区的。

在老河湾南部的第4村民小组范围内，有一道高出地面七八米、四五亩大的土坡，此坡最早的名字叫麻柳坡，随着早先麻柳村名的撤销，这里便成了枫杨坡。因杏儿的爷爷梁青山在坡上遍植杏树，随着杏树渐渐长大，杏花岁岁盛开，人们便改口叫这里杏花坡。川西种杏树的地方不多。每当春风荡漾，溪边的柳树吐出米粒大的鹅黄时，平原上最先绽放的却是杏花。杏花，花蒂酡红，很是艳丽，托着粉嘟嘟的五片浅红花瓣，雨丝似的花蕊顶着点点酡红，芳姿妖娆。宋代诗人杨万里有诗咏杏花云："道白非真白，言红不若红，请君红白外，别眼看天工。"

不知不觉间，杏花坡的杏树已届不惑之年。阳春三月，老干虬枝，繁花满树，如云似霞，美如蜀锦。站在杏花坡上，还可以眺望养马河沿岸风光，若有兴趣，还可以坐在坡下的野林子边上钓鱼。梁青山便在坡上开起了农家乐。因此处风景难觅，游人一旦来过，便成回头客。

尤其是春日周末，游人爆满，若不提前打电话预约，临时赶来，怕是连站的地方都没有。梁青山请了一个会办土九碗的厨师掌勺，做的菜味道可口，很讨游人的喜欢。杏花坡渐渐有了名气，不管是县上的，还是镇上的客人，休闲的时候，总喜欢过来坐坐。

今天，耿玉强这个奇人初登枫杨村的门槛，姚开华和雪雁不约而同，都选择在杏花坡接待他。

姚开华陪着耿玉强已经喝了好一会儿茶。见多识广的耿玉强，他对梁青山的家制土茶，只说了句劲大够味清心消火，就没有再多说。他一登上杏花坡，就四处张望，面露欣赏之色。川西平原连续多年暖冬，虽时值初冬，但杏树林依然满树绿叶。他指着郁郁葱葱的杏林，想象着杏花盛开的情景。他一手抱胸，一手托着下巴，边思索边吐露出来的句子犹如诗句："阳春三月，杏花盛开，犹如一片一片淡红的云彩把杏林笼罩，当春风拂过，满坡馨香，满坡云流……美哉！杏花坡！"

他忽然发现，杏树林中有一座坟墓，墓前还有一道石碑，就好奇地踱过去观看。姚开华也陪着走过去。石碑上镌刻有"思亲碑"三个字，字体还有点儿书法意味，立碑人署名梁青山。姚开华解释说："坟墓里埋葬的是杏儿的奶奶，也就是梁青山的老伴儿，那题字据说是村里的一位老先生所写。"

耿玉强喜形于色，一边同姚开华往回走，一边说："这杏花坡真是个好坡啊，就是还缺点儿文化。能否让整个林子和土坡变得更有诗情画意一点呢？假如，我是说假如啊，把思亲碑再做高大一点，背面再配一篇杏花坡赋，再修造一个思亲亭，配上匾额楹联。把坡下的水面扩宽一点，水面上再放一叶扁舟。每当清明时节，让游人沐浴着如烟似雾的杏花雨，放着思亲的音乐。那么，整个杏花坡便会笼罩在浓浓的乡愁中，让人沉醉，让人产生一种心旷神怡、幽思如梦的感觉……"

耿玉强的丰富想象和生动描绘，不仅姚开华，就连梁青山这个土生土长的老农民，也不得不由衷赞叹。

姚开华的手机突然响了，他一看是雪雁打来的。

"喂喂，姚书记，耿大师对杏花坡的感觉如何？"

姚开华瞟了一下耿玉强，说："他感觉好极了，把未来杏花坡的美景，都提前勾画出来了。"

"好呀！我就说此人不凡嘛。"

耿玉强忙问："谁的电话？"

姚开华道："还会有谁呢？你的忠实粉丝嘛。"

"姚书记，我给你反映一个情况。这几天，那个特色粮油作物技术总指导雷鸣……"

姚开华插断她的话："这个小伙子我知道，他是个学农的大专生，做事很务实，就是有点内向，有人还戏称他为闷葫芦。你是要告诉我，他出了什么事吧？"

"姚书记真神，我的话刚起个头，你就猜到了。事情是这样的，雷鸣因为女朋友的事受了挫折，他这几天情绪很不稳定，他负责的工作还出了差错。我怕他会影响全村彩花油菜推广的全局。我想去找他谈谈心，麻烦你再陪耿大师一会儿。"

"不妥不妥。"姚开华忙说，"耿大师初来乍到，你要不出面陪陪的话，是不是有点儿失礼呢？"

电话那边，雪雁迟疑了一下，忙说："姚书记，你批评得对，我马上赶过来。和耿大师交流之后，我再去雷火云家找雷鸣谈心。"

"这就对了嘛，工作也和打仗一样，要分个轻重缓急，要做到有力有利有节才行。"姚开华提醒了雪雁一下。

"姚书记提醒得对，雪雁我受教了。"

雪雁下楼之后正要去推电动车，兜里手机响了。她见是雷小群打来的，第六感官告诉他，雷会计一定有什么重要事找她。通过这一段时间的交往，她已经了解雷小群的作事风格，一般事务性工作，她会自己处理好。

"小群姐，你快说，我还急着去杏花坡。"

"雪书记，那我就长话短说了……"

"什么？雷元华所在的雷家大院里，今天有人在那儿搞挑动？挑动些什么？"

"挑动雷氏族人，反对推广彩花油菜种植。"

"是谁这么猖狂？"

"雷元华的一个朋友，也是来给雷元华祝贺生日的。"

"知道他是干什么的吗？"

"不知道，只见他外穿一件黑色风衣，听雷元华叫他黑毛兄弟，这个黑毛好像是肖镇长的一个表舅子。"

"哦，雷元华最近的态度呢？"

"自从党内受了处分之后，说话做事比以前收敛一些了。"

"我说小群姐，你还在那儿吗？"

"雪书记，我原本不想凑这个热闹的，只是应付一下，准备离开了。"

"毕竟是亲戚家门嘛，聚会一下也没什么，雷元华也还是副书记嘛，能团结的我们还是要团结。"

"这个我知道，雪书记，你的意思要让我再留一会儿？"

"对，知己知彼方能百战不殆嘛。小群姐知道怎么做了吗？"

"雪书记，我知道了，在那儿只听不说。有什么情况？我及时汇报。"

"好的，我这就到杏花坡见耿大师去了。"

雪雁安排了雷会计后，想了想又忙打姚开华的电话，说："姚书记，有件事我还要汇报一下。有人要阻挠我们推广彩花油菜种植。"

姚开华一愣，随即说："这事儿一定要处理好，当众揭穿他们的阴谋，做好良种油菜种植推广。"

雪雁说："请姚书记放心，我一定照你意思办，兵来将挡水来土掩嘛。另外，我还让刚归了位的妇女主任方玉玲，叫她侄儿方青竹尽快去关心一下那个闷葫芦。"

姚开华满意地一笑说："你能这么细心考虑问题我很高兴。你还是赶快到这儿来吧，这边的事完了之后，再到那边去不迟。"

雪雁满口应承："我这就马上动身，我还要把玲姐也带上，把安排耿大师生活的工作交给她办。"

"想得很周到！你们就快来吧。"姚开华满心喜悦地说。

雪雁和方玉玲都骑上电动车，很快就到了杏花坡下。她二人三步并作两步跑上坡来。雪雁握着耿玉强的手说："我们这是今天的第二次见面了。"

耿玉强兴奋地说："幸会幸会！久仰久仰！"

接着，雪雁又郑重介绍说："这是本村妇女主任方玉玲。"

方玉玲忙上前，礼节性地与耿玉强握了下手，说："耿大师能移驾枫杨村，是我们全村人的荣幸。"

耿玉强不禁惊叹："这枫杨村真是个美人窝哟。"

四人同时哈哈大笑，之后分宾主坐下。

耿玉强忙说："几位领导，容我先说一句，不可叫我耿大师，如今大师成堆，自称大师的都是骗子。称呼我的名字最好。叫我一声耿老师便是对我莫大的尊敬。"

姚、雪二人点头称是。

耿玉强说："要说大师，只有陈从周老先生那样的巨擘，才能称大师。"

姚开华心想，幸好雪雁把陈从周的《说园》给他看了，不然今天就瓜了。

耿玉强提起陈从周，倒是提醒了雪雁，她暗忖，倒不如就以此话题，试一试他的深浅。

雪雁道："我知道陈从周老先生，他是同济大学的教授和博士生导师，他的《说园》一书，是现代中国园林艺术的奠基之作。但我只是囫囵吞枣地读过，有点儿像猪八戒吃人参果——食而不知其味。"

"陈从周的《说园》我非常喜欢，我20岁那年第一次游苏州园林的时候，在书摊上发现了这本书，我欣喜若狂，如获至宝。"耿玉强渐入佳境，眉飞色舞地说了。"我看了一遍又一遍，意犹未尽，又把其中的金句抄录在我的笔记本上。三年前，我之所以在铜马镇打造川西林盘一炮走红，除了与生俱来的川西林盘情结，也有来自这本书的精神引领。"

姚、雪、方三人听的专注，连连点头。

耿玉强告诉三人，他第二次游苏州园林，又有新发现。先是发现了中国园林经书级别的典籍——明代园林大师计成所著《园冶》，此书的经历颇为传奇，在国内早已失传，是中日邦交以后日本回赠的礼品；接着，又发现了文徵明的孙子文震亨所著《长物志》。加上陈从周的《说园》，他手里居然拥有阐释中国园林艺术的三册经典。他如获至宝，如饥似渴，天天研读到深夜，进而还把《园冶》和《长物志》也抄录了一遍。他说他很赞同王阳明知行合一的主张。他反复去游览古典园林，去印证、体验、研究，西都市周边的古镇游了个遍，江南的园林游了几遍还不过瘾。

他说他不仅热衷于去游，并且还要体验最美的意境，如果某处园林的最佳景致是烟雨迷蒙，他一定会选择适合的季节下雨天再去。每次游园必请导游，为了多听讲解，不惜给导游加价。

他不仅在园林中徜徉，而且还要研究园主的生平，于是有了新的感悟，发现古代的私家园林往往是园主人生际遇的曲折反映。回头再看园林中的亭台楼阁和一草一木，其实都是别有意蕴的。他说他平时很孤独，发微信也喜欢用繁体字，于是一些人认为他有神经病。

耿玉强的讲述让雪雁对他刮目相看。她一边听一边想，没想到这个耿玉强也是书虫。她深知，这种成年累月的苦读和思考一旦习惯成自然，无形之中便会将他重塑，不知不觉间，他会站到巨人的肩膀上，会产生一种"会当凌绝顶，一览众山小"的豪迈气概。她很理解他所说的孤独。正因为满腹诗书无人交流，像今天这种场合，他的话匣子一打开，必然会滔滔不绝，谈园林如数家珍。

姚开华受了耿玉强讲述的感染，对他本人产生了浓厚兴趣，于是发问："你说你有与生俱来的川西林盘情结，这是不是跟你的童年经历有关？"

"正是。"耿玉强告诉他俩，他出生在一座古色古香的四合院中，在如诗如画的川西林盘中渐渐长大。他是一个敏感的孩子，喜欢林盘中的修竹老林小桥流水，喜欢清晨此起彼落的雄鸡啼唱，喜欢在雾岚里回荡"哞、哞、哞"的牛叫声……他陶醉于这种田园牧歌似的农耕生活。眼睁睁看着城市化浪潮席卷而来，一座座老林盘荒芜消失，一棵棵古树名木遭遇乱砍滥伐，他感到无比苦闷却又无计可施。

"现在好了。耿老师，请你尽管放心吧，你这个奇才终于有了用武之地。"姚开华兴奋地说："有我们镇党委的鼎力支持，我们的枫杨村一定会在乡村振兴中凤凰涅槃，再创辉煌。"

雪雁暗暗感叹，真是人不可貌相。眼前的这个耿玉强，戴着一副近视眼镜，似乎其貌不扬，其实胸有丘壑。

地处8村民组的雷家大院，是由一个三个规模较大的大四合院组成的一处品字形的院落群，被人们称作三品院。据说，1949年之前，这里以前是雷善人的乡间公馆，现在共住着10多户人家，差不多占了8村民组的一半农户。不过由于岁月风雨的剥蚀，房子都比较破旧了。这么多年来，除雷元华的那几间住房翻新装饰过，其他的住户基本上是原貌不动。不过周围的林盘倒是黑压压的，老树杂木古藤，慈竹、斑竹、白夹竹，将整个雷家大院围个密不透风。

尽管雷元华权势已经不在，可船烂还有三千钉哩，何况他镇上还有个靠山。所以，他今天的生日九大碗，依旧办得热热闹闹。在主宾席上，雷小群口里那个穿黑色风衣的人，酒过三巡之后，依然还在向雷元华一个劲地劝酒，并且边劝边说："我知道雷书记你，现在是很顾忌空降来的那位，可你忘记了一句话，强龙难斗地头蛇。"

闻此言，雷元华一阵无名火起："在我面前你娃娃还嫩了点，你知道什么，我不是顾忌空降来的那位，而是顾忌枫杨村的村民，包括我们雷氏族人中的不少人，在他们的内心里，还是都期盼着新领导给他们带来实惠的。"

"什么实惠？"

"你就还是个不读书不看报的混混。你知道吗？那个彩花油菜，还有最新优质高产杂交稻，要是能够成片地搞起来，不仅能够增加农田收入，还能形成了一个很好的观赏游览环境，那会给大家带来多少利益，你说我能不管不顾站出来反对？"

"雷书记你既然知道这些东西这么好？你怎么不搞？"

"嘿嘿，我搞？我有这个能力吗？我有这个权力吗？我跟你说的这些，是从报上看到的，那是外省少数经济发达村子的经验。"

"是经济发达村子？那枫杨村算不算发达呢？"

"村民们只能算是衣食无忧，离那种村子还有不少距离。"

"既然这样，那位空降来的，她未必搞得出那种成绩。"

"哼！你还真小看了她，她不仅是个名牌大学优秀生，上级专门委派的干部，而且还有专家的支持，最重要的，是她本人不仅聪明，而且有一股拼命的劲头。"

黑衣人见雷元华像是想打退堂鼓，便亮出了底牌，压低声音说："今天是我表姐夫肖镇长要我来的，他叫我相机而行，借水生花做点文章，让她彩花油菜推广计划，成为竹篮打水一场空。"

雷元华一听，想了想才说："好吧，我叫几个现在还能听我招呼的，陪着你去雷鸣家见机行事吧，事情办不成出口恶气也好。"

雷元华说着就叫过来三个中年雷氏族人，一个叫络耳胡，另一个叫清水脸，还有一个叫箐箕背。当然，这都是村里人给他们取的外号。

黑毛离开前，要了络耳胡的手机号码，并告诉这三个人说："我们分头去雷鸣家，你们先去看看动静，我等会儿就到。"

4

在家中卧室内，雷鸣并没睡多久就醒了。他揉了揉有些浮肿的眼泡，望了望杜鹃和雷火云，眉头紧锁没有吭声，然后才转向他奶奶。"奶奶，我心头闷得好慌，我好想喝酒。"说罢就一头扑在老奶奶怀里。

雷鸣奶奶一手抚摸着孙子的头，一手向雷火云指了指厨房，说："老东西你还憨痴痴站住干啥？快拿酒去呀！"

杜鹃忙说："雷奶奶，让我去拿吧！"

雷鸣奶奶笑了笑，说："鹃姑娘你来者是客，老东西反正闲着也是闲着，他多跑点腿更有精神，好去村委会管闲事。就让他去拿。"

雷火云先是瘪瘪嘴再面向老伴赔着笑脸："我这就去，这就去。"

在大众面前钉子都咬得断的老支书雷火云，不知从何时起，已向"趴耳朵"身份渐渐靠拢。在老伴面前顶多干吼几声，过了一会儿又言听计从。

雷火云很快从厨房拿来一瓶酒，那是他还未开封的津南老白干。

平常并不怎么好酒的雷鸣，伸手夺过瓶装酒，大口大口地喝起来。他奶奶忙叫他慢点，别呛着了伤身子。

雷鸣仿佛赌气似的，一个劲儿喝了个酒瓶现底，然后把空酒瓶一撂，一骨碌翻身下床，跑出了院门。

他忽觉头脑晕眩，身子一阵摇晃，忙靠在河沟边水冬瓜树上。他边打着酒嗝边念念有词："不在了，女神不在了，心中的女神，离我远去了……我不想活了，真的活不下去了……"

跟随出院的雷火云夫妇，对孙子没头没脑的话，如堕五里雾中，老两口面面相觑，不知所云。

站在老两口身边的杜鹃，忙把雷鸣从村委会楼上跑出来之后的情况，压着嗓门给二位老人讲了。

雷火云琢磨片刻之后说道："肯定是因为油菜种子的事，雷鸣受到了雪雁批评。真是个不受教的蠢货，受点批评就这样，还成得了什么气候？"

雷火云见老伴瞪了他一眼，忙改口向杜鹃发问："鹃姑娘你说说，你雷鸣哥念叨着的那个女神，是不是指雪雁书记？"

杜鹃点头说道："我听过雷鸣哥偶尔冒出的只言片语，我发觉在他心里，怕是真把雪雁姐当作女神来仰慕了。"

雷鸣奶奶一听此言，赶忙插话："你说啥？他想跟小书记处对象？"

杜鹃连忙摆头："没听雷鸣哥这么说过，更没听说他向雪雁姐这么表白过。"

"他是剃头匠的担担儿——一头热啊！"雷鸣奶奶一副洞察人心的样子。

杜鹃又轻摇着头："好像也不是。"

"那又是什么？哼，越说越玄乎，麻我这高小生不懂。"雷鸣奶奶有些不耐烦了。

"咋兴这样对鹃姑娘说话？听不懂就一旁慢慢想去。"雷火云向老伴又不屑地瘪了瘪嘴，然后向杜鹃抱歉一笑，投去一个鼓励她说下去的眼神。

杜鹃试探着说道："我理解雷鸣哥的想法，他是把自己感觉很完美的异性，暗藏在心里不说出来，让完美永驻心底。可他不知道，人间事往往并不全如所愿。当雪雁姐今天不留情面地狠狠批评他，他就感觉女神的形象突然在他心里坍塌了。他感到难以接受，甚至痛不欲生。"

雷火云夫妇听得似懂非懂，只好苦笑着摇了摇头。

沟岸上浓密的树枝树叶遮掩着午后的斜阳，空气变得清新多了，雷鸣也缓过神来。他沿着脚下这条与枫杨溪差不多宽的雷家沟，任性地一路往前奔跑。

不放心孙子的雷火云夫妇，跟着没跑多远，很快就上气不接下气。雷火云只好停下来对杜鹃说："就劳鹃姑娘看紧他一点，我老两口拜托啦！"

杜鹃向雷火云夫妇点了点头："两位老人家请放心，我不会让雷鸣哥哥有事的。"她话未落音，人已跟着雷鸣往前跑去。

雷鸣跑到沟上的一座石拱桥，再也提不起无力的双腿了。他一屁股坐到桥中心，双脚悬吊在桥边的水面上，时而痛苦地摇着头，时而又抱着双臂傻笑着。"好一个名牌大学的高才生，雪雁你今天责骂我雷鸣，一点情面都不留，你在我心中的女神形象被你自己给摧毁了，哈哈哈哈……"笑着笑着，酒力猛然发作，感觉天旋地转，身子有些摇晃……

那个来自雷家大院穿黑色风衣的黑毛，正好跨上石拱桥，对雷鸣的自言自语，听得一清二楚。他不仅知道这个酒醉汉叫雷鸣，而且还知道，雷鸣今天喝醉酒与村支书雪雁对他的责骂有关。他冷笑了一声，心想真是天助我也，得来全不费功夫。他猛然飞起一脚，朝着雷鸣的后背一蹬，只听咚的一声，雷鸣扑面栽进了水中。他见雷鸣在水中半沉半浮，挣扎着翻过身来。他随即冲到一米深的渠水中，把雷鸣的头死死地往水里压。

"住手！"突然传来一声大吼，黑毛吓得一抖。

原来方青竹的家就住在附近，此时正经过这儿，按姑姑方玉玲的吩咐去关照雷鸣，他刚好撞见了刚才这一幕。

　　黑毛慌了，急忙把随身带的一只棕色丝袜往头上一套，一头钻入旁边的树林子里。

　　这时，掉在雷鸣身后的杜鹃已经气喘吁吁地赶到，方青竹激动地对她喊道："雷鸣是被坏人蹬下河沟的，快去沟里把雷鸣拉起来，我要去追坏人。"说罢，他追进了那片树林。

　　杜鹃奋不顾身地扑进水渠，好在水不深，只淹及她胸部。她一边哭着呼喊雷鸣哥，一边上前抓住雷鸣的手，用尽全力把雷鸣拖到了岸上，放在一处长满爬地草的地方。

　　杜鹃发现雷鸣已经昏迷了，鼻孔里只有细微的气息。曾在县里红十字会学过急救的她，赶紧用挤压法把雷鸣腹中的积水尽量压出，接着就实施人工呼吸。她未及多想，将自己的嘴唇朝雷鸣贴去。不料，雷鸣身上那股男性气息是如此强烈，一阵阵钻进她的鼻孔，她猝不及防，刹那间竟然有些意乱情迷，身子哆嗦起来，正在凑近的脸也停住了。

　　她压抑着激动，只犹豫了片刻，想到救人要紧，还是义无反顾地对他实施人工呼吸。多吹了一会儿气之后，她的紧张羞涩也淡化了。她见雷鸣开始咳嗽，便用双手在他背部拍打，在他胸脯上按摩。

　　过了一会儿，她见雷鸣的呼吸已趋于正常，可头脑显然仍处在半昏迷之中，她吃力地将他扶起，可他在地上连站都站不稳，就别说走路了。况且他身上的衣服还在往下滴水。当务之急，雷鸣哥要换衣，要吃药，要卧床，可这儿不仅离卫生站较远，而且也找不到运载工具。咋办？只剩一条路可走，就是争分夺秒把人背回家。

　　一想到自己这个恋爱都还没有谈过的少女，在公路上背着一个大男人赶路，那该有多难堪呀。即便打120，县医院的救护车开到这儿，也至少要一个小时。她担心雷鸣哥湿衣服穿久了，很可能会感冒发烧，乃至患上肺炎。算啦，还是自己背他回家吧。要是外人看见说长道短，嘴长在别人身上，想嚼舌根就由他们嚼去吧。

　　杜鹃此刻什么也顾不得了，将雷鸣的左手搭上自己的肩膀，用自己的右手紧紧搂着他的腰，沿着雷家沟，带动他往回走。与其说是走，不如说是拖。就这么过了一会儿，感觉这种办法不仅太慢，而且也把雷鸣折腾得够呛。想到这里，她把牙一咬，尝试了好几次，终于把软绵绵的雷鸣驮到了自己的背上，尽力迈动双腿，拼命朝雷鸣家的方向走。

别看高高瘦瘦的杜鹃身体显得有些柔弱，却有着一般姑娘所没有的韧劲和耐力。她在雷三嬢的教育下，打小就热爱劳动，从小学到大专毕业都一直坚持体育锻炼，二十一岁的身体，看似柔弱却很结实。当然，她今天能背动个高体重的雷鸣回家，除了爆发力，无疑还有着一个姑娘的真心。

在一路前行的过程中，只穿了一件羊绒衫的杜鹃感到自己的背已经湿透了，走动时给后背带来的摩擦，让她感到很不舒服。走着走着，她感觉他沉重的身子在往下缩，她把吃奶的气力都用上，才把他往上移动了一下，然后，紧紧搂住他那差点搂不住的大腿，气喘吁吁地往前走。

离树林子入口处不远的一笼慈竹后面，黑毛正在给肖显政打电话。他说："表姐夫，我今天差一点儿就干成一件大事……"

肖显政听完黑毛的汇报后说道："你没露脸还算机警，那就继续留下，再加点儿温度吧。至于你刚才说过啥，我根本就没注意听。"

老狐狸！黑毛在心里嘀咕了一句，接着又说："表姐夫，我知道该怎么做？"

方青竹追入林子后，往前看不见人影，调头往入口处的慈竹笼寻找，很快发现打完电话头上套着棕色丝袜的黑毛。

他心想对方长得牛高马大的，论打自己不一定是他对手，只需跟着他不让溜掉就行。

方青竹向林子外高声地连连吼着："林子里有杀人凶手，快来抓呀！杀人凶手在林子里，再不来抓就跑啦！"

黑毛知道，方青竹是亲眼看见自己作案的证人，若不除掉后患无穷。自己是练过武功的，自信能对付得了方青竹，便转身几步跨到方青竹的近前，来了个拳脚并用。

方青竹虽然不会武功，但也身强力壮，在身上挨了几拳的情况下，仍然拼力和黑毛搏斗，并且边搏斗还边大声吼着："快来抓杀人凶手呀！"

黑毛心一横，掏出一把匕首，眼露凶光地向方青竹胸口刺来。

方青竹侧身躲过，但匕首还是划破了左膀皮肤，瞬间衣袖浸红了血液。

黑毛手挥匕首，正欲再次刺杀方青竹，此时林子入口处有人厉声喊道："给我住手！"随着喊声，两个手提电动车锁链的年轻女人，急步赶了过来。

这两个年轻女人正是雪雁和方玉玲。

黑毛怕后边再有人来，便收回匕首，向林子深处狂奔而去。

方青竹还想去追，雪雁叫住了他："先别追了，你手臂上还在流血，把血止住再说。"

方玉玲也说道："对方肯定是个穷凶极恶之徒，我两个女的加一个受伤的你，即便能够追到也抓不住他。"说罢，掏出一张大手巾，在侄儿受伤的手臂上紧紧地缠起来，边缠边心疼地问："疼吗？"

方青竹摇着头，说："不疼，只可惜让凶手跑了。"

方玉玲用电动车搭上侄儿，雪雁骑着电动车随后。沿着雷家沟路向北行驶没多久，便到了村卫生站。

医生很快地给方青竹处理了伤口，还注射了防治破伤风的针剂。

之后，在雪雁的询问下，方青竹把所知道的一切原原本本地告诉了她。

雪雁深思了一会儿说道："此事看似偶然，我想其中一定还有必然因素。什么人要趁机向雷鸣下此毒手？很可能与雷鸣的特殊身份有关。"

方青竹问："什么特殊身份？"

方玉玲说："你忘了？雷鸣是推广种植彩花油菜的技术总指导呀。"

雪雁接着说："还不止这个啊，要是雷鸣有个三长两短，肯定有人要把矛头对准我，弄不好我在枫杨村要进行的一切工作，都将受到极大的阻挠。"

方玉玲姑侄二人若有所悟地点了点头，一时都沉闷起来。

雪雁想了想，又说："不过我深信不疑的是，乡村振兴这个全国性的大事，谁要想阻扰破坏，都是徒劳。"

方玉玲姑侄二人，受到雪雁的情绪鼓舞，又充满信心地点了点头。

杜鹃硬撑着走完一华里多路程，终于将雷鸣背进了他家院门。

在门口悬望的雷火云夫妇，想接过杜鹃背上的孙子，杜鹃有气无力地摆了摆头，凭着最后一点力气，将雷鸣背进卧室，放到了床上。自己转过身，刚走出卧室门，两眼一花，就瘫倒在了地上。

雷火云夫妇先是瞠目结舌，紧接着是热泪盈眶。

雷鸣奶奶见孙子和杜鹃都这样了，可在一旁的雷火云却看呆了似的没动步。她又急又恼，嘴唇气得发抖。她恶狠狠地瞪了雷火云一眼："还站着干啥？快去把孙子衣服换了呀！"

雷火云回过神来，忙说："我这就去，这就去。"

雷火云走进卧室，为孙子脱去湿衣服后，又找来干净衣服给孙子穿上。

雷鸣奶奶见地上的杜鹃，身上的衣裤也湿得透透的，她想把杜鹃扶进自己卧室换衣服。杜鹃却出人意料地自己爬了起来，虽然她浑身还乏力，但仍强打精神不要雷奶奶搀扶，说她自己走得动。当雷鸣奶奶问及他二人怎么都浑身湿透时，杜鹃怕惊扰了她，便隐去有坏人要害雷鸣之事，只说雷鸣是失足落水，她去沟里拉他上岸，他俩才会全身湿透的。

雷鸣奶奶说了声感谢，便带着走路摇晃的杜鹃进入自己的卧室。她拿出一件崭新的花夹袄，满心希望杜鹃会喜欢。

杜鹃却摆了摆手，换上衣架上那件墨绿色卡克。

回到了院坝，雷鸣奶奶正想对她表示点谢意，她说了声："我去给雷鸣哥找药"，就急步走出了院门。

第五章　艰难寻觅

1

杜鹃跑回隔着一道篱笆墙的自家屋里，取了几片感康和几袋感冒冲剂。当她拿着药回到雷鸣家院门口时，雪雁的电话打过来了。她连忙说："雪书记，你稍等片刻，我把雷鸣的吃药交给雷火云爷爷，就给你打过来。"

随即，杜鹃就把雷火云叫了出来，把药给了他，并吩咐了服用的方法。

紧接着，杜鹃便在院外竹篱笆墙边，拨通雪雁电话，把雷鸣今天接二连三发生的事情，从头至尾做了汇报。

雪雁听了，说她已经知道雷鸣是被人蹬下河沟的，此事暂时不要对雷火云老两口讲。

杜鹃说："我向二老隐瞒了雷鸣哥被歹徒蹬下河沟的事。"

雪雁夸奖地说："你真懂事，你这么对二老说非常恰当。今天你为雷鸣所做的一切，都让我特别地感动，你帮雷鸣也是在帮我，在帮枫杨村的乡村振兴。"

"请雪书记放心，我知道该怎么做，不给村两委和乡亲们一个完完整整的雷鸣哥，我杜鹃任凭书记处置。"她边揉着潮湿的双眼，边向雪雁做了铿锵有力的保证。

此时，正在村卫生站的雪雁，也感到鼻子一酸。"好妹妹，你我都是经历过苦难的农家女儿，我真心感激你今天……难能可贵的壮举。为了枫杨村的美好明天，我请你们这些好姐妹好兄弟，都来帮帮我。玉玲姐在我这儿，让她这个刚归位的妇女主任，跟你说几句。"

方玉玲接过雪雁手机忙说："杜鹃小妹，青竹过一会儿也要来看雷鸣的，他两兄弟一直合得来，他会帮雷鸣一把。不过，要雷鸣重新整作起来，关键还看你。这也是一把钥匙开一把锁嘛！另外，你悄悄告诉雷火云爷爷一声，雪书记迟迟没有赶来，她不是不关心雷鸣，她是刚才在路途中遇到一件突发事故，要再过一会儿才能来看望雷鸣，这一点你一定要转告老支书。"

玲姐姐，请雪书记放心，她的话我会转告雷火云爷爷的。杜鹃忙说道。

雪雁拿回手机，说："杜鹃小妹，帮你雷鸣哥恢复好身体和情绪，再帮他找到丢失的种子，这些工作就多多拜托你啦！"

"雪书记，感谢你的信任，我知道该怎么做的。"杜鹃信誓旦旦地说。

在雷鸣卧室里面，雷火云已经为雷鸣换好了衣服。他还从厨房端来一大盆热水，为雷鸣擦洗了身子。

在卧室外，杜鹃把雪雁和方玉玲的话一一告诉了雷火云。

雷火云动情地说："他们对我孙子的关心，我和老伴儿都记住了。"

杜鹃进了卧室之后，见雷鸣依然疲惫地闭着双眼，脸上也缺乏血色。

雷鸣奶奶偎依在床边，在他发白的脸庞上不住地来回抚摸，还掰开他双眼左瞧右瞧。

杜鹃便弄来热毛巾，上前给雷鸣热敷额头。她听红十字会老师讲过，热敷能缓解疲乏劳累。

雷鸣奶奶发现雷火云一副无事可做的样子，就指挥他去厨房，先煮一大碗荷包蛋，再熬一大碗生姜红糖水。

　　从来没做过吃食的雷火云，就连这两种再平常不过的东西，他都好像从未接触过。

　　杜鹃见雷火云似有难处，便说："这事情就交给我吧。"

　　杜鹃离开卧室去了厨房之后，雷鸣奶奶见老伴在杜鹃面前连谢字都舍不得说一个，就又生气了。

　　她想着孙子今天的一连串遭遇，就把所有的怒气全都部倾泻在老伴头上。"雷火云，你呆痴痴站着干吗？你伸长耳朵给我听好，你儿子和儿媳妇都一直在外边忙生意，鸣鸣可是我一手带大的，要是有个三长两短，老婆子非跟你拼命不可。"

　　雷火云此刻好像在思索什么，默默地在卧室门口喷叭着叶子烟，对老伴的吆喝无动于衷。

　　雷鸣奶奶火了，先是夺过他烟杆儿，呼一声撂到门外；再一把将他刨开，让他靠边站。然后才跨出卧室，急步朝厨房走去，她担心杜鹃，找不着生姜。

　　当杜鹃还在厨房忙活的时候，有二三十个村民已经赶到院坝里，关切地打探雷鸣的身体状况。他们先是朝卧室里瞧瞧，见雷鸣并没什么生命危险，便聚集在院坝中低声议论起来。

　　一位胖乎乎的村民说道："雷鸣可是个憨厚稳慎的好小伙，听人说他是一时想不开投了水，这怎么可能？"

　　"听人讲他这几日心情不好，在彩花油菜种子上出了点儿事，受到雪书记严肃批评，喝醉酒失足落进了雷家沟。"一位瘦削的村民，纠正了胖村民的说法。

　　胖瘦两位村民的议论刚到这儿，那三个雷氏族人已经来到现场。

　　他们刚才在路上接到黑毛电话，要他三人照他电话上说的内容，狠狠地在这儿闹腾闹腾。并且还往络耳胡手机微信上打了9000元，说这是肖镇长对他们三人敢于反对官僚主义形式主义的奖金。

　　络耳胡望着院坝里的村民，率先说开了。他说："今天的事肯定有文章，不然好端端的一个棒小伙，咋会去投河自杀？一定是有人逼成这样的。"

　　不一会儿，端着荷包蛋和生姜红糖水的杜鹃，在雷鸣奶奶跟随下，从厨房走了出来。

　　杜鹃见雷鸣奶奶在跟几个乡亲打招呼，便端着那两样东西，独自进卧室去了。

络耳胡的话刚说到这儿，见雷家这个老祖宗式的人物在跟村民们说话，心中顿时萌生了一个主意。

他干咳了一声说道："刚才我听了两位老辈子的议论，感觉大家并不完全了解实情，我们三人都是雷氏族人，雷鸣是我们同宗的好兄弟，事情的真相我们要在这儿给大家说说。"

说到这儿，络耳胡向清水脸和笤箕背示意，三人同时转身向雷鸣奶奶躬了躬腰，说："老奶奶，你可是大家尊敬的雷氏老祖宗啊。"

雷鸣奶奶颇为受用地点点头："唔唔，差不多吧。"

络耳胡忙接着说道："老祖宗，我可听说了，你家雷鸣今天可是受了极大的冤屈，才变成这般模样的哦！"

雷鸣奶奶一听，忙问："受了什么冤屈？受了谁的冤屈？"

络耳胡煞有介事地说道："哦！原来老祖宗还蒙在鼓里哟，那我就把你乖孙受冤屈的事，当着众乡亲说道说道……"

这时，枫杨村的一些村组干部，听到雷鸣出事的消息后，都相约来雷家看望，他们来到竹篱笆墙外，听到院中有人出言阴狠，吕含芝和牛武江两个急性子，便要冲进院里找对方辩个明白。

正在此时，两人见雪雁、方玉玲和方青竹骑着电动车赶来，便主动讲了这里的情况。雪雁立刻制止了两人，说："有意见就让人家发表嘛，天塌不下来的，先在外边多听听再说吧！"

杏儿一听，忙点头表示赞成。

竹篱笆墙内院坝上，络耳胡此刻越说越有劲，清水脸和笤箕背，带头大声地给他鼓掌，他就更加有恃无恐。

他说："老祖宗呀，你知不知道，我们村那个嫩水水女书记，为了给自己升官搞政绩，强行大面积推广什么彩花油菜，逼着你老实厚道的孙子，去说服村民购买油菜种。你孙子呢，又不愿违背良心去说服村民，那女书记就把他好一顿辱骂，最终逼得他投河自杀。连我这个旁人都看不下去了，相信老祖宗你一定会站出来，为你孙子主持一下公道吧。"

清水脸和笤箕背立即呼应："对！为雷鸣主持公道！把雪雁叫过来，找她拿话来说！说不清楚不准离开！"

在这三个人的带动和鼓惑下，几个对推广彩花油菜持不同意见的村民，也当场表示，不管村上怎么动员，这彩花油菜他们也不种了。

络耳胡暗暗得意，上前把雷鸣奶奶扶着，高声吆喝，大手一挥："我们走！到村委会找雪雁算账！"

清水脸和筲箕背再次高声呼应："走！去村委会找雪雁算账！"

院坝里的气氛，一时紧张起来，比上次宅基地使用证事件还闹腾得厉害。

卧室里，雷鸣在杜鹃喂了他荷包蛋和生姜红糖水之后，精神已基本恢复。

外面闹腾的内容，他听得清清楚楚，他挣扎着要出去为雪雁说话。

杜鹃忙抱住他，在他耳边悄声说："雷鸣哥少安毋躁，雪书记已经打电话告诉了我，他和方主任、青竹哥一道，很快就会赶过来的。"

站在院坝中间的雷鸣奶奶，虽然对三个雷氏族人的话半信半疑，但她却认定雪雁严厉责骂雷鸣是酿成大祸的根源。哼，自己对孙子都舍不得说句重话，她雪雁干吗那么凶狠？想到这点就冒火。

她朝卧室大声吼道："雷火云！快给我出来，马上跟我去村委会找雪雁！"

2

雷火云猛听见老伴在外面高声大叫，赶忙走出来，问老伴哪河水又发了。

雷鸣奶奶没好气地吼道："你说是哪河水，就是雷家沟的水。你孙子今天让雪雁逼得走投无路，差点让雷家沟的水淹死。难道你不该一起去找雪雁算账？"

雷火云把眼睛一鼓回击道："老婆子你疯啦！你咋能也信口开河？雪雁可是上级党组织正式任命的村支书，不许你听信那些流言蜚语，诽谤我们村党支部的好书记。"

雷鸣奶奶不容分说地吼道："雷火云，你好生给我听着，我孙子雷鸣，是我们家三代单传的独苗苗，是雷氏一脉延续香火的传人，你不惜疼我惜疼。你要是今天不向那个雪雁讨回公道，老婆子我跟你没完。"

络耳胡见时机已经成熟，便和清水脸和筲箕背一起，领着少数不明真相的村民，一齐高声吼闹起来："对！去找雪雁讨公道。"

篱笆墙外的雷小群，实在听不下去，急步走了进来。她对几个雷氏族人劝说道："几位雷家老哥哥，雷鸣也是我堂弟，他今天落水的事，你们千万别听信有人瞎说，这件事等雷鸣身体恢复之后，他本人会向大家说明白的。"

络耳胡见清水脸和筲箕背有些退缩，干脆自己站了出来，对雷小群冷笑道："谁不知道你是投靠雪雁的雷家叛徒，大家是为雷氏子孙向她讨回公道，你别吃里爬外叫人瞧不起！"

一位老年村民不赞同络耳胡的说法，说："自己是跟雪雁书记打过交道的，人家很讲道理，即便批评人也会让人口服心服，哪会出现什么逼人投河的事。"

杜鹃也从卧室出来告诉大家，刚才雷鸣已经亲口讲了，他的落水与雪雁书记毫无关系。

清水脸和筲箕背见势不妙，悄悄地退在一旁不开腔了。

络耳胡心想，哼，你两个不开腔，这9000元就该我独享了。

一位中年村民紧盯了络耳胡几眼，对老年村民说："这个络耳胡是雷元华的跟班，他肯定是收了雷元华红包，在帮雷元华瞎闹。"

老村民嗯了一声，说这个络耳胡平时就是个有奶便是娘的人，今天到这儿，看来是想借水生花，阻挠彩花油菜的推广计划。

络耳胡冷哼了一声，说："什么彩花油菜，要干得成才算事，骑驴看唱本——走着瞧吧。"

络耳胡暗忖，刚才这番闹腾，也算对得起这9000元了，干脆见好就收。他正想撇开清水脸、筲箕背迅速溜走，可当他刚钻出人群，却见清水脸和筲箕背拦住了他。"好狗不挡路，你俩想干啥？"络耳胡有些心虚。

"你说我们想干啥？每人的3000元，拿来。"

络耳胡一听，心想把肖镇长用钱收买他们的事当众闹出来，肖镇长知道以后一定会收拾他们的。他赶忙把二人往一旁拉，边拉边悄声说："闹什么闹？有啥话好好说。"他把二人拉到院坝角落里，黑着脸说："你们两个发什么神经？哪来的什么3000元？"

清水脸发火了，说"黑毛发在你微信上的9000元，是给我们三个来这儿闹事的劳务费，你休想独吞。"

筲箕背也说："起先，我亲自看到你微信上的来款显示是9000元，还有付款人黑毛这两个字我也看得清清楚楚。"

清水脸突然出手，一把夺过络耳胡的手机，说："废话少讲，不给我俩每人分3000，休想拿回你的手机。"

"即便黑毛发的9000元是事实，也没说过要平分呀！今天我出力最多，我5000，你二人各2000。"络耳胡以退为进。

"不行！"笆箕背说，"黑毛打手机说的话，我是听见的，那是肖镇长发给我们每人3000元的奖金。"

院坝角落里，三人的闹剧正难解难分，雷小群来到他们面前，目光严肃地盯着问道："刚才我好像听到你们提到什么3000元的事，这是怎么回事？"

络耳胡连忙谎称，是清水脸催他还3000元的借款。

雷小群怀疑地环视着三人，说："你们阻挠村上推广彩花油菜本就错误，如果你们是收了别人贿赂来闹事，那性质就完全变了，村两委会依法找你们算这笔账的！"

络耳胡一听，也感到问题严重，忙说："不敢不敢。"

这时候，雪雁、方玉玲、方青竹、杏儿、牛武江、吕含芝等村组干部全部来到院坝中。

雷小群气愤地对三个族人说道："你们口口声声说要为雷家的人讨公道，我看你们是给雷家的人丢脸。"

头脑还没清醒过来的雷鸣奶奶，竟然站出来为络耳胡等人说话："我看大家也不要为难几个雷家人了，他们在这儿不管咋个闹，起心也是维护我孙子的嘛！"

"老伴儿，都这个时候了，你还在替那几个家伙说话，真是老糊涂了。"雷火云不想让老伴再当众出丑，上前要将她拉开。

雷鸣奶奶却将雷火云一推，固执地说："我孙子为啥会喝醉酒？为啥会跑到石拱桥桥边上去坐？以至于没坐稳才落入水里，这跟雪书记对他的责骂，总是分不开的吧。"

"雷奶奶，我来回答你的问题。"方玉玲走上前，望了望众人，严肃地说，"大家不是都想知道雷鸣是怎么落水的吗？青竹，你来讲讲你的亲身经历。"

杜鹃实在憋不住了，上前说道："还是让我先讲两句吧。雷奶奶，我告诉你实话吧。雷鸣哥并不是因为喝醉了酒落水的。"

雷火云忙问："你雷鸣哥究竟是什么原因落的水？"

杜鹃说："我亲眼看见坏人飞起一脚，把他蹬下河沟的。"

雷鸣奶奶大惊失色，问道："你是说有人要害死我孙子？这，这是真的？"

"是真的。"用纱布吊着左手的方青竹，走上前说道："我亲眼看见的，歹徒用脚把雷鸣兄弟踹下了石拱桥。"

雷鸣奶奶气得嘴唇都紫乌了，说："这个挨千刀的恶人是谁？"

方青竹回答："那个凶手头上套着棕色丝袜，看不清他的脸。"

方玉玲说："青竹的手就是搏斗时被凶手的匕首划伤的。"

雪雁插话："虽然没能看清凶手的脸，但他穿着一件黑色风衣，我和方主任看得一清二楚。"

雷小群忙插话说："今天在雷元华的寿宴上，那个挑动雷家人恶毒攻击雪书记的黑毛，就穿一件黑色风衣。"

方玉玲马上证明说："上午雷会计在雷元华家给雪书记打电话时，就说过这个黑毛是穿着黑色风衣的。"

吕含芝也说："所谓闹事，不就是利用雷鸣落水为由头，把矛头对准雪书记吗？"

方青竹也说："在石拱桥和树林子里面，表面上是要杀害雷鸣和我，实际上是想以此打击恐吓雪书记，让雪书记放弃推广粮油新品种，放弃搞农旅融合。"

牛武江激动地说："大家都听到了，在雷家大院煽动人闹事穿黑风衣的黑毛，和在石拱桥那边穿黑风衣的行凶杀人者，不是都有着同一个目的吗？我怀疑他俩就是同一个人，这个人就是黑毛！"

如果这一切都是黑毛，自己不是就跟杀人犯连在一起了吗？想到这里，络耳胡就慌了，他决定把9000元退回黑毛的微信。

雪雁趁热打铁，头脑灵活地说："今天出了这么大的事，肯定是有预谋的，黑毛只是在前台跳的狗腿子，背后另有其人。除了在这边闹事，居然还敢在石拱桥那边行凶杀人，他们的目标显然是针对我雪雁的，却害得雷鸣大哥替我背锅，青竹大哥替我挡刀。在此，我向两位大哥表示我最诚挚的敬意。对手的反常举动说明了什么？说明了树欲静而风不止。我们要搞乡村振兴，有人却不高兴我们搞。我们的对手宁愿花费大力气来阻挠我们搞乡村振兴，这究竟是为什么？是不是我们的行动触动了他的切身利益呢？他的切身利益又是什么呢？但是，对于这一点我暂时还没有想明白。至于那个穿黑风衣的歹徒，我刚才已经安排尹主任会同村联防队向县公安部门报案，任何人想要阻挠乡村振兴，都只能是蚍蜉撼树，螳臂当车！"

雪雁的一席话，在雷家院坝里回荡，也在陆续散去的村社干部和村民们的心中回味。雪雁叫杜鹃留下，她要先和杜鹃交交心，然后再一起去找雷鸣谈谈。

杜鹃说："好呀，雷鸣哥也正想找你做检讨，他说很对不起你。"

雪雁摆了下手："这个就无须说啦！先到你家里坐坐吧。你那儿清静，适合摆龙门阵。"

来到杜鹃家，雪雁见家里没人，便问她妈妈去哪儿了？

杜鹃说："我妈妈身体有病，见今天天气好，和几个朋友到野外散步去了。"雪雁环视了一下屋里，感觉这儿的各种陈设比好多农家都更简朴，但却安放得井井有条，地面打扫得特别洁净，可以称得上一尘不染。陈设中最醒目的，莫过于堂屋中那几件老树根雕。根雕中那件贴了个"太阳神"标签的物品，打造得尤其别出心裁。老树根向四周伸展的根须，构成了一个圆盘状，如散发着光芒的太阳。雪雁眼睛一亮，说这名称定是杜鹃给取的，因为她在工艺专科学校念的是民间工艺系。

杜鹃摇了摇头，说："这太阳二字是我妈妈取的，我只是在后边加了个神字而已。"

雪雁把左手大拇指一翘说："就你这一个神字，就可以让这件大型根雕价值翻倍。"

杜鹃对雪雁的这个夸奖并未显出多少兴奋，她眼下迫切需要知道的是雪雁找她谈什么。

雪雁看出她的心意，便开门见山问道："小妹你跟姐说实话，你是真心真意地爱你雷鸣哥吗？"

杜鹃重重地点了点头："那当然。他人可好啦！我从小就喜欢他，现在更是越来越爱他了。"

"为什么？"雪雁忙问。

"因为我发现他，爱慕一个值得爱慕的异性，竟然如痴如醉，甚至丢魂失魄。"杜鹃干脆把窗户纸捅穿，"比如说，他对你这个各方面都优秀的女神，就是这样爱慕的，而且还不愿对你表露，只深深藏在心里。"

"是吗？雪雁沉吟道。"

"依我猜想，他是要把这种爱慕，当作私下里的精神享受，变成生命和事业的动力。"

"你是什么时候发现他这么对我的？"

"自你到枫杨村当驻村干部起，我就从他的只言片语中逐渐察觉出来的。"

"为什么你对这件事如此关注？"

"因为我要爱他，就必须知道，他有没有真心相爱的其他女孩。"

"因此你就十分关注他和每个女孩的交往。"

"对！他若对女孩只看重家势和相貌，我就只能和他做朋友。"

"他若和对方彼此真心相爱呢？"

"我就还是把他当作我的异姓哥哥。"

"那你觉得我和他呢？"

"你们根本不可能为相互依托的恋人，只能成为事业上并肩战斗的同志。"

"为什么？"

"因为你选择的恋人，不仅要有远大的理想抱负，而且对爱还要敢于表白、敢于面对面大胆追求，而我雷鸣哥呢，在你心中应该是个诚实可信、能干实事的好部下，单凭他那个闷葫芦性格，无论如何也激不起你心中情爱的波涛。"

雪雁起身拍了拍杜鹃的肩膀，说："好啦，快去叫你雷鸣哥到这儿来吧。"

杜鹃把一杯茶放在桌上，让雪雁喝着茶等她。

此时，在卧室里的雷鸣，身体和精神已恢复正常，他说："刚才外面那些人讲些什么，我都全听见了。我对不起雪雁书记，我给她惹了不少麻烦，我要去当面向她做检讨赔不是。"

雷火云看着孙子一副内疚的样子，叹息了一声："哎，早知今日何必当初，要做检讨就快去做吧。"

雷鸣奶奶走来挡住他，说："做什么检讨呀？这姓雪的女娃，她拿你孙子一点小事大做文章，打你这个老支书的脸，应该她来做检讨才是。"

见老伴这个时候还不依不饶，雷火云骂了声："真是不可理喻。"

"好啦！两位老人家别吵啦！我的脑袋刚清醒过来，再这么吵，我又会头晕的。"雷鸣抬腿就出了卧室。

"给我站住！没经我同意，哪儿也不许去。"雷鸣奶奶干脆耍起老祖宗的威风，追到院坝中去拦孙子。

雷鸣真有点哭笑不得，说："我出去不光是找雪书记，起先杜鹃在这儿的时候，就约好一起去办件要紧事。"他正欲往外走，又想到该换件衣服，忙又回到卧室。

雷火云喜滋滋地说："这小子，终于要和杜鹃约会了。"

"杜鹃这孩子还真不错，又聪明、又懂事、又勤快、又善良。"雷鸣奶奶听说是杜鹃姑娘相约孙子，顿时转怒为喜。

"我说老伴，你那张脸真比六月的天气还变得快，一时电闪雷鸣，一时又天清云淡。人家鹃姑娘用得着你这样讨好她？"雷火云讥讽道。

"哈哈哈，雷奶奶把人世间最美好的词语都用到杜鹃身上啦！看来你们雷家老祖宗，是想人家杜鹃做她孙媳妇了。"一直旁听的方青竹把窗户纸一下捅破。

细心的方青竹的确已经看出来，雷鸣奶奶喜欢杜鹃，杜鹃喜欢雷鸣，经历了今天的事，十有八九雷鸣也喜欢上杜鹃。这个大圆圈就圆得不能再圆了。

啊，原来如此。雷火云又习惯性地拍了拍额头："有句话是咋讲的？对，坏的事件引出好的结果。"

雷鸣正在卧室内换衣服，手机响了。他在电话里忙问杜鹃："你在哪儿？"

杜鹃说："早就在你院门口，刚才见你爷爷奶奶在顶嘴，就没进来。"

雷鸣换好了衣服，边往外走边打着电话："好的，杜鹃你等着，我就跟你去你家。"

雷鸣奶奶目送孙子离开之后，又猛然想到什么，忙向雷火云问道："刚才雷鸣是不是说过，他要和杜鹃一起办件要紧事？"

"对呀！刚才是听他说过，这有什么疑问吗？"

雷火云接着道："我说老伴，我们孙子这两天犯了个大错，我不是告诉过你吗？"

雷鸣奶奶恍然大悟："我明白了，他说的要紧事，就是去寻找他丢失的30斤彩花油菜种子。"

雷火云说："对呀，这不仅是件要紧事还是一件大事。"

雷鸣来到杜鹃家里，雪雁没有再提雷鸣的错误，更没让雷鸣做什么检讨，而是让杜鹃把她和自己的那一番对话原原本本地告诉了雷鸣。

雷鸣听了之后，就什么都明白了。"雪书记，都是我不好，我不该那样。"

雪雁马上止住了雷鸣的话，说："无论男女，都有爱慕异性的自由，只要控制好自身行为，不钻进牛角尖出不来，就是很正常的事。"

雷鸣的思想豁然开朗，内心十分感激雪雁的宽容大度。

他一把抓住杜鹃的手，脉脉含情地说："要是没有你，今天我恐怕都淹死了……鹃儿，我爱你！"

当着雪雁，杜鹃有些扭捏："嗯，雷鸣哥……"

雪雁上前拍了一下雷鸣的肩膀，说："好兄长，这就对了嘛。我知道，其实你内心是很喜欢杜鹃的，就因为你和她青梅竹马太熟悉，你不好意思向她开口，你的父母，才给你找了并不适合你的另外两个女孩。现在你终于敢说出口了，真是可喜可贺。"

雷鸣爽快地笑了，脸笑得像朵太阳花。"雪书记，我这就跟杜鹃一起去，把我丢失的彩花油菜种子找回来。"

把雪雁送走之后，雷鸣牵着杜鹃的手，沿着秀水清流的雷家沟，一路有说有笑地走着。

他俩坚信，丢失的彩花油菜种子一定会一粒不差地找回来的。他俩还坚信，在找回那个彩花种子的同时，甜蜜的爱情花骨朵，也许就开始慢慢绽放了。

3

这时的雷鸣，头脑变得特别清醒，他很快回忆起一件事。昨天他从八村民组罗家院子出来时，头脑浑浑浊浊的他，曾在一笼慈竹边的石条上打过瞌睡。十有八九，装着油菜种的编织袋就忘在那儿了。

可当他俩满怀希望跑到那儿时，把石条前后左右寻了一个遍，哪还有什么油菜种子的踪影？向那儿过路的村民打听，一个个都摇着头说根本没看见过。

他俩一下就掉进了失望的冰窟，感到全身都冰凉冰凉的。究竟是忘在这儿被过路的人捡走了，还是根本就不是在这儿丢失的？雷鸣和杜鹃，你望着我，我望着你，一筹莫展。

他俩正要沿着雷家沟路再往北走，忽听得有人在后面大声喊他俩。

他俩同时回头一看，看到骑着一辆大摩托的梁杏儿。

"杏儿姐，你惊呼呐喊的，找我们干吗？"杜鹃正焦头烂额，毫无兴致地问了一句。

杏儿没有注意到杜鹃的表情，顺便调侃了一句："找你俩要喜糖呀！"

杜鹃听明白杏儿的意思，不禁脸一红："哪来的喜糖呀？"

"嗬！美女救帅哥的活报剧，都在雷家沟石拱桥隆重上演了。还想瞒着我这个枫杨村演出队队长呀！"杏儿继续调侃着。

经杏儿这么一调侃，雷鸣暂时放下刚才的焦急和烦恼，脸又红得像红富士苹果一样。

杜鹃也镇定一下情绪，问杏儿找他俩究竟干吗。

杏儿还想再逗弄他俩一会儿，说："你别装耳朵聋。"一字一顿地说，"要——喜——糖！"

雷鸣似乎又变得有些结巴了，说："喜，喜糖，八，八字都还没有一撇呢。"

杜鹃心知肚明，杏儿跑几里路来这儿，哪里是为了几块喜糖。再说，她和雷鸣才刚刚相互表明心迹，距离跟朋友们公开散发喜糖还远着呢。杏儿的真正目的，骗得过雷鸣，能骗得过我杜鹃？她是借调侃活跃一下气氛，然后再提出求他俩帮她什么忙？

她沉着脸说："对不起，有屁快放，我俩正有事忙着哩。"

"还是杜鹃聪明啊。事情是这样的。雪书记上前天就给我安排了一个工作，这工作呢，必须有雷鸣帮助才完得成。这两天我见雷鸣心情不好，就不敢提出来。"

杜鹃立刻把他话打断："我的演出队长，你就别再兜圈子做表演了！"

雷鸣也插嘴说："对！有话就直说。"

杏儿看准了火候，掐准了时间言归正题。她说："事情是这样的。雪姐要求我们演出队，在文化振兴中勇打头阵，要我牵头收集一些有意义的故事，编成歌，编成舞，编成快板，编成小品，然后交给演出队排练演出。雷家沟这边呢，不是个故事窝子吗？有英雄故事、民俗故事、地名故事、宗族家风家训故事，还有历史优秀人物故事……"

杜鹃说："我的老家不在这儿，雷家沟的故事，我知道的不多。"

"这倒是实话实说，不过有一个人，别看他像个闷葫芦不大开腔，可肚子里装了不少墨水，从读高中到念大专，都写了不少小故事，还在校刊上发表过哩。"

"谁呀？"杜鹃明知故问。

"远在天边，近在眼前。"杏儿装着打哑谜。

杜鹃拍了拍脑袋："我终于明白你说的是谁了。"她笑着向雷鸣一指，"是不是这位闷葫芦呀？"

一句话说得雷鸣既纠结又舒服，说："哼，还叫人家闷葫芦，人家刚才都有说有笑了。"

杏儿这时拉着杜鹃的手说："这收集故事的任务，就交给你了。"

"话都说到这一步了，怎么还要找我呢？"杜鹃向雷鸣那儿支了支嘴，"你直接找他就是。"

"我不敢，我怕吃他闭门羹。"

"他敢！看我下次不把他背到养马河喂黄辣丁。"

"好啦！我接下来肯定要忙彩花油菜推广的事，杏儿，现在干脆我讲你录音，你把录音资料拿回去慢慢整理，还不会漏掉什么内容。"雷鸣想出了这么一个办法。

"哇！这个办法妙。"杏儿差点欢呼起来。

"不忙，我还有个条件。"杜鹃心想不能太便宜了她。

"什么条件？"杏儿与雷鸣同时不解地望着杜鹃。

"杏儿你人缘好，帮帮雷鸣寻觅丢失的30斤油菜种子。"

杏儿心想，这个杜鹃还真会见缝插针，只好答应下来。

"那就一言为定。"雷鸣也只好应允。

杏儿立马从挎包里取出录音笔，对准雷鸣，说："那就快讲雷家沟的故事吧！"

说到雷家沟的故事，雷鸣就严肃起来，说："今天这样，我先从脚下这道沟、这条路讲起，作为雷家沟故事的开头。等杏儿帮我把丢失的油菜种找到，我再具体讲每个故事，行吗？"

"行！这么办更好，我还可以把这雷家沟故事的开头部分先放进村委会宣传栏。"杏儿的脑袋也转得快。

"这个你做主。"有录音笔帮忙，雷鸣马上就进入状态，振振有词地讲起雷家沟故事的开头部分。

"这开头部分，又先讲什么呢？"杜鹃追问道。

雷鸣说："先从脚下这条路的路名讲起。"

"这路名定下来了吗？不是前一段还在争论吗？"杜鹃又问。

"这条路路名已定，就叫雷家沟路，津南县的地图上，也准备这么标注的。"雷鸣十分肯定地说。

"为何定了个这样一个路名？又为什么要从这个路名讲起？这个路名还关联一些啥内容？"杜鹃调皮地问个不休。

雷鸣先模拟了两声杜鹃鸟啼叫——"贵贵阳！贵贵阳！"接着说："我的小杜鹃，你就别跟林子里的杜鹃鸟儿一样，声连声叫个不停啦！听我一个劲儿讲下去，一切问题你都会明白的。"

说着，雷鸣就从头一二讲开了。随着雷鸣的讲述，不仅杏儿的录音笔录下了这段教材似的宝贵文字。杜鹃记忆的屏幕上，也铭刻了许多她从未听到过的精彩篇章。

为什么这路叫个雷家沟路呢？

原来，紧傍着雷家沟由南向北的这条小公路，是与枫杨路平行的另一条村道，也是由南向北从养马河起水通向古堰镇城区。因为沟岸上大多种的是水冬瓜树，如果用此树来取路名，大家感觉这个"水冬瓜路"听起来又土气又有点搞笑。其实，水冬瓜树的学名叫千丈树，如果用这个千丈树的树名来取这条路的路名，又遭到津南县几个地名区划专家坚决否定。他们说这个路名别的镇已经有了。按同个县的路名不许重复的原则，取名千丈路就想也不要想啦。

津南县文化馆一个副研究员，却提出就叫雷家沟路好了，这路名叫起来响亮，又承载着雷家沟两岸丰厚的历史文化内涵。

对此，这个副研究员还列举了老支书雷火云曾留过一段慷慨激昂的话。枫杨村的雷家是出过抗日战争和抗美援朝的英烈的，但不能当成雷家历史来向人炫耀，英烈不光属于雷氏家族，也属于整个枫杨村。村里当干部的雷氏族人是要多一点，可是并不代表其他姓氏的人就不优秀。

雷老书记是这么讲的，在实际行动中也是这么做的。在培养选择干部方面，更是如此。村社干部中的陈泽群、尹久耕、方玉玲、梁杏儿、吕含芝、牛武江、方青竹、全幺舅等人，就是他向村党支部和镇党委郑重推荐的。雷老书记他还说过，在他任职期间，他赞成研究整理宗族文化，尤其是好的家风家训文化，但他绝不搞家族主义，只能走党的群众路线。

因此，前些年将雷家沟路的地名方案交村议事会讨论时，获得全票通过。

"好，好！"杏儿与杜鹃连声叫好之后，还鼓起热烈的掌声。

"既然都说好了，那就快一起去，寻找我弄丢的油菜种子吧。"

说着，雷鸣就用杏儿的大摩托，把两个女生一前一后搭上，按杏儿得到的信息，回转头向南面的九村民组方向急驰而去。

4

一路上，杜鹃首先发问："杏儿姐，为什么要带我们去九村民组？"

"因为我那个幺舅，是那儿村民小组长，他有那30斤油菜种子的信息。"杏儿如实回答。

"什么信息？拣着油菜种子的人，是他那个村民小组的？"

"大概是吧。"

"那到底是谁呢？"

"你别老是发问好不好？到了我幺舅家里，不就什么都清楚了吗？"

大摩托还没到目的地时，又发生了只有在少女之间，才会发生的有趣对白。

先是杜鹃嚷着要下车，理由是她快热得受不了了。

杏儿意味深长地一笑，身在福中不知福。

杜鹃说："上车时你怎么不选择坐前面？"

"那儿是你的专座，我不敢奢望。"杏儿巧舌如簧，暗藏讥诮。

"那我现在就让给你。"杜鹃貌似大方，却有恃无恐。

"你不怕雷鸣的失魂症会再次发作。"杏儿表面威胁，实则调笑。

"只要我还在，那他种病永远都不会发作。"杜鹃信心百倍，掷地有声。

"嗬！你这种自信倒是值得人羡慕的。"她这话，究竟是真诚赞扬还是曲意奉承，杏儿自己也说不清楚。

"你当然应该好好羡慕，别忘了我这种自信，可是用汗水和劳累换来的。"杜鹃毅然抛出砝码，捍卫阵地。

雷鸣开腔了："二位姑娘，你们可以去开一个介绍所了。"

"什么介绍所？"二女同时问。

"恋爱心理交流介绍所。"雷鸣一说出，自己先忍不住笑了。

"哼哼。"杜鹃只吐出这两字，可这两个字连一丝生气的意味都没有，反让雷鸣觉得很享受。

二女有趣的对白，让雷鸣有些哭笑不得。哎呀，这两个姑奶奶，今天真是遇着了。雷鸣只好把大摩托停下。

杏儿说："我也想下了。"其实她知道，眼前就是她全幺舅家。

可当杏儿领着雷杜二人走上前去，杏儿还没来得及开口问，全幺舅就一脸愁容地告诉她："那30斤彩花油菜种子，是我组的一个村民昨天在八村民组竹林边拣的。可他从昨天等到今天，却没有失主来寻领，他就认为是一般的油菜籽，管不了几个钱，昨天下午就拿到街上去换菜油了。"

完了完了！雷鸣和杜鹃刚萌生的一线希望，瞬间就成了泡影。

全幺舅稍缓了口气又说："今天上午我一听这事就急坏了，我是知道这彩花油菜种子价值的，就立马骑着摩托车，风风火火赶到那个'芳香榨油坊'。可人忙马不快，那家榨油坊今天没开门。我向左右街坊打听。都说女老板到海棠村二妹家吃小表侄的满月酒去了。"

雷鸣一听完全幺的话，说了句："全组长谢谢你"，然后将杜鹃往大摩托后座上一放，调转车头，双腿往车上一跨，把油门狠劲一踩，就风驰电掣般地往古堰镇街上赶去。

杏儿眼看着雷鸣眨眼工夫就不见人影，她骂了声混蛋，真是要种子不要命了！其实，她此刻的心里和大摩托上杜鹃的心里都一样，已经暗暗地祈祷了无数次，千万千万，人和油菜种子都出不得半点事。

雷鸣驾驶着杏儿的大摩托，不到20分钟就到了芳香榨油坊。

见作坊门还关着，比雷鸣还急的杜鹃，主张马上到海棠村去。

雷鸣停住大摩托，在作坊前把车架好后，接过杜鹃递来的纸巾，把满头大汗擦了擦之后，他告诉杜鹃，若贸然往乡下跑，很可能在路上错过榨油坊老板，他们不如来个守株待兔。

这时，一个二十七八的少妇，正好推着电动车来到他身边。"嗬，我什么时候成了你守候的兔子啦？"

"尹芳姐，这榨油房是你开的？"雷鸣有些惊喜地问道。

"是啊！要不咋叫芳香榨油房呢？"

尹芳是村主任尹久耕的堂妹，雷鸣只知尹主任受雷元华排挤时，曾经请病假在外面三年，帮人打理菜油、烧酒手工生产作坊，还真没想到，帮的竟是他堂妹。

杜鹃比雷鸣还要心急，说："尹芳姐，昨天下午，你收到的那30斤油菜籽还在吗？"

雷鸣接着连说带比："那油菜籽，就是用这么大的编织袋装着的。"

"什么颜色的编织袋？"尹芳认真询问。

"白底蓝条的那一种。"杜鹃抢先回答。

尹芳想了想，说："嗯，我倒是见过那条编织袋。"

"那里边的油菜籽还在吗？"雷鸣忙问。

"这我就搞不准了，我这就把门打开，你们自己来看看吧。"

可当两扇大铁门打开之后，雷鸣和杜鹃在作坊内寻找了好一会儿，都没见着那条编织袋的踪影。

"完啦完啦！那30斤彩花油菜种子，十有八九都变成菜油了。"杜鹃急得直顿脚。

"都怪我，都怪我。"雷鸣一个劲儿地捶打着胸口。

突如其来的失望，就像一双无情的手，正在揪扯着雷鸣和杜鹃的心。

巨大的挫折感，正向这对刚好上的年轻人猛然袭来。

正当二人万念俱灰的时候，尹芳从里间出来了，她安慰二人说："别着急，我忽然想起了一件事。"

雷鸣和杜鹃仿佛又从失望的冰窟中看到了一点温暖的阳光。

杜鹃忙问："尹芳姐，你想起了什么？"

尹芳说："我们昨天下午，在烘烤最后一炉油菜籽的时候，我的一个员工对我说，在收到的油菜籽中，他发现有一袋已经很干燥，用不着再烘烤了，因为太烘干了，会减少出油量的。"

尹芳姐："听你这么一说，那一袋油菜籽还单独存在？"雷鸣问。

尹芳说："应该是。我这就打电话问问那位员工，那一袋油菜籽他放哪儿了。"

尹芳在电话里很快得到了回复，说是单独放进作坊的那个贮物柜里。

从尹芳的手中，雷鸣接到鼓囊囊的白底蓝条编织袋时，他和杜鹃连声道谢之后，长长地舒了一口气。

在接下来的最后三天里，由雪雁亲自督战，尹久耕、雷鸣、方青竹、杏儿、杜鹃等人，各领着一个小组奔赴各村民组，用汗水和以心换心，终于换来三百亩彩花油菜的种植推广。

农历十月的最后一天，雷鸣指导完最后一家农户打理好彩花油菜最后一块秧苗培育地，他已是汗流浃背，连套在外面的那件墨绿色卡克衫也在冒着热气。

第六章　隔墙有眼

1

那日在杏花坡上，雪雁、耿玉强、姚开华三人相谈甚欢。雪雁告诉耿玉强，村里给他安排了房子，地点在3楼会议厅侧面的一个宽敞套间，前面做设计室，后面做卧室。透过屋子两边的窗户，可以看到楼下的树木和绿化带。

这两间屋子，原本是村两委主要负责人用的，为了便于他安心工作，雪雁和尹久耕都迁到会议厅另一侧的两间小屋去办公。同时，还委派村妇女主任方玉玲负责他的生活。方玉玲温柔宽厚，手脚利落，将耿玉强的生活安排得井井有条。

姚开华还建议他赶紧成立一个公司，不然的话，财务往来无法操作；有了公司，也便于耿玉强事业上的发展壮大。耿玉强点头称是，说他也早有此愿，但是过去条件不成熟，公司的名字也早就想好了，就叫川西乡情园林公司。

雪雁问耿玉强目前有什么困难。耿玉强为难地说："真是不好意思开口，一来就给你们添麻烦。"她鼓励他往下说。他说他现在迫切需要一个安静的环境开展工作，可是因为负债累累，他被债主撵得鸡飞狗跳。村上能否考虑暂时借支20万元给他，让他去化解这个燃眉之急。

雪雁忙说，她也早就考虑到了这点，村上应该帮助他渡过难关。暂时借20万给他，这是必须的。不过，这事儿还得走走程序，需要得到村监事会的批准。

雪雁办事雷厉风行，她先找到村监事会主任陈双梅，向她做了说明后，又和陈双梅一起上门去找几个村监事会成员商量。有监事会成员说："好像村上开支款项，从没这么认真找监事会成员商量，这次可是太阳从西边出来了。"雪雁严肃地说："财务制度本就该这么执行嘛。"

几个村监事会成员的意见统一之后，由陈双梅在财务支出听证意见上盖了公章，耿玉强拿到了20万元暂支款。

雪雁就在这次和陈双梅的交往中，察觉了村监事会已是一盘散沙，监督权已经成了一种走过场的形式。同时，陈双梅也委婉透露了她不愿再当会长一事的意图。雪雁心想，这村监事会也该调整充实了。

令雪雁没想到的是，耿玉强拿钱之后，就突然失踪了，杳无音讯，仿佛这个人从来没有来过似的。

自从雪雁担任村支书以来，枫杨村从来就没有平静过。受到党内严重警告处分的雷元华，虽然有些退缩，但肖显政一旦给他施加压力，他根本扛不住，同时他本人也想出出闷气。在肖显政的指令下，又暗示一些亲信去煽风点火，诋毁雪雁的形象。村里一时间又闹得沸沸扬扬，各种谣言在空气中传播。

雪雁自作聪明，上当受骗，遭坏人卖了，还在帮他数钱……

耿玉强是她的亲戚，两个人穿起来吃钱……

耿玉强只是一个幌子，20万元被雪雁私吞了……

村上积累点儿资金不容易，这个新任支书是个败家子，坏人一家伙就骗走了20万……

谣言蜂起，莫衷一是。

等到尹久耕、吕含芝、杏儿、方玉玲向雪雁转述此事后，她才觉察到事情的严重性。依她对耿玉强的观察，他是一个有胸襟有良知的怪才，是绝对不可能做出卷款潜逃的事情的。出于她的直觉，她倒是一点儿都不怀疑耿玉强会卷款潜逃。于今之计，只要耿玉强现身，谣言自然不攻自破。她马上拨打他的电话，岂料语音提示告诉她，对不起，你所拨打的电话已关机。她有点懵了，这个耿玉强，大白天你关什么机嘛？她忽然涌上了不祥的预感，难道他真的出什么事了吗？耿玉强昨天离开之前，曾给她打过招呼，说他大概要耽误两三天，去处理一下债务问题。携带巨款，不小心露帛，遭坏人跟踪追杀的事并不鲜见。是他随身携带巨款让歹徒发现了吗？他是说过他要去找债主还款，是否因为处置不当，坏人把他绑架了呢？她愈想愈担心，接二连三给耿玉强打电话，得到的提示依然是对方已经关机。她在屋里踱来踱去，脑海里像放电影一样，一遍一遍地检视着她和耿玉强交往的往事，一遍一遍地对他定格进行审视。最后得出的结论依然是，耿玉强是好人。她告诫自己，此事不可急躁。先静下来看看事态的发展再说。

2

昨天下午，耿玉强一拿到钱，马上就和秦木匠一起离开了枫杨村。秦木匠的座驾是一辆白色的雪铁龙牌的低端车型。耿玉强一坐上车，就迫不及待地给各个债主打电话，通知他们，于明天上午10点在铜马镇的名人酒店的大会议室开会，解决他们的欠债问题。耿玉强总欠债七八十万，共牵涉债主三十多位，其中的二三十位债主都是小老板，他分别欠他们的钱，从几百元到几千元不等。剩余的七八个，是生意做得比较大的大债主。耿玉强的如意算盘，是尽快从债务中脱身，摆脱这种一地鸡毛的尴尬状态。凡是欠债不足一万元的小老板，他一次性把欠账付清。剩下的几个大老板，债务从几万到十万不等。明天他将凭着自己的三寸不烂之舌，鼓动这些债主再宽限些日子，欠债他一直负担利息。他会恳请他们放他一马，不要再对他进行围追堵截逼债，网开一面，让他恢复正常的社会生活。只有允许他出来挣钱，他才有还债的条件。他会告诉他们，他已经注册了一个公司，拿到了一笔大业务。一有钱，立刻还债。

上午的会还算顺利。在名人酒店里的大会议室里，债主满座，济济一堂。二三十位小债主终于拿到了钱，心里喜滋滋的，高兴的合不拢嘴。大点儿的债主虽说没有拿到钱，但看到耿玉强眼目下的表现，等于是吃了定心汤圆儿，明白他不是欠一屁股烂账不还的老赖。再加上耿玉强态度真诚谦恭，并且主动提出利息照算，拖了多久，利息就算多久。债主们都是聪明人，既然话说到这一步，也就半推半就地接受了。耿玉强处变不惊的表现，让秦木匠佩服得五体投地。事情办完，耿玉强的兜里还剩下一千多块。手上有钱，心情就好。耿玉强乐呵呵地说，秦木匠，龙门山脚下有一个新推出的古镇，名叫柳街镇，据说相当不错，我们干脆去看看。二人一拍即合。秦木匠驾着他的雪铁龙，朝着龙门山飞驰而去。

这柳街镇是个山乡古镇，柳水从大山深处蜿蜒流来，与另一条小河在镇子东头汇合。这里在水运年代是一个重要的口岸，商贸兴隆。街上有几座清末民初的老宅院，建筑讲究，古香古色；十字街头精致的古塔高耸入云；在川西难得一见的天主教堂保存完好，哥特式建筑的尖顶赫然入目。古镇的老街老巷，依水而建。古镇中心有一道明代遗留下的多曲青石拱桥，桥头有一棵需要几人才能合抱的盘根错节的黄葛树。伫立桥头朝下游眺望，但见两水合流处，有一座绿树与红墙黄瓦相映的半岛。半岛上方的水域有两道水帘如雪的叠水，游人可以在叠水之上踏着青石磴过河。

耿玉强和秦木匠兴致勃勃地逛了半天，几乎把街头巷尾都走遍了。二人边走边议，对这个新推出的古镇很是欣赏。天主教堂广场边，有个卖当地特色小吃的摊子吸引了二人的注意。老板娘风韵犹存，一边忙碌，一边不忘热情招呼客人。她专卖冲冲卷儿和凉面，她的摊位后面备有小桌和塑料凳，供客人用餐。这个冲冲卷儿，是典型的川味儿麻辣小吃，将胡萝卜丝、莴笋丝、葱子丝等调好味道，并拌上芥末，以薄薄的面皮相裹后，犹如一只大号的卷烟。嚼在嘴里，麻辣鲜香，外加冲鼻子，感觉妙不可言。老板娘卖的冲冲卷儿，个大料足，一看就逗人喜爱。耿玉强为他和秦木匠一人要了两只，二人又是眼泪，又是鼻涕，被冲冲卷儿冲得狼狈不堪。

耿玉强对老板娘的手艺赞赏有加，见老板娘乐不可支，便趁机向她打听，这里的标志性景观是啥。

老板娘脱口而出："烟雨柳街嘛。"

他追问："烟雨柳街好在哪里？"

老板娘莞尔一笑，道："得自己去品味。"

他茫然道："这就难了，又不下雨。"

老板娘说："我们这是山区，陡晴陡雨。明天上午一定下雨，你信不信？"

听她这么一说，他就动心了，就对秦木匠说："今天不走啦，必须要欣赏到烟雨柳街，才遂心。"

次日上午，果然下起了牛毛细雨。远山在云雾里若隐若现，近处水汽氤氲，烟云弥漫，整个柳街镇俨然水墨丹青里的长卷。那打着彩色雨伞、身着鲜艳羽绒服的女人们，平添了烟雨柳街的鲜活。耿玉强和秦木匠童心大发，下到河边，踩着过河的石磴，转身拍摄拱桥上的红男绿女。一不小心，耿玉强手中的手机突然滑落水中。他未及多想。跳下叠水就去抢救。东摸西摸，手机倒是捞起来了，鞋袜和半截裤子却都湿了。他顾不了许多，赶紧撩起衣服下摆，将手机揩干。秦木匠说，这不行，赶紧去找个理发店，用吹风机吹。此事一出，二人十分扫兴，急急忙忙去寻理发店。二人取得理发店师傅的同意，赶紧打开吹风吹手机。可是又不知道该怎么打开手机后盖，只是干着急。秦木匠向老板要了一根牙签，才好歹将SIM卡取了出来。秦木匠要耿玉强赶紧回酒店，找服务员要烤火器，把裤子烘干，耿玉强赶紧走了。秦木匠好容易才找到一个手机修理店。店主说："既然掉进水里，就必然短路，手机就报废了，只有重新买一个新的。"秦木匠回到酒店，转述了手机店主的话。耿玉强说："店主明显想敲竹杠，要买，也要回津南县去买，价格便宜，选择的余地也大一点。"

既然手机暂时生死未卜，耿玉强就把此事丢到一边。他说："既然下雨天是留客天，我俩干脆就丢丢心在这里待上一天，把烟雨柳街的韵味儿品足。"二人于是在小河边找了一个临水的茶馆儿，一边陶醉在如云似雾的烟云中，一边悠闲地品茗聊天。人一旦没有了手机，就完全不受干扰。耿玉强很久没有这样轻松过了，而且还是在烟雨柳街的诗情画意之中高谈阔论，那种感觉真是爽透了。

在柳水边，二人成为画中人，他俩在看别人的同时，别人也把他俩当着风景在看。但是在一两百里之外的枫杨村，雪雁因为担心他俩而心灵备受煎熬。她给他俩打电话，一打再打就是打不通，一再被告知："你所拨打的电话已关机。"雪雁心里如压巨石，急得要死，表面上还必须强装镇定，心中的那份苦涩只有自己知道。两相对照，一松一紧，一缓一急，这边厢急得上火，那边厢浪漫悠闲，所以遇事冷静是人生处事之第一要诀。

雷元华只是动动嘴、扇扇风、点点火，村里就谣言激荡。他乐不可支地等着雪雁惊慌失措，等着看她的笑话，却没想到这小妮子小小年纪，居然能够稳坐钓鱼台。到了第三天上午，受雷元华煽动的老牛筋等十几个人，跑到村委会去闹事。他们正七嘴八舌吵得唾沫横飞时，耿玉强和秦木匠回来了。二人听见，老牛筋正在高声叫板："耿玉强是大骗子，村领导是大傻瓜，耿玉强携款潜逃，为什么村里还不报案？"

耿玉强这才明白，由于他的疏忽，给雪雁书记惹了祸，顿感愧疚。他几步上前，拨开众人，站到老牛筋的面前大喝道："本人就是大骗子耿玉强，你赶紧打110，叫警察来抓我吧！那闹事众人一听，面面相觑，个个感觉心虚，就借口有事，一哄而散。"

杏儿站在二楼上看得真切，急忙从楼上跑了下来，兴奋地大叫道："耿老师啊耿老师，你终于回来了。把人都急死了！"

耿玉强忙赔礼说："抱歉了，抱歉了！"

杏儿埋怨道："你干吗要关手机呀？"

"没有关手机。是手机关我，它掉到河里了。"

"哦！"杏儿惊奇地瞪圆了双眼，"快！上楼去。雪书记在等你。"

杏儿跟着耿玉强匆匆上到三楼，边走边给他讲这两天发生在村里的事。耿玉强走到雪雁的办公室门口，一见她就连声道歉："雪书记，让你受委屈了！"

"没什么。"雪雁莞尔一笑，"是村里有人借水生花，想浑水摸鱼嘛。回来就好，谣言不攻自破。"

此刻，耿玉强的内心翻波涌浪，没想到这位女书记这么年轻，任职的时间也不长。遇事居然如此冷静，自己比他年长，她却还为自己遮风挡雨。

3

上午在雪雁的办公室时，她告诉耿玉强和秦木匠，枫杨村两委会的工作目标是在村里建设文旅融合体，带领村民共同富裕，这个工作目标马上就会启动。她希望耿玉强尽快拿出概念性的规划方案。耿玉强满口答应，说他在形成方案之前，还要对全村进行一次实地踏勘。

这天下午，雪雁叫上村委会主任尹久耕和杏儿作陪，领着耿、秦二人把村里的主要地段都走了一遍。作为耿玉强的助手，秦木匠边走还边在笔记本上写写画画。

耿玉强记忆力超群，经过雪雁等人的口头介绍，加上徒步踏勘的实际感受，村子在耿玉强的脑海留下了深刻印象。

枫杨村是一个大村庄，处在水流丰沛的养马河畔，全村就是一座川西平原的典型大林盘，人称雷家老林盘，有10个村民小组，2000亩耕地，300家农户，近2000人，还有300亩废河湾，500亩的林盘地和宅基地。整个村子水资源丰富。除东西流向的养马河之外，还有南北走向的金家渠、枫杨溪、雷家沟。

在枫杨村的南部中段，有一大片占地约三百亩的河湾及河堤、湿地，总称老河湾，它南部与养马河之间是第4村民小组的地盘。它的北部，也有一少部分地盘分属第5、6、7村民组。老地名叫麻柳坡的杏花坡，就在4村民组辖区东边。

这一天，五个搞田野调查的人兴致勃勃，且走且议。耿玉强连声感叹，他简直没有想到，枫杨村的生态本底这么好。他说："乡村振兴一定要将乡村建设得更像乡村才行。如果要搞集中居住的话，千万不要建高楼大厦，最好是在林盘的空隙中见缝插针。川西林盘的环境景观形态和农居院落布局形态是传统乡土建筑的精髓。我们搞集中居住，如果不能扬长避短，就是对川西林盘风光的破坏。"

"英雄所见略同，我和雪雁书记也是这么想的。"尹久耕连连点头。

雪雁问："如果搞林盘院落群，你觉得摆在什么位置合适？"

耿玉强说："我先说，来个抛砖引玉，我主张建在老河湾北部的堤岸、林盘、宅基地的地带上。那里环境景观最巴适，林木茂密，有养马河沿岸风光，有老河湾的四个湖泊，有野味十足的野林子，还有杏花坡的杏花。"

雪雁又问："我们村打算搞农旅融合，你觉得考虑什么项目为好？"

耿玉强说："我主张搞一个地地道道的农耕文化博览园，把传统的手工作坊，比如烤酒、造纸、榨油、水碾、熬糖等非遗项目都放进去。还有乡土玩具、竹编、棕织、根雕等手工艺品的展示，既卖产品，又搞现场制作，让游人参与其中，形成互动。"

"选在什么地方好呢？"雪雁问。

"金家河坝。那儿非耕地多，易于拓展，并且树木竹林也多，那些手工作坊可以隐藏期间，造成一种原生态的风光。"

耿玉强提出的这个话题引发了其余四人的兴趣，大家你一言我一语，自然而然就热烈讨论起来。

雪雁说："我和尹久耕主任讨论过，枫杨村究竟该怎么建设？这是一个百年大计的严肃话题，决不可以单凭拍脑门就草率决定。我们应该走出去参观参观，让脑袋开开窍。村民们只有开阔了眼界，做到心中有数，才知道自己该要什么。"

耿玉强说："古人说他山之石可以攻玉，外出参观，开阔眼界非常必要。这正是我想向两委会提出的建议，我们想到一起了。"

第二天一大早，村委会前的停车场开来两部大巴车。90多名村民代表，加上雪雁、耿玉强、秦木匠、尹久耕、杏儿等人，装了满满的两大车。在各自村民小组长的带领下，蹬车上路了。今天去外县参观的，是两个不同类型的新农村建设的示范点。

第一个村叫隆丰村。这个村比枫杨村还要大。东西横跨六里，从南到北拖了十里长。这个村子采用的是散点式布局，散布着8个新建大院。村民住宅的风味小楼穿插在林木的缝隙之间，古木苍苍，竹林幽静，每家门前都有讲究的花圃。虽然各个安置小区各有特色，但由于太分散，各村民组腾出的宅基地林盘地面积相对少一些，能转让出去的经营面积也少，建新居的农户自筹金额必然加大。

第二个村叫星光村，全村只设立了一个安置点。修的是清一色五六层的楼房，除新建的住宅区外，还有不少商贸区和作坊区。农户腾出的宅基地林盘地的面积比较多，建集中居住区时，农户交的自筹经费比较少。但是集中居住区近乎城市化了，没有了田园风光和园林风光做依托，开始还闹热了一阵，没过多久就"门庭冷落鞍马稀"了。

第三个村叫橡树村，农户住宅相对集中又分散布点，绝大多数农户住宅都处在林盘田园之中，而且紧靠着湖塘和溪沟。农户们除了大田生产，有不少人家还在自己的庭院里搞起了农家乐。这儿建筑比较有特色，高低错落，富于观赏性，家家门前花木扶疏，游览小道在农家院落群里回环穿插。给人印象最深的，是区内还有一个碧水盈盈的大湖泊，湖岸曲折，宛若天成。湖上有三座造型讲究的桥梁，沿湖有曲折的栈道，湖中游船点点，游人绕湖来来往往。

村里本来只安排参观一天。可是，耿玉强却积极建议，一定要去游览一下柳街镇，让大家实地感受何为美。真是苍天不负有心人，老天非常照顾耿玉强的情绪。第二天上午，两部大巴刚驶进柳街镇，天空居然淅淅沥沥下起了牛毛细雨，不久，烟云弥漫，老街古桥人影绰绰，烟雨柳街犹如画家笔下的水墨仙境，难得一见的美景深深地感染了众人，村民们的审美趣味无形之中得以提升。

但这儿毕竟是一个商业性游览区，当地农户很少有参与旅游经营。枫杨村以农业为主，除了可以吸收一些建筑布局艺术的特色之外，对建设农旅融合、推进农民共同富裕是没有多少借鉴价值的。

4

耿玉强做事喜欢一竿子插到底，一切繁琐的过程，他都要亲力亲为，全身心地投入。搞田野调查实地踏勘，奔赴外地观摩彼地园林的"他山之石"，酝酿设计打造方案，直至烂熟于心。他大体上倾向于橡树村那种集中与散点组合的思路，但是在具体布局设计时又因地制宜，充分利用枫杨村本身的生态优势。

如何在保护原生态环境景观形态的前提下将一户一户的农家别墅有机地安置其中，是他和秦木匠一直在思考的问题。二人把他们正在设计的方案正式定名为"枫杨村梦里农家规划设计方案"。为了把这个设计方案做到最好，两人成天都泡在看准的那一大片林盘中，来来回回地看，反反复复地揣摩，两人又是拍照，又是丈量，又是记录，忙得一塌糊涂。凡是碗口粗以上的大树都尽量不挪窝，整个居住小区的建筑式样、建筑本身和环境的色彩、层次该怎么搭配，他俩都考虑得非常细致。袖手于前，方能疾笔于后。最后，才由秦木匠在电脑上绘成彩图。

耿玉强和秦木匠既是好哥们儿，又是好搭档。说起来这秦木匠也是一个怪才，自幼习画，无师自通，近年还学会了电脑绘图，Photoshop 制图软件玩得溜熟。两人在设计方案的时候，充分发挥各自的特长。一个用嘴说，一个用笔绘。一个用嘴说得天花乱坠，一个用笔画得满纸生辉。他用嘴描绘的东西，他用笔落实为人人一看即懂的图画。

两人每天起早贪黑，殚精竭虑，半个月之后，梦里农家规划设计方案，包括俯视图、立面图和平面图，呱呱坠地。雪雁看到这三张设计图之后，激动之情溢于言表，情不自禁地惊叹道："哇！太棒了！"特意送方案过来的耿玉强和秦木匠，站在办公桌旁边只知道傻笑。

雪雁打电话向姚开华汇报了相关事宜。姚开华一听，也很高兴。就告诉他，他想先睹为快，要下午4点钟他才有空，到时候他赶到村里，就在杏花坡见面。

下午，雪雁提前半小时赶到杏花坡去等候。梁青山听说她要和姚书记研究工作，就开了一个包间。

4点钟的时候，姚开华驾驶银色奇瑞赶到了杏花坡，梁青山热情地迎了上来。并且告诉他，雪雁书记在二号包间等着。他一走进二号包间。就习惯性地顺手虚掩了房门。

雪雁乐淘淘地招呼他，将卷成一卷儿的俯视设计图在麻将桌上展开。姚开华忙走上前，埋着头细看。

枫杨村的地形地貌他大体上是熟悉的。可是，当那些真实的林盘变成彩色图像出现在眼前时，还是忍不住惊喜地感叹。这些林盘中摆放了若干两层农居小别墅。难能可贵的是，凡是需要保护的竹林和碗口粗细以上的树木，都在图上画得清清楚楚。两人肩并肩地站在麻将桌前，非常开心地欣赏着设计图，不知不觉间，两人的脑袋靠得很近。

这天也是合该有事。在另一个包间中，一桌赌钱的麻将正打得热火朝天，麻将搭子是肖显政、雷元华及肖的两个亲信，肖显政怕暴露，是坐一个亲信的车子来的。肖显政因为要小解，就打开包间门，穿过过道上厕所。老远就听见二号包间里传来姚开华和雪雁熟悉的说笑声。心想真是冤家路窄，这对男女在这儿干什么呢？心里就多了一个心眼儿。他把兴冲冲的疾走换成蹑手蹑脚。在走过2号包间时，他停顿了一下，就望见了姚开华和雪雁站在麻将桌前的背影，二人离得很近。他不禁冷笑了一声，心想天助我也。一转过拐，就是2号包间朝向野林子的玻璃窗。他赶紧掏出手机，调出相机，轻手轻脚地靠近窗户，连续拍了几张。他怕屋里的人发现，就赶紧溜走了。一走进卫生间，他就迫不及待地调出照片来看。因为拍摄角度的关系，一男一女两个脑袋仿佛互相挨着，神情很是陶醉。照片给人的直观感受是，这是两个关系暧昧的人。他觉得这几张照片的效果只能说将就，要是能多在窗户外面站会儿，肯定能够拍到他们亲热的画面。但是那样太冒险，万一暴露，就是鸡飞蛋打。

对于肖显政的"间谍"行为，2号包间里的二人当然一无所知。姚开华仔细欣赏完设计图，这才察觉他和雪雁离得有点儿近，就假借喝水，离开了麻将桌。姚开华端起一旁茶几上的茶杯，呷了一口，感叹道："这两个人太了不起了。这么复杂，这么仔细，这么高水准的设计方案，要是交给正规的设计公司，他们按照平方计算价格，至少也得六七十万的成本吧。说到底，雪雁呐，我作为古堰镇的一把手，我还得感谢你这个大学生村官儿。"

"姚书记，你可别夸我，一夸我就会骄傲。"雪雁真诚地说。

"要不是你别具慧眼，'二顾茅庐'，这两个怪才就会跟我们失之交臂。"

"姚书记，要是没有你的帮助，没有你千方百计打听到他的下落，没有你一大早把他堵在家里的话，一切都是空谈。"

姚开华摇摇头，说："这个方案充分利用了村内林盘的优势，村民民居既相对集中又散落在竹树和田园中，这既有利于村民生产生活的方便，又能腾出较多原有宅基地和林盘地。村里才有底气，把这些富余的集体建设用地的经营权，出让给县旅游投资公司，在村里搞旅游设施……"

雪雁兴奋地说："我毛算了一下，这些宅基地林盘地，除去建农户新居必须留出充分的面积外，能通过转让经营权取得收入可能有一个亿吧。在全村修建新型林盘院落群，以及兴建水电气网管道路，就有了资金上的可靠保证。"

梁青山忽然推门进来问："雪雁书记，你们在这儿吃晚饭吗？"

"不了。"雪雁摇摇头。

"哎，晚饭就在这儿吃吧，我来做东。你把耿玉强和秦木匠叫过来，等会儿好给他们敬两杯酒，好好感谢一下他们。"

雪雁说："我看他俩实在太累了。就给他俩放了一天的假。早晨就走了。"

姚开华若有所悟："怪不得没有看见他俩的人影。对了，把你的房东方玉玲，你的跟班杏儿，还有你们的村委会主任尹久耕，一起请过来。你的工作开展得这么顺，我看他们功不可没。"

雪雁敬佩地说："姚书记想得真周到！"

梁青山打听清楚，乐呵呵地转身去安排晚饭了。

从梁青山嘴里，肖显政听说姚开华他们要在这儿吃晚饭，就不情愿地结束了麻将局，悄悄钻进一个亲信的小车，提前走了。

姚开华趁着众人还没到，就提醒雪雁说："当务之急，要学习外地经验，先组建一个能整合村里各种优势资源、借以创新产业发展的资产管理公司。"

雪雁感谢姚书记的提醒，说马上着手组建这个公司。

5

不巧的是，这天下午突然降温。雪雁东奔西走，忙了大半天，内衣都有点儿让汗水浸湿了。她原本想抽空回家换身衣服，在她的那件薄型羽绒服下面再加一件毛衣。没想到时间过得太快，一晃就是三点过钟，跟姚书记约的见面时间眼看就要到了，就只好骑着电动车直接来到杏花坡。

冬天的白天短，晚饭还没吃完，天就黑尽了。这一天的降温来得很陡。短短几个小时就降了八九度。关在包间里吃饭，还没觉得怎么冷，等雪雁上洗手间的时候，人一下暴露在屋外，明显感觉到寒气袭人，就接连打了两个喷嚏。

送走了姚开华，方玉玲就对她说："妹子，你衣服穿少了，赶紧回家吧。"

雪雁和方玉玲回到家中，第一个动作就是赶紧加衣服穿暖和。雪雁身上一暖和，就明显感觉很疲惫，她赶紧洗漱上床休息。她习惯性地翻开书，想看一会儿，才看了一页，眼睛就困得睁不开了。她赶紧脱了衣服，缩进暖烘烘的被窝里，当电灯开关吧嗒一关的同时，她立刻就沉入了梦乡。

次日早上，闹钟一响把雪雁闹醒，她就觉得脑袋很沉重，浑身酸痛，用手摸了一下额头，感觉很烫，就明白自己感冒了，就吃了一点儿自备的感冒药。姚开华今天要在镇上开一个全镇村级两委会一把手的会议，要雪雁带着枫杨村的三张设计图前往，并且进行大会发言，以此推动一下全镇乡村振兴的工作。雪雁吃过早饭，骑着电动车出了门，沿着雷家沟路，朝着镇上飞驰而去。

在会议进行中，雪雁感觉自己的情况愈来愈糟，就咬紧牙关硬挺着，一直坚持到做完典型发言。姚开华感觉雪雁今天的表现有点儿反常，以往发言她都是精神抖擞，满面春风。而今天，她的发言居然不怎么流畅，时不时地还要皱皱眉头，声音也发闷。她往常的脸颊白里透红，而今天却是一种病态的惨白。

终于散会了，人们一个一个相继离去。姚开华却发现雪雁在座位上没有动。他就留了一个心眼，重新返回来。雪雁此时感觉心慌气短，头颅犹如泰山压顶一般地眩晕，她竭力挣扎着，从座椅上摇摇晃晃地猛然一站，紧接着又栽倒在椅子上。刚刚进门的姚开华大惊失色，飞奔到雪雁身边，俯身凑近查看雪雁的病情。见她双眉紧锁，双眼紧闭，一副苦不堪言的样子。忙伸出右手摸她的额头，竟滚烫得吓人。他立刻掏出手机，拨打镇卫生院院长的电话。之后，拿起雪雁喝过的茶杯，续了些热水，然后走到雪雁的身边，伸手把她的上身扶正，然后把水杯贴在雪雁的嘴唇边。雪雁感到天旋地转，正口渴难耐，一感觉有水杯贴唇，立刻下意识地喝起来。

这边厢，姚开华一心一意想缓解下属的病情；那边厢，肖显政的党羽却在偷拍照片。偷拍者躲在会议室前面的宿舍楼里，透过明亮的玻璃窗户，进行变焦处理，把会议室的情况拍得一清二楚。尤其是姚开华用双手把雪雁的身体挪正的那一瞬间，拍下的照片很是暧昧。

所有这一切，两个当事人却一无所知。当这些"不雅照"发上互联网的时候，就是肖显政狗急跳墙之时，也是雪雁这名大学生村官经受惊涛骇浪的考验之时。

6

从优秀大学生中直接招聘乡镇干部，这是组织工作的新举措，基于对这项工作尚需完善的考虑，省委组织部决定对所涉及的相关人员来一次考察，任命郊县处的处长老王为考察组长。这位考察组长不是别人，正是初夏时对雪雁进行面试的那位眼神锐利的主考官，名叫王云帆。根据领导的指示，考察组确定了六名重点考察对象，其中就有安排到津南县工作的雪雁。昨天傍晚，省委组织部考察组刚刚入住津南县委内部招待所，一个举报电话就通过座机打了进来，并且指名要考察组长接听。

老王拿起电话，就听见一个男人刺耳的声音："我找省委组织部考查组的组长王云帆……"

老王忙按下录音键，说："我就是，请问您是……"

"你先别管我是谁，我是匿名举报。"对方冷冷地回答。

老王莞尔一笑，平静地回答："我理解你的心情，那么，请开始吧。"

"且慢，我有一个要求，我的举报你不能录音，免得有人通过分析录音来找到我。"

老油条啊！老王暗忖，就答应道："你放心，保护举报人是我们的职责，我马上取消录音。"说着，就将话筒贴近按键。录音键在他用右手食指一摁的同时，发出嗒的一声响。

"那好。"举报人说，"我要举报古堰镇枫杨村的大学生村官雪雁……"

举报雪雁？老王心中一惊，这个举报来得好快啊！老王赶紧说："好的，请畅所欲言。"

举报人显然早有准备，就听见电话里传来纸张翻动的声音。他有条不紊地照本宣科，揭发雪雁的六大"罪状"。包括：无视党的纪律，利用自己的美貌，在互联网上疯狂炒作自己，造成极为恶劣的政治影响；强行推广彩花油菜，搞形式主义，愚弄群众，捞取所谓政绩；乱用官威，在雷鸣家中压制不同意见的群众，连年迈老人也遭受打击；搞拉一派打一派，拉帮结派，利用聚会搞吃吃喝喝，网罗一批青年成为党羽，排挤老干部；工作作风简单粗暴，横蛮辱骂下属，造成某下属投水自尽；拉拢沽名钓誉的设计专家，不顾村情脱离实际，制订好大喜功的所谓规划。这个举报，条理清晰，有人物，有时间地点，有事情经过，有事情起因，犹如一篇标准新闻稿。老王暗暗吃惊，哪怕举报只有一条属实，也够她雪雁喝一壶的。如果是诬告，那就说明举报人对她恨之入骨。

这个举报，分量很重，说得有鼻子有眼睛的。老王哪敢怠慢，马上打电话，分别给津南县委组织部和纪律检查委员会取得了联系，三方紧接着召开了网络电话会。会议决定，成立一个由省、县、镇三级四方的联合调查组，明天早上8点半准时出发。相关的决定，由县纪委向古堰镇党委通报。

电话会议结束以后，老王要求自己的两个属下回房间继续工作，争取今天晚上弄清对方举报的第一个问题。老王回到自己下榻的单人房间，打开手提电脑。既然对方举报雪雁利用自己的美貌在互联网上疯狂炒作自己，形成了所谓的互联网事件，那么此事就必须调查清楚，做一个结论。

老王在百度上输入相关信息点开一看，跳出的相关信息数不胜数，哪怕是连着看三天也看不完。他想弄清事情的原委，找到了那个第一个发帖的摄影发烧友小蜜蜂。小蜜蜂的帖子极为自恋，他除了渲染自己发现雪雁的过程之外，还详细描绘了他的兴奋和激动之情，并且沾沾自喜地点评自己贴出来的美人照。但是有一点他写得很清楚，他当时挎着长枪短炮，正在枫杨路上拍摄夕阳下的田野风光，忽然看见远处驰来一个骑自行车的美女。他的创作灵感刹那间倏地爆发，于是决定对她进行追踪抓拍。

看到这里，老王的心头有数了。这个所谓的互联网事件，基本上可以断定是一个偶发事件，这跟所谓"利用自己的美貌，在互联网上疯狂炒作自己"的诬告完全是风马牛不相及。后来又找到小蜜蜂本人联系方式，通过小蜜蜂的亲口诉说，完全洗清了雪雁的炒作嫌疑。

老王从电脑前站起身，控告雪雁的第一个问题终于澄清了，他长长地舒了一口气。平心而论，雪雁这个出生苦寒的漂亮女孩儿堪称完美，那天的面试，唯有她的得分最高。上次所招聘的14个优大生，只有她才担任了村支部书记，并且大刀阔斧地干了起来。这样的年轻人值得组织的培养。但前提是必须实事求是地弄清别人举报她的问题。所举报的六个问题牵涉面很广，要彻底弄清真相，必须要花大力气，够他们这个联合调查组忙活一阵的了。

次日早上9点。在二楼的杏儿发现了一个反常情况。她看见，楼下忽然开来四辆轿车。车子在村委会办公楼下的停车场停好以后，从车上下来11个干部模样的人，其中还有三位是女性。但杏儿只认识两个人，分管纪律检查的镇党委副书记老曾和镇党政办主任赵哥。这11个人中，有一位明显是领导。曾副书记平时走路有点儿鼻孔朝天，对这位领导模样的人却哈着腰，表情谦卑。杏儿不免感到奇怪，这些人到他们这儿来干什么呢？当然，他们村是老先进，这些年也没少来上级领导视察，就是他们前任支书陈泽群的追悼会，也有好些县上的领导前来吊唁。接着，她就诧异地发现，领导们居然未登村委会大楼的台阶。而是直接走上了枫杨路，之后往左一拐，朝着雷家大林盘方向走去。而且更为反常的是，这11个人表情肃穆，心事重重，除了引路的曾副书记偶尔说两个字之外，其余人都保持着静默。当时，镇党政办主任赵哥明明看见她站在二楼窗口，却没有像平时见面那样热情地招呼她"美女"，而只是往前方噜了噜嘴。

她满怀狐疑，找不到答案，就上了三楼，去敲雪雁办公室的门。

雪雁听她一说。也感到有点诧异，沉吟了一会儿，就取过放在桌上的手机。她的第一反应就是向叔叔般的姚书记询问。岂料，姚开华的电话倒先打过来了。

姚开华告诉他，有一件事，想来想去还是应该先跟她沟通一下。他就把省委组织部考察组的来意，还有雪雁遭人举报，而中途更改了工作，简明扼要地向雪雁交了底。雪雁感叹说："想干成一件事情，太难了。"姚开华说，因为她的出现，搅乱了一潭死水，打破了某些人的美梦，对他们直接形成了威胁。别人要对她下手，也是情有可原。他说他想知道她对这件事儿的看法。雪雁勉强笑了笑说，她心中无冷病，自然就不怕吃西瓜。对于组织对她的审查她问心无愧。姚开华纠正她说："这不是审查，而是调查，考察。你也不必紧张，坦然面对就是。"雪雁说："我把它当成组织上对我的特殊考验吧。"

杏儿旁听了打电话的过程，已经明白了是怎么一回事，愤愤不平地说："这个举报你的家伙，一定不是好东西。他一个电话，就弄得鸡飞狗跳。"雪雁就调侃她说："你看你看，皇帝不急太监急。对于联合调查组该怎么开展工作，恐怕不是你这个团支部书记该操心的吧？这事儿你千万别给旁人说，弄巧成拙就不好了。"

杏儿不满地把嘴一噘："知道啦。我的大书记！"

雪雁先后与姚开华梁杏儿对过话之后，明白了上级突然把对她的工作考察变为对她的调查，显然是因为她触动了某些人的利益，其目的不过是借此抹黑她，阻止她下面即将进行的乡村振兴的大动作。想到此，她对某些人不禁心生鄙视，他们越是这样对她，她越是要把接下来的行动搞得有声有色。她豁然开朗，随之心气也顺了，她该干吗干吗，绝不能摇摇摆摆裹脚不前。

今年种植的优质高产杂交稻该如何布局？她忽然想到前几天开会时，第8村民组组长阚老三提出的建议对她很有启发，就想再去找他好好谈谈，便骑着电动车，朝着雷家沟路北段的阚家小院急驶而去。途中，恰好与迎面而来的阚老三巧遇。雪雁要阚三叔深入谈谈他的建议。岂料阚老三诡秘地朝公路旁的雷家大院那边指了指，说："雪书记，建议的事下来再说，等会儿就该我去向调查组反映情况了。"

"哦？"

"哎呀，雪书记，老牛筋和精灵姑儿正在林盘头向调查组告你的刁状。这调查组也是，什么人不找，偏找这两个怪物。真是气死我啦！"

雪雁下意识地朝路边的林盘一瞟，莞尔一笑，说："阚组长，村民向调查组反映意见，这很正常嘛。"

"还正常？你知道他俩说你什么吗？"

"说什么都不要紧，每个公民都有向上级反映情况的权利，如果调查组认为该我知道，自然会转告我的。"雪雁故作轻松地说。

"他们亲口对我说，说你，一手遮天，独断专行，重用外来亲信，为了升官发财，不惜踩着别人的背脊骨向上爬……"阚老三既愤怒，又激动。

雪雁暗中诧异，这些人真把好心当作驴肝肺了。她的情绪在短暂地波动过后，转念一想，撇开坏人挑动的因素，这些人是否对自己有误会呢？是否自己潜意识中太急于创新求成，急于多做好事回馈恩人的家乡，因此造成与农户思想脱节，造成了他们的反感呢？

此事给雪雁敲响了警钟，她暗忖，接踵而来的事情将更为麻烦，像筹建村资产管理公司，农户新居修建，农户旧居拆迁，等等，如何有效地跟农户做好思想沟通工作，确实要考虑得细致一些才行。

阚老三见雪雁闷声不响，就苦笑着说："这事嘛，我不该多嘴，我有事先走了。"雪雁望着阚老三离开的身影，暗暗摇了摇头。

7

第二天下午，雪雁接到了镇党委副书记老曾的电话，说一个小时之后，联合调查组要跟村上两委会的班子成员交换意见。

杏儿马上打电话发出了会议通知。考虑到联合调查组有11个人，小会议室装不下。杏儿就把开会地点放在三楼的会议厅。杏儿就叫雷鸣杜鹃青竹来帮忙，另外搬了6张桌子和11把椅子到小舞台上。相关的参会人员提前进了会议厅，心怀忐忑地等待着上级领导的光临。姚开华也专门从县上赶回来参加这次会议。

过了一会儿，楼梯上传来一阵杂沓的脚步声，一行11个人轻松愉快地走了上来。姚开华和雪雁赶紧走到楼梯口迎接客人，并且把他们领到舞台上入座。

姚开华坐到舞台正中，主持会议。他说："大家都知道这两天发生在我们村儿里的事情了吧？有人举报我们枫杨村的支部书记雪雁同志有严重问题，上级党组织对此非常重视，专门成立了一个省县镇三级四方的联合调查组。联合调查组本着实事求是的精神，来到我们枫杨村进行深入的调查走访，历时近两天，对于举报的六大问题进行了认真的甄别。联合调查组提出，要跟我们村两委员会的班子成员交换意见。现在，请联合调查组组长、省委组织部郊县处处长王云帆同志代表联合调查组做指示。"

王云帆起身，走到台左的发言席后面。他一眼就发现，坐在第一排正中的雪雁，就含笑轻轻点头示意。

刚才雪雁和姚开华迎接客人上楼的时候，感觉走在头里的这位领导似曾相识。待到王云帆望着她含笑点头，这才恍然大悟，哇！这不是面试那天的那位主考官吗？

王云帆说："根据举报，雪雁同志存在六大问题，联合调查组对此极为重视。这两天马不停蹄，深入枫杨村，进行调查走访。调查组按照相关规定，所有的调查材料都经过材料提供人的确认，并签了字、盖了手印。所谓雪雁同志的六大罪状，完全是污蔑不实之词为了整垮雪雁同志而进行的恶毒攻击。枫杨村的群众眼睛是雪亮的，他们不仅痛斥了举报者的无耻谰言，而且还为雪雁同志评功摆好。联合调查组对雪雁同志做出如下结论：雪雁同志坚持原则，富于开拓精神，工作上尽心尽责、任劳任怨。她把自己工作的这个枫杨村当作自己的第二故乡来热爱。她正在付出努力，让枫杨村这个曾经的老先进再创辉煌。雪雁同志是一名年轻党员，她的奉献和敬业精神，值得我们学习。雪雁同志的表现，为我们党争了光。我以一个老共产党员的名义，向她致以崇高的敬意！王云帆起身，面对雪雁，敬了一个庄严的举手礼。"

让雪雁始料未及的是，调查组居然给予她这么高的评价，她有些慌乱，赶紧起身，面朝王云帆和联合调查组的方向，恭恭敬敬地鞠了三躬。

全场起立，热烈鼓掌。连内心对雪雁心怀不满的雷元华，也不得不敷衍地鼓着掌。举报信的"炮弹"并不是他提供的，当时肖显政指示他要写检举内容，他也觉得太离谱，只要调查就会穿帮而担诬告罪责，他谎称得了重感冒头脑疼痛未写此材料，肖无奈之下只好另找人写。举报人是黑毛，他很狡猾，打电话的地方，是一个公共电话亭。

王云帆是一个正直的人，不仅对雪雁的身世很同情，而且对雪雁的才干很欣赏，随之而来的是对诬告雪雁的小丑的极其鄙视。他忽然产生了一个念头，何不利用此次机会，给这个小书记增添一点儿人望呢？于是他补充道："也许你们还不知道，雪雁同志是省委组织部直接招聘的乡镇干部，她是一名优秀的大学生，是公认的学霸。也许有人会问，她究竟有多优秀呢？别的不好说，我就来介绍两个量化的数字。通过严格的书面考试，今年我们总共录取了42个预选名额，后来又通过严格的面试，最终只正式录取了14名。雪雁同志的总成绩排名第一，笔试成绩，最高分150分，她得了140分；面试成绩，最高分100分。她得了87分。要知道，面试成绩的最低分只有12分，大部分考生的得分都在50分至70分的范围内徘徊。"

全场爆发出一声赞叹，紧接着是嗡嗡嗡的议论声。他们做梦都想不到，他们的村支部书记居然如此优秀。

老王接着说："也许有人会问，我怎么知道得这么清楚？这个问题，请雪雁同志自己来回答。"

雪雁赶紧起身，满脸绯红地说道："老王同志是对我进行面试的主考官。他当时挺威严的，一副铁面无私的样子。我们当时好怕他哟！"

"哈哈哈哈……"全场发出哄堂大笑。

老王笑着宣布："我说完了。谢谢大家！散会，散会。"

人们纷纷从座位上起身。雪雁不顾一切地奔上舞台，老王笑盈盈地迎向她，两人同时伸手一握。雪雁激动地说道："谢谢王考官！"

老王说："我的年龄起码要缩你两个火夹子，你该叫我王叔叔……"

"王叔叔好！王叔叔好！"雪雁顺杆就爬，边鼓着掌，边兴高采烈地围着老王转圈子，那副开心顽皮的样子，哪里像一个女村官？引得围观的人也开心地笑了起来。

8

雪雁和姚开华送联合调查组下楼。雪雁边走边说，他们村要建成农旅融合综合体，其中有个项目，就是建设暂名为"梦里农家"的农耕文化博物园，连规划设计图都搞好了。老王赞扬了她的想法，并祝愿她搞成功，还说等他们建成开园的时候，他一定要过来开开眼界。姚开华要挽留调查组吃了晚饭再走，并介绍他们的杏花坡农家乐，说做的特色菜很好吃，在那儿还能观养马河的风景。老王连声道谢，说以后一定来，今天时间还早，还要赶回去。雪雁和姚开华一直把调查组送到停车场。

此时，一辆绿色的出租车从雪雁的身边缓缓开过。从驾驶室伸出一个女孩儿的脑袋招呼着："雪雁书记！我请个假！送妈妈去省城治病。"雪雁扭头一看，原来是杜鹃。雪雁关心地问："你妈妈现在身体怎样？"杜鹃摆了摆头，低声说："妈妈这几天病情有些加重，我哥在省城联系了华西医院，我把妈妈送到我哥家，我照顾我妈几天就回来。"雪雁笑着点头说："那就好，我会抽空去省城看望她老人家。"边说边往前走。

客人都已经全部上了汽车，宾主在做最后的寒暄。雪雁赶紧跑上去，跟老王挥手道别。四辆轿车鱼贯而出，开上了枫杨路，朝着津南县的方向疾驶而去。之后，姚开华也跟雪雁告别，开车走了。

雪雁扭过身子，朝着枫杨路北端的方向遥望，那辆出租车早就跑得无影无踪了。

世界上的事情啊，就有那么不凑巧。雪雁一直渴望找到自己的恩人，而今天恩人就坐在刚才的那辆出租车上，她却浑然不觉。假如她今天不那么忙，假如她不是忙着送检查组走，那么，当杜娟姑娘招呼她的时候，她一定会走过去。可是，上苍却没有给她这个机会，她一直在苦苦寻找恩人，如今却与自己的恩人擦肩而过。

杜鹃的妈妈就是化名"杏花阿姨"的四位好心人中的第一位——雷三

嬢。雷三嬢是"杏花阿姨"的发起人和组织者。雷三嬢是8年前从县城中学病退回村的语文教师，那年才53岁，突发心肌梗塞，经县医院抢救后脱离危险，但医生说她最多只能活三个月。雷三嬢的儿子和媳妇在省城当公务员，考虑到省城的医疗条件优越，就把她接到那边去治疗。在华西医院住了几个月院，病情明显好转，她产生了强烈的叶落归根的念头。孝顺的儿子拗不过母亲，这才请了假，护送母亲回枫杨村家中疗养，也许是她本人的心态好，加上乡下的生态环境好，六年来她的病情一直平稳。而这一次，是她回乡养病以来的第一次发病。

在"只生一个好"的年代，雷三嬢跟其他人一样，只养育了一个儿子，杜鹃是她收养的弃婴。二十一年前，有人把尚未满月的杜鹃遗弃在古堰镇路边的老式厕所里，幸好赶集路过的雷三嬢发现了她。雷三嬢这人有一副菩萨心肠，她认定杜鹃是上苍送给她的珍贵礼物。杜鹃这孩子从小就很乖巧，雷三嬢很爱她，视她如己出。一直等她满了18岁，雷三嬢才告诉了她的身世真相，杜鹃如五雷轰顶，痛哭了一整天，从此就更加孝顺收养她的养母了。

<h1 style="text-align:center">9</h1>

听说雷三嬢去省城了，方玉玲、雷火云、梁青山相约晚饭后在玉玲家集中，一起去看望雷三嬢。看望病人是一方面，更主要的是，还需要雷三嬢对雪雁的身份进行最后确认，究竟他们的村支部书记雪雁，是不是他们资助的那个小燕子。

他们打的到了省城后，方玉玲还专门去超市买了两大盒牛奶作为看望雷三嬢的礼品。

雷三嬢好几年没到儿子家了，乍一来，还有点儿不适应。杜鹃的心很细，专门给妈妈煲了一锅鸡汤，还炒了一盘炝莲花白，做了养母最喜欢吃的麻辣味猪鼻拱拌莴笋丝。她刚服侍妈妈吃过午饭，就听见了敲门声。她跑去打开门，兴奋地扭身朝着里屋喊："妈！总老辈子，梁爷爷，方阿姨，来看你来啦！"雷三嬢正躺在沙发上看电视，听见喊声就说："鹃儿快来！把妈扶起来。"

众人赶紧走过来，劝她不必如此。

衰弱的雷三嬢身上搭着毛毯。三个客人望着她强打精神的样子，心里都有些难受。

雷三孃用衰弱的嗓音喊道："鹃儿，快把带回来的苹果洗出来，请老辈子们吃。"

话声一落，又免不了得到客人们的几句劝慰。

看见雷三孃如此衰弱，方玉玲觉得在这儿久留不合适，就赶紧说："雷三孃，我们今天过来，是有一件非常重要的事情要跟你商量。"

接着，她就把他们那天吃柴火鸡时，如何勾起了雪雁谈自己的身世，她和雷火云、梁青山如何最后基本认定，他们资助的那个女孩子就是雪雁书记的事说了。但是究竟是不是，又不敢最后肯定。要说呢，只消直接问一下雪雁本人，也就水落石出了。但是这样一来，他们四个也就曝光了。这就违背了他们当初约定的"做好事不能图名"的初衷。

雷三孃慈祥地插话："不能问，一问就穿帮了。要确定雪雁这孩子究竟是不是我们资助的那个小女孩儿，其实也很简单……"说着说着雷三孃就咳嗽起来。三个客人都揪心地望着她。杜鹃赶紧跑过去，轻轻地拍着她的后背。

歇了一会儿，雷三孃又慢悠悠地说："当年，在西岭雪山下的西岭镇，我们四个人围着小女孩儿摆龙门阵，当时，我是站在她的右首，我离她最近。所以我有机会观察到她的一个细节，那就是，她的右耳耳垂的背面，有一颗菜米籽大的红痣。"

"哦！"三个客人面面相觑，恍然大悟。

雷火云说："三三说的这个情况很重要，先弄清楚再说。"

"这个任务就交给我吧。"方玉玲当仁不让。

梁青山说："雷老师累了，我们就不打搅了。说着，就站起身来。"

方玉玲和雷火云也赶紧起身告辞。

杜鹃亲热地说："妈，你不知道，我们的雪雁书记，人特别好，村子里面不管大人、小人，都很喜欢她，她是真心实意在带领我们全村致富。要是共产党的干部都像她这样，那就好了。"

雷三孃慈祥地莞尔一笑："妈知道了。鹃儿，你跟雷鸣的事走到哪步了？"

杜鹃刷地羞红了脸，扭捏地说："妈……"

雷三孃说："你起先不是给妈讲，说几天前你俩晚上约会了，快告诉妈，他……亲你了没有？"

杜鹃羞涩地望了妈一眼，激动地点点头。

雷三嬢感叹了一声："年轻真好啊……妈当年也年轻过……"说着就闭上了眼睛，沉浸在幸福的回忆之中。

10

这一天，吃午饭的时候，雪雁对方玉玲说："今天也不知道咋回事，头痒得厉害。"方玉玲就鼓动她吃完饭就洗头。雪雁说："晚上洗吧，连洗澡一块儿。"方玉玲暗忖，晚上洗澡。她可不方便观察她的耳垂，就竭力怂恿雪雁现在就洗，并且说，你只管洗你的，我帮你冲洗头发。

雪雁见玲姐这么主动，就答应了。午饭后，她脱了薄型羽绒服，只穿了一件蓝灰色的紧身毛衣，方玉玲又帮她把领口掖好，她就动手洗了起来。方玉玲从厨房里放了一盆热水端过来，放在盥洗台上。她贴近雪雁，把目光投向她的右耳垂，不巧的是那里覆盖了泡沫。等到雪雁搓洗完头发，方玉玲就舀盆子里的热水给她冲，雪雁配合着水流的走向在做最后的揉搓。方玉玲叫她把头埋低一点，就倒了一线水流冲她的右耳朵，流水冲散了泡沫，露出了光润如玉的雪白耳朵。

方玉玲忙定睛一看，哇！她的耳垂下方果真有一颗红痣，油菜籽大小，红白对照，分外惹眼。啊！真是她，他们四人整整资助了十年的孩子，果真是她啊！方玉玲又惊又喜。

忽听雪雁一声惊叫："我的领口！"

方玉玲急忙住手。由于方玉玲走神，那一线水流淋偏了。她边取过干毛巾为她擦拭脖子上的水，边一迭连声地道歉。

方玉玲的心情再也无法平静，为雪雁冲洗完头发后，一个人默默地走出大门，走进了屋后的那片竹林。她掏出手机给雷三嬢打了电话，告诉她雪雁的右耳垂下果然有一颗油菜籽大的红痣，可以肯定雪雁就是他们资助过十年的那个山村小女孩儿了。雷三嬢也激动地说："终于找到小燕子啦！"

十年前，在西岭雪山脚下巧遇小雪雁的情景，随着方玉玲在竹林中的漫步，又一幕一幕地复活了。

当时是深秋。枫杨村这边有十几户花木专业户。当时正是旧城改造的风潮方兴未艾之际，旧的建筑拆毁了，新的建筑修起来了，到处都需要绿化美化，那些花木专业户培植的树木、桩头、盆景、灌木、草皮，供不应求。出于降低生产成本的考虑，雷火云、梁青山、方玉玲相约去大山里采购价格便宜的野生苗木，雷三孃听说以后，要求一起去。她说她的女儿杜鹃喜欢根雕，她要去西岭雪山那边，为女儿寻找适合根雕的老桩头。其余三个人就略带嫉妒地说雷三孃她太溺爱杜鹃了，比亲生的女儿还溺爱。雷三孃一本正经地说："当着杜鹃可不要这么乱说，不然她会受不了的。"大家看她较真了，赶紧向她做出绝不乱说的承诺。

四个人乘着租的面包车来到西岭镇。中午时分，他们去找吃午饭的馆子。吃过午饭去逛街，就看见路边的石头上坐着一老一小，脚上穿的胶鞋糊满干了的黄泥。那老的是一位大娘，白发苍苍，头上裹着黑纱帕，拴了一条靛蓝色的护胸围腰。她的面前，铺了一个装过猪饲料的塑料口袋，上面放着几棵新鲜的大青菜。那小的是一个12岁的女孩儿，脸蛋儿白里透红，忽闪忽闪的大眼睛挺招人喜欢。她上身穿着一件偏大的红羽绒服，下身穿着一条明显偏短偏旧的牛仔裤，一看就不合身。小女孩儿全神贯注，双手正灵巧地用嫩黄的棕叶编织着一只大雁。

四个人感到诧异，心想这都过了中午了，这一老一小怎么还不去吃午饭呢？雷三孃就带头朝她俩走去，她走到小女孩儿的右边就停住了。小女孩儿的面前铺着一方土蓝布，蓝布上摆满了棕编的玩具，有振翅飞翔的大雁，有威风凛凛的老虎，有憨态可掬的小猪，有精神抖擞的龙，还有草丛里常见的蟋蟀。雷三孃弯下腰，随手拿起一只大雁来欣赏。眼前的这只大雁造型奇特，这是一只正在奋力飞翔的大雁的瞬间动态，它脖子前伸，雁掌后收，两只宽大的翅膀正猛然向下一扇，动态十足，栩栩如生。小女孩用下扇的翅膀和雁掌作为支点，让这奋飞的大雁稳稳地立在蓝布上。雷三孃暗暗赞叹，好聪明好可爱的小姑娘啊！

小女孩儿注意到雷三孃在欣赏她的棕编，就说，孃孃，你喜欢吗？

雷三孃点点头："你编得真好。"

方玉玲插话："都中午过了，怎么还不去吃饭呢？"

女孩儿瞟了坐在左边的奶奶一眼，笑笑说："还没饿呢。"

旁边的奶奶叹一口气："哎！哪儿有不饿的人呐！"

"她是……"雷三孃问。

"我奶奶。"

大娘说："远方来的客人，不怕你们见笑。我是想多在这儿待一会儿，好把这几棵青菜卖出去。今天也不知咋的，半天也没人来买。"

雷火云插话说："大姐，娃儿的身体要紧，到了点儿就该吃饭。"

不料大娘凄然一笑："大哥，你是好人。"

雷三孃好奇地问："小妹妹，家里还有谁？"

小女孩儿回答："就我和奶奶。"

雷三孃、方玉玲、雷火云、梁青山闻言一惊，几乎同时问道："你爸爸妈妈呢？"

"死了……"

"怎么死的？"

小女孩儿眼睛一红，抽抽搭搭地哭了起来。

四位客人面面相觑，一时间不知道该说什么好。

那大娘插话了："我们一家四口本来过得还马虎。她爸到南方打工，摔断了腰杆，成了残废。全靠她妈一个人做活路，供全家的吃喝穿用。我那媳妇儿很傻，不知道偷偷懒，起早贪黑地干，结果把自己累垮了，得了绝症……死了……"大娘起初还能控制住情绪，愈说愈悲伤，那睫毛稀疏的眼睛渐渐噙满了泪水。

"我那儿子更傻。"大娘接着说，"他心疼她老婆，说是他把她拖累死的，他每日每夜地思念她，拖了一年，他把自己也拖死了……"大娘说得断断续续，竭力忍着不让自己哭出声。

听着听着，小女孩儿却忍不住失声痛哭。雷三孃和方玉玲泪流满面，啜泣不止。雷火云和梁青山只顾用粗糙的手掌直抹眼泪。

雷三孃忽然问："乖乖，你奶奶是不是要等卖掉青菜，才有钱吃饭？"

小女孩儿委屈地使劲点头。

好惨呐！雷三孃长抽了一口凉气，说："你们等等，我去去就来。"边说边抽身走了。

不一会儿，她拎着一个食品袋走了回来，袋子里装着六个肉包子。她马上拿出一个肉包子，塞到小女孩儿的手里。面对香喷喷热腾腾的肉包子，小女孩破涕为笑，大口大口地吃了起来。她又走到大娘的身边，把包子袋塞到大娘的手里。

大娘眨巴眨巴模糊的泪眼，说："好人呐！好人……菩萨保佑你……"

雷三孃又取出一个包子，回到小女孩儿的身边递给她，看着她狼吞虎咽的样子，发出了欣慰的微笑。正是此刻，她发现了她右耳垂背后的那颗红痣。

雷三孃俯身拿起刚才的那只大雁，说："乖乖，这只大雁，我买了，多少钱？"

小女孩儿说："孃孃，不要钱。我送给你。"

雷三孃说："乖乖，这是你的劳动成果，阿姨必须给你钱。"说着掏出一张百元大钞放到小女孩的手里。

女孩有些惊慌地说："这只大雁我卖给别人也只收一块钱的。孃孃，这一百元我们找不起。"

"乖乖，阿姨很喜欢你这只大雁，它就值一百。"

一旁的奶奶有点儿手足无措，只知道摇晃着合十的双手，说："好人哪！我只有下辈子变牛变马报答你……"

事有凑巧。四人上山采购野生花木树苗，卖主就是小女孩儿那个村的老支书。上山时，他们一行五人居然从小女孩儿的家门口路过，祖孙俩热情地招呼他们，请他们一定进屋坐坐。这家人家徒四壁的贫困，让枫杨村来的四位乡亲深受刺激。

雷三孃的慈悲心肠是出了名的，小女孩儿一家的悲惨遭遇，让她回村以后夜不能寐。多乖多聪明的一个小女孩儿呀，如果没有人资助她上学，她的一生就彻底耽误了。于是她就在菩萨面前发了愿，邀约雷火云、方玉玲、梁青山在杏花坡喝茶议事，四个人一致同意，资助那个小姑娘上完大学，并且约定，做好事不图留名。因为身在杏花坡，三个人听从了雷三孃的建议，将化名确定为"杏花阿姨"，把做好事不留名落到了实处。雷火云打电话给西岭雪山的那位老支书取得了联系，这才知道，小女孩儿名叫雪雁。从此以后，"杏花阿姨"就每个月坚持寄钱给雪雁，这一寄，就是十年。小雪雁在恩人的资助下，上完小学上中学，又考上名牌大学，并且成为学霸。

方玉玲在竹林里踱来踱去，一想到当年小雪雁的惨状，心里仍旧不能释怀。无论如何，那一页终于翻过去了。一想到此，她就很有成就感。俗话说，好人有好报。当年的小雪雁成了如今的村党支书，成了枫杨村带领村民致富的领头雁，这其实就是对他们善行的最好报答啊！

尤其令人感动的是，小雪雁对她这个房东，对她这个下属，有一种发自内心的关爱。她安排她照顾奇人耿玉强的生活，起初她只是服从，却逐渐感悟到了她的良苦用心。原来，她是希望她和耿玉强能够共结连理，走

132

到一起。说实话，日久生情，她对成天在她眼前晃来晃去的这个书呆子，是越来越有感觉了。也许，他就是她后半生的白马王子吧。想到此。她竟然扑哧一声笑出了声。

第七章　柳暗花明

1

2016年农历十月最后那个傍晚，六点刚过，天色就明显暗下来。透过雷鸣家的生态竹篱笆墙，老远就瞧见院中那大枫杨树的巍峨身姿。树丫上悬吊的白炽大灯泡下，人影幢幢，笑语喧哗。为庆祝推广彩花油菜初战告捷，雷鸣邀请了推广工作中最卖力的骨干，在自己家里搞了个小型晚宴。

菜香酒醇，肉鲜汤美。在嬉笑打闹中，杜鹃俨然成了准女主人。她把杯子高举起来说道："我最后再敬一杯酒，答谢哥们姐们，对我们雷鸣不离不弃的帮助。尹主任，你做做样子抿一口就行，这杯酒我先干为敬。"

她一口喝完杯中酒，顺带瞟了吕含芝一眼。"尹主任，我知道你还有约会，就不勉强你了。"

吕含芝没吭声，把尹久耕手上的酒端过来一口喝干，还把杯子往下倒转，表示她绝不是个弄虚作假的人。

聚会结束后，喝了酒的尹久耕，出门后显得十分兴奋。他是很少唱歌的，可能是酒精的作用吧，他竟然信口哼了起来："无助的我，已经疏远了那份情感，许多年以后才发觉，又回到你面前……"

他忽然感觉到，一只手已经放到他肩头上。他无须猜测，就知道身边的女人是吕含芝。

"唱下去呀！怎么不唱了？回到你面前的是谁呀？应该轮到你老同学含芝妹妹了吧。"她说着干脆拉起他的手，和他并肩走在雷家沟南去的公路上。

尹久耕对她的亲昵，已经没有了以前那种不自在，还主动靠近了她一些。

走了好一会儿，他俩都没怎么说话，都在回忆雪雁撮合他俩的情景。田野静静的，脚步轻轻的，但速度却是无声地快。不一会儿，二人就进入了老河湾靠西的野林子。

前一次，还有雪雁和方玉玲在一旁，吕含芝都十分主动，那是因为她再也耗不起这时间，怕再不抓住自己想要的，岁月就不会再等她。

这一次，不是她故意矜持，是她在等待他的主动。

尹久耕终于停步，站定在枫杨村也常见的夜合树下。他紧紧盯着吕含芝，吕含芝以为他会说出那句话来。其实那句话再普通不过，更很少出自中年男女之口。可吕含芝不同，她的眉宇间，仔细看来，虽已有几丝憔悴，可她毕竟还是一朵红尘未曾污染的黄花。她非常渴望能享受到那句话所带来的青春冲击。

尹久耕终于说话了。"含芝，我真的十分感谢你。你一个村民组，就推广了60亩彩花油菜种植。我非常清楚，你是用一颗滚烫的心，在支持我的工作啊。"

"久耕，你干吗说这个？从泽群姐把村民组长的担子压到我肩上，为了多给乡邻们办点事，也为体现我们这代人的价值，我硬是把一天掰成很多块，当作很多天来用。可惜，当我们学姐用她年轻生命换来了枫杨村人世代梦想的村道社道，实现了她修致富路的夙愿，却来不及带领我们实现共同富裕的梦想，便遗憾地撒手人世。"

吕含芝稍停了一下又说："值得庆幸的是，今年上面给我们派来只领头雁，明眼人都看得出，她是个真正替老百姓着想、为老百姓办事的人，我冷了的心又再次热起来。我不断地对自己说，这种日子来之不易，时间对于我来说，真的太宝贵太宝贵啦。再不抓紧时间赢得事业赢得爱情，我将死不瞑目。"

"含芝！我爱你！"尹久耕再一次受到感动，随着他口中爆发出的五个字。他一把搂紧她，没有半点迟疑，没有一丝掺假。

这天中午，耿玉强在雪雁为她安排的设计室里，忙着用电脑搞规划设计图。他太全神贯注了，是谁进来给他送饭，他头都没抬起头看一下，就说："方主任你还是按我俩之前的约定，把饭菜放在一旁。""为什么？我觉得可以停一下手头的活了，再吃饭也不迟。"

"哈哈哈哈……"身旁一阵笑声响起，他立刻发觉这声音不是方玉玲的，因为方玉玲的声音很甜润。更不像是雪雁在说话，因为雪雁的声音很清脆。

笑声打断了他聚集在设计上的感觉，只好抬起头看看，一个四十多岁的精干女人，站在他的斜对面，很有兴趣地看着他。

"你是谁呀？"

"我叫陈双梅。"

他挠着头皮想了想，说："我，我还是想不起你是谁。"

其实你我是见过面的，因为我们不在一个圈子，你当然不容易记住我。

急促的脚步声响起，雪雁和方玉玲走了进来。

方玉玲指着陈双梅向老耿介绍说："那天，我还带你去吃过火锅鱼的，你这人真是记性不好忘性大，才两天就不认得她了。她可是我们枫杨村农家乐庄园老板，西都市第一批四星级农家乐的创建人哦。"

雪雁忙接过来说："她的头衔可不比你耿大师少哟，她还是连任两届的县人民代表，西都市十佳公益人物，特色川菜豆瓣宴研发人之一。"

方玉玲又指着小餐桌上那套铝合金饭盒说："里面装的套餐饭菜，这是专门给你耿大师准备的。这种美味套餐，只收成本费。而且陈主任每天中午都会派人送来。说罢，她向耿玉强做了个赶快动筷子的眼神。"

当仁不让的耿玉强，便去了小餐桌狼吞虎咽起来。他边吃边说："陈老板头衔真不少哟，又冒出一个陈主任。"

陈双梅忙说："让耿大师见笑了。我这个主任，不能跟尹久耕那个主任比，只是村监事会主任，而且是我最后一天任职了。"

"为什么？是村委会不让你监事了？"耿玉强信口一问。

雪雁赶忙解释："不是陈主任不称职，是她主动让贤，并且推荐老支书雷火云接替她。"

啊，原来如此。耿玉强吃得太急，一不小心噎着了。

方玉玲忙把一杯茶水递给他，并叫他自己快捶捶背。意思是，两人的关系，还没到她可以为他捶背的那个阶段。

雪雁忍着笑又说道："鉴于陈双梅女士经营农家乐旅游很有经验，村两委已经决定，聘请她担任枫杨村农家乐旅游首席顾问。"

雪雁说罢带头鼓起掌来。

掌声刚一停住，雷火云就走了进来，后面跟着梁青山、吕含芝、牛武江，后面还有个胡祖灿，大约三十来岁，是前几年入赘雷家的外地人。

雷火云先是向陈双梅说了几句感谢话，然后将调整后的监事会成员做了介绍，并把明天将开展的有关活动方案呈报给村党支书雪雁审阅。其实，这个方案的内容，就是举办"村监事会改组暨公章启用仪式"。

至于为什么要突然改组村监事会？为什么村一级监事会还要搞一个公章？这件事，还得从雷鸣家那晚的聚餐会说起。

2

那天傍晚，雷鸣是请了他爷爷参加聚会的，可雷火云却认为，都这把岁数了，还跟年轻人凑啥热闹。他没参加孙子那个聚会，其实还有一个原因。就是趁老伴走亲戚去了，难得有这么个清闲空间，用来思考一些事情。

近日来，雷火云越来越强烈感到，有些事萦绕于心，赶都赶不走。甚至还仿佛有种声音，在叩击着他的耳膜。雷火云，你可是当了三十多年的村支书哦，难道你就不担心，在你手上建成了的小康村，还要原地踏步下去吗？你明知道村监事会已经没起啥作用，你难道还不该找雪书记谈谈看法吗？

雷火云想到这儿，他似乎有一种揪心的感觉。他毅然决定，这就去找雪雁。他知道，这个时候，雪雁一定还在办公室。

一路上，他边走边思考。他首先想到，这几年村上出现不少问题，都跟村监事会的失责有关。村监事会的主要职责，就是对村领导实行民主监督，监督他们是否公平公正？是否勤政廉洁？尤其财务制度是否按规定执行。

近年来，雷元华为何敢任人唯亲搞一言堂？为何他在修村办公楼招标中敢搞暗箱操作？为何他敢挪用村民办证款去参赌？就因为村监事会已成了一个摆设。

村上所确立的重大事项支出的较大款项，名义上是有村监事会在监督，其实很多时候，不愿也不敢得罪人的陈双梅，要不就按雷元华的意思签字，要不就任由监事会中雷元华的亲信胡祖灿代为签字。

于是，这些事项的确立和款项的支出，似乎一切都变得合法化了。难怪群众敢怒而不敢言。

更令人不能容忍的是，近几天竟然有人借水生花，挑动不明真相的群众对雪书记进行围攻，污蔑雪书记是不顾群众意愿，为了升官搞政绩工程。其目的十分明显，就是阻挠雪书记倡导的彩花油菜种植，进而把雪书记挤出枫杨村。

其实，推广彩花油菜，还有接下来要推广的新一代优质高产杂交水稻，雪书记是已经向监事会包括议事会做了详细通报，与会人员也是表示赞成的。

若是村监事会能尽职尽责，敢于面对闹事者挺身而出，说明事情的原委，那些不明真相的村民，还会再受人挑动闹事吗？

雷火云到了雪雁办公室之后，把这些想法和看法，都毫无顾忌地告诉了雪雁。

雪雁沉思片刻说道："我感谢老支书对党的一片赤诚，对现有村监事会的状态，我也很不满意，我和党支部的其他成员也议论过，大家的意见是和陈双梅主任磋商后，对村监事会进行调整充实。老支书你对这个调整充实，有什么具体建议，就直言相告吧。"

雷火云想了想，正要提具体建议，雪雁的手机铃声响了。

"啊，是陈双梅主任，你好你好。"

"雪书记。这时候打扰你。实在抱歉。"

"哎呀！陈主任，你说到哪儿去了？有什么指示，你就请讲吧。唔，唔，什么？你要辞去村监事会主任的职务？"

"雪书记，请你放心。我提出这个辞职，绝对没带任何情绪。主要考虑我事情太忙，近来身体也不大好，你就批准吧。"

雪雁心里跟明镜似的，哪是什么身体差，是她这个和事佬和稀泥和不下去了。

"陈主任，你是知道的，枫杨村的乡村振兴刚动起来，你可是我们枫杨村的人才哦，你还是再考虑考虑吧。"

"不啦！谢谢雪书记抬爱。正因为要搞乡村振兴，我怕耽误枫杨村的大事，才诚心诚意申请离开这个位置，雪书记你要多海涵。"

"那好吧！请问陈主任手上，有没有好的人选接替你的职务。"

"有啊。老支书雷火云，身体和精力都很好，又有丰富的工作经验，年龄也在任职的许可范围之内。他来接替这个村监事会主任，是再适合不过的人选。另外我觉得监事会的成员也应该调整充实一下，这个我就不多说了。"

和陈双梅结束了通话之后，雪雁就村监事会人员的调整问题，与雷火云进行了磋商。

鉴于村妇女主任方玉玲已经归位，按上面正规要求，她原本就不能当监事会成员的，是雷元华当时嫌她碍手，把她挤出村委会班子，安了个村监事会成员的虚名，让方玉玲成了驼子仰着睡——两头不落实。

方玉玲实在闲不住，便将祖传盆景技艺重新继续下去，三年来技艺日臻精湛，还把娘家侄儿方青竹也领上盆景之路。

至于收养杜鹃的雷三孃，她当年是回村养病的病退教师，是村民们破例推举她为村监事会成员的。现今病情加重，也不能再担任监事会成员。

原有的五位村监事会成员，就只剩下梁青山和雷元华的心腹胡祖灿了。

于是，经雪雁与雷火云磋商提名，并经村党支部会讨论同意，雷火云、梁青山、吕含芝、牛武江、胡祖灿等五人，就成为改组后的村监事会成员。

在讨论胡祖灿能否保留时，雪雁提出自己的看法。她认为，胡祖灿虽受雷元华拉拢，那他也是迫于无奈，因为他是个入赘雷家的外乡人。并且他人还年轻，也未进入雷元华核心圈子。再说雷火云不是陈双梅，相信在他和梁、吕、牛三人的帮助和夹击下，这个人称糊涂蛋的胡祖灿也不会再糊涂下去。

接下来，在村会计雷小群的帮助下，雷火云还拟定了个"枫杨村监事会改组暨公章启用仪式"方案。

3

2016年的农历冬月初七，也就是村主任尹久耕和六村民组组长吕含芝正式宣布结婚的第二天，在村两委会议厅，举行了一场特别的仪式。

据新任村监事会主任的雷火云说，这连着两天都是黄道吉日，初六就是处处六六大顺，初七则喻义初战告捷。

仪式的特聘主持人，自然非梁杏儿莫属。仪式还没开始，她那一身火红的羽绒服，就如一团红云飘入了与会者的眼帘。整个会议厅，似乎也增加了不少暖意。她今天还特意化了淡妆，方玉玲告诉她，这么做她的主持人形象才显得庄重正规。

上午十时，在红底金字的大幅横标下，梁杏儿以稳重的步子走上那座平时用于演出节目的舞台。

她以一种不急不慢的声调郑重宣布："枫杨村监事会改组暨监事会公章启用仪式，现在开始！"她纯正而响亮的普通话，让大厅里喧闹的人群立即安静下来。可以说，安静得连地上掉根针的声音都听得见。

她紧接着宣布："全体肃立，奏国歌。"一下子就将与会人员带入一个庄严肃穆的氛围之中。

奏毕国歌，大家坐下之后，梁杏儿把声音提高了一些，她激动地宣布："有请雪雁同志，宣读新改组的村监事会成员名单。"

不用主持人吆喝，场内顿时自发地响起热烈掌声。

今天特地穿了蓝色西装套裙的雪雁，她宣读完名单后，礼貌地做了有请上台的动作。

在五位穿紫色金丝绒旗袍的仪式服务员引领下，雷火云等五位村监事会成员，一个个神情严肃地步上舞台。

他们心里十分清楚，这不是上去演戏，这是去接过真正为老百姓代言的重担。他们背靠着五星红旗和那一幅大红会标，由杜鹃领队的五位仪式服务员，在他们胸前插上一朵鲜花，别上一张有着村监事会成员字样的红色胸标。

仪式服务队退台之后，梁杏儿接着宣布："各位乡亲、各位来宾、各位领导，一个庄严而又奇特的时候到来啦！下面是村监事会展示公章。先给大家解释一句，这一个公章的公，不是代表公家一个什么单位，而是代表公开，代表公平，代表公正！"

梁杏儿解释完毕，雷火云走到铺着红色金丝绒的圆桌前，台下人们的眼光都注视着，看他会掏出一个什么样的公章。

令人们万万没有想到的，他掏出的并不是一个完整的公章，而是一个杏花瓣模样的东西。

人们用惊诧的眼光望着雷火云，这老爷子今天是要耍魔术吗？

雷火云意味深长地笑了笑，又向台上另外四位监事会成员招了招手，他们也各自拿出一个杏花瓣模样的东西，一齐围着台前的那张圆桌。

雷火云说："现在展示枫杨村监事会公章。"于是，五个杏花瓣便合在一起，合成了一枚圆圆的公章模样。雷火云用一根橡筋绳，将木质的组合式公章缠牢之后，兴奋地说道："现在我们村监事会公章，可以正式启用了。"他向台下招了招手，"尹久耕主任，村委会制定的那个方案，对，就是关于提高农田粮油作物收益的计划实施方案。内容我们已经讨论通过了，现在你就交我们盖章吧。"

"好嘞！"尹久耕迈着矫健的步伐，轻快地走上舞台，把方案交到雷火云手上。

台下的与会人员，尤其那些外村代表，都站起来踮着脚，凝视着雷火云的动作。

雷火云翻到方案的最后一页，在印有村监事会听证意见的地方，郑重其事地一盖，那个庄重而清晰的公章图印，便在方案的白底黑字上闪烁着红鲜鲜的色彩。

雪雁带头鼓起掌来，她告诉尹久耕，有了这个民意的支撑，村委会就可以撸起袖子、甩开膀子，放心大胆去实施这个计划了。

台上的尹久耕点点头，台下的雷鸣鼓掌呼应。

雷火云再加了一把火，他说："谁要是有意见，就请他来找我们解释。如果有个别人要插手阻挠这个计划，我们还可以逐级向纪监部门反映。"

雷火云话刚讲完，兴奋的叫好声和雷鸣般的掌声，便一齐在会场上爆发出来。会议厅四周的窗玻璃似乎都出现微微颤动。

监事会成员退席之后，梁杏儿又朗声宣布："最后请镇党委书记姚开华做总结讲话。"

姚开华微笑着走上台来，他的讲话简练而生动，没有一句套话，没有一句官腔。他说："表面上看，这个五瓣杏花章，似乎有点喜剧性，但绝对不是搞形式主义的花架子。就目前不少村子的实际情况来看，还不失为一种民主监督的有效方式。一枚监事会的公章，必须要五个人都同意，这章才盖得了。这在一定程度上，就保证了每个执掌杏花瓣的监事会成员，都有按自己意愿行使监督的权利。"

姚书记跟雪雁交换了一下眼神，说："刚才雪雁同志告诉了我，枫杨村的重大决定立项，1000元以上的款项支出，如果在论证会的纪要上，没盖上这个五瓣杏花章，村委会就不可以实施。若是谁硬性实施了，那就叫作不合法。"

姚开华话刚落音，会场上就爆发出更加热烈的掌声。尤其是那些外来的村干部和村监事会代表，都受到一次极大的思想震动和精神鼓舞。

姚开华接着又十分感慨地说："这么多年了，仍有少数人，口头上倒是把乡村民主自治的调子唱得很高，也学来一些搞民主监督的形式。可在这些人的内心，仍然把这些形式当作摆设，说一套做一套，搞欺下瞒上。我相信，他们若是看到枫杨村这种真正代表民意的做法，一定会感到耳烧脸红。同时，我也真诚地希望照枫杨村的做法能引起他们的反思。"

散会之后，姚开华找枫杨村两委干部和村监事会成员座谈，他向在座的人说道："接下来你们还有很多工作要做，村民资产开发管理公司的组建呀，修建林盘院落群涉及的拆搬迁呀，村民新居建造的质量问题呀，你们一定要发挥好村监事会的作用，处理好村民的各种问题。"

雪雁也说："凡事都没有一帆风顺的，我认为，有人闹点事不可怕，怕的是缺乏耐心。"

尹久耕也说："我这个人呀，有时面对困境，想不出化解矛盾的好办法，要不缺乏耐心急于求成，要不就想打退堂鼓。"

方玉玲打趣地说："现在你可好喽，你要是想打退堂鼓，身边就有人用鞭子抽你。你若是急于求成，就有人揪住你耳朵，给你讲有关耐心的故事。"

吕含芝不高兴了，她白了方玉玲一眼，说："你别只顾说别人，你兼管的后勤工作，要是跟不上去，我们就互换工作，叫你来当村民组长，五黄六月几天下来，把你的白皮肤晒成黑锅巴。"

方玉玲说："我不怕，我从小就晒不黑，你要是去搞后勤，保证你坚持不到一天，耿大师就会气得你双脚跳。"

吕含芝说："你可别忘了我的外号，他若是敢气我，我就叫食堂的厨师在菜里多放点朝天椒，辣他个暴跳如雷。"

一直闷着的牛武江终于说话了："尹主任说他有时面对困境想打退堂鼓，我有时也有这毛病，就是不知怎么去克服。"

雪雁看了一下手表说道："这段时间大家都很紧张，刚才是有意让大家放松一下。时间不早了，姚书记还要回镇上处理事情，今上午就到这里吧。"

牛武江忙说："雪书记，我刚才说了我的缺点，你怎么就不给我想点改进的办法？"

雪雁粲然一笑："你都是搞监督的，就先自己监督自己吧。"

4

几天之后的一个上午，雪雁满脸带着沉思，在办公室来回踱着步。

她不时望向办公桌上放着的那摞材料，就是筹建村民资产开发管理公司的方案。

这是她安排雷小群写的初稿，她今天在细致审阅时，感到有些细节问题还需认真推敲。尤其是村民宅基地面积多少不一，有的差异悬殊，这在入股计价时该怎么处理？这都需要在村组议事会上多听听大家的意见，经最后议定后，才能正式写进方案。

她正在进一步深思熟虑时，杏儿跑来找她了。

气喘吁吁的杏儿，拿起桌上一瓶矿泉水，边喝边说："雪书记，快跟我走！"

"看你急得，你还没说什么事呢。"

"雪书记，我刚才看见了一个人。"

"这个人是谁呀？瞧你咋急成这模样？"

"哎呀，我可是为你的事才着急的。你记不记得有一次，你对我和杜鹃说过，你想找雷三孃那个远房堂妹雷阿姨打听一些事情。"

"是的是的，难道你看见的人就是雷阿姨？"雪雁感到一阵惊喜，说。

"嗯嗯，就是她。"

"她在哪儿？"

"在杜鹃那儿。"

"不就是雷三孃那个家吗？那儿我前几天去过。哎哟，前段时间我急着找她找不到，今天她可自己送上门来啦。好好！"

"雷阿姨今天来，是找杜鹃取个木盒子。这个盒子可是专装珍藏品的。你不晓得，过去雷三孃凡是出远门，这盒子都要随身带着。这次去省城她儿子那里养病，走得急就忘带了。"

"闲话少说，杏儿你就快带我去见雷阿姨吧！"

雪雁正要去推她的电动车，杏儿已经把一辆大摩托开到她面前。"我说雪姐，要想快点见到雷阿姨，就快上来吧。"

雪雁抬腿坐在了杏儿后面。

杏儿踩开油门，驾着摩托沿枫杨路北行，不一会儿又往西一拐，沿着一条社道，往杜鹃家方向急驰而去。

"瞧瞧你，个头小巧小巧的，咋买这么个大家伙呀？"

"这是我大姐给我买的。她在市里上班，心里老是牵挂我。她说我在村里揽的杂事多，每天东跑西跑的，骑上这大家伙跑得快。"

两人一路聊着，很快就到杜鹃家门前。

杜鹃已站在院门口，眼巴巴地等着她俩。

大摩托刚一刹住，杜鹃就拉起雪雁往院里跑。"快快快，再迟一点，雷阿姨就回省城了。"

大约四十岁左右的雷阿姨，看来也是个爽快人。她瞧雪雁一眼就问她："你就是那个雪书记吧。杜鹃已经告诉我，你是想找雷三孃打听事情。"

"雷阿姨，你叫我雪雁就行，我想向雷三孃打听一下，资助我整整十年的资助人情况……"

雷阿姨做了个打住的手势，开门见山告诉她："雷三孃是知道一些你资助人的情况，但她现在不能见你。""为什么？"雪雁迫不及待地追问。

"她儿子已把她送到华西医院，住进心血管科重症病房，有什么话就问我吧。"

雪雁一听，就知道雷三孃病情很重，似乎自己的心脏也颤抖了一下，稍定了定神，也开门见山地问道："一直以杏花阿姨名义，托你给我寄钱，资助我从小学到读完大学的人，究竟是谁？住在哪儿？我求你啦，快告诉我吧。"

雷阿姨已经明确知道，眼前的村党支书雪雁，就是当年雪山上的小燕子。为了信守对雷三孃的承诺，面对雪雁的不断追问，她只能轻轻地摆了摆头，除了沉默，还是沉默。

雷阿姨表面上装着一副什么都不知道的样儿，其实她内心深处，却充满无尽的酸楚。当年，无助的小燕子，家徒四壁、孤苦伶仃的境况，她是很清楚的。雷三孃患慢性心脏病，宁愿放弃用进口药，十年来一直牵头资助小燕子，让她顺利地从小学读到大学毕业，这个情况她更是清楚。

她从雷三孃病中仍对小燕子无限牵挂的话语中，从小燕子刚才那充满感恩和思念的眼神里，她分明感觉到，素未蒙面的老少二人，那心中的彼此牵挂，比西岭雪山的泉水还要纯净，比枫杨树上的果串还要质朴。

刚才，她几次差点忍不住把真相全告诉雪雁，最后，她还是咬咬牙忍住了。不过，她也狠不下那个心，让眼巴巴地望着她的雪雁，因太过于无望而经受痛苦的折磨。因此，她最后还是给了雪雁一线希望。

"对不起了雪书记，我只能告诉你，杏花阿姨是个集体名字的组合，他们一共四个人都住在枫杨村……"

果不其然！雪雁心头一亮，正想追问，雷阿姨又叫她打住，说资助他的四个人，过去有个秘密约定，他们只愿做好事，不图留名，不希望资助者找上门报恩。

雪雁一听，大为惊讶。这跟她原先想象的大相径庭。就激动地说："雷阿姨，我求求你，告诉我其中一个人的名字吧，我找我的恩人找得苦啊……"雪雁说着，声音都有些哽咽了。

"不行！绝对不行！"雷阿姨咬住嘴唇摇着头，"我说过啦！这是他们共同的秘密约定，也是他们当年资助贫困孩子的初心。他们曾经起过誓，无论他们以后过得怎么样，都绝不背叛他们的初心。雪书记，请回吧。"

雷阿姨说完这些，抱着一个长条形的小木盒，也就是杜鹃说的那个装珍藏品的盒子，急步走出了院门。

雪雁脑海里仿佛有一点亮光突然闪烁了一下。那盒子里究竟装的什么？为什么雷三孃经常出远门都要带上它？这难道牵涉到雷三孃的什么秘密吗？

雪雁赶忙向雷阿姨追去。"雷阿姨，等等，让我看一下那个盒子行吗？"

雷阿姨犹豫地慢慢停下脚步。人心都是肉长的，雪雁寻找恩人的迫切，找不到恩人的痛楚，她也有些同情，让她看一下小盒子，对她来说，也许是种心理安慰吧。

雪雁从雷阿姨手中郑重地接过那长条小木盒，这才发现盒子上挂了一把将军锁。

她轻轻摇了摇，盒子里并未发出什么响声，说明盒子中绝不是珠宝钱币一类的东西。"雷阿姨，我再求求你，我能知道盒子里装的是什么吗？"

雷阿姨实在无奈，又透露了一点信息。她说："她似乎听雷三孃讲过，这个木盒子，她要在临终前才会打开，把盒子里的东西，留给她心里想最后见一面的人。如果你真想看盒子里装的啥，就只有等到那一天了。

不过，这里面的东西，跟你寻找的恩人有什么联系，我也说不上来。"

雷阿姨走了，其实她也是噙着眼泪走的。只不过，雪雁看不见而已。

离开竹篱笆环绕的小院时，雪雁也问过杜鹃："你妈妈会不会是我的一个恩人？你妈妈盒子里的东西你看过吗？"

杜鹃接连地摇着头。

雪雁在回村委会的路上，她不坐杏儿的摩托，她要步行回去，在路上好好理一下思绪。

她慢慢地走着，慢慢地想着。想着恩人就在本村她却找不到，病重的雷三嬢，却还要把盒子带在身边，还说要在临终前才能把盒子打开，盒子里的东西，留给她最后想见一面的人。这究竟意味着什么？

雪雁一路寻思着，寻思这两个解不开的谜，脑海里一片茫然。

最后，她还是决定，抽空先在村里找找。她坚定地认为，只要寻找，总有一线希望，不寻找可就一丝希望都没有了。可是这寻找，又该如何着手呢？

她清楚，枫杨村300户人家，有2000个村民，当年去过西岭雪山各处，购买过花树种苗以及古老树根的村民，也不在少数。她要在10个村民组宽阔的地盘上，找到三个未留住址和姓名的人，犹如大海捞针啊。

她见眼下寻找恩人无望，想着恩人近在咫尺却不见踪影，她感到一种揪心的痛楚，不禁泪流满面。泪水打湿了她胸前的衣襟，也打湿了她寻找恩人的梦想，但永远也冷却不了她寻找恩人的那颗滚烫的心。

她由雷家沟路走来，转入了通向枫杨路的社道。

她看见路边彩花油菜种苗地里，一些中年农民正握着喷水壶，向已经冒出地面的嫩绿芽叶，喷着雾状的营养液，像母亲喂养婴儿一样，伺候着初生的良种油菜秧。他们希望的笑容，正洋溢在古铜色的脸庞上。

她快转入村委会院门时，公路边放学经过的孩子们，在向她敬礼，在向她喊着，雪嬢嬢好！雪书记好！

她知道这是老师们教的，可她还是从孩子们天真无邪的笑容中，看到枫杨村最年轻的一代在表达对她喜欢的真情实意。她又感觉有一种甜蜜，在挤压着心里那种寻找恩人的失望情绪。

她走到村委会的院坝上，看见那些在坝子上晒太阳的老年男女，都在向她点头微笑。

有老大爷还问她："小书记吃午饭没有？"

有老太婆还说："姑娘你年轻时不按时吃饭，老了会留下病痛的。"

她心里一酸，忙带着笑向他们招手。

她走进会议厅，看见雷鸣在给村民们上农技课，正讲到彩花油菜苗移栽的注意事项。

大家听得聚精会神，前些日子对彩花油菜还表示怀疑的神情，此刻在他们的脸上已经荡然无存。

她回到了办公室，边泡着方便面，边回想刚才沿途的喜悦感受，她苦闷的心终于豁然开朗了。对呀！我在枫杨村一时寻不到我的恩人，为什么我就不能把对恩人的情意，全部用到村里男女老少的身上来呢？

这里是我四个恩人的老家，我为他们老家的人多上点心，多做点实事，也可以说，就是在用另一种方式向我的恩人报恩呀！

我的恩人们，虽然他们还一时不想见我，我相信我的心意，他们是可以感受到的。

雪雁想到这里，她边吃着方便面，边翻阅着办公桌上那一摞资料，眼前仿佛已展现一幅枫杨村未来的蓝图。

<h1 style="text-align:center">5</h1>

在枫杨人急切的期盼里，终于季节交替，冬去春来。而枫杨人所急切期盼的，不仅仅是暖融融的春阳代替严冬的寒霜，更期盼随着季节变换所带来的景观更新。

这新的景观中，可能包含老天的恩赐，但对枫杨人来讲，更多的是用汗水与智慧换来的创新回报。

枫杨村历来固有的田园春色，也称得上美丽，组成这种美丽的各种色彩，主要以麦苗儿青青菜花黄为代表，再加上渠水碧绿，春风和煦。可自从那个有着小康村字样的金色牌匾挂在村委会门口，十年来，田野上连麦苗儿青青菜花黄也很难看到，一片又一片的农田，基本为供应城市绿化的苗木占领。各家各户田里的苗木，大多数是为暂时寄养而栽植的。寄养在农田里的苗木，卖了又养，养了又卖，根本成不了一种景观。近六七年间，苗木市场大大疲软了，好多苗木都卖不出去，不少苗木田已趋荒芜，杂乱的田野景象仿佛凝固。这种凝固着实应该让人深思，否则枫杨村这个老先进，有一天可就连原地踏步都会维持不下去。不过，还好今年终于有了转机。枫杨人春日美景的新期盼，在杜鹃鸟于大林盘内的一声声啼唱中，七彩的新鲜美景，已经撩开她新奇的面纱。

枫杨人不经意间抬眼一望，那在春风中荡漾着绿色涟漪的，是新一代优质高产杂交稻育秧田块，它们如一块块玉牌，正等待着大自然布景师的编排安放。那在艳阳下异彩纷呈的300亩彩花油菜田，一块挨着一块，一片接着一片，从雷家沟那边的8、9村民组，经过老河湾北面的5、6、7村民组，直到枫杨路以东的3村民组，在整整4里长的区间内，形成了一条耀眼的七彩油菜花带。那些宛若玉牌的杂交稻育秧田块，恰如缀在油菜花彩带上的翠绿的装饰物。

各种彩色的油菜花哟，青白的青得珠圆玉润，粉红的粉得柔嫩轻盈，浅紫的浅得如霞似虹，深红的深得雍容典雅，橙黄的橙得富态高贵，纯白的纯得干净赛雪。油菜花的七彩斑斓，使人目不暇接，眼花缭乱；油菜花香的馥郁浓厚，更是扑鼻撩人，沁润脾肺。只需吸一口这清新而甜香的气息，便如同喝了津南老白干一样，让人渐入一种欲醉还休的微醺状态。

两鬓斑白说话仍然中气十足的雷火云，从接任了村监事会主任之后，他声如洪钟的嗓音，仿佛每天都在振荡着枫杨人的耳膜。此刻，他正和老伙计梁青山一起，站在陈双梅农家乐庄园的楼顶，欣喜地咧着嘴巴，望着游客和参观者纷至沓来。

当梁青山手中铜锣一响，雷火云就双手合成喇叭状，迫不及待地高声呼喊："朋友们，贵客们，看彩色油菜花喽，看300亩七彩油菜花喽——"

身穿雪白运动衫裤的梁杏儿，带着她演出队的红男绿女，沿着七彩油菜花带，一路载歌载舞。那一个"油菜花儿开，花开七彩来"的新编歌舞，真唱得个声情并茂，真舞得个荡气回肠。其实，这个歌舞表演的成功，西都市电视台的主持人柳丹丹还真是功不可没。

原本她是主动来做采访报道的，然而当她来到现场时，就感觉有些身不由己。首先是那300亩彩花油菜的壮观，就已让她彻底震撼，待她发现那首《油菜花儿开》的新编歌曲，又是那般动听，她就愈发兴奋了。她叫杏儿让她客串一下这首歌，杏儿一听自然高兴。

柳丹丹本就具有音乐天赋，她这一唱不打紧，名记者兼七彩花海现场领唱的消息，很快就在网上疯传，更吸引一批新游客，朝枫杨村奔涌而来。

走在演出队前头的王宣传，受到极大的鼓舞，就更加精神焕发。他紧握着手提式晶体管喇叭，有板有眼地唱起自编的莲花闹唱词《话说枫杨村》。

"打竹板，唱什么？枫杨村里美景多。

油菜花，真鲜艳，八方游客都来看。

油菜田，三百亩，全是彩花油菜种。

紫的紫，红的红，今年春意特别浓。

孩子乐，老人笑，种田创新呱呱叫。

枫杨村，四季香，春看菜花夏看秧。

秋看稻海黄如金，冬有红梅暖人心。

一年四季迎客来，诚信待客有情怀。

大美女，来来来，拍张照片显人才。"

他唱得声情并茂、如醉如痴，自然也就唱得口干舌燥。他刚停下来喝一口矿泉水，柳丹丹就过来拍了一下他肩膀。

他冷不防吓得一抖。

柳丹丹见他这个样儿，就不禁笑了起来，说："王宣传，你不要怕，刚才你不是还唱了，要大美女来拍照吗？我们俩就合拍一个好不好？"王宣传就愈发紧张了，他一个劲儿地摆着手，说："我不敢，我不敢。"

柳丹丹把无线话筒交给杏儿，回头见王宣传个头比自己矮一些，便站在他后面，双手轻轻放在他肩膀上，然后让摄像师给她和王宣传，以彩色油菜花为背景拍了一张合影。拍好后还叫摄像师把照片给王宣传看看效果。杏儿等演出队员，也趁机偎过来看。天啦，画面上一个神情呆滞，一个眉飞色舞。很快，以"名牌大记者携手乡村诗王"为题目的合影照片，又在网上好一阵疯传。

不一会儿，雪雁也赶了过来，她翘着大拇指对王宣传说："王宣传，我感谢你，给我们枫杨村打了个活广告。"

王宣传忙躬了躬腰："这全靠雪书领导得好。"

雪雁白了他一眼："哼，你这个老实人也学起油嘴滑舌，我什么时候领导你给柳大记者合影了？"

"这？"王宣传一时脑壳转不过弯，过了好一会儿才说出口，"搞300亩彩花油菜，总是你雪书记领导的呀，若不是彩花油菜乐坏了柳记者，她咋会拉我一起合影？"雪雁开怀一笑："你这个人啊，莲花闹编唱得那么好，就是听话不会听音，我这是在夸你呢。"

6

　　光阴如流水,虽然有时流的是艰辛的汗,甚至委屈的泪,但也终于流过去了。

　　2017年的初春时节,尽管天气乍暖还寒,但与洁白的玉兰花做伴而开的,不仅有一丛丛让人眼亮的红榉木,还有满树繁花令人遐想的红梅。就在这样的日子里,枫杨村人向往着的民俗文化节,终于在杜鹃鸟的啼鸣中拉开了节日的帷幕。

　　这个民俗文化节活动,是梁杏儿提出来的,她请教了梁青山、雷火云等几个老人之后,还和杜鹃一起商定了一个实施方案。

　　雪雁当着两位小妹的面,审阅了这个方案,认为内容具有浓郁的地方特色,形式上更具有观赏价值。她思考了一下,决定把活动的全称定名为"枫杨村春耕开秧门民俗文化节"。

　　接着,雪雁带上杏儿和杜鹃,去向耿大师征求意见。

　　耿玉强翻阅一下方案,立即拍案叫绝。他惊呼两个小丫头何时得了张艺谋真传,整个活动设计,真有点《印象刘三姐》的味道。他还说,张艺谋把活动搞在水上,枫杨人把活动搞到了农田里。如果这次活动搞得好,定会收到异曲同工之妙。

　　活动方案能得到耿玉强赏识,杏儿和杜鹃乐得合不拢嘴。

　　就在过了立夏三天之后,太阳刚刚在地平线上露了头,枫杨村各家各户的男女老少,尽都忙活起来了。

　　在村委会附近的枫杨溪岸边,搭起了一座组合式的台子。舞台地面铺着红地毯,舞台后方那有着彩花图案的背景版上"首届枫杨村春耕开秧门民俗文化节"十五个翠绿色大字,在朝霞的辉映下,更加绚丽,更具引人注目的独特魅力。

　　舞台正中靠后摆了一张古式案桌,桌上放着杜宇、鳖灵、李冰的香位牌。望着那黑牌白字,让人顿时产生一种敬畏感。案桌前还摆放了一个香炉和数个供叩拜跪用的蒲团。

　　上午九时,在大鼓由慢而快的击打声中,身着仿古服装的主持人梁杏儿,自然是第一个登场亮相。

　　击鼓声换成古典祭祀音乐,杏儿开始主持祭祀先祖礼仪。她摒弃了一般会议主持人的套话，直接进入状态。她声情并茂地说道："二月二，龙抬头。三月三，春耕天。春耕时节风光美，最美不过开秧门。在这春光烂漫的农历三月底四月初，我们枫杨村首届春耕开秧门民俗文化节，在这儿隆重举行并延续一周。现在帷幕已经拉开，精彩将连珠上演。"

接下来，在杏儿的主持下，举行了祭拜蜀地先贤的礼仪。四个穿仿古装的礼仪服务侍女上场后，将托盘中的"三牲五谷"祭品，敬献在杜宇、鳖灵、李冰的香位牌前，然后在案桌上的瓦钵里插上青香，在案前的铁炉中敬燃钱帛，在蒲团上跪下叩拜。

她们退场后，轮到雪雁、尹久耕、吕含芝、牛武江、梁青山、雷鸣、杜鹃、方青竹等老中青男女干部及村民代表上场，依次向先贤上香、化帛、叩拜。

祭祀活动一告结束，在杏儿说了句"春耕时节忆先贤，拜了先贤忙种田"之后，立即转入春耕开秧门活动。

舞台上，杏儿针对什么叫开秧门的问题，让方青竹向游客做了解答。原来每年头一天开始栽秧的活动，就叫作开秧门。问题刚解答完，方玉玲用甜润的嗓门，吼出了几句古堰山歌。

"春耕时节忙插秧，枫杨村里好风光。

乡村振兴齐动手，农家做出大文章。"

紧临舞台的一方水田里，身着蓝色裤褂的雷火云，精神抖擞地一手挥鞭，一手牵着牛鼻索，踏着水耙驶着牛，边平整水下的田面，边发出咻咻咻的吆牛声。

雷火云还在平整田面，附近的田坎路上，尹久耕和雷鸣领着一伙村民送秧头来了。所谓秧头，就是用谷草捆起来一束束稻秧。今年的这种稻秧，无须多说，村民们都知道，是新一代优质高产杂交稻的秧苗。

雷火云平整好田面，赶着牛上了田坎路。尹久耕、雷鸣送秧头的队伍就来到水田边。

这时，在舞台上的王宣传，已经即兴编好莲花闹唱词。经过这段时间在村演出队里的锻炼，他的莲花闹板式，尤其开头的板式，也学着模仿专业演员的架势，表演水平明显有了提高。今天他板式打得到位，唱也唱得字正腔圆。

油菜田，三百亩，全是彩色油菜种。

开秧门，闹得欢，男女老少乐翻天。

这边田面刚平好，那边运秧牵线线。

田面平得如镜面。秧苗健壮又美观。

尹久耕、雷鸣、方青竹等人，把秧头均匀抛向两亩大的水田后，参加今天插秧比赛的中青年村民，就动手在田里绷上秧绳，然后各就各位，跃跃欲试。

舞台上的杏儿，郑重地向大家宣布："开秧门暨插秧比赛正式开始，有请枫杨村插秧高手牛武江下田开秧门，为今天参与插秧比赛的人员做好秧八排插秧示范。"

咣咣咣！梁青山站在田坎上，接连敲响三声大铜锣。

身穿白汗褂蓝短裤的牛武江，进入水田内正中的位置，把袖口一挽，精神抖擞地进行秧八排插秧示范，雷鸣、方青竹等中青年插秧参赛者就近学习观摩。

这时，有游客询问台上的杏儿，什么叫秧八排。杏儿忙把雷火云招呼过来，做一番请教之后，便借机向全体游客讲解。"各位游客，这开秧门还真有些讲究，率先下田做插秧示范的老农，不插多不插少，不多不少只插八排秧。民间俗称的'秧八排'，就指开头八个横排的插秧示范。每一棵都插得端正整齐，横竖都对成一条直线，为后面跟着插秧的人开个好头，以保证插秧的质量。这个秧八排呢，就成每年开秧门的首项仪式。"

水田里，牛武江继续进行插秧示范。

舞台上，王宣传立即用快板与杏儿的讲解相呼应。

"牛武江，下田来，示范栽插秧八排。

秧八排，八排秧，横竖对直都见方。

排对排，行对行，老牛技术很精良。

牛武江，犟牯牛，干起活来总带头。"

田坎上，梁青山又提起铜锣，猛击了三下，秧八排示范完成，插秧比赛开始。

舞台上，王宣传的莲花闹又紧紧跟上，编唱得越来越兴奋，越来越顺手，越来越展劲。

"高手已把秧门开，名副其实秧八排。

师傅带头带得好，插秧比赛跟着来。

看谁插秧插得好，看谁插秧好又快，

农耕文化大弘扬，村里插秧摆擂台。"

水田里插秧比赛紧张进行，可舞台上却一时静下来，杏儿正不知如何是好，起先吼了山歌已经离去的方玉玲，突然又跑回台上，她让杏儿别急。

杏儿说："田头比赛正来劲，我这里却哑了火，雪书记不批评我才怪。你知道的，这场舞台与田间结合的民俗节目，我是策划者兼主持人，你说我能不急吗？"说着她就擦了一把汗。

方玉玲听罢嘻嘻一笑。

杏儿一见更是来气："哼，你不但不关心我，这个时候还笑得出来？"

"谁说不关心你了？你瞧一下这是什么？"方玉玲说罢，把一张纸单在杏儿眼前展示了一下。

"山歌词？谁写的？"杏儿转忧为喜。

"你眼力向来不错，认不出是谁的笔迹？"

"雪书记写的？她今天不是主动担任活动的后勤总管吗？"

"是呀！她现正忙着组织送腰台的各种食物哩！"

"雪书记这么忙，她还有写山歌词的时间？"

"这你就不懂了。告诉你，搞大型文化活动就好比打仗，作为总指挥，怎能不重视战地鼓动宣传？"

"这话谁说的？是，是雪书记？"

"知道就行。话就不多说了，吼山歌要紧。"

方玉玲说罢，又把手上雪雁边蒸大肉包子边写的山歌词默记一下，就拿起无线话筒，长声吆吆地吼起来。

"养马河水清又清，

乡村文化大振兴。

你们插秧我助兴，

豪情激荡枫杨村。"

方玉玲的山歌声还在田野回荡的时候，水田边的田坎路上，热烈的腰鼓声又敲响。在腰鼓队后边，是杜鹃带领着七八个姑娘送腰台来了。姑娘们身穿蓝底白花的村姑装，手中的竹篮里，是刚煮好的粽子、盐蛋、大肉包。为送腰台队伍压后的，正是也穿上村姑装的雪雁。

舞台上，杏儿眼睛一亮忙说道："游客们，你们知道什么叫作送腰台吗？这可是天府之国农耕民俗的一大特色哦！所谓腰台就是两顿饭之间的加餐打尖。好呀，插秧的也该歇歇气打打尖了。来吧，吃腰台开始啦！"

水田里那些插秧的，陆续来到田坎上或坝子上，雪雁和村姑们向他们分送盐蛋、粽子、大肉包……

　　王宣传这时灵感又来了，边吃着大肉包子边打起莲花闹。

　　"大田栽秧行对行，

　　唱起山歌心亮堂。

　　腰鼓敲得震天响，

　　村姑脸上喜洋洋。

　　腰台送到田坎上，

　　盐蛋粽子香又香。

　　古堰文化真丰厚，

　　民俗风情在闪光。"

　　王宣传唱完莲花闹，杏儿用怀疑的眼光望着他，说："我说王宣传，这才半年时间，你莲花闹唱词就编写得这么好，而且还有文学色彩，是不是有高手帮你写啊？"

　　王宣传怂了怂鼻子："哼，你也太小看我乡村诗王了。告诉你吧，今年正月初四雪书记给我拜年，送了我两本书，要我好好钻研一下，把莲花闹唱词编写得更好。"

　　"是吗？雪书记送你两本什么书？"杏儿忙追问。

　　王宣传从裤包里掏出两本小册子，说："你自己拿去看吧！"

　　杏儿接过一看，一本名叫《曲艺入门》，一本名叫《莲花闹唱词范例解读》。

　　王宣传从旁说道："我就是认真钻研了它们，才把莲花闹唱词写成今天这样的。"

　　杏儿哦了一声，说："我明白啦！"

　　田坎上，梁青山看见大家都吃完了腰台，便又咣咣咣敲响三声铜锣。

　　参加插秧比赛的中青年，又回到了水田里。

　　参赛队伍中，昨晚上熬了夜的全幺舅，眼看着要落后于其他人了，便想寻点乐子来振奋精神。

　　这时，忙完后勤工作的村会计雷小群，带着她10岁的小儿子，打着伞来田坎上看插秧比赛。

　　雷小群家离全幺舅家不远，有时候两人也开点小玩笑。

　　此刻，正在寻找乐子的全幺舅，又发现他背后一个散了捆的秧头，方青竹正抓过去用。他便暗笑了一下，同时瞥了田坎上的雷小群一眼，有意地大声喊道："打散（伞）的，是我的。"附近一个参赛者听出这是一句双关语，故意问道："是你什么人？"

另一个参赛者唯恐天下不乱："都说了是他的，当然是他婆娘嘛。"

这句话一出来，惹得田里不少人好一阵哄笑。

田坎上的雷小群，明知全幺舅吃她豆腐，本来打算放过他，可听到那两个家伙添油加醋，她心里顿时发毛，牵起儿子大声说道："幺儿快快走！去看倒退牛。牛儿若是乱开口，拿起鞭子狠劲抽。"

儿子当然听不懂母亲的双关语，可方青竹、雷鸣等人感到全幺舅今天惹上麻烦了。

全幺舅虽遭雷会计挖苦，可还是觉得寻到了乐子。身上的倦意消退了不少，凝聚起精神一路猛追，最终得了插秧比赛第三名，总算没给自己的村民组丢脸。

整个春耕开秧门活动圆满完成之后，人们都聚集到舞台前面。村主任尹久耕宣读了插秧比赛获奖名单，名单中除插秧比赛的获奖者，另有牛武江、雷火云、梁青山、王宣传等四人，获得此次活动特别贡献奖。

雪雁向获奖者一一颁发了奖状，有意把全幺舅的奖状暂时扣着不发，等台上领奖的人都离开了，她把全幺舅叫到一旁，严肃地告诫他："以后若是还敢在公开场合吃女同胞的豆腐，看我不撤了你村民组长的职。"

"哎呀雪书记，我只不过跟我表嫂开个小玩笑，就怪那两个人节外生枝。我遭到表嫂还击还不敢开腔，算我自讨苦吃。"

雪雁说："你不对你表嫂开玩笑，会让那两个人钻空子打胡乱说？我知道你组上的工作抓得不错，可你是个党员同志，开玩笑必须把握分寸，别忘了带头搞好组上的精神文明建设。"

雪雁说罢，把奖状给了全幺舅。

全幺舅赶忙来了个立正："雪书记，以后我会注意的。"

第八章　风雨兼程

1

2017年，对于肩负重任的雪雁来说，注定是不平凡的一年。前几日，她男朋友郑华和她通话时，把枫杨村的今年与往年做了个比较，说出这么几句话：奋进激活停滞，创新带动守旧，光明照射阴暗，欢乐排解忧伤。

郑华问她概括得如何，她说太抽象了，她有空也概括几句给他看。

昨晚她半夜醒来，琢磨出了这么几句：两遭围攻心未冷，彩花烂漫庆新春，五瓣杏花求公正，民俗文化开秧门。秋来金海传喜讯，融合农旅又出征。

清晨，她把这几句告诉了郑华，郑华认为是顺口溜。她也觉得，自己在不知不觉中，还真受快板王影响了。想到这点，她不禁自嘲一笑。

9月10日这天，雪雁吃了午饭，刚在办公室养了养神，秋风秋雨已经悄然而至。她站在窗前一看，村委会院坝中，枫杨树粗大的身躯在风雨中依旧岿然不动。而枝丫上狭长的叶片，偶尔沙沙地轻响几声，似乎在嘲笑风雨。密集的雨滴不停歇地飘过来，将玻璃窗弄得一片模糊。

四川盆地的秋雨，自然不及夏季雷雨的量多力大，可当秋雨连绵时，往往也让人沉闷或烦躁。

不过，此刻的雪雁心情却很平静。她认为，自从姚书记把枫杨村党支书的重担压到自己肩上起，何时少过风风雨雨？诸如村民宅基地办证事件，彩花油菜种子事件，还有可恶的互联网事件。工作上的困难障碍以及恶意中伤的风雨，都没能让她退缩半步，这大自然的风雨也就不在话下了。

雪雁从窗前回到座位上，从抽屉里取出记事本，查看自己的工作日程安排。村资产公司的成立时间，原计划是10月上旬。她掰着指头算一算，就只有一个月时间，一系列筹建工作还没开始，时间真够紧的。

她赶忙掏出手机，给尹久耕打电话。连打了两遍，都没有人接。

他又打电话给一楼的方玉玲，问她尹主任在不在。

"哈哈哈哈……"方玉玲竟然笑起来。

雪雁问她："是不是买彩票中大奖了？"

方玉玲赶忙收着笑，说："尹主任回家盖瓦房去了。"

"下雨天盖什么房啊？我等着他开紧急会。"

"雪书记，心急吃不了热豆腐，你听我给你说嘛……"

雪雁耐着性子听方玉玲讲，听了之后也不禁哈哈大笑。

原来，尹久耕家里房顶盖的是小青瓦，他外出几年就一直没捡过漏。于是老鼠就趁机而入，大量繁殖后代。鼠多猫就多，猫上房揭瓦抓老鼠。就把房顶抓出很多漏洞。这下可糟了，尤其是他那间卧室，成了大雨大漏小雨小漏。如果再不回家捡漏，他和吕含芝就只有睡厨房。

情有可原，雪雁只好把会议改在次日上午。

这天上午，雪雁主持召开了村两委扩大会，研讨筹建村资产公司的实施步骤，从8点半一直开到12点半，大家终于心中有数了。撰写实施方案的工作，雪雁交由尹久耕负责安排。

中午，在村委会食堂吃工作餐。这里环境卫生自不必说，饭菜简单，却很可口，让大家对方玉玲刮目相看。负责妇女工作和后勤事务的方玉玲，她说她只是动点脑筋出点力，要夸也该夸雪书记慧眼识人。

村民组长代表全幺舅，适时调侃了一句："方主任真会说话，拉大旗夸了自己。"

方玉玲自然不会善罢甘休，说："哪时我们总幺舅子，也拉一回大旗给大家看看。"

"我只是杏儿的幺舅，啥时成了总舅子啦？"全幺舅那张嘴自然不会服输，说罢还补了一句，"不过能给美女主任当舅子，我还偷着乐嘞。"

杏儿狠狠剜了他一眼："我说幺舅，你别忘了开秧门那天，你向书记做过的保证。"

全幺舅习惯性地挠着头皮，不敢再信口跑马了。

一顿工作餐，大家真比吃大馆子还高兴。

雷小群趁着和雪雁一起洗碗，见身边没有别人，就悄悄对她说："我告诉你一个情况。"

雪雁说："有什么情况就讲，我怎么感觉你像在搞地下工作一样。"

雷小群的脸一红："嗯，是这么回事，经过精确计算得出的数据来看，村里彩花油菜和新一代杂交稻的增益很可观。凡参与这两项种植的农户，人均收入比上年竟然翻了一番。"

雪雁不禁哑然一笑："这明明是件喜讯嘛，上午开会你怎不当着大家讲？"

雷小群忙解释："你是村里一把手，我们的领头雁嘛，凡重大事情我必须先告诉你，听了你的意见后再做安排，这是我坚守的原则。"

雪雁说："原则肯定要坚守，可你也太小心翼翼啦，看来那件宅基地办证费的事，你心中还有些阴影。"

雪雁见雷小群已经默认，用十分信任的眼神望着她说："小群大姐，你工作上的务实精神，我是很欣赏的。今后只要不是实在拿不稳的事情，你就放心大胆地去干吧。"

雷小群轻松地一笑，说："谢谢雪书记的信任。"

雪雁白了雷小群一眼："哎呀！我的雷大姐，我们现在也算是好姐妹吧，今后只要不是公开场合，你就不要一口一个雪书记地叫，好吗？"

"我听雪雁小妹的。"雷小群点头称是。

从中午忙到晚上10时，雷小群一刻也没有休息，她在进一步核实村民增收的数据。全村10个组（社），每户村民增收多少，每组增收多少，全村又一共增收多少。每组数据，核实了又核实。中间的晚饭，都是她老公卢平送来的。

各类增收数据，完全核实好之后，卢平为她打着手电，她把打印好的2018年大小二春增收情况，贴在村务专栏内向全体村民正式公布。

第二天一早，雪雁进入村委会院坝，头一眼就看到焕然一新的村务专栏。她眼睛不禁睁得大大的，雷大姐真是个有心人！对她这种务实高效的作风，顿时肃然起敬。

她想着一年来雷小群的变化，感到十分欣慰。记得还在当驻村干部那会儿，有人就告诫过她，枫杨村是雷家的天下，提醒她今后要处处小心，不要轻易相信雷家的人。可她现在不这么看了。毋庸讳言，枫杨村雷氏家族，是出了个心术不正的雷元华。可更多的雷家人，比如雷火云、雷鸣、雷三嬢、雷小群，却都是很不错的。老支书雷火云，更是有口皆碑。听说他在一次干部民主生活会上，讲过这么一段令枫杨村人铭刻于心的话："枫杨村是全体村民的家园，绝不是雷氏家族的私产。只要他还在，谁都休想搞家族主义。"他之所以一度受雷元华排挤，可能就因为他有这种可贵的坚守。

2

光阴似箭，日月如梭。村里刚收打完1000亩新一代优质高产杂交稻，转眼就是9月中旬。这一天，又是个云淡风轻适宜傍花随柳的好天气，雪雁一早就骑着绿色电动车向村委会赶去。

一路上，悠然飘来的桂子馨香，让她感到心旷神怡，思路变得更加清晰。她这是要赶着去找尹久耕，一起商量有关筹建村资产公司的事。她刚进村委会大院，一眼就瞧见尹久耕已站在办公楼下等她了。

她停好车之后，发现底楼阶沿上坐了不少人。这些人都是些中青年，有的坐在塑料布包着的被盖卷上，有的坐在行李箱上，都是一副风尘仆仆的样儿。

雪雁问尹久耕："他们是从哪儿来的？"

"你猜猜吧。"尹久耕神秘地一笑。

雪雁仔细看了看，说："莫非他们是回乡的？"

尹久耕把大拇指向她一翘，说："真是聪明，一猜就准。这些回乡的村民，是接到家人的电话，得知村里换领导了，如今种田收入不菲，才从广东赶回来的。"

雪雁喜出望外，忙跟这些人一一握手，边握边说："你们机会把握得好哟，我们很快就要成立村资产公司，大搞农旅融合，要让乡亲们钱袋子尽快鼓起来，你们可赶上好时候喽。"

一席话说得刚回来的村民心里暖烘烘的，大家七嘴八舌地问起来。

"雪书记，村里还要搞彩花油菜和高效杂交稻吗？"

"雪书记，真的要搞林盘院落群、修小别墅吗？"

"雪书记，听说还要打造旅游景点，挣游客们的钱，是吗？"

"雪书记，等家里富裕了，你能给我介绍一个像你一样漂亮能干的姑娘吗？"

雪雁明显感觉到，这些返乡人的心里，已重新燃起种田的欲望和激情，她也感到很激动。她告诉他们，等村资产公司成立之后，只要肯努力，大家刚才说的这些，都能够一一实现。

尹久耕看了看手机上的时间，叫大家先回去做做准备，在家里等候好消息。

在雪雁办公室里，尹久耕拿出"筹建村资产开发管理公司方案"，他说这个方案是雷小群执笔撰写的，先后征求了村组两级议事会的意见，几经修改，最后形成这个新版本。

雪雁审阅了筹建资产公司方案的新版本，告诉尹久耕方案可以定稿了。马上给村监事会成员每人发一份去，如果他们没有什么意见，加盖了监事会公章后，就正式启动资产公司筹建工作。这事，还要及时向全体村民公布。

雪雁刚说到这里，她手机响了。她一看，是雷小群打来的。

"雪书记，好多村民都涌到我办公室，要求订购彩花油菜和新一代杂交稻的种子。这和成立村资产管理开发公司，有没有什么冲突我拿不准。现在我又走不开，你能不能来一下？"

"雷会计别着急，我正在和尹主任研究资产公司筹建方案，稍等一下，我马上就来。"

雪雁关了手机之后，对尹久耕说道："很多村民为提前订购彩花油菜和新一代杂交稻种子，把财会室的门都堵上了。现在雷会计很担心这件事跟成立资产公司有冲突。"

尹久耕说："雷会计担心的事并不存在，即便明天就成立资产公司，也来不及处理当下村民田里种植的事。明年小春这一季，还是由村民谁种谁收。等明年初村民把入股耕地全部交到公司后，农田的种植经营，才由公司统一安排。其实这些问题，这个方案上都说清楚了的。"

雪雁说："看来这一个方案，更要尽快公布。"

尹久耕说："好的，我就去抓紧办理。"

雪雁从三楼到一楼财会室的途中，她想着枫杨村一年多来村民思想意识的变化，她坚信一条真理，只有没作为的干部，没有生来就保守落后的群众。拿眼面前的一些情况来看，事实绝对胜于雄辩。

眼下还是9月中旬，离彩花油菜育苗还有近两个月。至于新一代优质杂交稻，要明年春分时节才开始育秧，时间就隔得更远些。订购种子的时间有的是，那些村民们为什么就这么性急，会赖在雷会计那儿不走呢？

只有一种解释，一部分村民至今对我们的干部仍然缺乏信任感。他们担心今年村委会不会再像去年那么卖力，为大家组织油菜、杂交稻良种种源，所以就提前找村委会订购种子。今年没参与彩花油菜和新一代杂交种植的村民，更怕村委会记恨他们，不帮他们买种子了。

雪雁想到这些，感到跟村民的思想沟通工作还必须进一步跟进。她走到通向底楼的楼梯，便听到有闹声传来。她在楼梯上驻足观看，发现人称"精灵姑儿"和"老牛筋"的两位村民，手里攥着现金，趁雷会计刚从财会室挤出来，就跑过去拦着她，马上要交钱订购那两样良种。雷会计叫他俩等一下，二人就错误认定，因为去年底他两家没参加彩花油菜种植，村委会今年要甩他们的摆腿了。于是，便死死拉住雷会计不放。雷会计急着找雪雁，便挣脱二人的拉扯，往楼梯上跑去。二人更着急了，便在后面来个穷追不舍。

这一幕，站在楼梯上的雪雁看得清清楚楚。她忙叫住三人，问他们出啥事了。

听雷小群把情况一说，雪雁不禁哈哈大笑："好啊！村民们有这样高的积极性，就把钱给他们收着，让他们先吃个定心汤圆吧。"

老牛筋和精灵姑儿，以及十来个村民心满意足地离去之后，雪雁站在财会室门口，意味深长地望着雷小群。

雷小群感觉很不自在，忙问："雪书记我脸上是不是有麻子？你这样看着我？"

雪雁嫣然一笑："我想诚挚地对你说一声谢谢。"

雷小群感到有些莫名其妙。

雪雁只好点醒她说："是你雷小群加班加点核实各项数据，熬夜打印成文字材料张贴在村务公告栏里，向村民及时公布各项增收数据，才引来了可喜的各种连锁反应。又是你加班加点，不仅撰写了资产公司筹建方案，还不厌其烦几经修改，才有了我手里这个筹建方案新版本。"雪雁说罢，拿出挎包里的一叠材料，在雷小群眼前扬了扬。

雷小群见雪雁什么都知道了，只好说："这一来是你雪书记领导有方，二来是大家的有力支持。"

雪雁严肃地对她说："雷小群同志，我郑重告诉你这个会计兼文书，我看好一个同志的标准，一不看他在领导面前会不会把话讲得冠冕堂皇，二不看他会不会广结人缘说话做事四平八稳。我要的是善用自己的真才实学，敢于吃苦耐劳追求自身价值，并能不声不响干出几件好事乃至大事。你知道吗，你没等靠领导安排，发布在村务专栏那些数据信息，带来的效益绝不低于你一年的辛勤劳动；你呕心沥血撰写的这个资产公司筹建方案新版本，我看比一些名头很大的专家还专业。"

雪雁这段话，说得情真意切，推心置腹。

"我记住了，雪雁书记，我会更加努力的……"雷小群听得心潮澎湃，连连点头。

3

筹建村资产公司方案的新版本，村监事会一接到，立刻就进行讨论。

以雷火云为首的五个成员，讨论的时候都十分振奋。吕含芝和牛武江尤其激动，他俩发起言来滔滔不绝。

牛武江说："从1982年包产到户之后，枫杨村雷老支书那一代，是有过又一次翻身做主的兴奋。可是市场经济大潮一浪又一浪地打来，不要说那些没什么文化的农民，就连我和吕含芝这些高中生，都只能随波逐流，最后被晾在沙滩上，不晓得往后该咋个走。米袋子倒是鼓圆了，这钱袋子何时才能鼓起来哟？这共同富裕，猴年马月才能拥抱一下我们哦？"

吕含芝接过话头，语气有些深沉。她说："这筹建资产公司方案的新版本，拿到手里的时候，我和老牛都好像有种感觉，现时的枫杨村，莫非又要进行一次土地革命？雪雁他们这批更年轻的枫杨人，真是不能小看啊！有幸的是，我吕含芝、牛武江、尹久耕、方玉玲、全幺舅、梁大哥、尹老二、阚老三，这批中年村社干部，还能吃、能跑、能闹。我相信，在雪书记这只领头雁的带领下，也会奔着农旅融合的前景勇敢飞翔，让乡亲们向往的美好生活尽快来到。"

雷火云带头鼓掌，掌声响遍杏花坡。五瓣杏花章，轻快地盖在筹建资产公司方案的新版本上。

接下来，由村两委干部，以及梁杏儿、雷鸣、杜鹃、方青竹等乡村振兴青年服务队骨干，下到10个村民组，各用各的绝招，协助各个组长，动员村民报名入股村资产公司。什么绝招？

以杜鹃和杏儿为例，她俩面临一些农户户主还在犹豫的时候，或叫伯父或叫婶子，嘴巴甜甜的，讲道理的时候也是轻言细语，让户主感受到自家女儿一般的亲切。想拒绝他们的动员，都实在不忍心。

再以雷鸣和方青竹为例，他俩总是瞅准户主在干农活或做重体力家务事，就主动上前帮忙，不惜出一身大汗。最后才提两句有关入股的事，丝毫没有勉强户主的意思。一直到休息时，户主留他们摆摆龙门阵，他们两总是主动为户主端茶递水。等户主要求再说说入股的好处，他俩才有条不紊地给户主讲解。工作做到这种程度，后边的事还用多说吗？

再如方玉玲和雷小群，她俩做起动员工作来，更有天生的说服力，她两家的经济都很宽裕，居住的庭院也很不错。他们都可以入股资产公司，自家还担心什么呢？

4

可就在这次动员农户入股期间，村里还暗暗发生了一件怪事。

这天傍晚，雷元华正在老河湾一个大水潭边钓鱼，忽然，一个脸上蒙住黑布，只现一只眼睛，身材壮硕的大汉，悄然来到他身边。

这人绰号独眼龙，是冯富怀的看门狗，他告诉雷元华，说："你如果在这次村上搞资产公司中，再不组织雷家人大闹一场，抵制入股资产公司的动员工作，你的顶头上司就要派人，把你修村办公楼吃建筑公司回扣的事向县纪委举报。"

雷元华不为所动，说："我现在只是个闲人，有人许诺帮我撤销处分，看来也是提虚劲。回扣我是吃过，但大头二十万都让他拿走了。他一直说要把我副支书的副字去掉，结果别人却顶替了我。我有职无权，要组织雷家人闹谈何容易！"

独眼龙见无力回天，就按照事先的指示，挥起随身带来的一根铁棒，朝着雷元华的右腿使劲一砸，然后扬长而去。雷元华惨叫一声，疼得直打哆嗦。他捂着骨折的腿杆，朝着蒙面大汉的背影说道："要派人告发就去告发吧，惹毛了老子，我就把姓肖的脏事来个一瓢倒。"话是这么说，可肖显政的阴狠他也有所耳闻，他打手机告诉家人，说是在老河湾把脚杆伴了，让家人接了回去。他不敢得罪肖显政，只得做做样子，他费尽唇舌而且还送了个大礼，才勉强说服老牛筋、精灵姑儿两户雷家人坚持没有入股。

5

时间一晃就到了9月下旬，在村两委会议厅，由雪雁和尹久耕主持召开10个村民组组长会议。尹久讲了今天会议的主题之后，各个村民组长陆续汇报各组农户报名入股的情况。雷小群负责汇总工作，汇总内容，包括各组报名入股的农户数和各户主名单，还有各组或全村的入股农户，占全组或全村总农户的百分比。

各村民组长汇报完毕之后，不到3分钟，雷小群先向雪、尹二人说了声形势大好随即报告了各种数据。她说："全村263家入股农户，占全村总农户的87％。其中5、6、9组入股农户数，占全组农户的100％。4、7、8组入股农户数，都达到全组农户的百分82％。全村入股农户比率最低的第1村民组，入股农户比率为50％。雪书记，尹主任，我的汇总工作，到此报告完毕。"

比率稍低一些的几个组的组长，他们也和其他几个组的组长一样，热烈地鼓着掌。他们心里清楚，他们这个掌声，不是冲着那几个比率高的组，而是冲着雷小群来的。8组组长阚老三低声说道："这个雷会计太厉害啦！不仅手脚麻利，而且说话也是稳重流利。要是我那个组的副组长韩幺妹有她一半的能干，我早把组长位置交给她了。"

他这话，恰好让他旁边的全幺舅听到，全幺舅瘪了瘪嘴巴说："真是见骆驼以为马肿背——少见多怪。我那个小表嫂是谁？人家可是中专财校的高才生，你们那个韩幺妹儿，也能拿来跟我小表嫂相比？"

梁杏儿狠狠地盯了他一眼，最怕他这个外甥女的全幺舅伸了一下舌头，不敢再多嘴了。

进入会议室就有些沉闷的尹久耕，想着他所在的第7组，任组长的是他的堂弟尹老二，想着要是再鼓把劲儿，入股农户也会达到100％。哎，他真不给自己长脸啊。

作为枫杨村领头人的雪雁，她倒没想这么多，她认为做什么事都要量力而行，哪有那么多百分之百？这个尹主任啥都好，就是差那么一点儿气量。他所在的那个组，入股农户也超过了全村的平均比率，他那个堂弟也够努力的了，他真应该多肯定少抱怨才是。

在会议进入到该做总结的时候，雪雁示意了一下尹久耕，尹久耕连连摆手，并指了指自己喉咙。

雪雁见他情绪有些低落，这个总结讲话只好由自己担任。

雪雁的讲话很简短，对比率达到100％的三个组，只说了句要戒骄戒躁，在下面的战役中再立新功，根本没做过多表扬。对最差的那个1组，连句批评话都没有说。她把讲话重点，放在稍差一些的2、3、10组，还有做得较好的4、7、8组。对稍差一些的几个组，不仅给他们加油打气，还针对他们的薄弱环节，给他们支上了几招，要他们至少要达90%。对做得较好的几个组，帮他们分析了所面临的难点，鼓励他们百尺竿头更进一步，希望至少能达95%。

处在老河湾内的4组组长梁大哥，他习惯于先举手后发言，他说："雪书记这么讲呢，我心里一块大石头就放下啰。大家都晓得，我们那儿有两户村民，一户的宅基地林盘地租给别人搞农家乐，一户的耕地租给别人养殖名贵树木，合同都是签约十年。这两户人不是对入股有看法，而是要跟租地户进行磋商，只有对方同意提前解约，他们才敢报名入股。"

雪雁说："这事请梁大叔放心，我们会特殊情况特殊处理的。必要的时候，我会让村上的法律顾问卢平出面帮你们协调。"

对于雪雁像跟大家摆龙门阵一样的讲话，在尹久耕听来更是入情入理，再次让他感到自愧不如。此刻，他觉得心里也轻松多了，带头向雪雁回报了一阵热烈掌声。

当大家正要起身离座的时候，一个身材苗条却看着忧心忡忡的姑娘，忽然从村民组长行列中站起来，她声音不高却很有穿透力。"雪书记，尹主任，请你们留一留步，我有话要讲。"

6

就在那位姑娘让大家都感到吃惊时，梁大哥忙问身边的尹老二："这姑娘是谁呀？哪时成了村民组长，我都不晓得。"

尹老二回答说："你的空余时间，都用来帮你伯父打理杏花坡去了，哪还有精力管别组的事？我告诉你。她是金家坝的金三妹儿。她那个组长，是雪书记没有上任之前，雷元华信口指定的。"

梁大哥又说："她那么年轻，能当得好组长么？"

"你没瞧见她也漂亮么？"尹老二又补了一句。

尹老二正说着，尹久耕刚向雪雁简单介绍了下金三妹，回头瞧见堂弟在开小会，一阵无名火起。向尹老二大声斥责道："你们两叽里咕噜说些啥？没听见金组长有话要说吗？"

金三妹儿见尹主任为她撑腰，就振振有词地说起来："雪书记，我们

1组是全村倒数第一，你怎么一句批评的话都不讲？这样使我更难受。"

雪雁笑了笑："这不是在听你讲了吗？"

金三妹点了点头："嗯嗯，那我就开始讲啦。"

雪雁也点了点头："我知道你有难处，现在就全都讲出来。你放心，我只听，绝不责怪你。"

金三妹儿双眼有些发红。她说："这1组的组长原本是我大伯，可能大家都知道，金家河坝尤其我们1组，生产条件不怎么好。可自从我大伯任组长以来，工作成绩也居全村中等偏上。可惜自从他前年初得了慢性病，就一直卧病在床。"

雪雁忙插了一句："是什么慢性病？"

金三妹摇了摇头："换了好几位医生查看，只说他受了某种有害物质侵袭，究竟是什么有害物质？至今也没有个结论。就这样，我大伯一躺就躺了将近三年。一个组怎能没有组长？村民们反应很强烈，直到雪书记上任前夕，雷元华才指定我为代理组长。"

金三妹儿说到这里，揉了揉已经湿了的双眼。稍停一会儿，她又继续说道："这次动员村民入股村资产公司，我知道，这是能让枫杨村走出困境的良药妙方，可是尽管我做了很大的努力，不怕你们笑，可以说我连吃奶的力气都用上了，结果也只搞了个百分之五十……"

金三妹说着说着，不禁低声抽泣起来。

也红着双眼的方玉玲上前用纸巾给她擦着眼泪，边擦边说："小妹妹别哭，大家都听着你说下去哩，说出来了，心里就会好受一些。"

金三妹苦笑了一下："谢谢方大姐，谢谢雪书记、尹主任，谢谢各位组长。你们给了我这个说话的机会，我会记住你们的。"

接下来，金三妹把腰挺直了说道："我明白，有好些村民不信任我，因为我这个代理组长是雷元华个人指定的。当初我刚任职10多天，发觉乡邻们看我的眼光有点不对劲，我正想去村委会辞职，却听说雷元华已经不管事了，上级党委给我们派来个优大生任书记。后来一个在县报工作的我高中同学，还对我说雪山上飞来一只领头雁，正带领枫杨村的乡亲干着大事。我的心开始热起来，心想，这筹建村资产公司，可是枫杨村从没有过的大好事，自己正好在当中出一把力，可现在遇到这样的难事，雪书记，尹主任，还有各位组长，你们说我该怎么办呀？"

向来沉稳的尹久耕，也激动起来，说："怎么办？很好办！我明天就到你们组做工作。我要告诉那些不信任你的人，这样一个有文化、干实事的年轻人，你们不信任她又信任谁？难道信任只会讲空话不干实事的那些人吗？"

雪雁站起身嫣然一笑，说："我有个提议，就是现在，我们当众把金三妹头上的代理二字取消了，正式任命她做第一组的组长。同意我提议的，就请举手。于是，村两委全体干部，还有各组组长，都齐刷刷地站起来，高高地举起手。"

"好，一致通过。"雪雁兴奋地说，"现在欢迎金三妹儿走马上任！"

现场爆发出热烈的掌声。金三妹儿忙起身激动地鞠躬致谢。

大家坐下后，梁杏儿对金三妹本人也提了个建议。她说："我代表共青团枫杨村支部，代表枫杨村乡村振兴青年志愿服务队，邀请你加入我们的队伍。"

金三妹也兴奋地鼓着掌，她本来有些苍白的脸庞上，顿时变得红润起来。

会后，雪雁和尹久耕立即商量决定，在国庆节前夕，召开村资产公司股东会议。

7

2017年9月27日，正是农历八月下旬，也是枫杨村一年中香气氤氲的季节。金风习习，不热也不冷。天高云淡，河水清亮碧蓝。各类品种的桂花树次第开放，金桂、银桂、雄黄桂那一簇簇密集的小花蕾散发着馨香。

经过10多天的奔波，村两委干部及青年志愿服务队的骨干，终于结束了各组农户入股的动员工作。

功夫不负有心人，全村除8户人没入股，其余292家农户全部报名入股村资产公司。

这8户人中，有3户经营着较具规模的农家乐，其中包括1村民组的陈双梅，和5、6村民组原来引进的两家外来投资者。其余5家没签约入股。

2017年9月28日这天，村两委会议厅，在雪雁主持下，召开了村资产公司股东代表大会，负责会务的秘书长为雷小群。按上级有关规定和公司章程要求，由村组两级股东代表组成公司理事会，选举产生了公司董事长。由董事长提名并经理事会同意，产生了公司下属各部的主任，聘用了公司总经理和法律顾问。

选举程序完成之后，由秘书长雷小群宣读各任聘职务名单。枫杨村资产管理开发公司董事长为尹久耕，总经理为雷鸣，财务部主任为雷小群，办公室正副主任分别为方玉玲、吕含芝，对外联络部正副主任分别为梁杏儿、杜鹃、金三妹，对内监察部正副主任分别为方青竹、牛武江，法律顾问为卢平，在村党组织未设立纪委之前，公司的纪律检查由村党支部代为监管。

选举大会结束之后，雪雁正想在办公室歇口气，方玉玲给她送盒饭来了。

雪雁在吃饭时，方玉玲的眼睛眨也不眨地盯着她。

雪雁感到有些不自在，忙问方玉玲："你盯着我干吗？我又不是三岁小孩，难道我吃饭也要受人监管？"

方玉玲嘻嘻一笑，你能监管村资产公司，难道我就不能监管你？

"我的玲姐姐，你真是可爱。什么事到了你这儿，都是嘻嘻哈哈甜甜蜜蜜的。"

"好啦！我们的领头雁，我不说笑了还不成。"

"嘿！领头雁？前几天雷小群这么称呼，今天金三妹在会上也这么称呼，在这儿你也这么叫，我这个领头雁的绰号，看来是取不掉的啦！"

"我说雪雁小妹，你还别说，领头雁这个绰号，不，应该叫作爱称。这爱称真是取得好啊。你想嘛，你单名一个雁，又是咱枫杨村领头的，这个爱称还真是实至名归哟。"

雪雁咧嘴一笑："听你这么一说，那昨天金三妹说的雪山上飞来的领头雁，那更是实至名归啦！"

"这是自然的，这金三妹还真有点创意。"

"她创什么意？你昨天没听见吗？她也是听一个在县报工作的同学说的。金三妹可能说的是真话，不过，我有种预感，就依你说的这个爱称，十有八九还是从我们村里传出去的。"

方玉玲又是嘻嘻一笑。

雪雁紧盯着方玉玲："真是从我们村里传出去的？你跟我说实话。"

方玉玲点了下头，然后在雪雁耳边，悄声告诉她事情的经过。

原来，就在去年初冬时节，市农科院的郑华，亲自送彩花油菜种子到了村里。雪雁带他去了办公室喝茶时，郑华半开玩笑地对雪雁说："雪山上飞来的领头雁，你在枫杨村领着村民们腾飞起来了吗？"雪雁咧嘴一笑回答说："你比我还迫不及待，人家才刚刚起飞哩！"当时，雷小群、杏儿还有方玉玲，都有事去找雪雁，在门外正好听到这段话。

雪雁听方玉玲说出实情之后，不禁脸一红，就没有往下再追问。

不过，雪雁也为此沉思起来。她认为，不管是谁传播的这句话，都绝没有一丝恶意。相反，是对他寄予厚望的另一种表达方式。她心想，我一定不会让大家失望的。

方玉玲很喜欢看雪雁沉思。

"你又盯着我干吗？"

"刚才我想到一个问题。你说，咱们村委会的干部，咋就一下都成了资产公司领导班子成员啦？"

"这你就不懂了吧？这叫两个班子一套人马。"

"为啥要这么搞？资产公司另外找人来干不行吗？"

"不行！村资产公司，是村的一个集体经济组织，村委会的干部来兼任资产公司的成员，这是上级允许的。姚书记也告诉过我，他说只有这样，才能保证村资产公司的稳固和发展。说穿了，村委会是对内的行政机构，资产公司是对外的经济机构。"

"我明白啦！"方玉玲说罢，拣起桌上的饭盒，步履矫健地走出党支部办公室。

8

枫杨村资产管理开发公司，定于2017年10月9日正式成立。今年的这一天，恰好又是重阳节。

之所以选择在重阳节成立村资产公司，按雷火云的话说，就是两个会一起开，既省钱又省力，还可以体现枫杨村越是向前发展，越是注重尊老敬老爱老。按梁杏儿的话说，两个会一起开，她那个演出队的节目内容，就会更加丰富多彩。添加了两百多个老年观众，村演出队就会演得更加起劲。

重阳节这天，雪雁一大早就赶到村委会。

她把绿色电动车停好，感觉肚子里有点空，便从车座后的框里拿出方玉玲为他准备的豆浆和花卷。

她知道，就是有着温暖家庭的梁杏儿，恐怕也会羡慕她，调侃她，她咋就一下子遇到个好房东，每天都不愁好吃好喝。

雪雁边吃东西，边打量着眼前展现的新景象。在村委会办公楼前的左边，宽阔的院坝上，矗立着一座新搭好的舞台。这舞台，跟年初搞春耕开秧门活动的舞台一样，都是用木板预制件临时组合起来的。

台上铺着红地毯，台后挂着一幅大型喷绘背景。那20个光彩夺目的红色粗体字，鲜明地告诉了人们，今天这儿的主题，就是"枫杨村资产开发管理公司成立暨重阳节庆祝大会"。

舞台上灯光音响一类设施自不必说，舞台前坝子上，为老人和村民们准备的坐凳也已摆好。

在正对村委会大门那座花坛边，还摆了一长排铺着绿色桌布的条桌，桌上现在摆放的卧式标牌上，标的是来宾签到处。等大会结束后，标牌上的字样将更换为"农户入股资产公司协议签订处"。

其实这些布置，雪雁和村两委的干部，昨晚上就认真检查过了。不过向来心细的雪雁，今日一早还是要来复查复查，这么做不是不放心，而是她在求学时期，就养成做完题必须检查两次的习惯。这种习惯，已延伸到她现在的各项工作之中。

上午10时，双庆大会准时开始。大会主持人仍然非杏儿莫属，采访记者则是市台柳丹丹。

其实，今天两会的议程都很简单。主持人杏儿介绍县镇领导与来宾名单之后，雷小群宣读了公司机构组成人员名单，尹久耕讲了讲资产公司成立的目的和意义，方玉玲宣布了评选先进老人的结果，最后由姚开华和雪雁向资产公司授牌，给先进老人颁奖。总共所花时间不到半个小时，议程结束后，由村两委全体干部和青年志愿服务队，陪同老人们边喝茶边看文艺演出。

演出的开场节目，本是王宣传的莲花闹，不曾想今天的演出提前了20分钟，王宣传还有最后四句莲花闹唱词没背熟，就把耿玉强朗诵重阳古诗的节目提为开场节目上演。表面看来，耿玉强只是个沉迷于林盘院落建筑艺术的专家，实际上他还真有点表演天赋。这次他是为回报枫杨村两委对他的关爱，主动报名参演的。他的演出，也如他的建筑设计艺术一样，总是那么别开生面。他上了舞台之后，并没有先朗诵重阳古诗，而是出人意料地先回忆他昨晚的梦境。他说："我昨晚做了个非常美妙的梦。在梦里，站在高高的杏花坡上，朗诵白居易有关重阳的诗。"

说罢，他就做出了一种登高的姿势，抬头挺胸，凝望原野，声情并茂地朗诵起来："黄花丛畔绿樽前，犹有些旧管弦。偶遇闰秋重九日，东篱独酌一陶然。"

他将古时诗人在东篱黄菊之畔，在管弦声中独自醉酒的情态表演得惟妙惟肖。

由雪雁和姚开华带头，场上顿时响起一片热烈的掌声。

接下来，已经背熟最后四句莲花闹唱词的王宣传，他手中竹板噼啪一响，就有板有眼地唱起他新编写的《枫杨颂》。

"重阳节，菊花黄，风送花香满村庄。

枫杨要上一重天，资产重组首当先。

九月九，登高楼，公司成立喜心头。

新布局，巧规划，枫杨前景美如画。

全村农家建新院，林盘院落巧打扮。

院落背靠老河湾，疑似仙境落人间。

农业旅游紧相融，贵客盈门春意浓。

彩花油菜放异彩，高产稻谷涌金海。

枫杨建成大公园，梦想成真在眼前。

创新机制出人才，文化育人上高台。

喜看五瓣杏花章，民主监督有妙方。

群雄际会创新天，养马河畔战犹酣。"

王宣传的竹板声刚一停下，颇具傲气的耿玉强头一个站起来，赞赏地向王宣传拱了拱手。

参会人员从心底发出的热烈掌声，让院坝上枫杨树的叶片，也似乎兴奋得颤动，发出沙沙沙的响声。门外枫杨溪的流水，也似乎流淌着动人的旋律。

掌声还没有完全停歇，王宣传刚一走下台，雪雁就上前紧紧地握住那只竹板磨出粗茧的右手，情真意切地说道："我们的王宣传同志，今天我没叫你叔叔，是因为此时此刻我觉得，叫声同志比叫叔叔更感到亲切。你这个《枫杨颂》，编唱得真叫一个好哦！我们村两委和全体乡亲想说的话，你都用形象的莲花闹唱词，替我们说出来了。谢谢你，我代表枫杨村的全体乡亲谢谢您。"

老人们兴高采烈地看完节目，用了午餐之后，青年志愿服务队还负责包送，把老人们分头送回了家。

9

在村委会的院坝里，为期十天的股东与公司的签约，徐徐拉开了帷幕。舞台上那一幅大型喷绘，换成了签约仪式的内容。

舞台前，那铺着绿色桌布的10张条桌，摆了一长溜，宛如一字长蛇阵。

午后一点半，签约仪式开始。梁杏儿把王宣传请上舞台，王宣传像川戏里念定场诗一样，念打了以下几句莲花闹唱词：

"九九重阳天青青，资产公司应运生。

地产入股开新路，规模种植定乾坤。

林盘院落巧布局，农旅融合万象新。

农户股东喜相聚，挥毫签约笑盈盈。"

莲花闹刚一落音，两鬓斑白的梁青山，把手中的大铜锣咣咣咣敲了三声。

壮实小伙方青竹，高举着长竹竿，挑起的几长串鞭炮，瞬即噼里啪啦爆响起来。

中气十足的雷火云，绷满青筋的双手，合成一个喇叭状，高声呼喊道："枫杨村资产公司，首场股东签约，现在开始喽！"

人们真没有想到，头两个来签约的竟然是方玉玲和雷小群。她俩手里捧着宅基地使用证、房产证、承包地合同，带着微笑，迈着矫健的步履，走向签约区。

人们之所以吃惊，并不因为她们是干部要带头，而是她俩现在的家里经济比较宽裕，楼房也崭新漂亮。

由雪雁陪着而来的西都电视台记者柳丹丹，已经从雪雁口中得知了雷、方二人的家庭状况，开门见山地问她俩："你们的现有条件都这么优越了，为何还热衷入股资产公司？"

她俩的回答竟然基本一致。"我们家现在的收入，虽然已高过村里大多农户，可在三年或在五年之后，与入股公司的农户相比呢？谁高谁低可就不好说了。说到底，集体经济的综合优势，个体农户是没法比的。我们为什么看好枫扬村资产公司？不为别的，只因为这儿来了一只领头雁。她的理想与决心，我们都明白。她领着大家绝不会只在原地飞，而是要领着大家朝向往已久的高空腾飞。至于居住环境，我们更喜欢耿大师设计的那一种，就是林盘院落群中带乡土艺术韵味的小别墅。"

最后，柳丹丹又问她俩："凭你们这种语言水平，我怀疑你们并非普通的农家妇女。"

雪雁听后淡淡一笑："我的柳大记者，你说这话，对我们村就缺乏了解了。我们这儿六十岁以下的农民，至少是初中水平，村两委干部和乡村振兴青年志愿服务队40个人中间，至少都是高中或中专文化，大学本科和专科学历不下10人。"

听了雪雁的介绍，柳丹丹说了声"我明白了"，然后就去采访其他的签约农户。

雪雁信步而行，走到签约工作员金三妹面前，问她这儿已签约多少户。

金三妹忙站起来回答："报告书记，我除了办理本组农户的签约，尹主任还安排我汇总全村每天签约进度。"

雪雁点了点头，说："那你先说一下现在全村的进度。"

雪雁让她先坐下，她说："书记你不都站着吗？我坐下既不礼貌，又提不起精神。"

金三妹在心里组织了一下语言，她说："在你的……"

雪雁手一挥，说："不用说在我的什么什么之下，说其他人。"

"是！"金三妹忙回答："在方主任和雷主任的带动下，全村现在已签约60家农户，签得最少的组也有4户，我们组已签约了7户。"

雪雁又向她点了下头，看了下手表，说："不错不错，三个小时不到，就完成这么多户。10个组10门排炮，还真没有一门打了哑炮。"

"还哑炮哩，那莲花闹像战地快板一打，大铜锣一敲，大嗓门一吼，大鞭炮一放，哪一位签约户不受到鼓舞？就连我这个不是户主的工作员，当时也热泪盈眶……"

金三妹还想多发挥几句，雪雁做了打住的势，低声对她说："你的表达能力不错，下次开大会，我安排你跟杏儿做搭档。今天我事情还多，不敢再听你说了。"

金三妹伸了下舌头，赶快坐下忙工作。

午后6点正，梁青山准时站上舞台，敲了一下大铜锣，说："游客们乡亲们，现在听我老伙计报告好消息。"

中气不减的雷火云，把金三妹写在他手背的数字看了下，双手合成喇叭状，说："好消息来啦！仅仅四个小时，全村签约农户100家，吕含芝的6组已签约15家，金三妹新任组长的1组已签约了12家。"

尹久耕兴奋地说："好啊！首场签约，初战告捷。"

雪雁朝台上两位老人拱了拱手："有你们这些老同志助威，打赢这场攻坚战，晚辈信心更足。"

梁杏儿说："老支书你干脆再带个头。把老年志愿队也组织起来，我们来个双线作战。"

梁青山说："孙女儿这个提议，要得！"

雪雁说："大家辛苦了，现在就鸣金收兵吧。"

"得令！梁青山手里的大铜锣，咣咣咣，又发出三声巨响。"

这锣声传得很久很远，它所带出的气浪，摇曳着枫杨树的长枝细叶，荡漾着枫杨溪的秀水清流。古老的大铜锣，过去代表的是一种权力的威严，曾把多少黎民百姓柔弱的心震慑得颤抖发痛。也许是时代变了，今天的大铜锣声里，除了对喜庆的烘托，还象征着一种进军号令。

10

这一天，古堰镇那条老街的茶楼上，一只腿杆有点跛的雷元华，上午11点40分就在二楼的业务洽谈室内等着肖显政。等了20分钟，肖显政才悄无声息地进来了。他暗地瞟了一眼雷元华的伤腿，连茶也没让雷元华给他泡，就板着脸说道："今天要叮嘱你三件事。一是你不必悲观，我会做工作，帮你取掉那个严重警告处分。二是公安机关虽然还没通缉黑毛，但他是个危险分子，你不准与他联络，这个人我自己留着，今后也许还有大用场。三是我要你找几个信得过的雷家人，要在三件事情上再闹腾闹腾。这三件事情，就是资产公司动员最后5家农户入股，拆迁农户房屋，引进建筑公司。即便闹不成功，至少也要打击打击雪雁的嚣张气焰。"

雷元华听了肖显政的指令，没多说什么，只是说："你交代的这三件事，我都听清楚了。"

肖显政瞥了雷元华一眼，见他一副底气不足的样子，只好摆了摆头，叹息了一声，最后说："你别心存幻想，那个姓雪的婆娘是不会放过你的。"说罢挥了挥手，便把雷元华支走了。

肖显政往三人沙发上一躺，似乎有些疲惫。到了12点半，冯富怀才姗姗来迟。肖显政瞥了他一眼，仍然躺在沙发上没有起身。

冯富怀仍是一副讨好的样儿，嬉笑着说："今天还是找那个艳艳来跟你洽谈业务吗？"

肖显政摆了摆手："算了，那女人胃口太大了。"

"镇长是说她哪方面的胃口？"

"她哪方面都贪嘴，她那个大舅子，我好不容易才塞进镇城监大队，前几天她主动约会我，又想把她大学刚毕业的表妹弄到镇财政所。"

"她表妹那么年轻，不正合你胃口吗？"

"我胃口再大也不敢开那个口呀，我要是答应了她，岂不是让我亲手将把柄送到姚开华手上？"

"那倒也是。要不你就别理那个艳艳了，今天给你换换口味？"

"这事等一下再说，先说正事，我问你上个月中旬，你是不是派人打伤了雷元华一条腿？"

冯富怀含混其词地说："我只是让手下戴着头套去警告他，是手下领会错了我的意思。"

肖显政狠狠地瞪了他一眼："哼，警告？咋能打我的招牌去警告？"

"嘿嘿，我手下这不也是学着拉大旗作虎皮吗？"

"还笑？你笑个锤子。这个雷元华自知不是那婆娘的对手，已经处于犹豫状态，你的狗腿子下手这么狠，不是把他朝那婆娘那边推吗？"

"镇长教训的是，以后我会注意分寸的。"

"知道你对我有心，不过话要说在前头，你在金家坝搞的那种事儿，一定要隐蔽再隐蔽。我跟你一样，也是想多捞点儿钱。可随着那婆娘推行农旅融合的成功，来枫杨村参观、旅游的人会越来越多。你那个事儿大白天千万搞不得，要搞也要深更半夜悄悄地搞。"

冯富怀赶忙点头哈腰："镇长的教诲，鄙人一定谨记。"

11

枫杨村资产公司，原定的10天签约时间，刚刚才进行了三天，此前报名入股的292家农户，都全部履行了股东签约手续。也就是说，全村除去陈双梅等三家较具规模的农家乐，不在入股动员范围之内，全村就只剩下五家农户没有报名入股了。究竟还等不等他们？对于这个问题，村两委产生了意见分歧。

作为村主任兼公司董事长的尹久耕，他不同意再等，理由是林盘院落群的规划设计已基本完成，面临的农户拆迁工作，不仅工作量很大，而且具体问题不少。为了不分散精力，报名签约入股的工作必须马上停止。至于剩下的五家农户，等林盘院落群的农户新居建好了，他们看着眼热了，那时再为他们补办入股签约手续。

雪雁对尹久耕的意见不予赞同。她说："农户新居布局，是按已入股农户数来安排的。到那时，你拿什么房子给补办入股手续的农户？即便能找到空隙地带为他们补建新居，这不仅会破坏林盘院落群的整体艺术风格，而且他们不一定会满意。与其那时才来扯皮，不如现在把问题想考全面一些。"

尹久耕闷了一下："那你说该怎么办？"

雪雁说："我的意见是留下几个人，再坚持5天时间，继续做动员说服工作，说服1户立刻签约1户，每天的签约结果，当晚必须报到公司办公室。到了第5天下午6时，所有签约的户数包括每户人口数，由公司办公室汇总后，发给耿玉强的设计公司。对于实在说不通的农户，就只能任其自便了。"

尹久耕说："好吧，那就按你的意见办。留下哪几个人，我想听听雪书记意见。"

雪雁咧嘴一笑说："我知道你心中早已有数，不过我还是提出来，看一看是否英雄所见略同？"

尹久耕也微笑了一下："在你面前，我哪敢称英雄？你是一只领头雁，我是一只黑老鹰，只能跟在后边扑腾扑腾翅膀。"

"只要有翅膀，就能飞起来。好啦，言归正传。我提议，组建一个临时性的'动员入股留守小组'，雷鸣任组长，杜鹃、方青竹、金三妹为组员，直接到下面去，有针对性地去做动员说服工作。"

雪雁说罢，望着尹久耕，意思是你看如何。

尹久耕习惯性地跷起大拇指，说："还真是和我想到了一起了。行！你多给这几个年轻人支点高招，这农户房屋拆迁工作，我就组织力量开始干了。"

五天时间，转眼就过去了。这天中午，雪雁和尹久耕，从几个组的拆迁工地回来，边喝着矿泉水，边谈论着全村的拆迁情况。

尹久耕说："真没想到这头犟牯牛，在农户房屋拆迁工作中，竟然是一路领先，连我家那个女强人都比他稍逊一筹。"

雪雁欣然一笑："吕含芝虽然办法和魄力都不错，但牛武江的犟劲，一旦转化为锲而不舍的韧性之后，再固执的村民，也得乖乖地听他的。这也许是另一种人格魅力吧。"

尹久耕点了一下头后，又说："4、7、8、9组的拆迁进度，虽然不是很快，但进展得还算顺利。让我担心的是金家河坝的1、2、3组，2、3组的组长，虽说也听村两委的招呼，可干事显得疲软一些。"

雪雁一听，立即给他打气："我说尹董事长，十个指头有长短，十个好汉有高低。对不大跟得上趟的组长，我们一是要督促，二是要给他们多出主意。"

尹久耕表示赞成后，又重重地叹息了一声。

敏锐的雪雁一眼就看透尹久耕的心思："我知道你在叹息什么事，不过请你放心。"

尹久耕有些迷茫地望着雪雁："我什么都没说，你知道我在为何事叹息？"

雪雁嘿嘿一笑："连这个都看不出，我这些年的书就白念了。我告诉你吧，这五天金三妹在留守组里，为动员最后一批村民入股，每天都和雷鸣他们一道辗转奔波，这情况你是知道的，可你并不知道，她除了把组上的拆迁工作委托党小组长多加督促之外，每天晚上都要跟党小组长交换意见，开且还要到拆迁工地走一遍。"

尹久耕有些不解地望着雪雁，说："你怎么知道得这么清楚？"

雪雁微微一笑："别忘了我是村党支部书记，随时了解下情，是我的必修课。"

尹久耕听后，顿时释怀说："这样我就全放心了。说实话，当初在会上我出于义愤，力推金三妹当组长，事后我了解1组那么落后，我就为金三妹捏了一把汗。"

二人正在谈论着，雷鸣一行四人进入办公室，交留守组工作总结来了。

雪雁接过总结一看，拍了一下办公桌，说："真是不错！这功夫还真没有白费，全村最五家农户已全部签约入股。"

金三妹的语气似乎有些低沉，她插嘴道："四个人每天才1户，还夸我们不错？"

尹久耕生气地说："金三妹你怎么跟书记这样讲话？"

雪雁忙说："没事没事，这五天大家都累坏了，好好修整一下，再投入下一步的工作。"

尹久耕看了总结后，不觉一惊，村里最难对付的老牛筋和精灵姑儿都签约入股了，还真是不容易。

12

老牛筋和精灵姑儿都姓雷，而且都住在雷姓人最多的8组。一般人都认为，这个组应该是雷元华的根据地。其实不然，即便是前几年雷元华掌权的时代，真正成为他亲信的雷家人也没有几个。原因不为别的，主要是这个组还有三个雷氏族人的佼佼者，这就是雷火云、雷小群、雷三孃。

老支书雷火云，村党支部委员、村会计兼文书雷小群就不多说了，单说雷三孃，在那个考个中专都很不容易的年代，她却以较高考分进入西都师专，毕业后在津南一中教语文，只因患上心血管疾病才病退回村，她在群众中的声望也很高。

有这么三个人住在8组，雷元华在任党支部副书记前后，8村民组大多数人心中，对他都是不怎么认可的。不过，也有少数眼光短浅的雷姓人，在利益驱使下，也可能暂时听他使唤。恰好本名雷元金的老牛筋，与本名雷金铃的精灵姑儿，就是这一类人。

自从那天在老街茶楼，让肖显政打了一剂强心针之后，本来就不想干了的雷元华，想着阴狠的肖显政还在打电话警告他，只好强打起精神，再做做样子。他找了老牛筋和精灵姑儿，摆明说是肖镇长的意思，让他们跟不听肖镇长话的雪雁，再以退股方式给她干上一仗，回报的条件，是肖镇长找人帮他们销售没人买的天竺桂小树。

老牛筋和精灵姑儿见雷元华果真说话算话，将打算砍来做柴烧的800棵天竺桂，一下子帮他们销售出去。为了向雷元华兑现承诺，他二人拿着退股申请书，八方寻找那天签入股协议的经办人，在村委会院坝找着方青竹和金三妹之后，七拉八扯地找些理由，缠着二人在退股申请上签字。

方、金二人与他们据理力争，说那天是他们志愿签的协议。他们又找了个借口，说是那协议他们并没看懂，是在哄哄下糊里糊涂签的字，他们子女看了协议后不同意入股。

金三妹说老牛筋吃饭都不长的人了，这么不讲人格。老牛筋欲上前抓扯金三妹，方青竹把金三妹护在身后，用壮实的身板挡住老牛筋，老牛筋只好往后缩。

金三妹脑筋转得快，从方青竹身后伸出脑袋，问老牛筋的子女是谁。老牛筋一副气壮如牛的样子，说他的儿子雷雨是花坊镇的雷镇长，他女儿雷雪是县上报社的大记者。

金三妹听后，心中暗喜，悄悄告诉方青竹，叫他在这儿坚守，她马上去想办法。

金三妹正在院门口给她那个高中时的女同学雷雪打电话，从拆迁工地回来的雪雁，见院坝中有人吵闹，忙问金三妹怎么回事。金三妹先将发生的事告诉雪雁后，又低声讲了她解决问题的办法。

雪雁拍着金三妹肩膀说："看不出你还真有一套，这件事就交给你和青竹了。"

老牛筋和精灵姑儿正跟方青竹胡搅蛮缠，还以要闹到县上去来威胁他，突然老牛筋的手机响了。老牛筋拿起手机一听，见是当镇长的儿子打来的，忙问有什么事。儿子告诉他家里有急事，让他赶快回去。

精灵姑儿见老牛筋匆匆离去，觉得一个人闹着没劲，也只好收刀拣卦回家了。

金三妹咯咯一笑，方青竹问她笑啥。

她说明天一起看一场好戏。

方青竹说："跟三妹你一起不管做什么事，都感到特别快乐。"

"真的吗？"金三妹见方青竹一脸诚恳，便试探着说，"那我们今后就经常在一起。"

"好呀！在你身边，我还可以学学你的活泼机灵。"

"青竹哥哥，其实我早盼着你说这句话了。"

因这几年潜心钻研盆景艺术，很少和同龄女性接触的方青竹，听了金三妹直率的表白，不禁一阵心跳加快，耳烧面热。

精灵姑儿回家的路上，跟打麻将回来的雷元华碰个正着。雷元华问她今天闹得怎么样。

精灵姑儿忙回答："闹得还可以。只是后来老牛筋有急事走了，我一个人闹火力不够。放心，既然闹都闹了，明天我们接着闹。"

次日，天气有点阴冷。雷元华穿着一件蓝色风衣，坐在村委会院坝内的长条凳上，装着和一个老人摆龙门阵的样子，不时用眼角瞟着周围的动静。没过多久，忽听院门外一阵闹声传来，原来是精灵姑儿大驾到了。

精灵姑儿边闹着，边向村委会院里走来，后边跟着几个看热闹的中年妇女。她进院后，盯了长条凳上的雷元华一眼，便向着大楼高声喊道："姓雪的书记，你给我下来，我有话给你说。那天的签约不算数，家里人没同意，我要退股，不让退股我就闹到县上去！"

看着精灵姑儿这股泼辣劲儿，雷元华明知道起不了多大作用，但还是想精灵姑儿再闹大声点，时间再闹久一点，他也可以用这个来应付一下肖显政。

见老牛筋仍然没到，精灵姑儿吼了一会儿，也吼得没啥劲了，她走到雷元华身边低声说："我看差不多了吧。"

雷元华面无表情，低声说了句"你看着办吧。"

精灵姑儿正要转身离开，金三妹和方青竹陪着雪雁，从底楼走出来了。

金三妹嘲弄地说："精灵姑儿，我知道你是无利不起早的，今天是谁许了你大好处，你可闹得展劲哦。你就大声闹吧，唉？咋不闹了？"

方青竹倒是心平气和地说："雷大姑，你不是要闹着找雪书记吗？雪书记来了，你却要走了。是不是感到有些理亏呀？"

精灵姑儿正感到尴尬，忽然眼睛一亮，原来是老牛筋出现了。老牛筋是她的闹伴，此刻她感觉胆子又壮了起来。

可当她仔细一看，老牛筋的两边还紧偎着他的儿子和女儿，看那架势，像是儿子和女儿押着他来的。

埋头坐在长条凳上的雷元华，知道老牛筋当镇长的儿子对自己一向反感，再加上雪雁此时严肃地盯了他一眼，他再也待不住，灰溜溜地离开了。

精灵姑儿内心本不想闹腾的，今天这么闹本就是做给雷元华看的，现在见雷元华溜了，就厚着脸皮，向站在阶沿上的雪雁大声说："雪书记对不起哦，其实我并不想退股，是雷元华说肖镇长要我们来闹的，我们也怕得罪大领导呀！雪书记你大人不记小人过，我宣布我不退股啦！"说完，她脸都没红一下，就站在一旁看老牛筋怎么下台。

这时，雪雁急步走下阶沿，热情地与雷镇长握手，并感激地说："麻烦你了，雷镇长。"

雷镇长满脸带笑："雪书记，是我们家里给你添麻烦啦，真是对不住呀！"

急于摆脱尴尬的老牛筋，忙给儿子挤了个眼睛，示意儿子快帮他说句话。

不料雷镇长却郑重其事地说："老爸，我小时候你不是教过我吗？自己跌倒自己爬。现在你有什么话，就亲自对雪书记讲吧。"

老牛筋见儿子把话说到这个份上，只好抱歉地说："我对不起雪书记，也对不起青竹和三妹两位年轻人，我前面说过的话，等于是放屁。我雷元金说话算话，从今以后，和大家一起好好干。"

雷镇长高兴地说："爹，这就对了嘛。你这个老牛筋的外号，早就该丢进养马河了。雷元金这三个字多响亮，干吗要让人起外号？"

雷元金连连点头："是是是。"

此时，一旁的精灵姑儿趁机叫道："我堂兄雷元金的外号都取掉了。我雷金铃庄严宣布，从现在起，谁要再叫我精灵姑儿，我就到雪书记这儿告他。"

雪雁立即回答："行，今后谁再给别人取不好的外号，我就叫王宣传编个快板批评他，让他多学学精神文明。"

雪雁话音刚落，早就把一切看在眼里的王宣传，立刻上前打响了莲花闹：

"说文明，道文明，乱取外号就不行。

别人缺点已改正，还叫外号真伤人。

雷金铃，雷元金，你们也要记在心。

既然安心入了股，流言蜚语就别听。

拆迁工作多配合，齐心合力建新村。"

"对对对！齐心合力建新村。"没想到雷金铃竟然把最后一句重唱了一遍。

在场众人一齐热烈鼓掌。这掌声既送给王宣传，也送给雷氏兄妹二人。

刚赶到枫杨村不久的柳丹丹,见乡村诗王王宣传今天又亮相了,正求之不得。公司开成立会那天,听了他打的开场莲花闹,感觉他的唱词越编越好了,后来她从雪雁那儿又看到《枫杨颂》和其他几篇莲花闹唱词后,就决心给他搞个像样的专题片,连标题她都想好了,叫作"从乡村诗王的唱词看枫杨村的乡村振兴"。雪雁听了柳丹丹的想法,首先表示感谢,接下来她又说道:"如果想让你这个专题更具深刻的社会意义,我建议你,先了解一下王宣传不凡的家世,再看一看他父母居住的老房子,到时候你绝对会感到震撼。"柳丹丹听雪雁这么一说,直觉告诉她,可能这次还真会一锄头会挖到一个"金娃娃"。如此一想,她顿时有些迫不及待。

雪雁和柳丹丹一起,把采访王宣传和他家庭的事定下来后,她想起雷元华那副黯然神伤的样子,结合近来对他一些情况的掌握,知道他已经不愿再听肖显政摆布了,就决定以党组织的名义跟他谈一次话。

这天午后,她骑着电动车,来到8村民组的雷家大院。

雪雁向他说明来意之后,雷元华十分感动,他说:"我过去对你做了那么多不好的事儿,想不到你还能来看我。"

雪雁说:"你是一个党员,还是我们支部的副书记嘛,虽然你曾经犯过严重错误,根据你最近的表现来看,对过去的错误已有一定的认识。看得出来,你内心也不愿意再跟村党支部唱反调,就拿你动员雷金铃、雷元金闹退股的事来说,那也是别人逼迫的吧?"

雷元华点了点头,说道:"感谢雪书记的理解。"说着他还指了指自己那条跛腿说,"我这腿不是自己摔伤的,而是别人用铁棒打骨折的,虽然我不知道打伤我的人是谁,但指使者是谁我心中十分明白,他一定是感觉我不再为他尽力,甚至我不愿再听他使唤了,才用这种手段警告我。雪书记,这种人的阴狠想必你也领教过了,我敢说,谋害雷鸣和方青竹的指使者,和打断我腿的指使者,一准都是他。雪书记,我对他都有些害怕了。"

雪雁听了雷元华这一番话之后,沉默了好一会儿,才说:"雷元华同志,有人想致雷鸣和方青竹于死地的事儿,我们已经向公安部门报案。打折你腿的事,怎么就不向公安部门报案呢?如果你觉得你还是一个党员的话,就一切都不要怕。"

雷元华埋头沉思好一阵,然后才抬起头说:"这事儿再给我一些时间好吗?到时我会把我所知道的一切事情,都先向党支部讲清楚。"

雪雁转念一想，同意了他的要求。

第九章　悲喜农家

1

奔流不息的养马河，是从闻名世界的水利工程都江堰起水的。在枫杨村段的养马河上，有一道提高水位的拦河坝。那座从唐代留下来的古堰，就相当于一座水力节制闸，它把从拦河坝上边引进来的水，再分到枫杨溪、雷家沟、金家渠，再经过若干斗渠、农渠，将古堰镇南部的近万亩田地，浇灌成一片膏腴沃土。让历史上的古堰镇，成为"水旱从人不知饥馑"的宝地。

古堰经历代的不断修复，一直矗立在这儿。尽管岁月的风雨剥蚀，让它斑纹密布、苔藓丛生，但本土的男女老少，常常怀着敬仰之情来这儿看一看、摸一摸堰壁，然后在古堰前的长石条上坐坐。

今天，王宣传一早接到雪雁通知，说柳丹丹要来采访他，地点就选在古堰那儿。他是和柳丹丹见过面合过影的，虽然他在柳丹丹面前有点胆怯，但却可以感受到她的亲切。他心想，今天好好借助采访，为枫杨村再打打广告。

他很快就来到古堰前，坐在那根早已坐得光滑的石条上，等着雪书记和柳记者。

王宣传坐了不到10分钟，雪雁就带着柳丹丹来了。

柳丹丹一走拢，头一眼就发现王宣传穿着一套旧军装，她感到十分稀奇。

雪雁没等柳丹丹发问，就告诉她，王宣传那个在县城做生意的二弟是一个退伍军人。他知道哥哥当年一直想参军，却每次都因身体问题落空。年复一年，王宣传转而对军装有种爱恋之情。他二弟退伍之后，就把从部队穿回来的几套军装全部送给他。他对旧军装很爱惜，一般要在正式场合，尤其上台打莲花闹时才穿。那天资产公司开成立大会，他打开场莲花闹，上身就是穿了军装的。

柳丹丹应了两声，见今天穿上军装的王宣传，虽然很有精神，但总显得有点手足无措。

雪雁见此情状，望着王宣传微笑一下，叫他不必紧张。

王宣传有些牛头不对马嘴地说："有雪书记在，我什么都不怕。"

在柳丹丹的循循善诱之下，王宣传断断续续地讲了他家里的故事。这些故事，他是从不向外人讲的。而且也因为这些故事，当年才使他脑袋受伤犯病的。讲述故事过程中，他有时会突然短路。这一点，柳丹丹感到奇怪，一个编唱莲花闹那么顺溜的人，讲家里的故事咋会短路？

幸好，雪雁曾听王宣传亲口讲过家史，每当王宣传一短路，就给他把一时忘了的情节补上来。就这样，一段很有历史沧桑感的故事，就在柳丹丹的眼前次第展开。

原来，王宣传的祖父母，在中华人民共和国成立初期都是村农会干部，祖母是村农会副主席兼青年委员，祖父是村农会生产委员。

后来筹建农业合作社，夫妻俩见不懂农业生产的农会主席要一心争着当社长，担心以后生产搞不好，会连累入社的农户，一气之下便退出建社筹备组，当起了全村乃至全乡唯一的一家单干户。

好在他们土改分的田都在老河湾最南边那个角落。那儿有条小沟，直接从养马河引水；有条小路，直通养马河宽宽的河堤，农田灌溉和离家出行才未受到外来因素的阻隔。但仍在很多方面给王宣传家造成严重影响。你王家康庄大道不走，要走单干道路的独木桥，这不是与大众背道而驰唱反调吗？为此，除王宣传父亲高中毕业后，经一个在县里当干部的亲戚帮忙当上了工人，于1972年离职回乡另立门户结婚生了他王宣传以外，三个身强体壮的叔叔都打了半辈子光棍。是呀，哪家的姑娘愿嫁到"臭名昭著"的单干户呢？至于读书、参军、调工作，三位叔叔只读了小学，中学名额本就不多，公社社员的子女都顾不过来，哪还轮得到单干户的儿子？参军、调工作就别想了。直到改革开放后，40岁左右的叔叔们，才先后入赘到外地女家。

此外，生活上吃的苦头，也同和尚敲木鱼——多多多。老爷子没有酒喝，还可以用糯米酿点醪糟酒，用土法烤点烧酒。老太婆没有衣服穿，还可以手工纺线织土布。照明方面那就特别艰难了，王宣传家开开始只能点那豆大火苗的菜油灯，后来咬着牙买了高价煤油号票，点上煤油灯后屋里才稍亮一点。

王宣传晚上偶尔路过老河湾中心，听到别人家里电视中武侠片的打斗声，只能像做贼一样瞟上几眼，便不好意思地偷偷离开。要想饱饱眼福，只有逢场天到古堰镇，去专卖电视机的商场里，双眼不眨一下，十分迷醉地看别人放的片子，一站就是半天。肚子实在饿得遭不住，就掏出家里带来的玉米饼，边啃边看电视。晚上的梦中，都是五花八门的电视场景。醒来时，都还在吞着口水，回味着电视里的诱人片段。

王宣传读初三那年，有一次，父亲和三个叔叔跟祖父母吵架，指责祖父母因为固执，才带来家门不幸。他站在祖父母一边，与父亲和叔叔们对吵，不慎跌倒在一块大石条上，造成脑神经局部受损。经过住院医治后，大问题没有了，只留下一个轻度的后遗症，叫作间歇性兴奋症。

王宣传出院后，感到祖父母太孤独可怜，说什么也不愿再读书了，便跟着祖父母一起过活。

柳丹丹听完王宣传这一段家史，不禁好一阵唏嘘。她沉闷了好一会儿，才苦笑着问雪雁："书记你对此感受如何？"

雪雁也苦笑了一下，然后说道："今年春节期间，王宣传说什么也要给我拜年，我在回拜他的时候，他那天头脑特别清醒，就详细跟我讲了他的家史。当时我听了过后，也跟你现在的感觉一样，十分沉重，比起你来，心里那种苦涩也只多不少。"

雪雁说罢，看了看手表，说："时间不早了，我们这就去看王宣传的祖父祖母吧！"

一直在一旁难过的王宣传，听说她俩要去看自己的祖父母，便一下来了精神，默默地带着二人，走进老河湾，沿着弯弯拐拐的河湾堤埂，来到老河湾西南边最偏远的那个角落。王宣传的老家，离古堰不过两里路，说着话没多久也就到了。

到了王宣传家的院坝里，柳丹丹问雪雁："是不是把两个老人家请出来？"

雪雁盯了一下王宣传，王宣传到屋里转了一圈后，出来说道："我祖父祖母还在睡午觉。"

柳丹丹皱了一下眉头，问雪雁咋办。

王宣传抢着说："我现在头脑很清醒，就让我来说吧。"

雪雁说:"柳记者还没来过这儿,就先看看院子房屋,王宣传可以从旁解释,如果说到了家史,两位老人家还没出来,也由王宣传先讲着。"

说罢她就领着柳丹丹开始察看着院子房屋,以及各种用具摆设。

2

柳丹丹望着王家小院,这是川西乡间典型的三合院。

小院坐北朝南,正面由三间稍宽的屋子构成。三间屋子前面,是带有四根本色木柱的走廊,这走廊和院坝一样,都是三合土地面,大约有三米宽。

王宣传忙说:"听祖母讲过,当年客人多的时候,走廊上可以安上方桌吃饭喝茶,平常时间,祖父祖母爱坐在这儿摆龙门阵,大多是回忆过去的事,有时一说起来就没个完。"

树老根多,人老话多嘛。柳丹丹边点着头,边审视着两侧厢房。东西厢房各由两间比较小巧的屋子组成,门窗还搞得比较精致。王宣传说:"那四间小屋,就是当年父亲和三个叔父住的,按祖父的初衷,也是给父亲和叔父们准备的婚房,可那四间小屋内,从来就没见过女人的身影。"

雪雁从春节过年来回拜过王宣传,这是她第二次来这里。她环视一下整个三合院,然后边指点边对柳丹丹说:"瞧这些房顶,盖的全是小青瓦,每一面墙壁,都是用竹片编织加草筋泥作底,墙壁表面用糨糊状的石灰抹平。这可是川西民居建筑的共同特色。"

柳丹丹有点惊诧地望着她,说:"这个你也看得出来呀?"

雪雁十分自信地说:"我也是川西乡村长大的农家女儿。只不过我老家在山区,这儿是平坝,但建筑结构都大同小异。"

这时王宣传又插话了,他环指一下院内的房屋说:"三间正房,中间是堂屋,两边是寝室。靠右边的一间,是祖父祖母住的。靠左边的一间,是给祖母娘家的亲戚前来看望她时准备的客房。可自王家成了单干户后,开始几年还偶尔有亲戚上门,时间一长,来的亲戚就越来越少,再后来就断了联系,连鬼都不上门了。看着别人家亲戚朋友走动欢聚的热闹,对比自家的那种冷清,那种凄苦,真是说不出的悲哀啊!每每想到这些,祖父祖母曾不止一次,连续几天什么话也不说,两眼发呆地坐在走廊的竹椅上。他们有时认为自己是真的做错了,有时候又觉得好像并没有做错什么。是对是错，那时候，也没有谁愿意听他们倾诉。我的祖父祖母，就在这种无尽的冷清凄苦中，过了一年又一年。我长成小伙子了，祖父祖母才告诉了我这一切，我每听一次，就伤心地哭上一次。"

王宣传话中的凄苦悲哀之情，也感染了在场的两位女士。

柳丹丹深呼吸了一下，感叹道："这真叫世态炎凉人情冷暖哟，为什么哪个时候，都免不了这些现象呢？"

雪雁却变得有些严肃起来，说："我不否认这种社会现象的存在，我之所以选择做村官，正是想在力所能及的范围内，聚全村之力改变这种现象，让那些自私保守的人们，都回归到向善向美的人性，都聚集到家乡振兴的群体中来。"

柳丹丹说："不愧是只领头雁，真不知你的底气来自何处？"

雪雁的回答掷地有声："我的底气就来自身边的枫杨村人，比如雷火云、梁青山这批老同志，尹久耕、雷小群、方玉玲、吕含芝、牛武江、全幺舅这类中年村组干部，雷鸣、杏儿、杜鹃、方青竹、金三妹这批青年骨干。还有耿玉强这样的园林建筑专家，更有眼前难得的乡村诗王。"

雪雁稍停顿一下又说："我的丹丹姐，只要你跟这些人多接触、多亲近、多交心，你就知道他们的可敬可爱之处。他们的身上，不仅有农家儿女的质朴，更有改变家乡面貌的一腔激情。他们需要我，我更需要他们。"

柳丹丹也激动起来："说实话，我在采访中，听过不少人的豪言壮语，可真正让我内心产生共鸣的，是你刚才这番话。你的话里也有豪言壮语，但我丝毫不觉得你是在唱高调。只有内心干净的人，才能说出这么自信的话。"

雪雁说："我刚才是有些激动，不过我也是怕那种凄苦悲凉搞得你太难受。"

王宣传默默地拿来三瓶矿泉水，让大家都喝了几口水过后。他眼巴巴地望着雪雁，说："雪书记，你把我的心都说热了，我又想打莲花闹了，咋办？"

雪雁拍了拍他肩膀，说："王宣传同志，打莲花闹有的是时间，我们还是先配合柳记者，完成他的采访任务吧。"

王宣传忙点点头，就继续介绍这里的房屋和农具。他说："在正房和两侧厢房之间，是两间称作磨角的屋子。右边那间磨角是厨房，左边那间磨角，是贮藏粮食和杂物的地方。最早，两边厢房的后面，还各搭建了一处用麦草盖顶的房子。左边的麦草房内，堆放着大型农具，比如晾晒稻谷、麦粒、油菜籽时，用的竹编晒席，打稻谷用的拌桶；风筛稻谷、麦粒、油菜籽用的风谷机、抬筛；运送粮食油料用的箩筐、扁担、鸡公车；当然还有水旱犁耙和各类锄头、钉耙、镰刀。右边的麦草房内，是喂养家禽家畜的地方。"

话越朝后说，王宣传的两眼慢慢又变红了，眼睛里又慢慢浸出泪水。他说："后来父亲和叔父们相继离家之后，祖父祖母也越来越衰老了。厢房后面两处麦草房倒塌之后，祖父祖母再也没有力气去修复，即便修复好了，也没啥用了。因为田地已转租给别人，家里除有几只下蛋的老母鸡之外，其余的家禽家畜都卖掉了。但是唯独一类东西，祖父祖母坚决不卖。记得有一次父亲回来，带着一个农具收藏家，想出高价买走这些保存完好的全部农具。老祖母顿时翻脸，拍方桌把手掌都拍红了。老祖父急火攻心，用拐棍指着父亲，说：'你，你这个混蛋，我们咋生了你这个败家子。'父亲还想申辩几句，老祖母边扶着祖父边带着哭腔说：'大娃子啊，你咋就不能理解我们的心呐？在我和你爹的心里，这仅仅是一些简单的农具吗？这可是陪了我们一辈子的伙伴啊！在这个冷冷清清的家里，除了我孙儿每天跟我们唱几句莲花闹，你知不知道，这些农具就是每天陪我们摆龙门阵的对象。你老父亲说话，现在没那么利索了，更不如当农会生产委员那些年，每天都要去刚分到土地的乡亲家里走走，指导他们怎么把农具置办好，怎么把生产搞好。他走了一家又一家，说到农具，说到生产，说到土地，就有说不完的话。他现在说话有些吃力了，可别忘了，还有我在呀，有我在，谁也休想打这些农具的主意！'老祖父拼凑身上所有的力气，用拐棍杵着三合土地面，说：'这农具就是我们的命，我们在闭眼之前，也会让我孙儿把农具都烧了，做我们的陪葬品……'"

王宣传刚讲到这儿，咿呀一声，堂屋门开了。头发花白的王奶奶，扶着头发完全白了的王爷爷慢慢走出堂屋，原来他俩早就醒来，是坐在堂屋里听外边的人说话。

两位老人的穿着也令柳丹丹吃惊。王爷爷上穿土灰布对门襟夹袄，下穿大裤腰大裤脚的土蓝布夹裤。王奶奶上穿衣襟开在左边的土白布夹袄，衣扣跟王爷爷的一样，都是一样的布纽袢。下穿的大脚裤，却是紫红色的，这紫红女裤，是这个小院里唯一有点鲜色的物件，跟整个院房的古老陈旧，形成十分鲜明的对比，显示着一股生气。

"两位老人家好！"不等王宣传介绍，柳丹丹主动招呼两位老人。

王宣传急忙提出两把竹圈椅，平放在院坝中。在雪雁的协助搀扶下，将王爷爷扶到椅子上坐好。

雪雁请王奶奶也坐下，王奶奶摆了摆手，默默地从衣襟内掏出一串铜钥匙。当柳丹丹和雪雁正不明所以时，声音有些沙哑的王爷爷说话了。

他说："雪书记春节来跟我孙儿拜年，我就看出了，跟我们当农会干部时一样年轻的雪书记，还真是个为老百姓办实事的好干部。雪书记，我记得你那次还讲过几句话，你说我家这一整套农具，要很好地陈列出来，让后代儿孙们知道，当年他们的祖辈，是用什么样的农具耕种，用什么样的农具收打粮食、贮藏粮食，养育着一代又一代子孙。要让子孙们好好看看这些农具，一辈子不能忘本。"

雪雁见王爷爷说到这里有些喘气，便忙给他轻轻捶背。"王爷爷，别急，慢慢说。"王爷爷气息平顺之后，又说道："自那次听了雪书记的意思，我就在想，如果雪书记真向我们开这个口，我和我老伴，一定把这些东西全部奉送。"

王奶奶一嘴接了过去："老伴的话，就是我要说的话，这些陪了我们一辈子的农具可惜是不会说话的哑巴，把它们送到农耕文化博览园去展览正合适，让娃娃们开开眼界。"

柳丹丹插了一句："哦，没想到王奶奶还知道农耕文化博览园。"

王宣传忙说："爷爷讲过，奶奶当农会青年委员时，还写过土地回家的莲花闹唱词哩。"

雪雁连忙上前轻轻抚着老人的手，说："王爷爷，晚辈在这儿也不想多说什么，只想说一句，老人家真是有心人啊。"

这时身体还比较康健的王奶奶，轻轻地抖了抖铜钥匙，说："走吧，我去给你们开门，要看农具就跟着我来吧。"

王奶奶先是打开正房左边那个磨角的双扇门，然后再打开左右厢房的四道单扇门。当雪雁和柳丹丹先后进入五间屋子，看了分门别类陈列的近百件农耕用具时大开眼界。

最后王奶奶又对雪雁说："五把铜钥匙，都分别留在五道房门的将军锁上了。这门钥匙和所有的农具，全交给你们了。你们想什么时候搬走，就什么时候搬走吧！"

激动不已的雪雁大声说道："不！这些农具，我们一件也不搬走，这个小院也不拆迁，让他成为农博园的一个分馆。"

接着她又说："王宣传同志他个人已经入股村资产公司，但两位老人家也应该不能例外，其他入股农户能享受到的乡村振兴红利，二老也必须享受到，这次说什么也不能再把二老留在集体之外。在奔向共同富裕的道路上，一个都不能少！"雪雁声情并茂发自心底的话，让柳丹丹和王宣传都情不自禁地鼓起掌来。

王宣传抹了抹眼泪，又即兴唱起莲花闹：

"乡村振兴春来早，春光暖暖迎二老。

共同富裕康庄道，一个人都不能少。"

竹板声刚落，雪雁又语重心长地说："林盘院落群里的村民别墅建好之后，两位老人家如果在那儿住着不习惯，也可以隔三岔五回小院住住，还可以帮助解说员，向游客和参观者讲讲这个院子、这些农具的故事。两位老人家，这样安排好吗？"

此时，王宣传的爷爷和奶奶，轻轻点了点头，无声地流淌着珍珠般的热泪。

五天之后，柳丹丹和雪雁、耿玉强一道，将一块题名为"农耕文化活化石"的木刻牌匾，挂在小院正房堂屋的上方。

噼里啪啦的鞭炮声刚一停歇，王宣传又即兴地唱莲花闹：

"竹板一响请细听，王家小院换名称。

沧桑岁月今何在，博览园内忆农耕。

犁耙镰锄说旧事，枫杨影里诉新声。"

3

对于混日子的人来讲，总感觉时间过得太慢，盼个周末的到来，像是要盼上一个月似的；对于忙事业的人来讲，总觉得一周时间，就像一天就过完了一样。雪雁自从当上村支书之后，就老是处在这种心态之中。仿佛重阳节上王宣传的开场快板还在耳边响着，眨眼间，2018年的迎春锣鼓已经敲响。

农历正月十五元宵节这天，雪雁和尹久耕在会议厅，召开林盘院落群布点地盘上有关问题的报告会。

村委会会计兼资产公司财务部主任雷小群，穿着蓝色西服套裙，郑重地翻着烫金字封面的工作笔记，边看边有条不紊地向与会人员报告。会场上鸦雀无声，尤其各村民组长与入股农户代表，都伸长耳朵聚精会神地听着。

她说："整个林盘院落群布点面积共150亩，涉及的村民组为4、5、6、7组，地点安排在老河湾中北部的湖岸、林盘和农户宅基地。涉及的拆迁农户共30家，农户原有住房现已拆除完毕，建新居的地面平整工作业已完成。从拆迁到新居建成前，30家农户旧房拆迁补偿费以及租过渡房的费用，已经向农户支付。林盘院落群农户别墅建筑设计图纸，耿大师已经如期交付，各建筑公司招投标工作即将举行。"

对于雷小群简明扼要的报告，让大家听得明明白白。由雪雁和尹久耕带头，会场上响起一阵热烈的掌声。

雷小群向与会者点头一笑之后，她又看着笔记讲起来。她说："全村农户入股的400亩含林盘在内的宅基地，扣除建新居的150亩地之外，还余下250亩。村资产公司对外联络部，通过与津南县文化旅游投资公司的多次洽谈，已商定宅基地经营权转让合同。"

村民代表精灵姑儿雷金铃，她一辈子最关心的是钱，迫不及待地举手问道："资产公司究竟能拿到多少转让费？"

穿着蓝色西服套裙的杜鹃，大方地站起来说道，按我们联络部与县文化旅游投资公司的商定，并经公司雷鸣总经理的签字同意，每亩宅基地经营转让费为40万元，枫杨村资产公司出让250亩宅基地经营权，共获经费1亿元，现已全部到账。

雷小群紧接着说："全村入股农户的建房费，地下管道与区间道路修建费，合计需要1.18亿元。入股农户每个人头需自交费用1万元。"

雷金铃又抢着举手发言说："和其他建农民集中居住区的村子相比，自交费用收得最低，大家鼓掌欢迎。"与会者见精灵姑儿这个样子很想笑，但还是忍住笑，给她一个面子，热烈地鼓起掌来。

杜鹃话未说完，就遭精灵姑儿插断，有点哭笑不得。她平和了一下心情后，继续说道："鉴于全村入股农户，分散住在40个老院子，腾出的宅基地过于零散，让县文化旅游投资公司不便使用，拟用金家河坝1、2、3组接壤处250亩地，置换全村分散的250亩宅基地。"

公司对外联络部主任梁杏儿，发现梁大哥、尹老二、阚老三等人似乎有些听不明白，对杜鹃低语几句之后，接过杜鹃刚才的话说："其实刚才杜鹃副主任的汇报中，用的一些名词术语，都是很标准的，可像梁大叔、尹二叔、阚三叔他们，因为从来没听过这类提法，所以就不大听得懂。现在我就通俗一点跟你们讲吧。什么叫置换？置换之后还要做些什么？置换就是打调（tiáo），也就是说，把零散的250亩宅基地、也称集体建设用地的地块，村资产公司将其还耕为农田，这250亩宅基地上还未拆迁的住房继续拆迁，村资产公司按上面的规定旧房拆迁补偿价标准，旧房拆迁后，公司支付补偿费，并组织力量进行宅基地还耕。在金家河坝选择1、2、3组紧挨着的250亩耕地，调换为集体建设用地，将这些地的经营权交给文化旅游投资公司，要求他们按我村的发展规划，建设农耕文化博览园。我们已与该公司商定，由他们出资，我方负责设计建造，负责在村内配套各种有旅游价值的景观和游客接待设施，比如800亩彩花油菜的七色花海，1000亩新一代优质杂交稻夏秋二季碧浪金波的壮丽景观，100亩杏花湖景区，200亩红梅、海棠、盆景、鲜切花基地，活化石农耕文化分馆，30户农家乐旅游接待点，并负责招收培训博览园员工，负责旅游宣传和定期文艺表演。农耕文化博览园的股份，县文化旅游投资公司占百分之五十五，枫杨村资产公司占百分之四十五。农博园董事长由县文旅投公司徐总兼任，副董事长由尹久耕主任兼任。"

最后，雷小群还告诉与会者，她已做了入股农户收入预算，现在投影给大家看。她一摁动投影机，粉壁上顿时显现出各种数据。

又是耐不住兴奋的精灵姑儿，她主动当起朗诵者，高声诵读道："每年从农博园分得的利润、农家乐收取的管理费及其他景区景点的所收费用，每年汇总后，抽取百分之八十按人头分配给入股农户。农田种植收入和农田流转收入，按农户入股农田面积计算，百分之九十分配给入股农户。加上入股农户家里成员在各景区景点的打工收入，预计入股农户每年每人的平均纯收入可达40000元。"

精灵姑儿朗诵完后，自己先惊叫了一声："我的天倌老子，这么安逸呀！"

雪雁与尹久耕按捺着激动，问与会者是否听明白。

"明白啦！"全场随即爆出雷鸣般的掌声。

在一般人的眼里，数字也许是十分枯燥的。可以上这些数字，此刻在枫杨人听来，分明就是一串珍珠般的幸福指数。它代表着很多辆欢驰在枫杨路上的小车，代表着很多对乡间儿女结亲的喜宴，代表着很多农家再不愁自己子女上大学的费用……你说他们能不热烈鼓掌，能不欢欣鼓舞吗？

4

2019年，枫杨村的初春季节。春雨贵如油，把那片优质杂交稻的育秧田滋润得生机盎然，更把800亩彩花油菜滋养得花苞带露，眼看春光烂漫的日子不远了。

这一日，刚满24岁没几天的雪雁，按她工作日程安排，正准备应杏儿之约，去邀请革新建筑监理公司经理金远航，来村担任建筑工程招投标评审工作，可刚走出办公室，第8村民组组长阚老三，就气喘吁吁赶到，说精灵姑儿和老牛筋又惹事了。

雪雁顿时一愣，这二人近来思想还转变得不错，是什么事又让他们变回去了？她拿了一瓶矿泉水给阚老三，让他先喝口水慢慢说。

雪雁心想，这阚三叔能在雷家人成堆的第8组站住脚，就因为他做事公正，也善于处理各种问题。今天怎么会急成这个样子？

"阚三叔，这二人到底惹了什么事？"

"雪书记，他俩把人打啦。"

"他俩打了什么人？"

"我也真没想到，他俩打的那个人，竟然是雷元华。"

"哦，雷元华不是才帮过他俩卖过天竺桂吗，他俩咋会打他？"

这时方玉玲走了进来。她插嘴说："我知道这件事儿。她俩打他，也是因为卖天竺桂的事。"

说到这儿，方玉玲望着雪雁，意味深长地笑了笑，又说："这事儿还牵扯到你哩。"

雪雁拍了拍脑门："啊，我明白啦！"

方玉玲说："你早就该明白的，就因为你托几位同学和朋友，帮宋幺娘两姐妹卖了800棵天竺桂，才引起老牛筋和精灵姑儿找雷元华算账。"

阚老三把矿泉水瓶子一放，恍然大悟地说道："原来宋家姐妹的天竺桂，是雪书记你托人帮卖的。而且每棵售价是50元，而雷元华原先帮老牛筋堂兄妹卖的每棵售价才20元。同样是800棵，同样是一般大的天竺桂小树，相比起来，老牛筋堂兄妹整整少卖了24000元。他们兄妹俩去找雷元华理论，雷元华竟然还说：'那次你们的天竺桂，其实不是我，是肖镇长找人帮卖的。卖多少钱一棵我不知道，我只起了个带钱给你们的作用。'"

"见雷元华这么说，老牛筋堂兄妹认为是雷元华在推脱，还拿镇长压他们，就恼怒地各打了雷元华一耳光。"

雪雁听完事情的来龙去脉，认真地考虑一番之后，认为雷元华很可能说的真话，很可能冤枉了他。她决定和方玉玲、阚老三一道，去找雷元华谈谈，可没想到了雷元华家，迎接他们的是将军锁把门。究竟是雷元华真感到惭愧而躲避，还是认为雪雁仍不信任他，拒绝与雪雁交谈？雪雁想了想，决定另抽时间再找找他。并告诉阚老三，对老牛筋堂兄妹打人的事要提出批评。

2018年3月初的一个早晨，雪雁正在方玉玲家二楼露台上翻看郑华前年给她的那本《农时要述》，穿着红色体恤和牛仔短裤的杏儿，就满面愁容地找她来了。

雪雁忙停下看书，问她怎么了。

"雪雁姐，我这个新党员，给你这个党支书丢脸了。"

"杏儿你把话说清楚，究竟因为何事，让你这么忧伤？"

"雪雁姐，你是知道的，林盘院落群布点上的旧房拆迁，都没有遇到什么障碍，即便在祖坟迁移中，也进行得比较顺利，可没有想到，就在迁移村里最后一座坟墓时，我爷爷梁青山这个老党员，竟然成了一块拦路石。"

雪雁秀眉一蹙："你是说杏花坡上你奶奶的坟墓，你爷爷挡住不让迁移？"

"嗯嗯。"杏儿点了点头又说，"去年七一，我们一起入党的10个青年，雷鸣、杜鹃、方青竹这几个人就不用说了，就连后来赶上的金三妹，她家人也没给村两委带来过麻烦。可我这个怎么就说不服自己的爷爷呢？想到这些，我都无颜见你，没脸见众乡亲。"

身材高挑的雪雁，微微前倾轻抚着杏儿的头，安慰地说："你爷爷不仅是个老党员，也是村里数得着的好党员。他一时想不通，一定有他难言的苦衷。你应该懂得凡事欲速则不达，我们应该给他时间，相信他一定会顾全大局的。"

雪雁认真思索了一番之后，又对杏儿说道："这样吧，明天下午，我把你雷火云爷爷、玉玲姐、耿大师、杜鹃、金三妹都一并约上，去杏花坡找你爷爷，喝喝茶谈谈心，你看好吗？"

"雪雁姐，我听你的。"杏儿满脸的愁云，此刻才慢慢消散。

次日下午，杏花坡上，满坡的红杏花蕾，在艳阳火辣辣的热吻下，露出少女般的羞涩笑容。不少古典文学上都说，好花能解语，可眼下这一团团的红杏花蕾，对它们老主人梁青山的心思，又能了解多少？

大约3点左右，在杏儿的急切期盼中，枫杨村乡村振兴中的几位老少代表性人物如约而至。

在一间竹结构茶廊内，雪、雷、方、耿、杜、金加上杏儿一共七人，刚进入茶廊，第4村民组组长梁大哥，用掌盘托着七套青花瓷茶具，也跟了进来。

他用长嘴紫铜壶，隔着一米远的距离，对准放在茶船上的茶碗，冲入开水之后，又用茶盖将茶碗轻轻盖上。

杏儿见爷爷还没露面，对在座的人说道："你们请先喝着茶，我这就到后面去找爷爷。"

梁大哥见杏儿今天闷闷不乐，少了平常那种活跃劲，没向大家介绍一下自己就离开，就主动做了自我介绍。他说："在座的包括雪书记，都只见过我一两次面，只知道我叫梁大哥，是第4村民组组长。其实我叫梁蓝舟，蓝天白云的蓝，逆水行舟的舟。我是杏儿的大叔，平时抽空在这儿帮帮忙。"

耿玉强反复念叨几遍："梁青山，梁蓝舟，都是好名字呀。"对川西家族文化颇有研究的他，稍加思考之后，便又问道："梁蓝舟组长，你和你伯父梁青山，都是按家族排行改的名字吧。"

梁蓝舟点着头说："是的，不过梁氏女性改名，不受家族排行限制。"

耿玉强说："大男子主义嘛，绝大多数家族，那是这么兴的规矩，这很不合理。"

雪雁见梁青山还没出来，也权且附和着聊聊家族文化。她笑问道："耿大师咋就能判断出梁青山叔侄的名字，是按家族排行改的？"

耿玉强自负地一笑："我不仅能判断他们是按排行改的名字，而且我还估计，他们的家谱上一定还有四句排行诗，至少其中有一句，每个字都代表一种颜色。"

耿王强的话音刚落，梁蓝舟就拍着巴掌说："大师就是大师。我们族谱上的排行诗中，确有一句全是说颜色的，这一句叫作赤玄黄碧青蓝紫。"

雪雁正要夸耿玉强判断准确，耿玉强又抢先发表自己另一点高见了。

他说：“如果我还判断不错的话，你们这部族谱，一定是明朝时候编印的。”

方玉玲瘪了瘪嘴说道：“给了一点颜色，有人就想开染坊，老耿你说是不是？”

“我的方主任，我求你啦。千万别再老耿老耿地叫，我还这么年轻。不想让你真喊成个脑梗死。”

雪雁也跟着大家呵呵大笑，她估计梁青山可能要出来了，想尽快停止这儿的闲聊，便对耿玉强说：“快抓紧时间，诠释一下你最后这个判断吧。”

耿玉强也意识到须长话短说，便简单解释道：“因为明代的开国皇帝叫朱元璋，无论达官贵人还是平头百姓，改人名定地名都不敢用那个元字，谁要是用了，谁就犯了皇帝的讳，犯讳那是要杀头的。”

雪雁说：“耿大师讲得对，当时人们为了避免犯讳，都用玄字去代替那个元字，古时的黑色叫元青色，也就改称玄青色了，金陵城里的元武湖，也改称玄武湖了。”

雪雁话刚完，杏儿就扶着爷爷梁青山出来了，茶廊里顿时鸦雀无声，而且还袭来一种紧张气氛。

5

雪雁忙迎向梁青山，才几天不见，梁青山原本方正饱满的脸整整瘦了一圈。她轻轻地拍着他的手，面带愧意地说：“梁爷爷，都是我不好，在杏儿奶奶坟墓迁移上，我们的工作有些粗糙，让你这个一直支持我的老同志生气了，真是对不住呀！”

梁青山轻轻拨开雪雁的手，嗓音有些干涩地说：“雪书记这不怪你，你是枫杨村的领头雁，村上的工作千头万绪，你也顾不了许多，你今天还能上门来看我，我老头子也就知足了。”

雷火云、方玉玲、梁青山都曾和雷三孃一道，共同化名“杏花阿姨”，长期资助过雪雁读书。他们过去在品格上理想上，都有着共同的志趣。眼下雷、方二人，见梁青山这种精神状态，都感到有些担心，都上前去想好好安慰老伙计一下。

梁青山却避开雷火云，向方玉玲苦笑了一下，低声说：“我对你没意见。"然后在杏儿的扶助下，坐进了宽大的竹圈椅。

雷火云见梁青山对他是这种态度，心里好一阵犯嘀咕。我又没招他惹他，今天这老家伙到底怎么了？

当过三十多年村支书的雷火云，在对人对事上还是蛮有经验的。直觉告诉他，老家伙肯定是对自己有意见了。可他横想竖想，都想不出自己哪儿得罪了他。最后他猛然想起，雷鸣昨天晚上好像讲过，为迁移杏儿奶奶坟墓的事，梁青山似乎火气很大。

想到这个，心胸向来敞亮的雷火云，还是大大方方地走到梁青山身边，躬着腰和蔼地对他说："老伙计，我们都是老党员，这迁移杏儿奶奶坟墓的事……"

一听雷火云这样说话，梁青山突然颤巍巍地直起身来："雷火云！你以为你是谁呀？你这个支部书记，早就下课了，还摆着一副教育下级的样子，我不吃你这一套。杏儿奶奶迁坟的事，你跟我说不着，真要想找我说这事，就去把你那个当总经理的孙子给我叫过来，我要当着雪书记的面，好好跟他理论理论。"

雪雁见事情一下闹成这样，就赶忙起身上前，想先平息一下梁青山的火气。可当她刚走到梁青山身边，话还没说出口，梁青山就又开腔了："雪书记，我刚才已经跟你说过了，这事不怪你，你真要把一切事情都往你自己身上揽的话，我老头子心里还真是过不去。"

梁青山说到这里，喘了一口气，然后又说道："雪书记，你为了全村百姓能过上美好生活，是怎么顶着各种阻力，是怎么累倒在大风雨中，我都是看在眼里的，这杏儿奶奶坟墓能不能迁移的事，我真不忍心再麻烦你啊。"

雪雁正在考虑，面对梁青山这种状态，今天该怎么跟他谈，不知什么时候，雷鸣已出现在梁青山后边，大家一见都感到很意外。

雷鸣二话不说，先转到梁青山面前，恭恭敬敬鞠了一躬，说："梁爷爷，昨天怪我说话太直，伤了你的心，晚辈在这里向你道歉了。"说着又再敬了两个鞠躬礼。

看来梁青山并不买雷鸣的账，他冷冷地说道："雷总经理，在我面前，搞这种虚头巴脑的事没有用。你只要不动杏儿奶奶的坟墓，我可以给你鞠一百个躬。"

雪雁感到这样僵持下去根本不能解决问题，便示意方玉玲出去一下。

表面嘻嘻哈哈却很有头脑的方玉玲，知道雪雁这是要找她出去商量对策，便像什么事都没有的样子走出了茶廊。

雪雁也大大方方地跟上，二人来到茶廊背后一棵杏花树下。

"玲姐姐，你看这事该从何着手？"

"我说小雪书记呀，无论搞入股动员，还是搞旧房拆迁、田里花木搬移，那么多麻烦事都没难着你，眼下面对一个梁青山，你这个做思想工作的高手，怎么反要我出主意了？"

"哎呀玲姐姐，梁老爷子和以往那些人都不一样，他可是枫杨村老党员中的代表性人物，他思想觉悟一直都很高，让我怎么去做他的思想工作？"

方玉玲变得有些严肃了，她沉吟片刻后说道："刚才我看见梁老爷子对迁移杏儿奶奶坟墓一事，反应那么强烈，甚至很愤怒，我猛然感到，这事不能简单地看成是个思想问题了。"

雪雁似有所悟："不是思想问题，那会是什么问题？"

"你说呢？我的名牌大学优秀生。"方玉玲浅笑了一下。

"那是情感问题。"雪雁脱口而出。

"应该是。梁老爷子和杏儿奶奶，究竟有个什么不一般的情感，我从小在县城读书，高中毕业后又在外做生意，一直到六年前才回到村里，对这种早年发生的事，了解得很少。"

"我更不了解。不过，既然让你瞧出了病根儿，那我们就可以对症下药了。"

"这药怎么下？看来我们的领头雁已经胸有成竹了吧。"

雪雁没有否认。她说了句"时不我待"，便挽着方玉玲的手，正欲往回走时，耿玉强过来了。

老耿听了二人的打算后说道："他也感觉，梁青山与杏儿奶奶的情感绝非一般，为什么他不让杏儿奶奶坟墓从这儿迁走，绝对又与杏花坡有着千丝万缕的关联。我建议，先不忙说迁坟的事，先想法让梁老爷子把郁结于心的情感往事痛痛快快地讲出来，让情绪得到缓解，再针对杏花坡这块杏儿奶奶的安葬地做一篇好文章，让梁老爷子感觉到，坟墓虽然迁走，精魂长留此地，比原有的坟墓让他更产生依恋。"

方玉玲说道："什么精魂，你别故弄玄虚好不好？"

"我老耿自有妙招。"耿玉强故意卖了一个关子。

雪雁把手一挥："好，就这么办！"

6

三人重回竹结构茶廊之后，通过雪雁一番循循善诱，梁青山终于含着眼泪，讲出了一段往事，这段美好而又痛彻心扉的往事，连杏儿也是头一遭听到。

杏儿奶奶名叫杨红杏，她母亲生她的时候，正是粉红色杏花怒放的季节，她的名字是母亲给改的。红杏年幼的时候，就是乡邻们称赞的美人坯子。到了年方十八，出落成一个水灵灵的大姑娘，她不仅喜欢杏花，更热衷于栽种杏树。没多久一个住在枫杨村的亲戚，给她介绍了一个男朋友，这个男朋友就是梁青山。

刚满22岁退伍回乡的梁青山身高体壮，浑身充满阳刚气息，加之又是个种庄稼的高手，是村里很多姑娘倾慕的理想对象。梁青山和杨红杏头一次见面，二人热辣辣的眼光，就没有从对方身上移走过。当结婚的鞭炮声将这对恋人从迷醉中惊醒过来，他俩都感觉像刚做了一场人间最美妙的梦。那个年月的日子，虽然十分艰辛，但靠着他俩比一般人更勤劳的双手，粗茶淡饭、粗布棉衣，家里还是有的。当进入那个一切都显得乱套的岁月，二人已经到了不惑之年，有着下中农家庭成分和党员退伍军人身份的梁青山，倒是没有人敢轻易动他。而出身本就有点麻烦的杨红杏，为了让儿子能过得好一点，隔三岔五麻着胆子到半关闭的自由市场，偷偷地做一点鸡蛋红糖之类的转买转卖小生意，岂料她这种资本主义行为，早就落入群专部人员的眼睛里。这一天合该有事，多年没看见过卖杏树苗的杨红杏，忽然发现墙角上有一个卖杏树苗的。她见那人喊价不高，便将用于街上打尖的5元钱，从那人封着的麻袋里买了50棵杏树苗，飞快地离开了市场，等他返回枫杨路前身的麻柳路时，才发现群专部的人已跟踪过来了，她死死抱住用塑料布裹着的50棵杏树苗，撒开腿跑到她家自留地所在的麻柳坡，正往慈竹丛中藏树苗时，群专部的人已经赶到。她又抱起杏树苗想翻过坡顶，不幸一脚踩滑滚下坡去，恰好撞在一块有尖角的大石头上，当场死在麻柳坡下。群专部的人见出了人命，只得无趣地迅速撤离。

梁青山回忆到这里，似乎眼泪已经流干，偎在他怀里的梁杏儿，早已泣不成声。

梁青山用红得有些吓人的双眼，站起来从敞开的窗口往外看，边看边喃喃地说："杏儿奶奶，是为了保护50棵杏花树苗才离世的，我在安葬她的时候，就在她的墓地四周，栽上这些杏花树苗。再后来，我就把这个令我伤心了半辈子的麻柳坡改名成杏花坡。为了能经常陪伴我的红杏，我就在这儿的自留地上，办起个红杏农家乐。1996年，我在城里工作的儿子，给我添了第二个孙女杏儿，在她六岁入学的前夕，我把她带到她奶奶墓前，告诉她奶奶，我们的孙女儿，名字中也不能少了个杏字，就为她正式取名叫梁杏儿吧。"

梁杏儿听到这里，立刻跑出茶廊。

杏儿跑到奶奶墓前，连磕了三个响头，然后大声哭喊着："我的好奶奶，你在听着我说话吗？为了让枫杨村的人都记得你，我们要把你面前的这个河湾大水沱，拓展成杏花湖，在湖上还要建一个纪念你的亭子。"

方玉玲把杏儿扶起来，用纸巾给她擦了眼泪。然后说道："你奶奶虽然没有看到你出生，相信她心里一定希望有一个像她一样喜欢杏花的孙女。"

雪雁用眼神向耿玉强示意，意思是该他出场了。

耿玉强来到杏儿奶奶墓前，恭敬地磕了三个响头，然后说道："杏儿奶奶，我还要告诉你，我是一个帮枫杨村打造美景的外来人，你的墓地迁不迁移，我说了不算。不过我可以做到的是，要让你老人家高尚的精魂，永远定格在杏花坡、杏花湖、红杏亭。我还要请我们西都市两位著名作家，一个为你写一篇杏花坡赋，一个为你在红杏亭上撰写一副关于杏花的对联。还要请一位市上的著名书法家，为梁青山爷爷和杏儿妹妹题写'清明思亲'四个大字，镌刻在高大的石碑上。"

对于梁青山来说，刚才雪雁、方玉玲和杜鹃、金三妹，在杏儿奶奶墓前的真情流露，已经让他深受感动，耿玉强的这一跪一讲，更是强有力地叩响了他的心弦。

他上前拉起了耿玉强，热泪盈眶地说："耿大师，还有雪书记、方主任，还有杏儿的两个好姐妹，你们什么都不要说了，一切都按你们想要做的去做吧，我只提一个要求，我要在杏花坡上继续开办农家乐。我知道新打造的杏花坡，虽只有原来杏花坡的一半大，开个农家乐地盘还是够的。我再说一句，开这个农家乐我不是为了赚钱……"

雪雁没等他说完，就插话说："我知道你是为了每天能够看见思亲碑，看见红杏亭。"

梁青山默默地点头。

雪雁说，到时我还要派耿大师帮你把农家乐搞得更有文化内涵、更有文化氛围，让游人流连忘返。

梁青山拉起杏儿，向雪雁和耿玉强躬身一谢，场上瞬即响起欢快的掌声。曾经笼罩在杏花坡上的那片阴云，在掌声中化解消散。

7

时光荏苒，转眼又是2018年3月下旬。

这一天，来枫杨村参与建筑工程投标的，有五家建筑公司的老总。他们齐聚村两委会议厅，表面上握手言欢，内心中却各有算计。枫杨村林盘院落群的建筑体量不算小，建筑设计又是由耿玉强这种大师担纲，筹集的建筑资金也已到位。精明的房产公司兼建筑公司老板金茂江，自然不放过能提升公司形象的好机会。通过资质验证和一定的人脉关系，他顺利跻身这次投标活动。

可令他没有想到的，他那叛逆心很强的儿子金远航，听说今天也要来枫杨村。

儿子来这儿干什么呢？儿子在追求村里的美女干部梁杏儿，他是知道的，可他也知道梁杏儿是个大忙人，这次村上的招投标活动，也是由她主持，今天是没时间搭理他儿子的。再说，儿子与大学同学合伙搞起一个建筑队和一家建筑监理公司，也忙得不可开交，应该也没时间来这儿。金茂江一时找不到答案，感到有些茫然。

此刻，开着车在枫杨路上行驶的金远航，正在打着电话。

"喂，是学姐吗？我快到你们村委会了。喂，喂，喂！你怎么不接我电话？今天你们的林盘院落群工程要正式投标，我有些话要先给你讲。"

金远航见手机里没有对方的回话，他更着急："你，你说话呀！"

站在村委会院门前的雪雁，有意让金远航先急一会儿，然后才哈哈一笑："一定是杏儿的电话没打通，求学姐帮你找人吧？"

"我不是这个意思。"金远航忙解释。

雪雁对学弟的开始务实，是很欣慰的。她不好再逗他了，忙说："明明只有几步路了，还要打电话，岂不是浪费话费？"

金远航说："哎哟！我的大书记……"

雪雁忙阻止："别这么叫，还是叫我学姐亲切一些。"

金远航在停车场把车停好后，打趣道："我的学姐，这贯彻中央厉行节俭的指示，你真是落实到每一处生活细节了……"

"你少给我戴高帽子。"雪雁向他做了个打住的手势，说，"是不是为林盘院落群工程的事，还要再找找我？"

"聪明！"金远航连连点头。

"除了工程的事，还想趁机加强对杏儿的攻势吧！"雪雁狡黠一笑。

金远航诚恳地说："我跟杏儿的事，还得学姐你多加撮合哟！"

"那是当然。"雪雁认真地说，"就凭你对我们枫杨村建设的关心，当学姐的也该回报你嘛！"

金远航把双手一拱："敬请学姐多多关照。"

"我欣赏你能务实求新，可不喜欢你学着耍贫嘴。好了，离招投标活动还有些时间，我们到花坛那边坐一下，听你再谈谈你那个建筑监理公司的事。"

雪雁说罢，就领着金远航，到花坛另一侧的长条凳上坐下。

人称精灵姑儿的雷金铃，不知因为什么，最近又开始关心村里建筑上的事。她瞧见和雪雁一起的年轻人，黑色的体恤上，印有革新建筑监理公司几个字，建筑监理公司和建筑公司的差别，她自然是弄不懂的。她认定戴着名表穿着高级皮鞋的年轻人，肯定是个有钱的建筑老板。

刚才她坐在花坛另一边的长凳上，从雪雁与那个年轻人的谈话中，就偶尔听到她很敏感的词语，比如"建筑工程""招投标活动""多多关照"。通过前段时间和雪雁的交道，她对雪雁越来越有好感，但她也有些担心，那些建筑老板为了拿到工程，会不会去贿赂雪雁书记？要是雪书记真收了贿赂，那就太让人失望了。想到这里。雷金铃又向花坛另一边慢慢靠近。

这时，金远航正在对雪雁说："你真能对我多加关照，我当感恩不尽，会加以回报的。"

雪雁把手一挥："好啦，这事请放心。另外，你昨天就给我打过电话的，这招投标的事该怎么进行，我已采纳你的合理化建议，已经做了具体安排。"

她正欲起身离去，金远航赶紧插话："等等！还有个东西要交给你。"

雪雁不解地望着他："金远航，看你神神秘秘的，究竟什么东西呀？"

金远航从挎着的皮包中，取出一个精美首饰盒递给雪雁。

雪雁打开盒子，拿起一只翡翠手镯看了看，微笑着说："哎呀！送这么贵重的礼物，你还真够大方的。不过，这翡翠手镯是女人都喜欢。"

金远航嘿嘿一笑："能喜欢就好。我就先去三楼招投标现场候着了。这牵线搭桥的事，你也要放在心上哟！"

雪雁说："尽管放心，我会把这桥搭好线牵到位的。"

见雪雁竟然收了那个叫金远航的贵重礼品，精灵姑儿对雪雁的好感和信任，瞬间就开始坍塌了。

正转身要向办公楼走去的雪雁，猛然发现一旁的精灵姑儿，说："这不是金铃大姑吗？你是来付修建新居自交部分的费用吧！"

精灵姑刚才听到的那些话，还在她头脑里回旋，她变得有些结巴了："是，不是……"

雪雁着急地说："究竟是还是不是，有啥不好意思说？"

精灵姑儿急剧思虑了一下，最后把心一横，说："我，我原本是来交款的，可现在我改主意了，还是先看看再说。"

雪雁一蹙眉头："还要看呀？我的金铃大姑，难怪仍然有人把你叫作精灵姑儿，我雪雁今天算是领教了。不过，我还是要说，你真不该签了约后两次反悔。"

精灵姑儿顿感尴尬："这，这……"

雪雁还想再做做思想工作，她说："这建林盘院落群别墅式新居，是实现农旅融合至关重要的一环，是全体枫杨村人的共同愿望，是枫杨村老少男女为之奋斗的目标……"

这时，精灵姑儿的小女儿婷婷，提着一把扫帚急上，背书似的接过雪雁的话："是乡村振兴中的大事，是实现村民们祖祖辈辈的田园梦、城市梦、致富梦、文化梦的具体行动。除村上通过转让集体建设用地经营权，筹集农民新居建设资金外，每家农户还要自筹少部分经费。"

雪雁打量着这个20来岁的可爱女孩，知道她是精灵姑儿小女儿婷婷，便笑了笑，顺着她话说："所以……"

婷婷再次接过雪雁的话："所以这钱该交也值得交。"

"但是，我们村绝大多农户都交了，唯独只有你们一两家没交。"雪雁再次顺着她话说。

精灵姑儿见小女儿竟然和雪雁一唱一和，心有不满地反驳道："但是，我家没交，是因为发现了新问题。这个新问题，婷婷你不知道就别管。"

雪雁本想要进办公楼，忽然一愣，说："什么新问题？"

"这，这……"精灵姑儿想把雪雁收了建筑老板贵重礼品的事说出来，又觉得这么做太莽撞，瞬间又迟疑了。

婷婷感到莫名其妙，忙问："妈，究竟啥新问题，你不好给雪书记说，就先说给我听听。"婷婷将母亲拉到花坛另一边。

雪雁看了下手表说道："我要去参加招投标会了，有啥问题，我过会儿听你们说。不过，这每人交1万元自筹房款的事，你家千万别拖全村后腿。"

雪雁正欲迈步离开，忽又想到什么，把婷婷招呼到身边问道："婷婷，当初你妈能报名入股村资产公司，听说你也帮助做过说服工作，这几天又来村委会当义务清洁工，大家都说你这姑娘，不仅漂亮还聪明懂事，你妈心里有啥疙瘩解不开，还拜托你上点心。"

婷婷点头说："雪书记，我知道该怎么做的。"

雪雁温婉一笑："那好，回见。"她说罢，就朝办公楼急步走去。

婷婷走向花坛一侧靠近母亲，说："妈，我知道你担心，在新居修建中，会不会有人像外地个别村子那样，干部跟建筑公司勾结，工程招投标搞暗箱操作，吃回扣收贿赂，降低农民新居住房质量。可是，我为了消除你的疑虑，以义务清洁工做掩护，对干部们的举动进行了暗中侦察，可我至今还没发现雪书记、尹主任、雷总经理他们，有啥违规操作的事呀！你刚才说发现了新问题，是咋回事？"

精灵姑儿叹息一声，说："哎！不是我对雪书记不信任，是刚才在这儿发生的事，我不得不怀疑哟！"她环视了下四周，向婷婷一阵耳语。

8

对于母亲说的这事，婷婷听后十分惊异："什么？这个叫金远航的建筑老板，为了想中标，为了拿到我们村农户新居工程，竟然向雪雁送贵重首饰，雪雁也坦然接受。行贿受贿这可是个大事呀！千万要搞清楚再说。说真的，这几天我从来来往往的人口中，听得出来，村民们对雪书记他们都很信任的。"

向来思想反复较大的精灵姑儿，此时不以为然地说，可能是大家只看表面不知内情，人是会变的，我对你说的这些，那可是我亲眼看见、亲耳听见的呀！至于我们咋办，这不是找你拿主意吗？

婷婷咬了咬嘴唇，说："我的主意，就是继续暗中侦察，进一步弄清事实真相。"

精灵姑儿说："行！我这人凡事就图个明白，如果事情真不是我们想的那样，那就还雪书记他们一个清白。"

婷婷说："对！老百姓图个明白，干部图个清白。"

精灵姑儿说："不过，要是情况属实的话，我，我这建房款就不交。"说罢就向院门外走去。

婷婷心想，如果真是情况属实，我还会举报他们。望着母亲离去后，她思索片刻，便提着扫帚和塑料撮箕，沿着楼梯间，从底楼扫到三楼。最后来到会议厅侧的走廊上，边做着扫地动作，边从窗口往厅内瞧。

这时，扩音器里传来雪雁的讲话声："今天，我们村林盘院落群工程招投标会开得很成功，我们相信，有金远航老总在，我们的农户别墅新居，一定会建得好上加好。"

婷婷心想，刚才雪书记在讲话中说，有金远航老总在，农户别墅新居会建得好上加好。这么说来，这个金远航还真厉害，还真拿下我们村的工程了。

不知什么时候，已悄然到了婷婷身边的精灵姑儿，低声说道："刚才雪雁讲的说我也听明白啦。哎，当今世道，只要大把花钱，有啥工程拿不下的？今天我看到的还只是送一件贵重首饰，谁知道那个金远航私下还送过多少啊？"

婷婷说："妈先别下结论，金远航这人我认识。"

精灵姑儿不相信地摇着头："你从读小学到职高毕业，都在古堰镇，怎么能认识他？"

婷婷说："你记得我那大表姐江雨荷吗？"

"她是我大姐的亲生女儿，我怎么不记得？你职高毕业后，去年和前年在县城打工，不仅工作是她帮你找的，你还吃住在她家，我怎么不记得她？"

"我告诉你，金远航就是大表姐江雨荷的大学同学。"

"就算是，他金远航今天在这儿搞贿赂，用不正当手段拿到村里的工程，这与你大表姐有什么关系？"

　　"非常有关系，因为我的大表姐，就是金远航那建筑队和建筑监理公司的合伙人。董事长是我大表姐，总经理是金远航。还有，我在县城的这两年，因为大表姐，我与金远航也很熟悉。"

　　"熟悉？莫非你喜欢上这个小子了，所以才替他说话？"

　　"妈！你胡说些什么？金远航追的女朋友，是我们村的梁杏儿。"

　　"即便是这样，也不能抹掉金远航搞贿赂的事，也不能证明他的人品就好。"

　　"我去金远航公司看过，也听很多人讲过，金远航人挺能干也挺正派，人品就是不错。"

　　"那今天我亲眼看见，他用贵重首饰，贿赂雪书记搞招投标暗箱操作的事，又该怎么说？"

　　"我说过，这事我会查清楚的。"

　　"要查你去查。这行贿受贿的事我不想多管，可出了钱去住质量没保证的房子，我可不干！他们叫我精灵姑儿，就让他们去叫好啦！"

　　精灵姑儿说罢，正欲离开，婷婷又叫住她："妈，再等等吧。我要亲自找金远航理论理论，不问出个青红皂白我不会安心的。"

　　精灵姑儿说："这用得着吗？"

　　婷婷固执地说："我认为用得着。"

　　母女二人正僵持着，雪雁与金远航从走廊上过来了。

　　金远航看见了婷婷，忙问："你怎么也在这儿？"

　　雪雁笑了笑："我听人说了，婷婷的母亲，担心我们与建筑公司搞不正当交易，影响农民新居的质量。婷婷为了用事实打消母亲顾虑，就装成义务清洁工，到村委会搞侦察，看干部们究竟有没有不正当之处。"

　　金远航一听，扑哧一声笑起来："哎哟！这婷婷真应该去读警察学校。"

　　婷婷红着脸说："先别说这个，金远航，我问你，你想拿下我们村的工程，可以通过正当的方式，凭自己实力来竞标呀！你，你怎么也用不正当手段拿下这个工程？"

　　金远航感到莫名其妙："我，我拿下什么工程啦？"

　　"装吧！尽管装。哼！吃了块大肥肉，还不承认。"

金远航有些生气了："婷婷她妈，你什么意思呀？"

精灵姑儿说："什么意思？刚才雪雁不是都讲了，有你在，这农户新居，会修得好上加好，这不是告诉大家你金远航已经中标了。"

雪雁恍然大悟："雷大姑呀雷大姑，你把我的讲话听偏了。实话告诉你，金远航的建筑队手头工程多，根本没精力来我们这儿投标。"

婷婷插嘴说："那他今天来干吗？"

雪雁回答："这事我来不及告诉村民们，金远航今天来，除了帮我把竞标搞得更规范一些，还当众做了一项承诺。"

婷婷问："什么承诺？"

金远航回答："为了向我学姐工作的枫杨村做点贡献，我愿无偿承担村里所有工程质量的监理负责人。"

婷婷豁然开朗："哦！是这样。"

雪雁又说："金远航的能力，婷婷你是知道的，我说有他在，这农户别墅新居会修得好上加好，你不相信吗？"

婷婷点头："我信。"

精灵姑儿说："这事暂时不说了。在这里。我只问雪书记一句。你敢把金远航送你的翡翠手镯，拿出来让大家瞧瞧吗？"

雪雁一听，一下笑弯了腰。随即向会议厅内喊了声："杏儿，你快来。"

杏儿在会议厅内，甜甜地应了一声："我来啦！"随即很快来到大家面前。

精灵姑儿和婷婷抬眼一看，顿时目瞪口呆了。

杏儿见精灵姑儿母女，都直盯住自己手腕上的翡翠手镯，她一切都明白了。

她转向金远航说："起先，雪姐把这手镯转交给我的时候，我就对她说过，等我们的关系正式定下来之后再戴不迟，可你见到我之后，非要给我戴上不可，说先试戴一天再取，我见你真情可嘉，就只好戴上。"

雪雁笑望着杏儿："戴上就戴上吧。我看得出来，你们是两情相悦，何必要等到订婚那天才戴呢？"说罢，雪雁又望了一眼金远航，"你这个学弟也是，今天你要是不通过我转一道手，哪会引出这一场风波嘛！"

金远航忙说："学姐教训得是，我当时是有点不自信，怕直接交给她会遭到拒绝。"

最后，雪雁又转身望着精灵姑儿说："全村就你一家人没交费了，刚才雷小群主任打电话给我，这交费是不是该截止了……"

"千万不能截止，截止了我就惨了！"精灵姑儿一听，就慌了，她边说就边蹬蹬蹬地跑下楼去。

通过这次工程招投标，有三家建筑公司中标，村资产公司总经理雷鸣，在召开的中标公司老总和工程负责人会议上，郑重地宣告："枫杨村林盘院落群农户别墅，于2018年3月25日正式启动。"

第十章　杏花阿姨

1

2018年8月中旬的一个星期天，雪雁正在办公室里翻阅着有关川西民俗文化的资料。

她对川西农事民俗情有独钟，2017年春天，村里不仅举行了彩花油菜节，游客盈门，还举行了春耕开秧门民俗文化节，借以期盼五谷丰登风调雨顺的美好愿望。前两天，也就是2018年8月10日，又举行了千亩杂交稻绿海观赏节。游客们走在纵横交错的田间观赏通道上，眺望无边无际的碧绿稻海，嗅着稻株孕穗时的清香，感觉风是绿的，人的生命也是绿的。她心想，待到农耕文化博览园建成以后，还将搞一台展示相关民俗活动的特色参与性互动表演。

手机响了，是方玉玲打来的。雪雁敏感到她一定有什么重要的事情，一开口就是心急火燎的味道："雪雁书记，你在什么地方？现在有一件紧急事情需要你出面。"她可从来没有这么着急过啊，雪雁心头不由一紧，忙问："玲姐，什么事？"

"现在不方便在电话里说。你在哪里？我在雷家沟这边与杏儿一起，就叫她开车来接你。"

雪雁忙说："我就在村委会，你们过来吧！"

没过多久，一辆柠檬黄的轿车就开进村委会院坝。

"哟，什么时候丢了摩托开小车了？"

杏儿从车窗上伸出头来说："家里农家乐生意兴隆，有了闲钱，我爷爷说骑摩托不安全，就给我买了一辆十来万的本田轿车。"

方玉玲也从车窗口招手道："雪雁书记快上车！"

雪雁嗔怪地说："玲姐，火烧眉毛了吗？"

"比火烧眉毛还要急，上车再说。"

雪雁拉开后车门，坐在后座的雷火云和梁青山，同时提醒她坐到前面的驾驶室去。

方玉玲又从背后伸出手把她拉开，说："这是我的座位，你的座位在前面。"边说边把她推开，然后自己把身子一歪。一屁股坐到梁青山的旁边。

雪雁只得绕过车头，坐到了司机杏儿的旁边。

雪雁扭过身子问："玲姐，你就别卖关子了。急死人了！"

"雷三孃要见你，现在在华西医院。"方玉玲脸色沉重。

"雷三孃？杜鹃的养母？老人家的病是不是危险了？"

雷火云插话："杜鹃的母亲快不行了。她想见见你。如果晚了，就见不到她了。"

雪雁的心陡然揪紧，她知道杜鹃的母亲雷三孃回老家养病的事，还记得前年杜鹃陪她妈妈去省城的那一天，当时她正在送别市委组织部的王云帆处长，她还碰见了载她走的出租车。本想抽空去省城看看她老人家的，没想到村里事情太多，一时离不开，再后来又听说病情有好转，怎么现在又一下病重了？真后悔该早挤出时间去看她。究竟雷三孃现在病情如何，雪雁十分焦急。

其实，三天前杜鹃去大哥家看望妈妈时，就感觉情况不妙。殊不知第二天，雷三孃就在家里突然昏迷，杜鹃和雷三孃的儿子都吓得直哭，赶紧打120求救！救护车火速把她送到华西医院去抢救。抢救了几个小时之后，人又终于活过来了。医院给她下了病危通知，悄悄告诉杜鹃，说她母亲将不久于人世，要她准备好后事。杜鹃成天提心吊胆，生怕母亲撒手西去。不料今天早上，雷三孃居然清醒了，精神也变好了许多，说话好像也不怎么费力了，并说有重要的事情要交代。叫杜鹃准备录音。医生悄悄告诉杜鹃这是回光返照，抓紧时间吧，她坚持不了多久。

雷三孃所谓交代后事，就是叫杜鹃用手机录了她说的两段话，说等她死后转交给雪雁。

在病床的床头柜上，放着当年小雪雁编的那只大雁。这只五六寸长的大雁，平时雷三孃把它珍藏在长条形木盒里，虽然经过岁月的淘洗，其色彩变得更凝重了一些，但大雁的黑眼珠、橙色的喙和雁掌依然夺目。

雷三孃取过大雁，静静地欣赏了一会儿，依然放回原处。杜鹃感到不解，就问："那个会编大雁的女孩儿真的是雪雁书记吗？那个小姐姐的身世太惨了！"雷三孃肯定地点点头，说："就是她。接着，她就把方玉玲如何替雪雁书记冲洗头发，如何想冲洗耳朵却把水流冲到了对方的脖颈上，最后又终于验证了雪雁右耳垂背后的那颗红痣真实不虚的事说了出来。"

杜鹃激动地告诉养母，说雪雁书记寻找她的恩人找的好苦啊。她不明白妈妈为什么不早点儿与雪雁书记相认。雷三孃就慈祥地笑了，说："傻孩子，那样一来，事情不就穿帮了吗？"

录音录好以后，雷三孃的精神明显不济了。她迫不及待地说："娟儿，赶快通知你玉玲阿姨，叫她请雪雁书记过来一下，就说我想见见她。还有，把总老辈子雷火云、你梁爷爷、你玉玲阿姨都一起请过来，我们一起见个面，留个影，好让我带到天堂去留个念想。"

杜鹃见养母疲惫的样子，知道她剩下的时间不多了，忙含泪点头。她拿过手机，马上拨方玉玲的电话。等她打完电话扭过身子，发现情况不对。不知何时，养母的脑袋已经倒在靠背上，饱含期望的眼睛大睁着，仰望着虚空，凝固成雕塑般的神情。老人家嘴巴微张，断气之前似乎还在呼唤雪雁的名字。

等到雪雁、杏儿、方玉玲、雷火云、梁青山一行五人赶到华西医院，匆匆乘电梯进入住院部六楼时，突然听见走廊尽头的单人病房里传来杜鹃的哀号，众人一怔，小跑着赶过去，推开房门。

正扑倒在养母身上失声痛哭的杜鹃，听到由远而近杂沓的脚步声，急忙用纸巾擦擦眼泪，转身迎接客人。

杜鹃泪眼迷离，抽泣着说："我妈刚走……她老人家……等不及了！"话未说完，又再次失声痛哭。

刚走进来的五位客人全都热泪盈眶，强忍悲痛。在轿车上，方玉玲把什么都告诉了雪雁。雪雁万分悔恨，由于自己的疏忽，竟然与自己的大恩人失之交臂。她无法原谅自己，愧疚和悲痛就像惊涛骇浪在她的心头冲撞，让她心如刀绞，她就像木头人似的，站在病床前一言不发。她将泪水盈盈的目光投向雷三嬢的脸，那是一张饱含期望、死不瞑目的雕塑般的脸啊！她要永远记住这张恩人的脸，让她刻骨铭心。之后，雪雁又将目光移向床头柜上放的那只棕编大雁。她深感诧异，十年的时光已经逝去，而她亲手编的这只大雁，居然还完好如初。

杜鹃含着眼泪说："雪雁书记，我妈一直在念叨你。她叫我给她录了两段遗言，叫我转交给你。现在请你先听第一段。第二段必须是一个星期之后再听，我妈说，要等你的心情平复下来之后才能听。"

雪雁恭敬地说："谨遵遗训！"

杜鹃点开手机录音。雷三嬢深情慈祥的声音开始在病房里回荡。

雪雁，乖乖：

请允许阿姨像当年那样叫你。当你听到这段录音的时候，阿姨已经不在人世了。当年，正是你的出现，让我们化名"杏花阿姨"的四个人有了奉献爱心的机会。看到你茁壮地成长起来，成为学霸，成为我们枫杨村的党支部书记，我们深感欣慰。做好事不图名。我们不能因为有恩于你就打扰你。这就是我们迟迟不相认的原因。当年你奶奶祝福我们，菩萨保佑。几年前，我得了绝症，医生说我最多只能活三个月。可是我这一活就是八年。八年哪！这是苍天对我行善的赏赐。因为我心中始终有一个意念，那个用棕叶编大雁的乖乖需要我的资助啊，我绝不能死，我要坚强地活下去，活到她读完大学……

如今，阿姨已经如愿以偿了，该是离开的时候了。雪雁，乖乖，阿姨走了。今后，当你仰望星空的时候，始终有两颗明亮的星星，那就是阿姨我关爱你的眼睛……

深沉苍老的声音仿佛来自遥远的天际。录音听完，病房里一片死寂。

犹如海浪撞击礁石，雪雁的心灵受到剧烈的冲击，她百感交集，突然身不由己地发出哀号："雷阿姨——我的恩人哪——我……来晚啦！"

她咚的一声跪倒，重重地磕了一个响头，之后，跪在地板上痛哭失声，她哭得双肩颤抖。病房里的其他人知道劝解无用，就抹着眼泪任她宣泄。这位"杏花阿姨"的发起人，这位身患绝症的老人，为了资助她上学，竟然忍受着剧烈的病痛而顽强地活着。如此的大恩大德，她居然与她失之交臂，她追悔莫及啊！

雷三孃的善行仿佛感动了上苍。她出殡那天，阴云密布，临近中午时，还下起了细雨，恰似上苍在给她送行。中秋时节的小雨淋在身上凉丝丝的，有些凄凉。送葬的队伍排了很长。雷三孃的儿子从省城赶回来尽孝道。走在送葬队伍最前面、手持引魂幡的，是雷三孃16岁的孙子，其后端灵牌的是他的父亲，之后，是两个姑娘捧着一幅扎了白花的遗像，相框里的雷三孃看着慈祥喜悦。捧遗像的是雷三孃的两个"女儿"雪雁和杜鹃。两人像雷三孃其他直系亲属一样，白孝服里面衬着黑长袍，头戴白孝帕，腰间系着一束麻丝，这就是当地披麻戴孝的民俗。这身孝服黑白分明，庄重简洁，特别具有仪式感。村民们见是支部书记雪雁带头为恩人披麻戴孝，不禁对她刮目相看。周围的村民一路随行，心里默默悼念雷三孃。

<h1 style="text-align:center">2</h1>

吃过早饭，雪雁朝村委会走去。她忽然想到，最近光顾着去忙了，有一件事情她差点儿忘了。那就是杜鹃转交给她的雷三孃的录音。那录音她珍藏在微信的"我的收藏"里。雷三孃是她的大恩人，没有雷三孃就没有她雪雁的今天。雷三孃的上一段录音，把她感动得一塌糊涂。这第二段录音似乎更为重要，因为雷三孃让杜鹃转告她，一定要过一段时间再听，并且只能是她一个人听。这似乎在暗示她什么。她一看时间还早，就决定返回卧室去，听了录音再去上班。

她回到方玉玲的二层小白楼，方玉玲不在，去后院儿给她的宝贝盆景浇水去了。她走进卧室，将门反锁了，然后靠在床头，这才点开"我的收藏"。

雪雁一看见雷三孃三个字的录音文件标题，心思顿时就跳到了华西医院的病房。慈母般的雷三孃，是带着强烈的遗憾走的啊，一想到这些，她就悔恨不已。她心情沉重地点开录音。她一听到雷三孃熟悉的声音，就不觉潸然泪下。

她把手机放在窗户边的电脑桌上，下意识地垂首肃立。慈母般的雷三孃仿佛就坐在椅子上，在面对面地跟她摆谈似的，

一个衰弱深情的嗓音在房间里回响着。

雪雁，乖乖：

这是我的第二段临终遗言。我要向你揭开一个秘密，揭露一桩滔天罪恶。

其实，"杏花阿姨"这个善心组合，不是四个人，而是五个人。这第五个人，他住在咱们村金家河坝，名叫冯富怀，是我教过的学生。那年，梁青山、雷火云、方玉玲和我回村以后，在一个周末的早晨，我正在我家院坝里欣赏你编的那只大雁。乖乖，你编的那只大雁太生动了，那真是人见人爱啊，平时我舍不得摆出来，是把它收藏在一只小木盒里的。那天早晨，冯富怀从我家门口走过，在礼貌地招呼我之后，就好奇地接过大雁把玩。我告诉他，编这只大雁的，是一个12岁的小女孩儿。他不相信。我就把你和你家的故事讲给他听，结果把他感动得热泪盈眶。就死活要求加入"杏花阿姨"，分摊资助你的费用。我考虑到他在外面跑生意，在经济上分摊一点不成问题，就答应了他的请求。

但是，他加入"杏花阿姨"做善事只有五年，后来就坚决退出了。最近我听人说，冯富怀变坏了。不知道是谁分给他的一杯羹，他在生产一种名叫碳化硅的材料。据说，那东西卖到国外，每吨可以卖将近12万。生产这种材料有一道工序是必须进行酸洗，会严重污染环境。现在各地环境整治抓得很严，他走投无路，就买通了一手遮天的雷元华，撤回老家金家河坝，继续偷偷生产。酸洗后的盐酸废液无法处理，他唆使工人深埋到地底下，对土壤和地下水造成极其严重的污染。连续几年的严重污染，想一想都令人后怕。

我们村的金家河坝本是一方净土，有好几户村民都在依赖这方净土种植有机蔬菜。如果任其污染下去，金家河坝乃至枫杨村岂不是要毁在他的手上？兔子尚且不吃窝边草呢，这个丧尽天良的冯富怀，却专门祸害自己的乡亲。

雪雁，乖乖，如果这事是真的，你一定要代表村上去控告他，将他绳之以法。

否则，阿姨会死不瞑目的。

一石激起千层浪。雷三孃的遗言犹如巨石，在雪雁心底激起的波澜久久不散。慈母般的雷三孃，不仅善良慈悲，行善积德，而且还疾恶如仇。

弥留之际,她老人家念念不忘的竟是枫杨村的未来呀!老人家嘱咐雪雁,一定要将丧尽天良的冯富怀绳之以法,否则,她会死不瞑目。老人家的这一请求,一下子就让她陷入了两难的境地。

雪雁暗忖此事处理是后一步的事。目前,先得弄清情况再说。她掏出手机给杏儿打了个电话,要她马上开车过来接她。

不一会儿,杏儿的那辆柠檬黄小车就停在了方玉玲家门口。雪雁叫上方玉玲和她一块儿上了车。两个女人都明显察觉到雪雁今天的心情欠佳,就都沉默不语。只听她说了一声:"去金家河坝。"

一路上,车里的气氛都比较压抑。雪雁忽然问:"冯富怀的工厂办在什么地方?"

杏儿和方玉玲感到莫名其妙。方玉玲说:"我听说冯富怀的工厂办在外地,究竟什么地方,村里恐怕没有人知道。"

"那就去他家吧。"

"家?他早就没在村里住了。早就搬到县城附近的欧罗巴高档别墅区去了。"

杏儿插话:"听说他在峨眉山还有一栋高档别墅,价格贵得吓死人。"

雪雁说:"有多贵?"

"半个亿。"

"哇!"雪雁和方玉玲同时惊呼。

雪雁又问:"他家的老房子还在吗?"

方玉玲说:"在呀,早就没人住了。"

"那就去看看他的老房子吧。"

轿车越过了横跨金家渠的水泥桥,来到1村民组与邻村的接壤地带,眼前是一大片枫杨和构树的野林子。

杏儿皱着眉头说:"糟糕!我迷路了。"杏儿把车停在林子边,三个女人走下车来。"

雪雁也不说话,不断抬头望着前面的天空疾走。

杏儿和方玉玲好生奇怪,赶紧尾随而去。

眨眼之间,在前面的雪雁一下子就不见了人影。两人一愣,赶紧追踪而去。

结果,雪雁却在她俩身后的野林子里伸出脑袋,喊她们:"哎哎!跑过了,跑过了!"

两人赶紧转身往回走，这才发现有一条通进野林子的小路。雪雁正站在路的那头，对两人直是招手。两人赶紧跟了上去。

一个叫妹子，一个叫姐，两人招呼完了忙问："你在找什么？"

"喏，那不是啊。"

两人忙抬头一看，原来头顶有三根电线飞过，就狐疑地问："电线又是咋回事嘛？"

"民用电线只有火线、零线两根儿。只有动力用电才是三根——两根火线，一根零线。这三根电线从我们头上飞过，说明这儿附近有动力用电，并且用电量不小。这就意味着这附近有工厂。"

杏儿和方玉玲佩服地直点头。杏儿说："雪雁姐，你这个学霸，名不虚传。"

雪雁莞尔一笑："这是初中物理课就学过的。这叫什么学霸呀？"

不久，三人就走出了野林子，见前面又是一座黑压压的野林子，三个人好生奇怪，不由面面相觑。然后沿着一条小路走，转个拐就看见了密林掩映的红砖砌的围墙以及锈迹斑斑的大铁门。

方玉玲诧异地说："这鬼地方我几年前来过，哪里有什么围墙啊？"

雪雁把食指在嘴唇上一锁，嘘了一声，示意大家小心。

杏儿和方玉玲会意，两人的行动变得小心起来。

杏儿小声说："搞得这么神秘，一定有问题。"

雪雁示意两人留在原地，她蹑手蹑脚地走过去。生锈的大铁门紧闭着，只留下一条小指头宽的门缝。雪雁想看清里面的情况，就将眼睛贴近门缝，右手不由自主去扶门，冷不防大铁门突然哐啷一声响。就见两只狼狗利箭一般冲将出来，一路狂吠，之后在大铁门里狂暴地扑上扑下，龇牙咧嘴，恨不能把门外的人撕扯成碎片。雪雁吓得倒退了两步。

看门人是一个壮硕的独眼龙，一脸的凶相，打着赤膊，肌肉发达，右手心儿里转动着两个鸡蛋大的铁弹丸儿，阴沉着脸走过来，面无表情地警告说："赶快滚！滚得越远越好。三分钟过后，我开门放狗。"

雪雁不敢怠慢，转身就跑，边跑边喊："快跑，快跑！三分钟之后，要开门放狼狗！"

三个人气喘吁吁，没命奔跑，不一会儿就消失在野林子里。

少顷，狼狗也不叫了，野林子里恢复了寂静，仿佛什么事情都没发生过。

3

雪雁需要清理一下思路，一回到村委会，她就把自己锁在办公室里踱来踱去。

现在看来，这个冯富怀一定有问题。野林子里的红砖围墙极有可能就是他的秘密工厂。那么，这个碳化硅又是什么玩意儿呢？雪雁坐到电脑前，点开百度，输入"碳化硅"几个字进行搜索。百度一下子就跳出很多条信息。她选择了重要的几条，马上进行阅读。

原来，碳化硅主要靠人工合成，俗称金刚砂，其硬度仅次于世界上最硬的金刚石，因含杂质不同而呈现出不同的颜色。碳化硅主要有四大应用领域，即功能陶瓷、高级耐火材料、磨料及冶金原料。碳化硅的制造并非什么高新技术，常见的方法是将石英砂与焦炭混合，利用其中的二氧化硅和石油焦，加入食盐和木屑，置入电炉中，加热到2000℃左右，经过各种化学工艺流程后得到碳化硅微粉。制造碳化硅的热工设备是专用的碳化硅电炉。在生产过程中，国产碳化硅很少使用大型机械设备，很多工序都是依靠人力。

生产碳化硅这种制造磨具的磨料时，所用的金刚砂必须用硫酸或盐酸进行酸洗，才能去除杂质，而这种酸性废水，对土壤、物件、人体都会产生侵害。

经过互联网这么一科普，雪雁大体上明白了碳化硅是怎么一回事了，也明白了冯富怀为什么躲进老家的野林子里照样能够生产了。她已经想清楚，此事如果靠暗中查访，只能是事倍功半，并且还可能被那两条狼狗伤害。最行之有效的方法，莫过于请雷小群的老公律师卢平出面。卢平是枫杨村的法律顾问，是津南县的著名律师，由他出面，许多问题都会迎刃而解。

如果冯富怀正如雷三嬢的遗言所说，为了挣钱，无所不用其极，不惜遗祸乡邻、毒害乡亲，那么，向相关部门举报他，将他绳之以法，她这个村官责无旁贷。一旦告发这个人，他的下场就只有蹲大牢。但是，这个冯富怀却让她非常纠结。因为这家伙曾经是"杏花阿姨"组合的一名成员。他曾经资助她上学，整整资助了五年。说到底，他是他的恩人啊！此刻，国人世代相袭的观念意识冒了出来，诸如滴水之恩，当涌泉相报；诸如知恩图报，善莫大焉；诸如……在当代，还有人将报恩做了形而上的总结，说感恩是一种文化素养，是一种思想境界，是一种生活态度，更是一种社会责任。她记不清是在哪里读到过这段话，因为喜欢，就顺便把它记在了脑子里。这些关于感恩的金句犹如走马灯一般，在她的脑海里转来转去。

她只要站在正义这边，就宣告了她与冯富怀的决裂。拿自己曾经的恩人开刀，这是不是恩将仇报呢？如果恩将仇报，她的良知何在？如果有在天之灵，她的爸爸妈妈奶奶又将怎么看她？这么一想，她心里的天秤立刻失去了平衡，心绪随之变成了一团乱麻。

这种左右为难，整整折磨了她一个下午。在上午从金家河坝回来的车上，她主动给杏儿和方玉玲讲了雷三孃第二段录音的事，并嘱咐两人，一定要注意保密。吃晚饭的时候，方玉玲见她脸色阴沉，时不时地发呆，就关切地问："遇到麻烦了吧？冯富怀的事？"

她茫然地点点头。

方玉玲看得很开，说："桥归桥，路归路。他是害人害己，做得受得！"

"唉！"雪雁叹了一口气，说："可他毕竟是我的恩人呐！整整资助我5年……你们'杏花阿姨'这种义举，这种善行，很多人都是做不到的啊！"

"但是，他丧心病狂，明明知道酸洗碳化硅时留下的酸水会污染土壤，还肆无忌惮地毒害家园，祸害乡亲。你忘了金三妹曾经说过的，她大伯患某种怪病已经卧床三年，生病的原因不明，医生推测他应该是受到某种有害物质的侵袭。金三妹说，他大伯从未出过远门，这几年都在地里刨食，他在金家河坝耕地种有机蔬菜，一年到头忙得很。非常奇怪的是，不仅他大伯生了病，而且在金家河坝种有机蔬菜的三家人，他们种的有机蔬菜也是病恹恹的。他们三家靠互联网销售的有机蔬菜，最近都遭退回来了。金三妹因此怀疑，是不是地表下面的土层遭到有害物质污染了。"

"完全有这种可能。"雪雁道，"金三妹儿他们三家人的有机蔬菜地距离今天的这个林子里的围墙远不远？"

"不远，就在附近。雁妹，这只是开始。如果不及时将冯富怀绳之以法，恐怕发病的人会越来越多。"

雪雁沉默不语。

"如果患怪病的不是金大伯，而是我，你该怎么办？如果因为他是你的恩人，你就犹豫不决的话，岂不是让亲者痛仇者快？"

雪雁依然沉默不语，但眼睛里有两点火星在闪烁。

方玉玲暗忖，看来响鼓也得用重锤啊，于是说："如果患怪病的，除了我，还有雷火云、梁青山，甚至有'杏花阿姨'的核心人物雷三嬢呢？你依然无动于衷？"

雪雁眼睛里的火星腾地燃起了火焰，说："玲姐，你别说了。"她掏出手机。拨通了雷小群的电话，问她先生卢平回来没有，当得到肯定的回复后，雪雁说："麻烦你转告你先生，我有急事找他，稍等一会儿就到。"

好妹妹，雷三嬢要是九泉下有知，一定会笑得非常开心的。方玉玲兴奋地上前，搂着她亲热地拥抱了一下。

4

冯富怀的犯罪小伎俩，在卢平这样的津南县资深律师面前，简直就是小菜一碟。卢平首先向县环境保护局举报了冯富怀。环保局向县上分管相关工作的县领导做了汇报，取得了支持，决定当晚进行联合执法。环保局执法队今夜特别邀请了县公安局刑警队联合采取行动。当天晚上11点，在向导卢平的带领下，联合执法队还隔着老远就下车步行，悄悄接近密林中的红围墙，本意是完成包围后进行突然袭击。但是，联合执法队一接近红围墙，原本叫得挺起劲，犹如比赛似的虫子突然就噤声了，而且隐蔽在大树上的摄像头还发现了，接着，是两只大狼狗在大铁门背后又扑又叫。狡诈的独眼龙预感到不妙，妄图出奇制胜，就偷偷捅开了大铁门的锁，猛然将大铁门一拉，随着大铁门发出刺耳的吱嘎声，两只狼狗狂吠着冲将出来。刑警队宋副队长早有准备，他端起麻醉枪瞄准，只听轻微的噗、噗两声，两只狼狗猛冲了两步之后，突然栽倒在地上不能动弹。联合执法队的十几个人一拥而上，冲进了大门。

这个战机把握得恰到好处。厂里的工人正在对冶炼出来的金刚砂进行酸洗，废酸液正在通过地面上的一个碗口粗的管道源源不断地排入地下。联合执法队抓了个现行，执法仪实时进行了抓拍。联合执法队迅速查封了该厂。与此同时，厂里有人暗中给冯富怀打了电话，通知他"翻船了"！冯富怀惊慌失措，匆忙中，只提了一口小皮箱，刚刚从自家别墅的通道进入地下停车场，蹲守在那里的警察守株待兔，不费吹灰之力就把他抓了，然后把他关进了看守所。

古堰镇老街，春水茶楼。

肖显政凡是在镇政府值夜班，就必定在春水茶楼的业务洽谈室鬼混打麻将。这天晚上，是原定的冯富怀跟他汇合的日子。时间才11点，他就借口遣散了麻将搭子。

他在业务洽谈室里踱来踱去，心急火燎地等待着冯富怀给他送货上门。他从11时等到12时，苦苦等了一个小时，这个冯富怀居然一直都没有露面。他暗忖，这人居然敢放老子的鸽子，看我下来怎么收拾他。倘若冯富怀此刻在他的面前，恼怒之下，他也许会冲动地上前连扇他几个耳光。他马上拨冯富怀的手机，连着拨了几次都没拨通，手机的提示音都是：你所拨打的电话已关机。

联合执法队夜袭冯富怀老窝的消息，肖显政第二天上午才知道。犹如劈头挨了一闷棍，直打得他天旋地转。他的头脑稍一清醒，立刻惶惶不可终日。

冯富怀这样的土豪，毫无义气可言，他绝不可能代他受过，他会反戈一击，只会添油加醋地揭发他，尽量让他自己立功减刑。他自己是否落马，只是早晚的事情。而毁了他的金库，弄得他走投无路的魔鬼正是雪雁这个丧门星。一想到雪雁，他就恨得咬牙切齿。既然她不仁，就休怪他不义。她竟然敢把他弄得如丧家之犬，那就要叫她付出代价，叫她身败名裂。

5

当卢平律师把上述情况打电话告诉雪雁以后，她这才如释重负。终于把冯富怀这个坏蛋抓起来了，等待他的将是起诉和审判。她完成了雷三孃弥留之际的嘱托，她终于可以告慰她老人家的在天之灵了。但是，她却一点儿也高兴不起来，一连两天都闷闷不乐，一副若有所失的样子。

第三天早上，方玉玲担忧地问她："是不是哪里不舒服？"

"没有啊。"她苦笑着，摇摇头。

"还在为那件事纠结？"

她颔首默认。

"你呀，就是太善良了。不过我也能理解，要是这件事发生在我身上，说不定我还不如你呢。雪雁，必须摆脱这个噩梦，我建议你呀，干脆到监狱里去看看他，心里有什么话想对他说，你就当面说去。"

"这合适吗？"雪雁眼睛一亮，问道。

"这有什么不合适吗？"她反问。

于是两人会心一笑。

有卢平律师的帮助，看守所方面同意雪雁去见冯富怀。

雪雁面对密封的隔离墙，透过透明的玻璃，好奇地张望着对面。冯富怀一出现，雪雁就目不转睛地观察着他。老实说，这个冯富怀个头不算高，但是五官端正，长得相貌堂堂。人往往离不开以貌取人。一个长相英俊的男人，往往会给他人一种好感。但她敏锐地发现，冯富怀眼神游移不定，眉宇间带着一股戾气。用民间通俗的话说，他的眼神贼霍霍的。她忽然联想到互联网上有一个新词，叫"精神长相"，说的是一个人长期做坏事，居心叵测，天长日久，阴暗心理就会在一个人的面容上体现出来。

冯富怀眉头深锁，心事重重地走过来。当狱警通知他有人来探监的时候，他很是诧异。他的案子还没有了结，在一般情况下，是不允许他的亲朋好友来探望他的。来探监的会是谁呢？他一抬眼，发现隔离墙那边居然站着一位陌生的美女，他就更惊讶了。

两人同时拿起座机电话。

"您是谁？"冯富怀问。

"我是谁不重要。重要的是，冯先生您是我的恩人。"雪雁面带微笑。

冯富怀边下意识地欣赏对方的风韵，边莫名其妙地眨动着眼睛。

"我前些天才知道，您是我的恩人，前些年参加过'杏花阿姨'的组合，您资助过我上学，整整五年……"

"'杏花阿姨'的组合？"处于兴奋状态的冯富怀不由自主地提高了嗓音，"什么'杏花阿姨'？你是不是弄错人了？"

"不，我很确定。"雪雁嫣然一笑，"就是雷三孃承头搞的那个爱心组合呀……"

这女人笑起来好美。冯富怀暗忖。"哦！原来雷老师搞的那个爱心组合叫'杏花阿姨'？当年光知道出钱，至于这个组合叫什么名字我倒没关心。美女，这么说，我是真的出钱资助过你啰？"

"冯先生，真的是这样。我找你们这个'杏花阿姨'，找得好苦啊！"

"你是……"冯富怀心花怒放地打量着她。

“我就是西岭雪山脚下的那个小女孩。”

“雷三嬢收藏的那只棕编大雁，就是你编的？”他好奇地问。

“是的，冯先生。”

“美女，你太棒了！”冯富怀的神情活跃起来，脱口赞美道，“你编的那只大雁，我只见过一次，但我至今都还有印象。那编的可不是一般的好啊！”

“如果冯先生喜欢，我可以编一只来送您。”

“美女不用客气。”他意识到自己的现状，眉头顿时紧锁，心情沉重地叹了一口气，“唉！我现在这种处境，也用不上了……”

“冯先生，大学毕业以后，我一直在苦苦寻找我的恩人。费尽周折，我终于找到了‘杏花阿姨’的组合，并且还知道，前期的资助人还有您冯先生。我心里的那份激动和喜悦真是无法形容。我今天来，是专门向您表示感谢的。”

“美女，谢谢你！你太客气了。”冯富怀喜出望外。

“不用谢，应该的。”

“美女，你说你大学毕业了，那么现在你在哪儿上班呢？”

雪雁明白，话说到这个份儿上，双方交谈的和谐气氛马上就会转折，以下的谈话将非常尴尬。她竭力想推迟这一刻的到来，就故意岔开话头说：“如果没有‘杏花阿姨’10年如一日的资助，我的人生将极其灰暗……”

“美女，不会的不会的，就凭你的天生丽质，你也会混得不差……”

“如果没有‘杏花阿姨’的爱心资助，我就只能读到小学毕业。一个半文盲的女孩子，哪怕长得再漂亮，也不可能融入社会。”一说到这些，雪雁就心情沉重。

“美女，错！像你这么漂亮的女孩，各个公司都会抢着要的。”说着说着，冯富怀好色的一面就暴露了，“要是你愿意，我的公司高薪聘用你……”话一出口，突然意识到自己的倒霉处境，就赶紧转换了话题，“但是美女你不一样，你不是已经大学毕业了吗？”

“是的，冯先生，我已经工作了。”雪雁一眼就看清了冯富怀不经意间露出的狐狸尾巴，顿时就失去了再聊下去的兴趣。

冯富怀谈兴正浓：“好啊好啊，请问你在哪里高就？”

“高就谈不上，我只是一名小公务员。”雪雁微笑着说，“我在我们

220

枫杨村担任党支部书记。"

"什么？！"冯富怀大惊失色。

"我名叫雪雁。"

"什么？！"冯富怀的脑海里接连打了两个炸雷。哇！这个女人就是雪雁！肖显政多次告诫过他要特别留心的人，居然就站在他的面前，而且刚才他还一直尊称她美女……

"你……你……"他面红筋胀，气愤得说不出一句话，转身就走。

"请留步！我有话对您讲。"

他停下脚步，但是背对着她。

"冯先生，您是我的恩人……"

"我不是你的恩人！"冯富怀忽然嗅出了弦外之音，就转过身子，气急败坏地抓起电话，恼怒地吼道，"你根本不配向我感恩。我当年加入'杏花阿姨'，纯粹是鬼迷心窍。对了，我回到家乡悄悄办厂，一直相安无事。警察为什么突然连锅端掉了我的老巢？他们为什么抓我？就是你，你在其中捣鬼！"

"你说得不错，确实是我邀请律师告发你的……"原本冯富怀只是在试探，不料雪雁却坦然承认。

"你是魔鬼！你这是恩将仇报！你假惺惺地说我是你的恩人，因为你明白恩将仇报会招致天谴。所以，为了求得心理平衡，你黄鼠狼给鸡拜年，你当面向我感恩，并且送我一条好烟……苍天哪！为什么不打炸雷，把眼前这个忘恩负义的东西劈死啊？"

面对冯富怀的愤怒声讨，雪雁满面通红，一直默不作声。她仿佛看见，爸爸妈妈奶奶就站在她的面前，对她耳提面命："燕子，没有他们的帮助，就没有你的今天。吃水不忘挖井人。他是你的恩人，不管他怎么骂你，你都要忍着，都要忍着，都要忍着……"

冯富怀难以理解雪雁的逆来顺受和沉默，感到自己的冲天愤怒竟然不如放的一通臭屁，居然不能撼动面前的这个人半分，就怒不可遏地对着话筒咆哮道："你……我鄙视你，鄙视你！滚……"

守候在门外的看守立刻冲进来，警告他不许高声喧哗。冯富怀诺诺连声。

雪雁脸色惨白，头脑晕乎乎地像喝醉了酒，心里翻波涌浪，嘴里却不置一词，最后，还不忘说一声："再见，冯先生！"

雪雁压了电话，出了看守所的大门，登上杏儿开的柠檬黄的轿车。在车里等候的杏儿和卢平律师，见雪雁脸色不好，忙问怎么样。雪雁凄然一笑，只是无声地摇摇头，两人看见，雪雁的脸上分明有两行眼泪悄悄地滑落下来。

冯富怀骂雪雁的话虽然很刻毒，但她依然对冯富怀放心不下，内心老是觉得冯富怀有什么事需要她去帮助。有一天晚上吃过晚饭之后，她和方玉玲一起散步，从雷小群的竹林小院经过，刚好撞见了雷小群，两人就接受邀请进屋去坐了一会儿。

卢平听老婆说雪雁来了，就从书房里走出来。卢平扫了雪雁一眼，意有所指地说："怎么样？心里放平了吧？"

雪雁心神不宁地摇摇头："我的直觉告诉我，冯富怀的家人一定有什么事情需要我去帮助……"

"哦！这事儿就奇怪了。"卢平沉吟有顷，说道，"他的家人还真需要你的帮助呢。"

接着，卢平就讲起了冯富怀的难言之隐。

冯富怀有个16岁的女儿，名叫芳芳。芳芳人长得漂亮，学习也知道努力。芳芳的妈妈是冯富怀的原配夫人，今年春天，跟朋友相约，去自驾旅游，她在悬崖上错车的时候，因为操作失误，突然坠下万丈深渊，连尸骨都无法找到。芳芳跟妈妈的感情很深，妈妈出车祸葬身悬崖从此消失得无影无踪，让芳芳痛不欲生。可是冯富怀完全不顾及女儿的感受，芳芳的妈妈才走三个月，尸骨未寒，他居然就另寻新欢结婚了。

芳芳忍受不了爸爸对妈妈的背叛，就在冯富怀结婚的当天，这个独生女儿离家出走了。冯富怀急得就像热锅上的蚂蚁，千方百计地寻找女儿。三天之后才把芳芳找回来，这短短的三天却彻底改变了她的人生。有人早就知道她是土豪的女儿，有的是钱买毒品，早就想把她拉下水了。情感无所寄托、感觉前途渺茫的芳芳，在闺蜜的诱导下，染上了毒瘾。可是芳芳良心未泯，不甘沉沦，此时，学校曾经进行过的拒绝毒品的教育起作用了，她心里很清楚，如果她继续沉迷毒品，她这辈子就彻底完了。有一天，趁毒瘾还没有发作，她从闺蜜家偷跑了。她跑去找她爸爸，说她受骗染上毒瘾了，哀求爸爸救他。冯富怀万分惊骇，又气又急，急忙把她送到了戒毒所。

"你怎么知道得这么清楚？"雷小群大感意外。

"雪雁书记不是委托我调查冯富怀开秘密工厂的事吗？这都是顺手得来的有关信息。"

"这么说，芳芳在戒毒所，她在哪个戒毒所呢？"雪雁问。

"在市区近郊。市公安局办的，非常正规的一个戒毒所。"

"卢律师可否陪我走一趟？"

"甘效犬马之劳。"

方玉玲插话："你想去看望冯富怀的女儿？这个主意挺好。一个花季少女，我们作为他的乡亲，不能坐视不管任其堕落啊。"

6

冯富怀是老江湖，他送女儿来的这个戒毒所条件不错。入目的环境就很好，周围竹林、树木密布，大门外面就是绵延的小山，满目青翠。

有卢平律师的帮助，要见芳芳的事情进行得很顺利。天气有点儿闷热。雪雁在戒毒所大门口等待了十来分钟之后，就看见卢平在一位女警官的陪同下，从一幢大楼里走出来，后面还跟着一个身材高挑的女孩子。

女警官把两人送出大门旁边的边门后，说道："这旁边的树林里凉快，可以到林子里去逛逛，说说话。"

"谢谢关照！"双方寒暄后离开大门。

三人拐上右边的小路，朝树林里走去。女孩子就是芳芳，她的五官长得比较精致，身体还没有完全发育成熟，有着青春期的女孩子含胸驼背的习惯。

雪雁走在芳芳的身边，扭头望着她，主动招呼道："芳芳你好！"

"姐姐你好！"芳芳有些害羞，"廖警官说，你是我们枫杨村的支部书记……"

"对的，我名叫雪雁。"

找我什么事呢？是不是要我揭发我爸爸？

雪雁不由得一怔。她刚要发问，芳芳接着说："你是想问我，怎么知道警察抓了我爸爸？我们每天晚饭后都必须看《新闻联播》，还要看本地新闻。"

雪雁暗忖，好敏感的孩子。"你既然已经知道你爸爸的事了，我想问一下，你对这件事情怎么看？"

“利令智昏，丧心病狂……”芳芳随口就来：“他罪有应得。”

雪雁刚想赞扬她两句，不料，她马上声明：“我讨厌任何人要我加深认识，反戈一击。”

雪雁和卢平不禁诧异地对望了一眼。

“不管怎么说，他也是我的生身父亲，我的血管里流着他的血，我是绝对不会告发他的。”

“芳芳，你误会了，误会了……”雪雁和卢平怕她心生对抗情绪，赶紧解释。

“芳芳，姐姐今天是专门来看望你的。希望你能够迷途知返，戒掉毒瘾。”

“我……”一提到吸毒，芳芳就惶惑地脸色一红。

“雪雁书记，你有所不知。”卢平赶紧抓住机会插话，“刚才那位廖警官跟我交换意见，说芳芳在这里表现得很好，再过一个月，她就可以回家了。”

“芳芳，戒断毒瘾最怕的是什么？”雪雁问道：“警官们肯定给你们讲过，那就是吸毒者裹挟你，引诱你复吸，在精神上再次产生依赖，再想戒掉毒瘾就难了。”

“就是就是，我也正担心这个。我妈妈走了，我爸爸肯定会蹲大牢，我的后妈才仅仅大我四岁，我是家破人亡啊……”说着说着，她就抽泣起来，“我真怕那些吸毒的家伙，他们什么都干得出来，他们是绝对不会放过我的……”她愈说愈悲伤，索性号啕大哭起来。

“别哭，别哭。芳芳，你看你长得那么乖，这么一哭，眼睛会哭肿，会哭成丑八怪的……”雪雁边说边把卫生纸递到她手上。

见芳芳接过卫生纸擦眼泪，雪雁又说：“真的不能再哭了，你妈妈在天上会看到的，她会为你伤心的。”

三人在小树林中漫步，未曾留意到天气的变化。这时候，忽然下起了牛背雨，一场小雨从天而降，三人无处可躲，只得狼狈地躲到大树底下。

“芳芳，这雨说来就来，是不是你妈妈流的眼泪呀？”卢平故意活跃气氛，说，“真的不能让她再伤心了。她再一伤心，雨水再一大，我们就只有淋成落汤鸡了。”

雪雁温和地说，芳芳我给你提个建议。戒毒成功以后，干脆回到村里来。你家老房子还可以住人吗？

芳芳肯定地摇摇头。

"既是这样，那就听我的安排。我们在村委会大楼给你腾一间房子，你临时搬到那儿去住，好吗？"

"好倒是好，可是……可是我吃饭怎么办？"

"我们村委会有食堂，厨房和饭堂在大楼背后，你可以在那儿搭伙。你要是吃不惯的话，还可以去附近吃馆子。村里目前有好几家农家乐，尤其是双梅农家乐庄园，还是四星级的呢。"

"真的？"芳芳惊喜地瞪圆了双眼。

卢平插嘴说："不久的将来，我们村就要建成文旅综合体，成为游人网红打卡地呢，到那时候，吃住行游购娱，要什么有什么！"

"真的吗？"芳芳喜出望外，情不自禁地跳了起来。雪雁及时出手使劲将她往下一拉，不然她的小脑袋就撞到大树杈上了。

处理好了这件事，雪雁绷紧的神经才算松弛了下来。通过这件事，她还偶然收获了一个小心得，那就是，人世间的事情啊，只要是跟情字沾了边儿，就会变得复杂微妙起来，让人牵肠挂肚。

第十一章　万箭穿心

1

时间回到枫杨村建筑工地群体械斗事件的当时，是2018年8月底。

由三家公司承建的枫杨村林盘院落群农户别墅，大部分建筑基本竣工之际，在一家建筑公司的工地上，突然发生了严重的斗殴伤人事故。

此前，村林盘院落群农户别墅建设的招投标工作，在雪雁和金远航监理公司共同努力下，坚持了公平、公正、公开的原则，中标的三家公司，也让所有投标公司无话可说。

其中，中标的金茂江的冥王星房地产公司，虽然姚开华迫于县上某位领导的压力，出面给雪雁、尹久耕、雷鸣等人打过一下招呼，但由于冥王星房地产公司本身的资质、实力以及标书都十分过硬，在确定中标公司的名单中，雪雁、尹久耕、雷鸣等甲方代表，以及工程监理公司的代表金远航，都是秉公而断，并没有为冥王星公司说过半句好话。

但冥王星公司千不该万不该，把工程转包给一家并不具备资质的小建筑公司。这家小公司的法人代表名叫黄鑫，是金茂江现任老婆出了五服的表姨父。黄鑫在别人的下巴底下接饭吃，虽然明知工程转包价偏低，自己赚不了多少钱，但转而又认为，赚钱少总比没钱赚好。为了利润的最大化，他只能偷工减料。

而这一切，都未能逃脱肖显政的眼睛，他就像一只奸诈的老狼，不声不响地潜伏在暗处，一旦时机成熟，就会一跃而起，发动致命的一击。

如今，肖显政的处境一落千丈，他所包庇的不法厂主冯富怀，由于东窗事发，供出了他的严重腐败问题，他被纪律检查监察部门实行了双规，开除了党籍和公职，最后不仅被司法部门处以罚金100万元，还被判刑三年，缓刑三年。别的不说，单是他被处罚金100万元人民币这个事，就让他捶胸顿脚。他处心积虑，跟姚开华和雪雁斗来斗去，结果却一败涂地。他心里的邪火无处发泄，于是就把眼睛紧盯着枫杨村的建筑工地。

去年冬天，黑毛谋害雷鸣未遂，又将方青竹杀伤，虽然警方由于缺乏证据，没能通缉他，但是黑毛本人惧怕落入法网，他从肖显政手里拿到5万元之后，便销声匿迹了。肖显政给黑毛拨通电话，下了一道外人需要翻译才能明白的指令。如此一来，一场群体性的械斗就在所难免了。

这几天，黑毛底下的三个小兄弟，假扮成农民工的模样，成天在枫杨村的建筑工地上晃来晃去，工地上的陌生人多，谁也弄不清楚谁，反而因为时不时地露面，混了一个脸熟。村民以为他仨是黄鑫手下，黄鑫的人又以为他仨是村民。

唯利是图心狠手辣的黄鑫，他本想狠狠捞一笔，由于秦木匠监督工程质量很严，他一直无法下手。直到修最后两户人别墅时，他想再不捞点就无法捞了，他狠下一条心，叫民工们加班，把打地基的钢筋全部换成再生螺纹钢。合格的钢筋和再生螺纹钢的价钱是天壤之别，性能自然也是天壤之别。再生钢筋就跟熟铁差不多，性质绵软。如果用它打成混凝土做房屋的基础，一旦遭遇不可抗拒的自然灾害，就是灭顶之灾。

秦木匠是整个枫杨村建筑工程的总监工，偌大的工地，他哪里监督得过来。但是他很聪明，他暗中找了几个喜欢管闲事的村民，告诉他们有事没事，都去工地上转转，帮助他发现乙方偷工减料的问题。也是合该有事。黄鑫欺负村民们不懂钢筋，一打听到总监工秦木匠请两天假，就认为机不可失，居然下令，利用这一天无人监督的机会，叫民工们将再生钢筋编织成网，并且要连夜浇筑成混凝土，让生米煮成熟饭。

但是黄鑫哪里知道这其实是秦木匠设下的陷阱。秦木匠故意放风说他要休息，暗中却指挥他的眼线假装在工地上闲逛，一旦发现问题，立即向他密报。他本人就躲在杏花坡的包间里，跟耿玉强研究农耕文化博览园的建筑设计问题。秦木匠有个眼线，是个姓邱的小老头，这是个眼睛里揉不得沙子的角色。这天，邱老头假装转耍，来到林盘院落群农户别墅修建工地，他起眼一看，在自己那未来新家的地方，民工们来来往往，忙忙碌碌。他感到有点蹊跷，就走近仔细一看，不好！乙方正用再生钢筋在编织他家的地基。秦木匠曾经手把手地教过他们，怎样辨认真假钢筋。他顿时热血上冲，忘了自己的使命，自然也忘了悄悄去杏花坡向秦木匠密报。他单枪匹马，就在现场拉开架势，义愤填膺地破口大骂。足足把对方的祖宗八代都问候了个遍。乙方的民工原本只是奉命而为，瞒背良心出于无奈，一旦挨骂受辱，便难以遏制自己的愤怒。加上发现骂人者势单力薄，立刻变本加厉地进行回骂。附近的村民听见吵闹声，纷纷赶来凑热闹。

黑毛和他的三个小兄弟见有机可乘，立即混迹于人群中进行挑动。黑毛和一个小兄弟扮演甲方村民。另外两个小兄弟扮演乙方民工，专门挑阴毒的骂人话，进行疯狂地对骂。他们将邱老头单个人和乙方民工的矛盾，转化为甲乙双方所谓强龙斗地头蛇的矛盾。现场气氛迅速白热化，此时只需要一个火星，便会引起爆炸。

黑毛瞅准机会，随手捡起一个鸡蛋大的鹅卵石，瞄准对面一个民工的脑袋，嗖的一声扔将过去。只听砰的一声，那民工的脑袋应声开花，顿时血流满面。

这边厢，扮演乙方民工的两个小兄弟，立刻发出杀猪般的狂叫："甲方打人了！把我方的脑袋打爆啦！甲方打人了！地头蛇开战了……"

那边厢，黑毛二人赶紧呼应，狂呼乱吼："乙方打人啦！乙方打人啦！吃屎的把屙屎的恨倒！他们要爬上脑壳儿拉屎拉尿啦……"

"打呀！打呀！打坏人打恶人！……"

"冲啊，冲啊！乙方上门行凶，赶快打转去……"

当事人受了蛊惑，一呼百应，两边的人群热血沸腾，一边喊着口号，一边不顾一切地向对方冲去。双方先是相互抓扯，然后大打出手。黑毛和他的三个小兄弟，专门制造混乱，出手凶狠，专打对方的头部和脸部。混乱中，村里的村民，工地上的民工，早已失去理智，双方陷入了混战。黑毛继续火上加油，操起铁锹，接连砍伤两个民工。民工中的莽汉血气方刚，岂甘示弱，抓起扁担乱砍乱劈。只见棍棒乱飞，惨叫不绝，上百人的现场一片混战。

黑毛见大功告成，就嚯地吹了一声口哨，他和他的三个小兄弟就退到后边。各人调出手机的拍照模式，有的拍视频，有的拍照片，只管对准混战狂拍，全景中景特写，打手鲜血伤员，喊里喀喳，拍了个够。然后神不知鬼不觉地闪进竹林。

当雪雁听到消息的时候，现场已变得不可收拾了。但是，她凭着高度的责任感，凭着敢于在风口浪尖亮相的睿智，迅速平息了械斗，化解了危机。

黑毛等人当时正躲在竹林里抽烟，庆祝他们的阴谋得逞。喇叭声一响起，他们就知道大事不妙。好不容易才点燃的漫天大火，居然叫这娘们儿几句话就给浇灭了。眼看大势已去，若再逗留，警察一到势必惹火烧身，于是就赶紧溜了。

当尹久耕脸色铁青地走过来的时候，雪雁正蹲在那名重伤员的身边察看伤情。雪雁将自己的衬衣下摆撕扯成两根布条，扎在那人伤口的胳膊上面，及时止住了血，保住了伤员的性命。雪雁和尹久耕把重伤员扶起来坐着，他俩都不认识这个人，显然是乙方搞修建的民工。此人十分倒霉，他就是挨黑毛抛鹅卵石的人，额头上鼓起一个大青包，满脸是已经半干涸的血污。雪雁又掏出卫生纸，为他擦了擦脸。

"雪雁书记，这件事情你怎么看？"尹久耕问道。

雪雁扭头问坐在一旁的重伤员："师傅，你给我们讲讲整个过程吧。"

重伤员就忍着疼痛，把事情的来龙去脉断断续续讲了一遍。雪雁、尹久耕听得眉毛倒竖。

"狗胆包天！你们老板也太坏了，他居然敢以次充好，偷换钢筋？那是要出人命的啊！"雪雁吼道。

"怎么说打就打起来了？是谁先动的手？"尹久耕逼问。

"那是有人故意挑动起来的。当时两边的人虽然在对骂，但并没有打架的意思。要说动手，是你们村的人首先动手，有个家伙拿鹅卵石直接打在我脑袋上，打的我眼冒金星，鲜血长淌。"

"哦！原来如此，甩鹅卵石打你的人你认得出来吗？"雪雁追问。

"当时很混乱……"伤员摇摇头。

"对了，你们老板呢？"雪雁问。

正说着，耿玉强和秦木匠押着一个秃顶的中年人朝这边走来。

还隔着老远，耿玉强就冲着雪雁喊道："雪雁书记，我们把黄鑫这家伙拦住了。"

雪雁、尹久耕赶忙向耿玉强走去。

黄鑫一见，立刻点头哈腰求饶："书记，主任，耿总，秦总，我混账！我罪该万死，我该千刀万剐！今天伤员的所有医药费，我来付……"

雪雁怒喝道："黄老板，你个狼心狗肺的东西，打地基你居然敢用废品材料，我看你是不想活了。"

"你的良心让狗吃了？"尹久耕两眼喷火，捏紧拳头。恨不得冲上去把他打翻在地。

"我悔过，我悔过。再也不敢了，再也不敢了。我返工，返工！全部使用标准材料……若有违反，任凭处置！"

雪雁说："你想得倒美，发生这样的事情，你还想接着干？"说着，扭头对尹久耕说，"尹主任，马上给建筑监理部门联系。请他们马上过来取证。"

尹久耕答应一声，走到旁边打电话去了。

此时，两种频率的警报声由远及近，声音愈来愈大。短促动荡尖利的的警报声，显然是警车发出的；而救护车反复发出的三度音阶的两个音，仿佛在礼貌地催人让路。听见警报声，现场的所有人都转过身，朝着枫杨溪的方向张望。两辆警车在前，两辆救护车在后，一眨眼工夫就开到了面前。警察和医务人员跳下车，立即分头开展工作。雪雁叫尹久耕去接待警察，她自己去接待医务人员。

尹久耕赶紧走到警察面前，礼貌地说："陈警官，你好。我是枫杨村村委会主尹久耕，请问有什么需要帮忙的？"

陈警官说："尹主任你好！先摸一下情况再说，找目击者。"

尹久耕手指站在人群中的邱老头，说："邱二哥，这是你的房子。你先说说，这是怎么回事儿？"

邱老头是个人精，当时一看见情况不妙，立刻闪到外围，并没有挨过乙方的打，也就没受伤。邱老头迎着警察走去，添油加醋、唾沫横飞地讲了起来。

几位医护人员赶紧跑向伤员，雪雁立即跟了上去。白衣战士们立刻实施抢救，清洗伤口，打止血针，进行创面消毒，敷药包扎。经过简单的处理，白衣战士把七八个伤员分别扶上了救护车。

"耿老师！"雪雁扭头喊了一声，"你和秦老师陪同黄老板，随后赶到县医院。"说完递了一个眼色。

耿玉强、秦木匠会意，点头答应。二人押着黄鑫，朝着停在路边的秦木匠的雪铁龙走去。

"雪雁书记！"杏儿大声喊道，她开着她的柠檬黄的本田轿车赶来了！

雪雁赶紧走过去对她说："你来得正好，赶紧倒车，跟着救护车，去县医院。"说罢，登上了汽车。

两辆救护车倒好车后，朝着县城方向开走了。黑色雪铁龙和柠檬色的本田，紧随其后疾驰而去。

2

天有不测风云。坐在杏儿车上的雪雁忧心如焚，她做梦都没想到，今天下午会在村里发生群体械斗事件。而且双方大打出手，还打伤了七八个人。之前她的注意力一直放在怎么妥善处理这件事上面，现在才有空思考这件事带来的严重后果。她有责任马上把这个事情给姚开华书记汇报一下。她拿起手机拨打姚开华的电话。岂料手机里传来这样的提示音："对不起，你所拨打的电话已关机。"怎么搞的？姚书记怎么会关手机呢？姚书记可是告诉过她，她任何时候都可以打手机直接跟他联系。大白天的关手机，这太反常了，难道是姚书记出了什么意外了吗？她希望姚书记刚才只是因为手机在充电。她抱着侥幸心理再次拨号，可手机的提示音依然是对方电话已关机。

雪雁眉头深锁，沉思片刻之后，拨通了古堰镇党政办主任小赵的电话。电话一拨通，对方就迫不及待地问："姚书记在你那边吗？"雪雁一愣，忙说："我也正在找姚书记呢，他不在镇上吗？""不在。"小赵的回答很明确："这边好几个人都在找他，打过去都说他的电话已经关机。"

雪雁这下无法淡定了，这究竟是怎么回事儿啊？雪雁的心思乱糟糟的。她敏感地意识到，姚书记肯定出事儿了。她暗中大体分析了一下，这件事存在着几种可能性，或者碰上了交通事故，或者遭遇坏人绑架，或者因为个人有严重问题突然逃走。但想来想去，以上的三种可能都跟姚书记不沾边。那么，会不会还有另外一种可能。

她愈想把这个事情搞清楚，就愈不知道该给谁打电话。她虽然到津南县两年了，但她把全副精力都放在了枫杨村，所认识的场面上的消息灵通人士屈指可数。也许是病急乱投医吧，她居然下意识地拨通了金远航的电话。那边厢的金宇航，破天荒地接到了学姐的电话，从天而降的兴奋和激动真是难以形容。雪雁平静地告诉他，她有一件请求他帮忙。他自然是十二万分的愿意。她求他帮忙的这个事情，对于他来说太小儿科了。他马上拨通了平时很少联系的父亲的电话。爱儿子心切的金茂江，接到儿子的电话如奉圣旨，立刻发动他的关系。半个小时之后，相关的信息反馈回来了，姚开华并非什么失踪，而是驻守在津南县的省委巡视组把他控制起来了。

天刚擦黑。雪雁在县医院处理好伤员入院的事后，她和杏儿，还有耿玉强和秦木匠要了外卖，吃过晚饭后就散了。她和杏儿刚走出住院部大楼，听到金远航传来的消息，犹如晴天霹雳，她立刻僵立在原地。她无法接受这个现实，一时心乱如麻。此时，她的手机响了，一看是方玉玲打来的。她告诉她，赶快上网，村里的事情在互联网上闹麻了。

她和杏儿赶紧就近在住院部的走廊上找了两把椅子坐下，马上心急火燎地登录上网。果然，村里发生的事儿已经在互联网上闹得不可收拾了。

最先引起网民关注的是一个帖子，它的标题是《官商勾结祸害村民，民工村民一片混战》，然后是转发现场打斗的两个视频，以及十几张照片。视频和照片拍得十分血腥。只见棍棒乱砸，打人者横眉怒目，神情凶恶；挨打者龇牙咧嘴，惨不忍睹。帖子公开点名津南县古堰镇党委书记姚开华，是一名表面廉洁的大贪官。他大搞利益输送，通过给工程甲方的负责人打招呼，将巨额工程承包给没有资质的小公司。该公司胆敢冒天下之大不韪，以次充好，将报废的再生钢筋取代优质钢筋，为别墅打地基。这一恶行，引起村民公愤。造成乙方的民工和甲方的村民陷入你死我活的血战，贪官姚开华罪不容恕。

另有一些好事者，则抱住看戏的心理，凑凑热闹，为自己无聊的生活添佐料。他们将帖子争相转发，你转我转大家转，事件倏然发酵，弄得全网皆知。

岂料事件还在继续升级，紧接着，网上又发出更扯神经的后续报道，由所谓"深喉"先生揭露这件事情的内幕。帖子说，姚开华是贪官，并且跟他打得火热狼狈为奸的是一名大学生村官，名叫雪雁。这个雪雁，仗着自己有几分姿色，曾经花钱请人炒作自己，在互联网上招蜂引蝶，接着，"深喉"贴出了七八张"不雅照片"。这些照片的背景一看就是杏花坡的包间，或者古堰镇政府的大会议室。专挑使人想入非非的照片说事。这种桃色事件，具有特别的"吸引力"。网民们受到刺激，网上的点评更加出格，讽刺、嘲弄、辱骂、仇恨、侮辱，五花八门。还有所谓的人肉搜索，专门揭老底，诽谤雪雁，说她个人生活混乱。还有人说姚开华与雪雁，这对男女沆瀣一气，雪雁仅仅当了三个月的驻村干部，就把她破格提拔为村支书。是可忍，孰不可忍！

雪雁何曾受过这样的侮辱和委屈？刹那间，犹如万根钢针穿心，感觉痛苦万分，难以忍受。

杏儿也感到万分震惊，完全没料到互联网竟然这么污秽，这么乱七八糟，这么造谣生事。她站起身，紧张地望着雪雁的脸，生怕她承受不住打击。她见雪雁神情痛苦，眼睛里噙满委屈的泪水，那种想哭，又只能拼命憋着的神情，让杏儿不由得一洒同情之泪。杏儿见雪雁一起身就跟趄了一下，急忙将她一把抱住，心疼地喊道："姐，姐，你要挺住啊！"

雪雁仿佛没有听见，只是失魂落魄地挣脱她，朝前走去。她动作僵硬，神情呆滞，还不断地喃喃自语："坏人暗算姚书记……姚书记是好干部……坏人太卑鄙，太恶毒……我不能让他们的阴谋得逞……姚书记是清白的……我不能任坏人朝他身上泼污水……我要去找省委巡视组说明情况……"

杏儿忧心忡忡地跟在她身后，六神无主。她一听雪雁要去找省委巡视组说明情况，马上拍手称快："对对，姐说得对，就是该去找省委巡视组申冤。"

杏儿见雪雁没有一点反应，知道她的情绪还深陷其中，便自作主张，一伸手拉了她就跑。她把雪雁拉到停车场，打开车门，将她塞进自己的轿车。然后打开发动机油门发动汽车。这辆柠檬色的本田汽车便疾驰而去。

杏儿深知，这次突发事故是雪雁上任以来所遭受的最沉重的打击，她担心她究竟能不能扛得住。她边开车，便从后视镜里偷窥坐在后排的雪雁。这位枫杨村人人敬重的好书记，她的心灵正经受着前所未有的煎熬。她软瘫在后座上，双眼紧闭，面颊惨白，脸上有两条泪痕在闪烁，神情痛苦不堪。她心疼这位闺蜜兼上司的好书记，眼泪不禁夺眶而出。

3

这天从早到晚天气闷热，此刻大风骤起，不一会儿就降温褪凉了，天上的乌云也随之涌动。

在行进中的本田车上，杏儿本想问雪雁，巡视组在什么地方下榻。转念一下，肯定是住在县委的内部招待所，便没再开口。

天气预报说，今日晚间有大雷雨。此刻，天色完全黑了，华灯初上，夜色中，灯光映射的城市上空乌云滚滚，不像往日那样反射的是地面的五彩光晕。本田车风驰电掣，不一会儿，轿车就来到了县委大门口。轿车在县委大门口的汽车横杆前刹了车。

身着保安服的门卫走过来，一看是一辆没有通行证的车子，就冷冷地问："要干什么？"

杏儿见雪雁依然眼神呆滞，不愿开口，便说："师傅你好。我们是古堰镇枫杨村的。这是我们的村支书雪雁同志。我们想找省委巡视组反映问题。"

"把巡视组发给你们的短信通知调出来，给我看看。"

"哦！"杏儿回过神来，说，"我们没有。"

门卫冷漠地说："那就打道回府吧。"

"师傅，我们有重要情况要向巡视组反映。"杏儿灵机一动，决定给对方施加点儿压力，就说，"你不让我们进去也可以，如果耽误了大事，我们可担待不起。"

他看见保安一怔，赶紧说："师傅，麻烦你让我给省委巡视组打个电话吧。"

保安没出声，只是把头一歪，示意她去门卫室里面打。

杏儿走进门卫室，按照墙上贴的提示，拨通了县委内部招待所总服务台的电话，说明了来访意图。

对方接电话的显然是巡视组的一位负责人，一听说他们是古堰镇枫杨村的，再一听说来人是女村官雪雁，便冷淡地说："进来吧。"

　　隔离横杆升起，杏儿开车进了县委大院。汽车穿过前院的绿化带，开向内院的县委内部招待所。杏儿在停车场停好车，和雪雁一起，朝着南边的一幢大楼走去。大楼门口亮着路灯，似乎没有人值班。但她俩一踏上大门的台阶，立刻从暗影里闪出一位保安。

　　保安对她俩进行了盘问，并且打电话到楼上的总服务台进行了验证之后，才放行了。

　　二人坐电梯上了四楼，走出电梯，就看见走廊上站着一个五十来岁的男人，中等身材，穿了一件春仿色的短袖衬衫，表情严肃，一看就是有身份的领导。这位领导看见二人走来，只说了声"跟我来"。就领头朝着转角处的会议室走去。

　　领导从柜子上的纸箱中取出两瓶矿泉水，递给雪雁和杏儿，不冷不热地说："坐吧。什么事？说吧。"

　　雪雁有些犹豫，忽然觉得今天这样上门申冤似乎有些不妥。

　　杏儿一见，以为她不方便开口，就抢着说："领导，先自我介绍一下。我是古堰镇枫杨村团支部书记、青年志愿服务队队长梁杏儿。她是我们的支部书记雪雁。我们镇党委姚开华书记是冤枉的，他是一名党的好干部。听说把他控制起来了，我们心里很着急……"

　　领导浓眉一皱，冷冷地问："你们听谁说把他控制起来了？"

　　"是，是……"杏儿语塞，求救似的扭头朝杏儿一瞟。

　　"是小道消息。"雪雁插话。

　　"乱弹琴！"领导冷笑了一声，"小道消息你们也信？姚开华究竟是什么人？难道组织上还没有你们清楚吗？组织上找他协助调查，怎么能说是把他控制起来了呢？你们居然专门来为他申冤？如果津南县的几千名干部都像你们一样，心中有所不满，就上门找我们巡视组兴师问罪。请问，我们的工作怎么开展？"

　　雪雁完全蒙了。心里直是后悔，今天真不该来。

　　岂料领导继续说道："雪雁同志，我在这里要告诫你一声，现在社会上的事情是很复杂的，不要动不动就把事情捅到互联网上去。你到津南县的时间并不长，你倒好，你们古堰镇、你雪雁就在互联网上造成了两次轰动，引发了互联网上的群体性事件。你难道不该吸取深刻教训吗？"

　　雪雁再一次产生五雷轰顶的感觉，震得她双耳发麻，头脑嗡嗡作响。从小到大，雪雁因为人长得乖，品学兼优，听到的总是赞美和肯定，她从来没有听到过如此严厉的批评，今天真是倒霉透顶啊！从下午到现在，连续经受了两次沉重的打击，在互联网上被侮辱、嘲笑，此刻又遭到领导严厉申斥，她的忍耐已经到了极限。她不断地提示，千万要忍耐，冷静，不能再干出傻事。于是她赶忙站起来，一边朝着领导深深地鞠了一躬，一边沉重地说："领导，对不起了！我错了！我很后悔，今天到这里来搞所谓申冤，是目无组织目无纪律的行为。下次，我将写出深刻的检讨，交给县纪律检查委员会。"说罢，赶紧起身告辞，"打扰您了，再见！"

领导严肃地点了点头，目送她拉着杏儿出了门。

雪雁和杏儿经过服务总台时，一位女值班员站起来说："请问你们是来找省委巡视组反映问题的吗？雪雁点点头。请你登个记。"女服务员递过纸笔。看过雪雁递给她的表格后，惊讶地说，"哦！原来你就是雪雁？"雪雁忽然联想到互联网上正在折腾她，便敏感地脸一红。

雪雁和杏儿下了楼，刚走到停车场杏儿的轿车旁边，雪雁的手机响了。她一看是个陌生号码，就不想接。杏儿提示她，别犹豫，万一是一个重要电话呢。她按了一下接听键。她幸好接了，原来是县委书记的秘书小余打来的，小余告诉她，任为民书记在办公室等她，要她马上去一下。

杏儿和雪雁赶紧上车，把车开到前院停好。这幢六层高的老式办公楼是没有电梯的。雪雁一个人下车以后，从门廊前宽阔的阶梯开始，一级一级地往上爬，刚走进一楼大厅，就碰见了下楼来迎接她的秘书小余。"雪雁书记，你好！"小余热情地说，"任书记在五楼办公室等你。"

小余把雪雁领到任为民办公室的门前，轻轻敲了敲门，听到里面传出"请进"以后，才将门推开。

任为民正坐在办公桌前，抓紧时间批阅文件。见雪雁走进来，就客气地说了一声"请坐"。雪雁顺势坐在单人沙发上。小余给她泡了一杯茉莉花茶以后，轻轻带上门离开了。

身材高大的任为民今年45岁，蓄着深平头，一件浅蓝色的短袖衬衫配了一条靛蓝色的西服裤子，显得简洁干练。

雪雁从来没有单独见过任为民，一见县委书记走过来，忙礼貌地起身让座。任为民伸出右手轻轻压了压，示意她坐下不必多礼。

她见他脸色凝重，心头便有些紧张。任为民端坐在她的对面，双目炯炯地瞪着她，忽然说："你这个雪雁，你也太胆大了！"说着，猛然拍了一下茶几，砰！

雪雁吓得一抖。

"你居然敢擅自做主，跑去省委巡视组申冤。你申什么冤？你替谁申冤？你懂不懂规矩？是谁支持你这么干的？"

任为民脸色铁青，语气严厉，连珠炮般地发问，让雪雁无处可躲。她感觉自己今天实在是太幼稚、太唐突、太不计后果了。她涌上了发自内心的忏悔，任泪水在自己的脸上流淌。任为民顺手把放在桌上的纸巾抽出两张，递给她。"谢谢！"她接过纸巾，不敢正视对方的眼睛，只顾揩脸上的泪水。

任为民放缓了语气，说："你也不想一想，你雪雁分到我们津南县还不到一年的时间，有人就两次把你推上互联网成为网红，今天更是饱受攻击，饱受凌辱。这究竟是为什么？这究竟是谁对你那么刻骨仇恨？那些家伙，故意把你污名化，把你揪出来示众。他们要达到什么目的？你思考过吗？我敢断定你从来没有思考过。古人云，知己知彼，百战不殆。你既不知己，又不知彼，你居然就敢跑去找省委巡视组申冤。你在政治上太幼稚了，你真的太让我失望了……好了，你可以走了。"

雪雁起立，揩了两把泪水，心悦诚服地说："衷心感谢任书记今晚对我的谆谆教诲！人不能在同一个地方摔倒两次，下来我会认真清理我的思路，写出深刻的检讨交给您。"

任为民平静地点了点头，对着大门喊了一声："小余，送客。"

小余推门进来，送雪雁出了门。

雪雁一言不发，默默地上车。杏儿知趣，也不开口问她，开着她的柠檬黄本田，向着枫杨村方向飞驰而去。

4

柠檬黄小车刚一出城，狂风夹着暴雨骤然而至，路灯下的沥青路面雨水横流、水花乱跳，满世界只听到一片哗哗哗的雨水声。坐在驾驶室后座的雪雁茫然无助，思绪如一团乱麻，理不出一丝头绪。她漫无目的地望着车窗外。乡村公路两旁的竹林树木正在经受风吹雨打，狂风一次又一次地把那些竹树往地面压，而它们一次又一次地昂首挣扎。黑压压的林盘大起大落，犹如夜色里汹涌澎湃的海浪。她时不时地看见狂风在折断翠竹，却听不到折断时该有的啪啪声。

今晚的暴雨之大超出预料，挡风玻璃上雨水成河。弄得杏儿完全无法辨别方向。不得已只好打开应急灯，一度将轿车靠边停下，等待雨量稍小再走。谢天谢地！驾车生手杏儿终于平安地把车开回来了，停在方玉玲那栋二层小白楼的附近。车上未备雨伞，二人告别后，雪雁打开车门的一瞬间，身上立即被暴雨淋湿。她急急忙忙朝出租屋跑去。她刚刚跑到院落的龙门子，一道炫目的闪电倏地一闪，眼前的景物陡然一亮，紧接着又恢复了黑暗。与此同时，一声炸雷当头劈下，啪嚓——天地震撼，惊心动魄，这是不可征服无以匹敌的大自然的威力啊！雪雁脚下一滑，仰面朝天应声倒在地上。在短短的几个小时内，类似的炸雷，已经在她的内心轰鸣过两次。在互联网上，各色人等对她轮番指责、鞭笞、侮骂；在两位领导同志面前，又接连遭到斥责。她委屈万分，她痛苦不堪。她无处发泄！脸上的热泪混合着雨水，冰凉坚硬的水泥地让她异常难受，她挣扎着爬起来，将院墙门使劲朝推。不料那门竟是虚掩的，她踉跄了一下，差点扑进水里。随后，她像疯子一样，冲过院坝，旁若无人地冲进客厅。她无心顾及客厅里为何亮着灯，她推开自己卧室的房门，摁亮电灯，反手关上房门。她一头冲进盥洗间，打开淋浴器。

她冲到花洒下，任凭热水冲刷。现在没有人了，她终于可以痛痛快快地大哭一场了。"啊——"她仰面朝天，突然发出一声哀号，紧接着，是撕心裂肺的痛哭。流水声哗哗哗不停，分不清是外面的雨声，还是花洒喷出的热水声。她哭得如此伤心，只有在最疼爱她的爸爸妈妈和奶奶死的时候，她才这样痛哭过。室内室外哗哗的流水声，几乎掩盖了她的哭声。一个人心灵受到创伤，别人的抚慰效果是十分有限的，说到底，还是得靠自己。

但是，有两颗敏感的心灵还是捕捉到了她的哭声。这两个人不是别人，就是一直坐在客厅里看电视，等着她回来的方玉玲和耿玉强。

5

人们总爱说光阴似箭，日月如梭。对于这一点，耿玉强特别有体会。不知不觉间，他到枫杨村来辅佐雪雁快要两年了。这一年多与雪雁朝夕相处，让他愈来愈仰慕她了。从最初雪雁"一顾茅庐"时他的不以为然，雪雁主动借款让他远离一地鸡毛时的感恩，到他玩儿失踪时雪雁对他的庇护，讨论枫杨村建设方案时二人意见的互补，二人喝茶谈天时流露出的欣赏趣味的一致，再到今天他对她果断处置群体事件的欣赏，乃至于对她在风雨中为了姚开华的事奔走而招致斥责的心疼。

此刻，耿玉强为什么会在方玉玲的客厅里出现呢？

今晚天刚擦黑的时候，耿玉强、雪雁、秦木匠、杏儿四个人，在县医院住院部走廊点外卖吃过盒饭之后，就散了。秦木匠要送耿玉强回枫杨村。他叫秦木匠别管他，说他今晚再不回去，他老婆要打电话骂人了。他和秦木匠分手后，就打的回到枫杨村村委会他的卧室，打开书本阅读，这一点他跟雪雁的习惯差不多。刚看了几页，方玉玲打电话找他，一听说他在村委会的卧室，就放心了。她告诉他，赶紧上网看看，村儿里今天下午发生的事已经在互联网上闹开了。

他赶紧上网，发现发帖子的家伙真是头顶长疮脚底流脓——坏透了，还有那些幸灾乐祸的网民，他肺都快气炸了，差点儿就把手机砸了。他怒火万丈，无处发泄，就想打个电话给雪雁，手机里的提示音却是："对不起，你所拨打的电话暂时无人接听"。他又拨杏儿的手机，想侧面打听一下雪雁的消息，可是得到的回复依然是"你所拨打的电话暂时无人接听"。

耿玉强打电话的时候，正好赶上雪雁和杏儿的车开进了县委内院。杏儿当时其实很想接耿玉强的电话。可是因为雪雁姐打过招呼叫她别接，她只得作罢。等到任为民书记的秘书小余打电话，把雪雁请到书记办公室去以后，她一个人留在车上，这才有机会给耿玉强回电话。耿玉强关切地问长问短。杏儿自然了解耿老师和雪雁姐的关系很和谐，也就没拿他当外人，就把他们四个人分手以后发生的事情一五一十地告诉了对方，并嘱咐他一定要注意保密。如此一来，雪雁所受的委屈，她心头所受到的震撼，让耿玉强感同身受，他忧心忡忡，深恐雪雁的身心因不堪重负而出现意外情况。

他下定决心，就打着雨伞，冒着瓢泼大雨，来到了方玉玲的家。

他站在方家的龙门子外面敲门。方玉玲打着雨伞站在院墙内，一听是耿玉强的声音，马上就开了门。方玉玲将门虚掩了，扭身温柔地一笑，说："耿老师这么晚还没睡？"雨声哗哗，她只得用比平时大得多的嗓音说话。

"雪雁书记还没回来，我担心她。我的心里发慌，没法入睡。等他回来，我给她说几句话我就走。"

"我是过来人，我懂……"温柔宽厚的方玉玲咧嘴一笑，"耿老师，你的心真好……"一边说，一边领头朝着客厅走去。

客厅里开着一盏小灯，那是为了方便看电视。她故意没有关客厅的大门。她请他坐下，给他沏了一杯茶。她和他各坐一把单人沙发，而宁愿让三人沙发空着。二人寒暄了几句，就开始看电视，眼睛倒是盯着电视屏幕，却各怀心思，毕竟看电视只是为了消磨时间，等人才是目的。

6

当龙门子的大门发出砰的一声响时，客厅里的两个人会心地交换了一下眼色，雪雁终于回来了。紧接着，就看见一身泥水披头散发的雪雁，情绪失控地奔进客厅，随之，是雪雁卧室砰的关门声。耿玉强和方玉玲感到很惊讶，二人从来没见过雪雁如此失态，内心对今天惨遭折磨的雪雁充满了同情。

撕心裂肺的哀号从雪雁的卧室里隐隐传来，二人一愣，就下意识地走到雪雁卧室的门外，想弄清楚里面究竟发生了什么。无奈房门紧闭，二人只好忐忑不安地踱来踱去。

耿玉强担忧地问："玲妹，雪雁她心里难受，会不会有事？"

"应该不会。她受的冤屈太多了，一个女孩子，真的太不容易了。让她发泄一下也好。"

"我很担心她。我……我怕她出什么意外，耿玉强傻乎乎地说，我想进去看看……"

方玉玲扑哧一笑："行啊！只要她放你进去……"

"我……我试试。"他说着，就要上前敲门。

她忙伸手将他一拦："干什么？人家女孩子在洗澡……"

他恍然大悟"对对，人家女孩子在洗澡……"

"书呆子！"她嗔怪地瞟了他一眼，"得让她哭个够，明白不？"

"不明白。哭多了不好，会伤身……还有，眼睛会哭肿，肿得像水蜜桃……不好看。"耿玉强边说边摇头，他似乎看见泪流满面、眼睛红肿的雪雁站在他面前。

她掩嘴一笑，心里明白这呆子是爱上雪雁了，随之对这家伙产生了怜悯。就说："书呆子，必须要让她哭够，不然的话她的压力得不到释放。

反而会严重伤害她的身体。"

他一听，愣了，说："哦！那就让她哭个够吧？再哭三个小时，你看够不够？"

"哎呀！我怎么知道？我又不是她肚子里的蛔虫。"她调侃道。

二人不约而同地走回沙发，各归原位。

二人看了一会儿电视。耿玉强坐卧不安，掏出手机看了一会儿时间，产生了度日如年的感觉。随口说道："时间怎么过得这么慢？"

方玉玲同情地莞尔一笑。

"要不……"他建议道，"玲姐，你先去睡，我在这儿等她哭……"

"要是她哭一晚上呢？"

"我就等到天亮。"

她心想，人们常说陷入恋爱的女人智商是最低的，看来鬼迷心窍的男人智商也高不到哪里去。"我算服你了。"她淡淡地丢下一句话，起身朝雪雁的卧室门走去。耿玉强尾巴似的赶紧跟了过去。

她伸手敲了敲门，没有反应。她加重了力度，再敲。

门忽然开了。裹着浴袍的雪雁，用干毛巾揉着湿漉漉的头发，亲热地叫了一声："玲姐。"

方玉玲一看，雪雁眉头舒展，雪肤衬托的脸蛋红艳欲滴，看来她心头郁结的委屈大体上化解了。就说："耿老师找你。说罢，把身子往旁边一挪。"

耿玉强这才看见雪雁，顿时惊得合不拢嘴，他忙敛了敛神，说："雪雁书记，我有几句话想跟你说，边说就边往门里挤。"

雪雁说："客厅吧。我这房间里没椅子。"这才察觉自己没穿正装，忙说，"不好意思，耿老师，请在客厅里稍等，我换身衣服就来。"说罢，就关了门。

耿玉强只好转身往沙发那儿走。

不一会儿，雪雁把头发扎了马尾巴，换了一身淡蓝色的连衣裙，趿着拖鞋，走出卧室。

方玉玲顺手摁亮了头顶的吊灯，客厅里顿时辉煌起来。她借口道："雪雁书记，耿老师，你们慢慢谈，我回避一下。"说罢，朝着厨房走去。

耿玉强感激地瞟了一眼方玉玲的背影。

240

雪雁在耿玉强对面的沙发上落座，关切地问："耿老师，这么晚了，怎么还没睡？"

"睡不着。一想到你今天受了那么大的委屈，我的心情就无法平静。"他实话实说。

雪雁试探着问："你……都知道了……是杏儿告诉你的吧……"

"我们在县医院分手后，很担心你，我就给杏儿打电话，她也没把我当外人，这么一来，你今天所受的委屈我就全都知道了。"耿玉强急于表达对雪雁的关爱，一不小心就傻乎乎地揭开了她正在愈合的伤疤。

伤疤渗出的鲜血，顿时让雪雁的情绪变得恶劣，她竭力保持着平静，说："都怪我，我太唐突……"

"不，不对。实际上你表现得非常优秀。你今天下午对突发事件的处理非常妥当，如果换成是我的话，我肯定束手无策。尤其是你在姚书记遭受诬陷的时候，挺身而出，大义凛然，找上级申诉，有情有义，非常有人情味儿。我耿玉强佩服得五体投地。"

雪雁见耿玉强动了感情，说得慷慨激昂，心里有些感动，就说："谢谢耿老师！叹千古知音难觅，耿老师，你说句心里话，我和你之间算不算是知音？"

岂止是知音？真是说者无意，听者有心，耿玉强深情地说："雪雁，请允许我直接叫你的名字，叫雪雁书记太公事公办了……"

"耿老师，你随便，想怎么叫就怎么叫，爹妈给孩子起名字，就是用来叫的。"

"说得好！雪雁，你我岂止是知音，你的所作所为，让我对你十分仰慕。是你发现了我，是你拯救了我，是你庇护了我，是你激发了我的创造力，是……"他愈说愈激动。

他越说越兴奋，说着说着就变了味儿，"雪雁，说句心里话，我最初只是感激你，是你的人格魅力深深地吸引了我，然后是发自内心地喜欢你，发展到天天都想见到你，每天都想听到你的声音，再发展到一见到你就自惭形秽，感觉配不上你……"

耿玉强热血沸腾，表白愈来愈滚烫。雪雁猛然醒悟，糟糕！这个书呆子，说出的话愈说愈变味儿。心想这可不好，自己跟男友郑华情深意笃，对于眼前她欣赏的这个奇才，这个鬼迷心窍的帅哥，她该怎样拒绝才好，才不至于伤害他的自尊心呢？她假装没听懂他的话，说，耿老师，言重了。

"雪雁，你就让我把话说完吧。这句话憋我心里好久了，憋得我食不甘味，寝不安眠。"他突然深深地吸了一口气，鼓足勇气，异乎寻常地大喊了一声，"雪雁！我……"

雪雁急了。生怕他贸然喊出那一嗓子，这样一来就没有退路了，就会陷入极度的尴尬。说时迟，那时快，她跟他几乎同时大喊了一声："耿老师！"

二人的声音发生激烈碰撞，在客厅里回荡。话一出口，二人都愣了。接着，是难堪的沉默。

"来了！"一声歌唱般的吆喝打破了僵局，透着满腹欢心的吆喝声，不失时机地从厨房方向传来。二人扭头看去，就见方玉玲双手端着一个托盘走来。她穿着白底青花的连衣裙，腰上系的那条靛蓝色的围裙，将她勾勒得凹凸有致，浑身洋溢着少妇的成熟之美。

她把托盘放在茶几上，然后取出三只斗碗摆在每个人的面前。每只碗里装着两个荷包蛋，大小不等的雪块儿似的粉子，绿蚁似的醪糟。每只碗热气氤氲，散发着诱人的甜香味。

"夜深了，赶紧吃点儿醪糟蛋，垫垫肚子！"方玉玲若无其事地催促道，说罢，带头端起了碗。耿玉强心头的余波未散，感觉有点难为情。

雪雁和方玉玲心有灵犀，雪雁感激地看了方玉玲一眼。雪雁暗忖，若不是玲姐及时救场，转换了节奏，接下来她和耿玉强恐怕很难相处。于是用勺子在碗里搅了搅，舀了一口汤尝了尝，点赞道："甜味儿适度，醪糟味儿浓，你真的太会弄吃的了。"

雪雁的本意，就想让耿玉强参与闲谈，借此转换心境，谁知他只顾闷头吃喝，不吭一声。

耿玉强趁两个女人吃完放碗的功夫，迅速把三个斗碗收拾进托盘，然后端着托盘起身往厨房走去。方玉玲边追赶边说："哎，耿老师，怎么能让你来做家务？快放下！"

7

耿玉强径直走进厨房，将托盘放在灶台上。然后转身等方玉玲走进来，悄声说："玲妹，刚才多亏了你。不然的话，今天把那三个字说出口就糟啦！"

方玉玲故意问道："耿老师，你说的是哪三个字啊？"

"就是……就是……"耿玉强扭捏着，说不出口。

"既然人背后你都说不出口，那你刚才是哪儿来的疯劲呢？"方玉玲嗔怪道。

"刚才是刚才，现在是现在，刚才是话赶话说到那儿了，水到渠成嘛。"

"那现在呢？"

"现在没有倾诉对象了。"

"怎么没有倾诉对象？她不就在客厅里吗？你跟她说去，要不，我去把她喊来？"

"别别别。玲妹，我服了你了。"

"你想爱谁是你的自由。你如果把你对某个女人的爱深藏在心里，这就是一种非常美好的感情。但是假如你不管不顾，硬要强行表白，有时候就会弄得大家都非常尴尬。"

"当你爱一个人的时候，又不能说出口，这太折磨人了！"

"你是不是真的爱她我不知道，但我感觉到你非常仰慕她。"

"对对，我是仰慕她！"他感觉方玉玲说的正中下怀。

"仰慕是什么意思呢？我专门查过字典，就是说你对某个人非常崇拜，因崇拜而喜欢她，对吧？你对雪雁书记就产生了这种感情，对吧？"

耿玉强没想到方玉玲把他看得这么透，就说："玲妹，你的眼光太毒了，我在你面前好像没穿衣服……"

"别说得那么夸张，我的耿大师！"

耿玉强有些后怕地说："刚才我在客厅里跟雪雁说的那些话，你都听到了吗？"

"我耳朵又不聋。你们说得那么大声，就像搞现场直播一样。我能听不到？"

耿玉强的脸唰地一下红了，说："哎呀！刚才我一时冲动，忘了你在屋里了……玲妹，你不会在心里笑话我吧？"

"我怎么会笑话你？你的表白非常真诚，如果换一个人，恐怕就被你拿下了。"

耿玉强诧异地眨巴眨巴眼睛，说："我……我真的有那么厉害吗？"

"怎么？你不知道你厉害？谁不知道你耿玉强是个奇人，你不只是年轻姑娘，恐怕还是少妇们的杀手。"

"玲妹，玲妹，我告饶了，快别调侃我了。俗话说，旁观者清。我很想听听你这个旁观者的想法。你听了我对雪雁的表白，你有什么感觉？"

"你想听真话还是假话？"

"真话，当然想听真话。"

"听了你对雪雁的表白，我的直接感觉是，心里酸酸的。"

"哦！怎么会呢？"耿玉强无法理解。

"怎么会？你忘了我也是一个女人吗？我就实话实说了吧，听了你对她的表白，我感到我很失败。我感到我在吃醋。"方玉玲这个聪明的女人，乘机抓住这个稍纵即逝的机会，推开窗户说亮话，巧妙地对耿玉强进行表白。

"我……我……"耿玉强很诧异、很慌乱，方玉玲这一下打了他个措手不及。

她说，她之所以愿意照顾他的生活，最初是出于工作。渐渐的，她觉得他这个人很有才，也很可爱。慢慢地，她就喜欢他了。有的时候她就在想，雪雁妹妹为什么要安排她照顾他呢？后来慢慢想明白了，雪雁是一片好心，她想成全他俩。可是他这个书呆子一点都不浪漫，情商太低。他对她居然没有一点儿感觉。她明白他的心都在雪雁的身上，当然，她和雪雁是闺蜜，她并不嫉妒。别人不爱她，她怎么可以强求呢？但毕竟她是一个活生生的女人，所以她有点儿吃醋……她干脆一吐为快，直接捅破了这层窗户纸。如果耿玉强装傻不接招，她从此就不抱任何幻想了。

耿玉强毕竟是一个有才华、有情义的好男人，听完方玉玲的表白，内心掀起了惊天的波澜。原来，这一切都是雪雁安排的，他跟方玉玲真是有缘呐！这女人丰腴柔美，别有风韵，并且待人宽厚，还是制作盆景的一把好手。现在，她却放下身段来向他表白，他这是哪一世修来的福报啊？

恰恰在此时，雪雁高叫着走了进来。二人赶紧调整情绪，脱离刚才的情意绵绵。

只听雪雁兴奋地喊道："玲姐！我们郑华赶来啦！我得去接他一下。"

耿玉强茫然地问："郑华，谁是郑华？"

方玉玲调笑道："书呆子，你连郑华都不知道？郑华是雪雁妹妹的情人呀。"

"好酸，好酸。"雪雁开心地一笑。

耿玉强恍然大悟，忙说："欢迎雪雁书记的男朋友！天不早了，我也该回去啦。我们三个人一起去接他吧。"

三个人走出客厅，这才发现暴雨已经变成了稀疏的小雨，雨伞已经可打可不打了。三个人依然打着雨伞，刚一走出龙门子，就见前面射来两道雪亮的轿车的光柱。雪雁忽然扔了雨伞，朝着光柱跑去。光柱忽然静止不不动了。就见一男一女两个年轻人的身影，一左一右出现在车头光柱的前面，两人慢慢靠近，女人忽然猛扑过去，搂着男人的脖子，男人张开双臂将她紧紧搂进怀抱。在最亲近的恋人面前，雪雁百感交集，热泪竟然夺眶而出。

这激情飞扬的拥抱场面，让耿玉强和方玉玲深受刺激。二人情不自禁地各伸出一只手，先是在雨伞下面试探着，之后，她果断地抓住他的手。他分明感到，抓他的那只绵软的小手在微微颤抖……

这种两情相悦的感觉真是妙不可言！他鼓励自己，一定不能退缩，机会可是稍纵即逝的啊！

想到此，他把目光投向对方的脸。在明亮的车灯照射下，他的眼神火辣辣的。她仰起脸蛋，坦然迎接他的目光，眼神里满是深情与温柔。在车灯雪亮的光柱中，她的绰约风姿呈现出迷幻的神韵。他的眼神愈来愈热烈，他猛然扑将上去，一把将她搂进怀里。

8

清晨6点钟，正是林盘里鸟儿闹林闹得最欢的时候，却没把酣睡中的雪雁和郑华吵醒。一直等到放在灯柜上的闹钟骤然响起，二人才睁开了眼睛。郑华因为要赶回市里上班，二人只缠绵了一下，就赶紧起床。匆匆梳洗完毕，怕惊动方玉玲，郑华说他开车去古堰镇吃早饭。谁知方玉玲已经站在客厅里招呼他俩吃早饭了。一人一杯热牛奶，一只煮鸡蛋，一个黑芝麻馅儿的面包。雪雁拿起面包闻了闻，立即咬了一口。三人一起吃过早饭，郑华向方玉玲辞行。

雪雁刚刚把郑华送走，忽然手机响了。她一看是姚开华来的，心里不由得一喜，忙说："姚书记，早上好！"

姚开华担心地问她："昨晚睡得可好？"她说："谢谢关心，睡的还行。"她紧接着问他自由了吗？姚开华轻松地一笑，说他没事儿，也就是协助巡视组调查一下。他说他最担心的还是她。因为有人一心想把他搞垮，就连累了她。他生怕她顶不住。她忙说："没事儿就好。"他接着说，如果昨天没有失联的话，他就会提醒她，不要去找巡视组。姚开华说："刚才任为民书记给我打过电话，他说他昨天晚上把你给骂哭了。他特别要我转告你，社会是复杂的，我们津南县的政治生态同样是复杂微妙的，组织上要培养一个年轻干部不容易，你一定要珍惜这个机会。"姚开华又说，"任书记告诫你，不要受干扰，要把自己的精力放在乡村振兴上，实实在在地干出一点成绩来，造福老百姓。"

雪雁请姚开华转告任书记，她一定不辜负领导的信任，她会努力做好乡村振兴的工作，争取让枫杨村这个老先进再创辉煌。

第十二章　大野芳菲

1

不知不觉间，雪雁担任枫杨村党支部书记，已经进入第三个年头了。

这是2019年的3月初。昨夜下了一场春雨。"沾衣欲湿杏花雨，吹面不寒杨柳风。"丝丝缕缕的春雨，似乎沾不湿身上的衣衫，但那800亩一望无际的彩花油菜田，在淅淅沥沥的春雨飘洒之下，却湿漉漉地泛着亮光，次第开放的油菜花海一天一个样。枫杨溪畔，垂柳如丝，枫杨树枝头，新叶嫩绿。清澈的溪水开始在原野上欢快地奔流，春光一天比一天明媚了。

这一天，枫杨村来了两个神秘的客人，他们开了一辆黑色奥迪轿车沿着枫杨路开到村委会办公楼的背后，但轿车并未停在大楼前的停车场，而是直接左拐，驶向了老河湾方向。开车的，是津南县委书记任为民的秘书小余，车上坐的自然是任为民本人。任为民这个人比较实在，他下基层搞调查研究从来就不喜欢迎来送往，倒是喜欢事前不打招呼，直接出现在现场，想以这种方式获得比较真实的基层情况。

两年多来，枫杨村在年轻女村官雪雁的领导下，乡村振兴的工作搞得热火朝天。夏天的时候，任为民专门来做过"微服私访"，在他的印象中，那时候全村遍地开花，几乎就是一个建筑大工地，修房子、铺管道、埋电线、挖河滩，施工车辆来来往往……到处都有机器轰鸣、焊花闪烁、人声喧哗，给人一种乱糟糟的感觉。

今天的感觉则完全不同，轿车从枫杨路向南驶去，在离老河湾近一里路的地方，骑着枫杨路，矗立着一道古香古色的牌坊，穿过牌坊，东西两面都是刚刚放花的油菜花海，花海五颜六色，往东往西看去，都是一望无际。小车慢慢向南开去，约一里路远，便是在老河湾和老河湾北部原农户宅基地上新建的林盘院落群。小车在春意盎然的农户别墅之间穿行，感觉很幽静。任为民认为还是步行观赏感觉亲近一些，便叫小余把车靠边停在适当位置。

二人一下车，发现农户别墅新居里，已经有不少农户入住了。二人抬眼环视，那川西园林式的布局立刻就把他俩吸引了。虽说都是一楼一底的川西小别墅，但式样多变，各农户新居形成散点布局，掩映在慈竹林和高大乔木之间。走过可见茂林修竹，古木苍苍，移步换景，曲径通幽；溪随路转，流水潺潺，回环处，似可曲水流觞。整个布局运用了框景、障景、借景等造园手法，技艺圆熟。如此美景，令人意犹未尽、流连忘返。任为民发现，别墅新居周围的竹树都是原生态的，难能可贵的是，过去川西林盘中常见的老树，比如拐枣、夜合、柏树、桢楠、香樟、银杏、水冬瓜、皂荚、苦楝、枫杨等高大的参天乔木，以及秀顾浓密的慈竹，非常入画的老干虬枝、四季常青的繁枝茂叶，峙立在原处。在这个林盘院落群中穿行，感觉就像在布局讲究的川西园林里徜徉一样。二人贪看风景，在院落通道上兴致勃勃地漫步，岂料院落通道纵横交错，走着走着，就找不到原来的路了。

任为民忽然醒悟，说："这样不行，我们会迷路的。你给雪雁打个电话，叫她找人过来给我们当当导游。"小余答应一声，拿出手机拨电话。然后，二人退回到停车处等候。

接了小余的电话以后，雪雁暗忖，借今天这个机会，正好把耿玉强和秦木匠介绍给任书记认识，让他俩今后有更广阔的天地去施展自己的才华。于是就叫杏儿通知耿玉强和秦木匠。四个人匆匆下楼，在底楼服务大厅遇见了方玉玲、雷小群、吕含芝、牛武江。吕含芝很好奇,见四个人匆匆忙忙的,问是不是出了什么事。杏儿嘴快,就说了缘由。枫杨村只有雪雁和雷火云等人见过县委书记任为民,方玉玲、雷小群、吕含芝、牛武江,一听说任书记进村了,就想去凑凑热闹。雪雁暗忖,任书记喜欢直接接触群众,主张听真话,让大家去见见他,他一定会高兴的。

一行八人出了办公楼,火速朝老河湾赶去。路上又碰到七八个喜欢凑热闹的中青年村民,也要求一道去,这一来,这支队伍就壮大了。

他们按照小余发来的定位图,很快在农户别墅区找到任为民二人。看见年纪大的那个气宇轩昂,不等走过去,不管是认识还是不认识的,众人全都热情招呼那个年纪大的人"任书记好!"。

这个阵势感染了任为民,他欣喜地说:"哇,一下子来了这么多人呐。我只需要一个导游啊。"

雪雁忙解释道:"书记,是他们自己要来的。"

"任书记,我们都想见见你……"

"任书记,你这么大的官儿,我们平时哪见得着啊?"

十几个人七嘴八舌,闹闹嚷嚷。

任为民伸出手,边跟大家一一握手,边问好:"大家好,大家好!是我这个当书记的官僚……"

当任为民跟耿玉强两手相握时,雪雁介绍道:"任书记,这位就是乡村园林设计大师耿玉强。"

耿玉强连忙说:"大师不敢当,自称大师的都是骗子。本人名叫耿玉强,川西乡情园林公司的法人代表。"

"耿玉强,我知道你。"任为民紧握着耿玉强的手摇了摇,边说边开心地笑,"你的大名可是如雷贯耳啊,今天才有机会见到你的真人。奇人哪!"

"不敢当不敢当。"耿玉强忙说。

雪雁接着又把秦木匠介绍给了任为民。

任为民与众人寒暄完毕,忽然说:"我刚才走进去,看了有一二十分钟,感觉你们的这个规划设计真的太了不起了。原生竹树保护得好,利用得也好。说实话,我刚才的感觉就像在古典园林中游览一样,你们这个林盘院落群的农户别墅我太喜欢了。你们枫杨村大大提升了新农村集中居住小区的形象,你们就是我们津南县乡村振兴的亮点。"

雪雁连忙说："这多亏了耿老师和秦老师，他俩为了把这个林盘院落群做成极品，殚精竭虑，起早贪黑反复设计，硬是将大树和古树一棵都不少地保留了下来。"

任为民赞不绝口，说："你们这个小区呀，目前不仅在我们津南县，就是在我们西都市都是当之无愧的No.1。人民群众的创造力伟大呀，值得我们学习，值得我们推广。你们这种设计布局，妙不可言，特色非常鲜明。我总结了16个字，叫作'依托林盘，散点布局，林木掩映，见缝插针'。"

见县委书记做出这么高的评价，众人感到非常自豪，赶紧热烈鼓掌。

任为民回头望着远处牌坊，问道："刚才我看见牌坊上还没有名称，这个牌坊的名称有没有想法了？"

雪雁笑着摇摇头。

"可以发动大家开动脑筋嘛。三个臭皮匠，顶个诸葛亮嘛，对吧？大家说说。这个牌坊叫什么好？"

牛武江不揣冒昧，抢先发言："任书记，我完全没有想到，你居然这么亲民，我受到了鼓励，我首先发言。任书记，你刚才说我们这个居住小区城里人做梦都享受不到，我们这不就是神仙过的日子了吗？干脆就叫'人间天上'好啦！"

吕含芝不依，马上插话："老牛你吹牛皮不要本钱是不？我来建议一个，就叫'世外桃源'，咋样？"

众人议论纷纷："不妥，不妥。这个名字早都用烂了。再说，我们这里又没有栽很多桃树。"

任为民莞尔一笑，扭头望着耿玉强说："耿老师，你肯定早就胸有成竹了。抛出来让大家见识见识。"

"任书记，那我就抛砖引玉了。"耿玉强顺杆就爬。

任为民鼓励地将手一挥："抛，快抛！"

"我是这么创意的。"耿玉强字斟句酌地说，"城里人做梦都想不到我们乡下人会有今天的好日子，我们取的名字一定要让他们服气，看似简单，其实大有深意。我看，就叫'梦里农家'，好不好？"

他话没说完，众人连声叫好，掌声热烈。

耿玉强趁热打铁道："这个牌坊，两边的柱子应当挂木头雕刻的楹联。我根据这个环境，初步拟了一副，想听听任书记的意见。"他就念道："上联是一湾清溪映枫杨晓月；下联是百院雅舍衔秀竹梅园。"

　　秦木匠首先反应过来，带头使劲拍手喝彩。众人赶紧附和。

　　杏儿提示道："雪雁姐，我们这儿的景点多。赶紧走吧，不然今天看不完的。"

　　任为民把手一挥："对，对对，赶紧走。"

　　任为民在一行人的前呼后拥下，朝着"梦里农家"林盘院落群的深处走去。

2

　　看完林盘院落群农户新居别墅。一行人沿着一条崭新的沥青混凝土路，向南朝着老河湾核心区杏花湖走来。此路，还通往游览餐饮区。

　　占地50多亩的杏花湖，犹如一枚绿莹莹的宝石镶嵌在堆翠叠绿的大地上，彻底改善了枫杨村的地理环境。杏花湖略呈葫芦型，虽是一片人工湖泊，却故意做成天然湖岸的感觉，几乎看不出人工痕迹。靠近河岸的水域种了许多芦苇，值此仲春，狗尾巴式的隔年芦花在橙色的阳光下闪闪烁烁。曾经令城里人赞叹不已的杏花坡，现在成了杏花湖中的一个四五亩大的孤岛。这孤岛位于葫芦型湖泊的下部。在湖泊的西岸，修了一道仿苏州园林的曲桥，与杏花岛连接。此桥为青石平板，在湖面上折了六折。便于游人在随直曲折的石桥上左顾右盼，加深观景趣味。杏花坡原本就高出地面七八米，如今成了湖水回环的孤岛。在杏花岛上的杏花林中，新修了一座双重檐歇山式的亭子，亭子中间树立了一通重新镌刻的、请著名书法家题写的"清明思亲"的青石大碑。这一片湖泊，将来必定是深受游人喜欢的游船之地。

　　任为民一走到杏花湖边，就面露惊喜，这地方他原来是来过的，并且还是正当春光烂漫、杏花缤纷的时候来的。他对这一片杏花林很有印象。但他做梦都没想到，如今这里竟成了曲折有致、碧水盈盈的杏花湖。他一边走，一边对跟在他身后左右的雪雁和耿玉强说："这一片湖水设计得太好了，不仅彻底改变了枫杨村的生态条件，而且还满足了游人亲水的刚性需要。耿老师，你当时为什么要这么设计呢？"

　　耿玉强轻描淡写地说："其实当时我也没想那么多。只是觉得整个景区阳性的景物太多，比如高大的乔木，接二连三的建筑群，贯穿景区的公路，突兀一方的杏花坡等，都属阳。国人的阴阳观是非常彻底的，比如说，单数为阳，双数为阴。又比如说，手背为阳，手心为阴等。凡是万事万物都有阴阳之分。不仅如此，国人还讲究阴阳平衡，一阴一阳谓之道。我建议增添这个湖泊的初衷，就是为了平衡阴阳。"

任为民突然住脚，目光炯炯地盯着耿玉强说："耿老师，我今天长见识了。人们都说你是个怪人，今天一见，果然名不虚传。县上正在考虑，如何加强对乡村振兴的服务。初步考虑，想成立一个乡村建设规划设计院。我想特聘你为我们这个设计院的院士，你没意见吧？"

"士为知己者死。"耿玉强感动地说。

任为民默然颔首，兴致勃勃地跟在后面的众人一齐喝彩。吕含芝、牛武江还直是起哄，叫耿院士请客。

他们走过横在湖面上的曲桥，踩着依坡取势的石级，登上了杏花岛。

在杏树林花蕾招展的枝丫之间，新修的六角亭色彩鲜明，格外吸引眼球。任为民走进亭子，环视着四周，说："这地方是这片水域的制高点，是该有一个属阳的建筑物压在这个点上。这亭子修得不错，比较地道。哎，亭子取了名字没有？"雪雁说："有点想法了，但还没有最后定下来。主要是这个亭子跟一个故事有关。"说着，她就绘声绘色地讲起了杏儿奶奶当年为了种杏树而惨死的故事。

故事让大家心里沉甸甸的。任为民说："好在这一切都成为历史了。那时候的农民要想致富，主要就是搞点儿多种经营，为了挣钱，甚至付出了生命的代价。这个亭子修得好啊！它对梁青山老爷子的老伴是个纪念，对于我们这些党的干部也是一种警示。'清明思亲'碑矗立在这儿，就是在提醒我们，绝不能再干那样的蠢事。"

雪雁说："我们已经请我们津南县的文化名人邹治旻老先生，撰写了一篇《杏花坡赋》，正在雕刻。然后把它粘贴在'思亲碑'的背面。"

任为民不禁感叹道："你们枫杨村有个大学生村官真好，处处都不忘植入文化元素。你们这儿啊，想叫游人不喜欢都不可能。哎对了，这个亭子叫什么名字呢？"

"还没有最后定下来，任书记，梁杏儿倒是有一个想法。"雪雁转身催促杏儿，"快说说。"

"算了吧，我那怎么能登大雅之堂？"杏儿很不自信地扭捏起来。

"哎呀，你扭捏啥嘛？你不说，我来帮你说。"性子急躁的吕含芝脱口而出。

牛武江插话："亭子头既然安了思亲碑，亭子就该叫思亲亭嘛。"

"哎呀！犟牯牛，你少打岔。"吕含芝白了他一眼，继续说，"这里曾经埋葬过杏儿她奶奶。她说，干脆就叫葬花亭吧。"

葬花亭？众人觉得这名字似曾相识。

秦木匠插话："不妥，不妥，如果叫葬花亭，别人还以为这个亭子跟林黛玉有啥关系呢。"

杏儿插话："那就叫红杏亭。"

任为民说："已经有了杏花坡、杏花湖，这个亭子能不能不沾杏字？"

"那就叫落花亭。"杏儿说。

"落花亭这个创意不错。"任为民说，"能不能给你改一个字啊？"

听到书记表扬，杏儿高兴的脸都红了，忙说："当然可以，任书记，你只管随便改。"

任为民说："我把这个落花的花字改成英，英雄的英。落英，说白了也就是落花。晋朝的大诗人陶渊明写过一篇很有名的散文，叫《桃花源记》，其中有一句，'忽逢桃花林，夹岸数百步，芳草鲜美，落英缤纷'。"

"好！太巴适了！读起也顺口。"众人七嘴八舌地赞扬，一致鼓掌叫好。

任为民说："这么地道的一座六角亭，光有匾额还不够，还应该挂一副好楹联。考虑过这个没有？"

耿玉强连忙说："雪雁书记早就给我们布置了任务。她还抛出了上联，说是抛砖引玉。"

任为民说："好啊！雪雁同志，你就先抛一抛吧！"

雪雁害羞地脸一红："我是胡诌的。编对联，我可是外行。"

吕含芝着急地说："我的姑奶奶，你就快说吧，急死人啦！"

杏儿说："我知道，我来帮她说。她抛出的砖块儿是，'杏花春雨思亲长'。雪雁姐说：亲长呢就是父母尊长的意思。"

吕含芝、牛武江起哄道："快快！玉石快来，哪个来当玉石？任书记来当。"

任为民抱歉地一笑："对联我弄不好，限制太多了。尤其是平仄，我简直是外行。"

"在下倒是凑成了一联。"耿玉强说:"只是不知可否?"

秦木匠说:"哎呀!我的耿大师,你就不要在书记面前卖关子了。"

任为民说:"我洗耳恭听……"

耿玉强很低调地说:"其实我也是外行,不知道要不要得。"

"哎呀,快说,快说。"众人有点儿不耐烦了。

耿玉强赶紧说:"我的下联是'湖水斜阳忆故人'。"

众人口中念念有词,在努力品味。

只听任为民又说:"不错,不错,对仗工整,文采飞扬,意境也不错。不过我还是想给你改一个字。把湖水改成秋水,可好?"

雪雁道:"我的上联是'杏花春雨思亲长'"。

任为民指着耿玉强说:"他的下联是'秋水斜阳忆故人'!"

"好!好!"管他懂与不懂,众人一阵胡乱喝彩鼓掌。

3

一行人游览了杏花岛,又沿着曲桥走回湖畔。十多分钟后,他们沿着湖畔的小路,来到了这片葫芦形湖泊的最窄处——所谓葫芦腰的这个地方只有30米宽,在湖面上修了一座犹如长虹卧波般的七孔拱桥。此桥中间那一孔最为高大,然后向两端逐渐小下去,对称排列的桥洞与水中的倒影相映成趣,给人以特殊的美感。

任为民一见,脱口赞道:"这座拱桥的造型好美啊,晃眼一看,倒有点颐和园十七孔桥的神韵。"

"任书记好眼力,耿老师说他山之石可以攻玉,他要的就是这种感觉。"雪雁会心地一笑。

受人赏识总是令人欣慰的,耿玉强和秦木匠得意地相视一笑。

众人迫不及待地涌上拱桥东张西望。站在桥上,无论左顾还是右盼,但见碧水连绵,伸向远方。远远近近造型讲究的川西名居院落组群,错落有致,掩映在竹树葱茏中。更妙的是,在两边的桥头上又各植了一片梅花林,此时红梅盛开,灼灼其华,众人无不心旷神怡。

一行人带着梅香走下拱桥,穿过一片幽深的竹林,眼前豁然开朗,一道雄伟质朴的牌坊赫然入目。牌坊居然使用的是土得掉渣的材料,比如,老宅院拆下来的老方砖、小青瓦,废弃的石雕柱础、小石磨,打破的黑陶坛子，等等，组合成一道特别的牌坊。牌坊上的匾额，镌刻着"古村遗韵"四个大字，笔力雄劲，又不乏灵动。任为民一见就喜欢，说："这个匾额写得好，大手笔，这是请哪位书法家写的？"

耿玉强插嘴说："这是请我们省硬笔书法协会的副主席兼秘书长舒芷先生写的，舒先生是津南人，他是家父的同学，是义务给我们题写的。"

任为民点头称是。然后仰望着两边的石刻楹联，情不自禁地念出了声："农耕流芳民俗堪回味，大野出彩故园更怡人，这副楹联也很不错啊，这是谁的大作？"

雪雁说："这也是请我们县的文化名人邹治旻老先生撰写的。"

任为民沉吟有顷，道："这副楹联的书法，很有味道，别具一格。一看就是汉代的隶书，又融入了汉简的意趣。只有下过苦功夫，大量临过帖的书法家，日积月累，才可能形成属于自己的那点书法意味儿。"

耿玉强回答："这位书法家姓慕，功力深厚，除了这个汉隶，他的形草也是一绝，可谓笔走龙蛇，势若闪电奔雷。他是我们津南县书法界的后起之秀。这位慕先生是我的文友，这副楹联的书法也是赠送的，我们两人可谓惺惺相惜。"

"好一个惺惺相惜！耿老师，我很赞赏你对文友的友好态度。"

一行人从杏花湖景区东边的一条通道，向邻近的金家河坝走去。金家河坝是农耕文化博览园的所在地，地处1、2、3村民组的接壤处，占地250亩，是用全村农户建新居余下的250亩宅基地，置换到这儿的。景区内有一条傍着金家渠的中央通道和几条通向各游览点的支道。景区里的枫杨树树形高大，两人方能合抱。另有香樟树、泡桐树、老槐树、女贞树和慈竹竹。夏秋两季这里蓊蓊郁郁、幽深阴凉。树林中，流水滚滚的金家渠，由南到北横穿而过，金家渠和它西边平行的枫杨溪，都是从养马河起水的。

雪雁介绍说："农耕文化博览园由两个园区组成，从这里沿着金家渠往北。是渔猎文化亲水互动区；往东这边，是川西林盘作坊民俗风情园。"

任为民说："先看亲水活动区吧。"

雪雁走在任为民的身后，一边走，一边给他讲解。她说："这个亲水活动区是展示我们津南县的捕鱼民俗的。我们从县社科联编著的《津南县民俗志》里得到启发，原来我县捕鱼方法有18种之多，民间俗称十八般武艺，我们选择了几种典型的方法在这里进行展示和互动。"雪雁扭头对耿玉强说，"耿老师，你接着给书记介绍吧。"

耿玉强说："我们利用这里几个当年挖沙石留下的水潭，还有脚下的这一条流水滚滚的金家渠，对这里的水环境进行了巧妙的布局。大家请看前面，耿玉强信手一指。"

但见前方几十米之外出现了一片名叫响水滩的特殊景观。滩头上散布着十多棵大枫杨树，游人玩水时可以在林中穿行戏水。响水滩的周围，是茂密的慈竹林和枫杨林。这里原本只是一道普通的乱石河滩翻水坝。耿玉强将这片河滩处理成缓坡状，然后加以硬化，铺装鹅卵石。在缓坡旁边的金家渠开了一道引水的口子，口子上安了由人力控制开关的闸门。

耿玉强走上前，将闸门摇下关死，渠水瞬间爆满，接着开始漫滩，只见流水奔涌，直泄而下，跳荡翻滚，浪花似雪，伴随着悦耳的哗哗水声，以及竹树清幽的倒影，简直妙不可言。

任为民是见多识广的人，他心里很清楚，这种流水在枫杨林中哗哗流淌的响水滩，踩水、戏水都在枫杨树荫之下，带给游人的将是全新的刺激。任为民内心欣喜，大加赞赏。他说："此地风光独特，到时候，游人必定趋之若鹜。据我所知，这种在老林盘中因地制宜打造的响水滩，在川西平原绝无仅有。由此，就可见枫杨村的创造性有多么了不得了。"

受到县委书记如此高的评价，每个人心里都乐滋滋的，顿时平添了许多自豪感。

"任书记，我接着往下介绍啊。"耿玉强说，"这一片，就是渔猎文化的亲水互动区。我们利用从前的大洪水留下的乱石河滩，开挖了一条最宽处30米的人工河道，这条人工河道蜿蜒曲折，几可乱真。这条仿真的人工河，以及我们选中的大水潭，就是亲水互动的载体。"

"在这条小河的某一段，我们以草、石、泥筑成堤埝，只留一个过水的缺口，将虾扒（渔筌）安于缺口，以拦截的方式，捕获顺流而下误入虾扒之鱼。这种'守株待兔'的捕鱼方式，叫作扎渔箭。

"第二种方式，叫渔筒捕鱼。把饭碗粗细的楠竹锯成数筒，每根竹筒一头留竹节，于中间打一个拇指粗的小洞，在竹筒中间悬坠子放鱼饵，将渔筒放入水潭中悬浮着，过一段时间去收鱼。鱼儿闻见鱼饵香味，会争先恐后钻进筒中觅食，因筒身细长，鱼儿能进不能出，于是纷纷壅塞于渔筒之中。此法对喜欢穴居的鲢鱼最为有效。

"第三种方式，发竿子。本地人称用发竿钓鱼为下发竿子。取丈把长的苦竹或斑竹细竿，竿梢拴上渔线钩，穿上鱼饵。沿小河回水沱边缘安放数根发竿，将发竿在河岸泥土中插牢，搬弯竿梢，拉直渔线，挂上机关，再将钓饵甩入河中。吞食了钓饵的鱼儿猛一挣扎，必然触动机关，富于弹性的竿梢猛然伸直，骤然绷紧的渔线必然牢牢钩住鱼唇。到时候只消沿着河岸一走，即可收竿得鱼。所谓机关，说白了，就是在水中插一根有缺口的篾片，在竿梢刻上刻痕，将竿子的刻痕靠在缺口处，即可触机而发。"

此时，秘书小余插话："书记，时间不多了，我提个建议，亲水项目那么多，下面的项目是不是可以说得简略一点？"任为民点头赞同。

耿玉强如释重负，就借坡下驴，将其余亲水项目简介了一下。比如：在浅滩处以鱼权叉鱼，在大水潭里以渔船鱼鹰捕鱼，于浅水滩头荡开杀网捕鱼，在回水沱扳罾捕鱼，在激流中撵晃钩钓鱼，等等。

雪雁补充说："在这片亲水互动区，既有种种捉鱼方法的表演，又有游客参与捉鱼的种种实践。"

任为民说道："你们的想法很好，对游人肯定有吸引力。并且在我们省是第一个推出这个旅游项目的。我有一个疑问，怎么样才能吸引游人积极参与呢？"

"任书记，我来回答你这个问题。"耿玉强接着说，"首先我们会制作一批特色鲜明的水乡渔人服装，出租给游人，让他们在心理上、行为上、装束上扮演一回水乡打鱼人。游客必定会感到新鲜、刺激，他们在踊跃参与的同时，就会不断地拍照片、拍视频留念。"

"我们打算开展浅滩摸鱼、叉鱼、钓鱼、划渔舟竞赛等多种亲水性的竞技项目。在小河河湾的水边，设露营帐篷。游客一旦打得鱼儿，可就近进行自助性的加工，或在篝火上烧烤，或做传统渔家鱼火锅等。当然，剖鱼得有专门的工作人员协助。不喜欢动手的游客，还可以将自己打得的鱼儿就近请河鲜馆加工。在河湾的水边，设立免费的DV播放点，让游客自己新拍的亲水渔猎DV或照片得到及时播放，并由园方及时组织评奖活动，并且及时传播到互联网上，以形成'推波助澜'的激赏效应。"

这么逛了一圈下来，每个人都感觉有点儿累了。雪雁就把大家带到游客休息区歇气，就见杏儿用塑料袋提了一二十瓶矿泉水，气喘吁吁地从远处跑来，一人发了一瓶。大家迫不及待地拧开瓶盖就喝，边喝边表扬，说杏儿这个青年志愿者简直太称职了。

接下来，还得往东边儿走，去参观川西林盘作坊风情园。雪雁背转身偷偷给吕含芝递眼色，要她出面打退堂鼓。吕含芝心领神会，就说："书记，我看大家都累了。今天就到此为止吧。留点儿悬念，下回再来参观。"

不到长城非好汉，岂料任为民却站起身来说："愿意继续参观的，请跟我来。说罢，抬脚就走。大家相视一笑，赶紧起身，尾随而去。"

东边展示区里的川西林盘作坊，从前跟川西人的生产生活密切相关，如今却渐行渐远，消失得无影无踪，成了非物质文化遗产，成为人们仰望星空时的乡愁。在这个风情园里，设置了熬糖坊、烤酒坊、造纸坊、榨油坊、水碾，为解决水碾用水，专门修了条小沟从金家渠引水过来。至于石头拱桥等建筑，全都不是新修，而是移建。按照耿玉强的主张，搜罗的全是川西坝子拆迁的古建筑、老宅院和桥梁的建筑材料，在园区里按照布局，重新复原组合建造的。为了让这些作坊呈现原生态的林盘环境，还专门把他们安排在茂密的野林子里。游人一旦踏进这个游览区域，目力所及的，仅仅是林盘一角荫蔽的某个作坊，其余作坊，就需要游人在密林中去寻觅，从而激发游人的游兴。所有的作坊里，都有游人互动的项目，让他们充分享受和领略民俗风情，产生乐不思蜀的感觉。

在这个作坊风情园里，有一组建筑是耿玉强的得意之笔。这是一个展销民俗土特产的大厅，大体上是一个兼卖茶水的三合院，坐南朝北，占地约一亩。东侧是一般的瓦房，南侧的草房比瓦房高出一半，而西侧的草房又突兀而起，其陡峭的披水犹如合拢的手掌，在川西见所未见。更令人惊叹的是，其山墙整壁裸露出编壁头的篾条，而靠近地面的那一通壁头却敷满了草泥，而且是艳丽的橘红色。而这红土却是天然本色，是从牧马山专门运过来的。整个建筑很是奇特，极具视觉冲击力。

隔着老远，这个奇特的建筑就把任为民吸引了，他径直走过去观赏，一边看一边连声称赞："奇葩，奇葩，太美妙了！"

一行人走进草房，再次兴奋，众人惊异于没有吊顶的房顶，梁和柱纵横交错，呈现出穿逗结构之美，任人观赏流连。

雪雁不失时机地补充道："前几天，有几位来自清华大学帮助我县搞规划的专家学者听到消息后，专门赶过来参观，结果感到非常惊喜，连说大开眼界，不虚此行。他们再三发问，这是哪里请来的高手设计的，并要求见见设计者本人。他们见了耿老师以后，兴奋之情溢于言表，又是提问，又是握手，又是合影留念。还说，如果以后有合适的项目，他们将邀请耿老师一起来完成。耿老师现在可是名声在外了，眉川市刚成立的乡村振兴研究院，不仅聘请了国务院和省市的知名专家，而且还专程到我们枫杨村来考察，把我们的耿老师聘为客座教授。"

"哦！哇！了不起……"众人听得眉飞色舞，一迭连声地喝彩。吕含芝、牛武江、杏儿还连声嗔怪，说这种喜事都不让他们分享，耿老师居然对他们保密，太不够哥们儿了。说得耿玉强只是傻笑。

任为民刚视察完农博园，县文化旅游投资公司的老徐过来了。

雪雁赶忙介绍说："这是农博园的徐董事长。"

徐董事长上前与任为民握手，说："任书记好，感谢你在百忙之中来关心农博园。"

雪雁又接着介绍说："农博园就是徐董他们县文化旅游投资公司投资兴建的。我们负责规划设计修建，负责在全村搞旅游设施配套，负责招聘培训员工，负责广告宣传和文艺表演，负责具体经营管理，由我们村主任尹久耕兼任这儿的总经理。农博园为两家合营，由徐董事长他们公司控股，他们占百分之五十五，我们占百分之四十五。"

听了雪雁的介绍，任为民忽然想起什么，叫小余拿来他的公文包，他从包里拿出几页资料。指着资料上划了红线的地方，叫雪雁念给大家听。

雪雁念道："乡村振兴的两化原则，一是生态资源产业化，二是产业生态化。乡村振兴的三变改革，一是资源变资产，二是资金变股金，三是村民变股民。乡村振兴的三乡战略，一是新乡贤返乡，二是市民下乡，三是产业兴乡。哇！归纳得好精辟啊。"

任为民笑了笑："大家回忆一下枫杨村三年来的工作，对温专家那几句话有什么想法？"

雪雁见方玉玲和雷小群一齐举手，说道："你俩干脆一齐讲。"

二女一齐大声回答："专家好像在总结我们村的工作。"

任为民鼓了三下掌，说："我今天看了你们乡村振兴的成果，我也是这么想的。同志们，你们在雪书记这只领头雁的带领下，还真腾飞得不错呀！对此，我十分高兴，十分感动。"

现场立刻响起，一阵热烈的掌声，引得满渠流水也似乎欢腾起来。

4

在任为民调研的前两天，雪雁曾经专门骑着电动车，在一望无际的彩花油菜里，沿着田间小路疯跑了一大圈。这么跑了一圈下来，除了感觉心旷神怡之外，还发现了一个问题。如果仅仅是平地观光，难以尽兴。需要站在高处拓宽视野，要像鸟儿一样鸟瞰，把遥望和近观相结合，才会产生完美的审美体验。她由此领悟到，必须在彩花油菜田的中心地带搭建一个观景平台。她的想法得到了村两委会成员的一致认可。耿玉强和秦木匠很快就拿出了设计方案。这是一个高达10米的长方形的观景台，分上下两层，第一层高6米，第二层在第一层的中心位置处又高出4米，左右两边是犹如耳朵般的曲折阶梯，两层平台都设置了安全防护栏。

一个星期之后，观景台如期建成，其骨架以钢构件搭建，两层平台铺的都是如今时髦的防腐地板，考虑到色彩的对比与协调，耿玉强将整个观景台喷成深红色。这个深红色的运用非常具有前瞻性。设想一下，七彩油菜花盛开的时候，只有这座观景台的深红色才能压住阵脚，深红的观景台高高在上，耸峙在五彩缤纷的田野中，那份壮丽，那份独特的美感，不知会吸引多少人去拍照、拍视频啊！

观景台建好的那天，正当雪雁、耿玉强和秦木匠跑到即将绽放的花海中间，从远处回眸欣赏观景台时，杏儿打电话给雪雁，叫他们快到杏花岛去看看，她说眼看杏花就要开了，开张仪式可能必须要提前。

三人坐上秦木匠的雪铁龙，赶到杏花湖边下了车。一走到曲桥的中段，顿时就感受到了杏花岛的难以言传的美。

一棵棵老干虬枝的大杏树，犹如张开的巨伞，顶着满树一簇簇重重叠叠的粉红花蕾，在缓坡上逶迤着次地铺展。在坡上的花蕾丛中，是杏儿穿着红色外套的轻盈身影，旁边还有一位高大的帅哥在东张西望。雪雁一眼就认出那人是金远航。耿玉强和秦木匠好奇，忙问跟杏儿站在一起的那个男的是谁。雪雁莞尔一笑，说："蚊子咬菩萨——找错人了，你们该问杏儿去。"

见杏儿和金远航迎下坡来，雪雁调笑说："金远航，你怎么不去管理你的公司，跑到这儿潇洒来了？"

"哎哟学姐！这不春天来了吗？你学弟想到乡下来呼吸新鲜空气，你不欢迎吗？"金远航夸张地说。

杏儿插话："他一早给我打电话，说他闲得无聊，想到乡下呼吸呼吸新鲜空气，踏踏青，游游春。我就说：'你干脆到我们枫杨村来吧，我们村儿马上就要举行"梦里农家"开张仪式。你提前来看看，给我们出出主意吧。'"

金远航接着说:"学姐在这儿当村官,你们枫杨村的变化也太大了嘛,差点儿让我惊掉下巴。"

雪雁扭头对金远航说:"学弟,给你介绍一下。这位就是川西乡情园林公司的老总耿玉强……"

"知道,知道。"金远航兴奋地说:"学姐,你不是带我们去参观过他几年前打造的那个林盘吗?我还把你和杏儿载到他家去过呢,那天他龙门子的锁还是我捅开的呢。"

说到这儿,包括金远航本人,五个人全都忍俊不禁。

金远航上前热情地跟耿玉强握手。耿玉强介绍了秦木匠,金远航照样热情握手。

杏儿说:"雪雁姐,他今天跑到杏花坡来说疯话,问我,他可不可以把户口转到枫杨村来。"

雪雁说:"学弟,你想得倒美。你看乡村振兴了,就想到乡下落户,坐享其成。不行的,政策有规定的。"

其实,金远航想落户乡下是假,想跟杏儿处对象是真,就想利用今天的机会,把那层窗户纸捅破。他于是可怜巴巴地说:"学姐,学弟求你了,我想到乡下当村官。我特羡慕你,麻烦你指点一下迷津,我怎么才能当上村官?"

耿玉强和秦木匠哈哈大笑,心想这个富二代是否神经不正常。

杏儿赌气地说:"金远航,你能跟我姐比吗?人家是学霸,是你呢,纨绔子弟一个,不过还算好,你还没有失掉良知。"

"谢谢你的公正评价。"金远航煞有介事地扭头望着雪雁说,"学姐,你看你能不能给学弟做个媒?看你们枫杨村哪个姑娘最优秀,你就把她介绍给我,好吗?然后,我就当你们村的上门女婿。"

雪雁调笑道:"我就知道你在打如意算盘。这样,学弟,我作为村官,也不能搞拉郎配。我们村里的好姑娘可太多了。你就悄悄告诉我,你中意谁,我给你说媒去。"

"我……我怎么好开口呢?"金远航下意识地瞟了杏儿一眼,故意扭捏作态。

杏儿顿时有些紧张,就尽量支起耳朵,生怕漏掉一个字。

雪雁瞟瞟杏儿,又瞟瞟金远航,心里顿时明白了八九分,二人明显暗恋着对方,但又苦于没有机会捅破这层窗户纸。于是招呼道:"杏儿,你过来。"

杏儿满脸羞红，扭捏着说："干什么嘛？"

雪雁故意一本正经地说："学弟，其实你不知道，我这个人吧私心挺重的，我很护犊子的哟。你要叫我推荐的话，我首先就要推荐她。她一把抓住杏儿，把她推到金远航面前，说，她叫梁杏儿，枫杨村团支部书记兼青年志愿者服务队队长……"

这边厢，雪雁在营造气氛；那边厢，杏儿和金远航却已经进入了状态。她和他突然近在咫尺，目光由躲闪而相对，于是心跳加快，激情难抑。转瞬之间，已是含情脉脉，眼里竟渐渐迸出火花来。

雪雁掩嘴窃笑，扭过身子，对早已退到一边闲谈的耿玉强和秦木匠，暗中做了一个撤退的手势。二人会意，就蹑手蹑脚地往回走了。三个人下了曲桥上了湖岸，受好奇心驱使，又几乎同时忍不住地转身，朝着杏花坡张望，结果大失所望。杏林中，那两个年轻人早已不知去向。

5

梁杏儿和金远航喜欢玩抖音。两人把枫杨村在七彩油菜花海中修建的10米观景高台，以及全村为了迎接开幕所做的各种准备，拍成视频和照片发在抖音上，吸引了无数的粉丝。

肖显政当然也看到了这些视频和照片，那是隐藏在暗处的黑毛特意发给他的。去年的群体性械斗，虽然在互联网上的影响不小，但最后还是没能给雪雁以毁灭性的打击，黑毛明白，警方之所以没能通缉他，显然是由于缺乏证据。但是黑毛本人惧怕落入法网，他从肖显政手里拿到5万元之后，再次销声匿迹。

通过几个回合的交锋，肖显政领略到了雪雁这个小女子的厉害。冯富怀被雪雁控告的苦果，却是由他肖显政来吞的，又是罚款，又是双开，最后还成了犯人。黑毛制造的群体性械斗事件那么严重，她居然以二两拨千金的巧劲就将它化解了。就是她，搞得他肖显政水深火热、度日如年，就连家具生意做得很大，从前舍得拿钱给他拉关系的老岳父，如今也不怎么理他了。他每天都要在内心把雪雁的祖宗八代问候一个遍，恨不能一脚把她踹倒，哪怕把她践踏成肉酱都不能解恨。

当他从黑毛嘴里得知观景台的事时，他明白，这个狗腿子跟他想到一块儿了。他告诉黑毛，今天晚上去他住宅小区旁边的那家茶楼见个面。手机那头的黑毛无须多说，便明白那是叫他去拿钱，肖显政这个老狐狸是从不在手机上转款的，因为那样会落下证据。

当天晚上，两人如约见面，肖显政给了他5万块现金。他嘱咐黑毛说："你是明白人，知道该怎么做。"黑毛哈巴狗般地连连应声。他接着说："至于这出戏码吗，就叫作'景上添花'吧。"说罢，开怀大笑。

<h1 style="text-align:center">6</h1>

在原野里回荡的春风一天比一天温暖。一望无际的七彩油菜花田，蓬蓬勃勃花蕾满枝的杏树林，都有点儿迫不及待了，他们都渴望着春风的吹拂，尽情展示自己的美丽。枫杨村的"梦里农家"就要揭幕开张了，原定举行开张仪式的时间是在3月中旬，现在来看是明显太迟了。村两委会于是决定，提前到3月8日。

于是，枫杨村高速运转起来。村里的一切工作都围绕着"梦里农家"的揭幕开张。西都人喜欢说，山朝水朝不如人潮。其实，游人一旦涌来，便会产生数不清的各种麻烦。他们要停车、要吃、要住、要游、要喝、要拉、要购物……为了防止那些不自觉的游人乱踩油菜，还要安排人执勤维持秩序。各个农家乐餐馆还要采购炊具、餐具、茶具和桌子、椅子；还要采买各种肉类、蔬菜，各种原材料、各种调料；还要忙着聘请厨师，招聘服务员……而这些琐事，绝大部分村民都没有经验。雪雁就专门办了一个培训班，请陈双梅给大家交流经验。如此一来，事无巨细，所有一切该事先准备的，都在从容不迫地准备着。虽说忙是忙了点儿，想想游人涌来带来的收益，心里却很开心。

作为七彩油菜花海的标志，深红色的观景台耸峙在原野里，那儿距离集中居住的新居很远。"梦里农家"面临揭幕开张的当天凌晨，曾经有人登上过观景台，但不知是谁，手机电筒的微弱光亮曾经在观景台上出现过好几分钟。

这是事后某个村民在接受警察调查时提供的线索。他说，他的新家距离彩花油菜田最近。那天凌晨鸡叫两遍的时候，他和老婆都闹肚子，老婆占领了家里的厕所，他只好到室外去解决。解完便，他一抬头就看到远远的观景台上，有晃动的亮光。

这对于那些心满意足地搬进新居享受生活，在多梦的春夜里酣睡的村民们来说，原野上发生的事情，似乎与他们无关。

那么，凌晨时分的原野上究竟发生了什么事情呢？

无人知晓。只有一个人，从远处看见过观景台上的亮光。事后据专案组分析，这亮光极有可能是手机自带的电筒光。

既然凌晨时分原野上发生的事无从知晓，那么是否可以说，当天上午"梦里农家"就注定会出事呢？

7

"梦里农家"开张的日子说到就到了。

令雪雁没有想到的是，在村里入口处的大牌坊那儿，会出现那么一幕令人动情的场景。几十个在外打工、做小生意的枫杨人，他们竟然赶在800亩油菜田七彩花开的时候，相约着回村来了。他们带回来的，除了鼓鼓囊囊的行李卷之外，有的还推着做名小吃的移动灶台，有的挑着能现场生产手工艺品的工具箱，有的还扛着摆地摊遮阳挡雨的大伞……陆陆续续，熙熙攘攘，从大牌坊下穿过。他们欢笑着，嬉闹着，相互之间打趣着。当他们望见那一望无际的七彩油菜花田时，一个个眼睛都直了，那前所未见的情景真是叹为观止，心里充满了自豪感。

此时，由雷鸣、杜鹃、方青竹、金三妹组成的回乡村民接待组，与各村民组长如全幺舅、梁大哥、尹老二、阚老三等人，按雪雁的安排，都到大牌坊迎接回乡村民。当然在此良辰佳节，雷鸣与杜鹃、方青竹与金三妹，自然都是手牵着手来的。在不甘寂寞的精灵姑儿和老牛筋邀约下，本村民组的回乡人员家长，如络耳胡、清水脸、筲箕背等人，也陆续凑热闹来了。

大牌坊下，顿时一片欢声笑语，有的人帮拿行李，有的人帮拖移动灶台，有的人帮扛大伞、工具箱。还有人在喊幺儿，还有人在喊弟娃，还有人在喊老公，免不了的嘘寒问暖，免不了打听这打听那……

站在牌坊边一张小方桌上的王宣传，又噼里啪啦打起了莲花闹。

"打快板，上高台，欢迎乡亲回村来。

回来一起搞振兴，携手共建新农村。

杜鹃叫，菜花笑，今年春天好热闹。

林盘院落好优雅，农博园里更好耍。"

王宣传端起那张小方桌，刚走到彩色油菜花海中的一条观景通道，准备再打几段莲花闹，宣传一下枫杨村农旅融合的新气象，猛然发现一个挂着竹杖的人，在花海通道上转悠，待那人走到离他不远时，他才看清这个人是雷元华。令他感到惊愕的是，才一年不见，雷元华变得又瘦又黑，左脚还明显地有点跛。王宣传绝不是个落井下石之人，他轻声叫了一声雷副书记，问他的脚怎么了。

雷元华苦笑了一下，说："我这脚走夜路摔的，老王呀，过去我一直很鄙视你，没想到你打莲花闹宣传枫杨村的照片，都登到西都晚报上去了。"

"让雷副书记见笑了，我王宣传也就这点本事，大家能欢迎我唱莲花闹，我就心满意足了。"

"我说老王呀！我过去若像你这么容易满足，该有多好啊！"

"雷副书记，我编点莲花闹还可以，你说这话太深奥，我可听不懂啊。"

"老王呀，以后就别叫我副书记了，年前我就主动辞去副书记职务啦。"

"是吗？我咋没听雪书记他们说过呢？"

"人家小雪书记是在给我留面子嘛。老王呀，我要回家换药，不能再耽搁你打莲花闹啦。"

目送着雷元华跛着脚愈走愈远的背影，王宣传心中生出一丝怜悯来。

早晨6点半，闹钟惊醒了雪雁。她穿好衣服，趿拉着拖鞋走到窗边，顺手将窗帘一拉，朝霞满天的壮丽景象立刻就把她惊呆了。要知道这是川西平原的春天，出现彩霞的机会少之又少。西都的冬天，灰蒙蒙的天色居多，西都人稀罕阳光是出了名的。整个冬天，凡是遇上出太阳的日子，那就是西都人盛大的节日，那些可以摆茶桌的地方，总是坐满了边晒太阳、边高谈阔论的茶客。在"梦里农家"正式开张的这天，正是惊蛰过后乍暖还寒的时候，居然碰上了这样的好天气，那些春游踏青的人们，别说是欣赏从未见过的彩色油菜花，单是出门享受阳光这点，就足以让无数的城里人趋之若鹜。

吃过早饭，雪雁和方玉玲就匆匆出了门。预计今天来观光的领导们不会少，村上特别安排了青年志愿者服务队里的杏儿、杜鹃等女生，由方玉玲带队，负责接待。青年志愿者服务队里的二十几名男生，则由雷鸣带队，负责维持秩序，负责巡逻、保护油菜花田。

上午9点半以后，成群结队的游人开始进入枫杨村的范围，小轿车一辆接一辆地开进村委会前的停车场。几辆豪华大巴不请自到，显然是旅游公司的大手笔。不一会儿，轿车眼看就要停满停车场和村委会前的空地了。幸好尹久耕事前做了预案，村里凡是能停车的路段都做了安排。他一见停车场即将爆满，赶紧安排人带路，将络绎不绝的汽车分散停到林盘深处。结果，穿越村子的枫杨路、雷家沟路、金家渠路等三条公路干道，停满了各式各样的小轿车。

雪雁今天的心情特别爽快，因为她迎接到了几位他特别想邀请的客人。第一位自然是她的恋人郑华，可以说，假如没有郑华在背后的一系列的运作和支持，枫杨村就没有什么彩花油菜田，西都市也就没有这种别开生面观赏彩色油菜花的基地。才8点过，郑华就驾车赶到了。他知道雪雁今天特别忙，就说："亲爱的，今天你忙你的，你就把我当作普通游人，让我随心所欲地到处逛逛，让我到处拍拍照，让我在七彩油菜花海里沉醉，拥抱一下春天的美丽。"雪雁嫣然一笑，说："亲爱的，你是我们枫杨村的贵人，今天本村官也不拉你的飞差，你想怎么玩，悉听尊便。到饭点儿的时候，别忘了来村委会食堂蹭饭吃就行。"雪雁边说边递给他一个泡好茶的水杯。"遵命！亲爱的。"郑华接过杯子，调皮地打了一个飞吻，转身就跑。

第二位贵宾是姚开华。去年的互联网群体事件，起因牵涉到他事前打招呼内定承建方，虽然他是迫于某县领导的压力，自己也没有从中捞取好处，但是，为了平息舆论，津南县委还是做了一个姿态，将他调离了古堰镇，安排到县政治协商会，当了一名专委办主任。从表面上看，似乎是平级调动，实际上就等于宣布他的仕途之路到顶了。今天他是带着夫人黄娟一块儿来的。黄娟貌美肤白，是津南中学的音乐教师，长得挺拔丰腴脱俗，一说话就带着笑意，给人一种亲和感。

当姚开华的银色奇瑞一驶进停车场，伫立在村委会大楼前迎宾的雪雁就发现了。"姚书记，欢迎光临！"她激动地跑过去，边热情招呼，边伸手与姚开华紧紧相握。

姚开华将手一比，介绍说："这是我夫人黄老师，在津南中学教音乐。"

雪雁连忙握着黄娟的手，说："黄阿姨，你长得好美！"

黄娟真诚地说："你才真的长得好看。老姚经常在我面前夸你呢。"

"我之所以有今天，全靠姚书记的提携。"雪雁充满感激地说，"姚书记就像长辈一样，关照我，保护我。我一直好想叫他姚叔叔。但他在位的时候，我不敢叫。害怕引起别人误解。今天当着黄阿姨的面，我要任性一回。"随即，他扭身面对姚开华，恭恭敬敬地说，"姚叔叔！如果没有你的扶持，就没有枫杨村目前的一切。请受农家女雪雁一拜。"说罢，她俯身行了一个90度的鞠躬礼。

姚开华的内心为之一动，欲言又止，脸上却显得平静。

机灵的黄娟故意抱屈："雁妹儿，你这么一改口不打紧，最受伤的却是我，你可把我叫老了！"

雪雁调皮地说："哪怕你黄阿姨再年轻，甚至比我还要小，但是辈分在那儿摆着的，我还是得叫你阿姨……"

黄娟求救似的瞟向姚开华，夸张地说："老姚，你看你的老部下，看你把她给惯的……"

姚开华说："夫人哪，老夫已经高升了一辈，就委屈你跟老夫一起比翼双飞吧。"

话音刚落，三人开怀大笑。

雪雁迎接的第三位贵宾，就是他的面试主考官王云帆。王云帆说他今天是公私兼顾，他还带了两名年轻的手下，他本人和这一男一女都是前年来津南县考察雪雁的考察组成员。今天，他们三人负有特殊的使命，因为中组部网站的一个栏目需要一篇研究大学生村官的文章，他们是专程来采访雪雁，以便完成命题作文的。

雪雁一看见王云帆和他的两名手下钻出汽车，马上就朝停车场跑去。她兴高采烈地边跑边高喊着："王叔叔好！欢迎王叔叔！"

三位来客闻声张望时，雪雁已经跑到了面前，少不了一阵握手寒暄。

王云帆喜滋滋地说："雪雁哪，看不出你小小年纪，居然这么能干。你让我当年这个面试主考官很有成就感。"

雪雁调皮地回应："王叔叔，雪雁衷心感谢您的栽培！"

一席话逗得三位来客哈哈大笑。一行四人一路说说笑笑，朝着观景台走去。

俗话说，好看不过素打扮。枫杨村今天就彻底地实践了这条民间哲理。整个村子今天没有张灯结彩，没有到处悬挂彩色三角小旗，没有挂彩色铰链拉花，更没有搭充气彩门，也没有在红色大气球下面悬挂大幅标语。当初，在怎么搞开幕庆典的问题上，大家都主张把它往热闹上搞，前面所提到的种种造气氛的东西，全都披挂上阵。雪雁苦口婆心地给大家讲道理，说："我们到外地旅游，特别厌烦那些花里胡哨的张灯结彩，再美的风景都会弄得非常俗气，那些东西，不管是拍照片，还是拍视频，你都回避不了，真的是好丑，好丑。"最后她说服了大家，一致同意不再搞那些乱七八糟的装饰。

今天的开幕式，只有一条红底白字的大幅标语，它挂在观景台的正面，面对彩色油菜花海的地方，标语上书"枫杨村'梦里农家'暨彩色油菜花海开幕仪式"。

距离正式举行仪式还有五分钟的时间，雪雁把相关的领导和客人请到了观景台的第一层平台上。负责维护秩序的雷鸣和青竹站在更高的上一层平台上。今天的司仪仍然是梁杏儿。半个月前，她在含苞欲放的杏花林中与金远航浪漫牵手，只要雪雁一提到金远航，她就会娇羞地满脸绯红。此刻，金远航作为村里的客人就站在她身后的横排队列里，平生他将首次欣赏女友的主持风韵。

杏儿操着字正腔圆的普通话说完了开场白，然后宣布："下面，有请曾经担任过三十多年村支书、现任村监事会主任、人称总老辈子的雷火云老先生讲话。"

在优美抒情的音乐伴奏声中，雷火云从队列里走出来，从容地踏上阶梯，一步一步走向最高层。他今天的心情无比激动，"梦里农家"终于如期建成了，七彩的油菜田已开成了一片浪漫花海，一切都归功于党的好领导，他心里有多少话想说啊。

雷火云来到第二层平台上。放眼一看，一望无际的油菜田，在原野上呈现出赤橙黄绿青蓝紫七种色块，从脚下一直铺展到远方，原野上弥漫着油菜花的幽香。又因阳光的照耀而焕发出特别辉煌、特别壮丽的景象。这种美景，他从小到大见所未见，因此激动得心潮澎湃。他从孙子雷鸣手中接过无线话筒，放声喊道："游客朋友们！上午好！欢迎你们到枫杨村做客……"

雷火云边喊边走向平台的正中，忽然，他感觉不对劲，脚下摇晃了一下。紧接着，只听哗啦一声，他脚踩的木板突然断裂，瞬间变成一个大窟窿。他不由自主地朝着地面坠落下去……

"啊——"在近处仰望观景台的游人，发出惊惶失措的尖叫。

雪雁叫声"不好"，以百米冲刺速度直奔楼上。

说时迟，那时快，亏得老爷子身手矫健，他想要自救，竟然条件反射地伸手一抓，正好反应敏捷的雷鸣飞身猛扑，一把将他的右手臂死死抓住。青竹也冲将上来，不失时机地将老爷子的另一只手抓住。两个小伙子的手臂顿时肌肉鼓胀、青筋毕露。雷鸣说："我喊一二三，我俩同时发力。"见对方点头，他厉声大叫："一，二，三！"二人同时猛然一拉，终于把老爷子拉了上来。

雪雁俯身查看，见老爷子吓得脸色惨白、语无伦次，但并无大碍，心里顿时一块石头落地。她心里明白，眼下首先要做的，就是安抚人心。她从地上捡起话筒，面对观众嫣然一笑，然后亲切地说："亲爱的游客朋友们！女士们，先生们！刚才，观景台上出了一点小状况，总老辈子雷火云老先生受了一点皮外伤，不过，尚无大碍。请大家放心！我们马上把老先生送到医院里去进行彻底检查。但愿刚才的一点儿小失误不至于影响大家的游兴。"

"女士们，先生们！我们枫杨村值得您游览的地方比较多，我们的农家新居，堪比江南园林，您绝对见所未见；

"我们的杏花湖，碧水盈盈，水面宽阔，划船游湖是不错的选择；

"我们的杏花岛，杏花盛开，如云似霞，是情侣必去的打卡地；

"我们的亲水互动区，有浪花如雪的响水滩，您可以在枫杨林中尽情踩水玩水，就怕您会乐不思蜀，引发您爱人的不满；

"我们的林盘作坊民俗风情园，是最地道、最足以以假乱真的农耕文化展示区，假如您置身其中，您会产生时光倒流的穿越感；

"即便是眼前的这一片彩色油菜花海，您从小到大闻所未闻，在川西平原上也是独此一家。

"好了，耳听为虚，眼见为实。女士们，先生们！一切都依赖于你们的亲身体验。我说完了，谢谢大家！谢谢大家光临指导！"

等主持人杏儿宣布开幕仪式结束后，人们这才依依不舍地离开观景台，走向自己心仪已久的花海深处。

雪雁一转过身，警觉的目光立刻扫向平台上的那个黑窟窿。她小心翼翼地走过去，俯下身来仔细查看。心中暗忖，刚才那一幕绝非意外事故，绝对是歹徒对平台动了手脚。她忽然醒悟，这场重大事故的目标，其实就是摔死她本人。歹徒估计她一定会高调出场，站在观景台上发表热情洋溢的讲话。完全没料到她会十分低调，推举老爷子雷火云代表全村致欢迎辞。幸好老爷子身手矫健，两个年轻人离他很近，出手够快，这才没有酿成大祸。这一幕，想想都后怕。想到此，她取出手机，准备报警，不料雷鸣的电话打过来了。

雷鸣向她报告，说他现在在杏儿的车上，正在把他爷爷送到县医院去，好好给老爷子检查一下，以免家人担心。雪雁表扬他做得很好，并告诫他一定要照顾好老爷子。雷鸣接着说，起先发生的事，绝对不是意外事故，绝对是人为的破坏。他刚才已经报了警，警察已经出动了。还说他安排了小金和小泉两个志愿者，马上赶到观景台执勤，保护现场，禁止任何无关人员攀爬观景台。听到这儿，雪雁心头不禁一热。经过彩色油菜栽种的风波，这个小伙子是愈来愈成熟了。想到此，就用鼓励的口吻说："雷鸣，好样的，你做得很好。"电话里雷鸣的声音显得特别激动："雪书记，这是我应该做的。"雪雁俯身看向地面，就见小金小泉两个小青年已经到位，分别站在观景台左右两边的楼梯口执勤了。

即便如此，互联网上关于枫杨村的负面信息还是铺天盖地。雷火云坠落的一瞬间，人们惊慌失措尖叫的一瞬间，雷鸣背着爷爷雷火云下阶梯的一瞬间，彩色油菜花海上游人如织的场面……既有照片，又有视频。帖子标题非常具有煽动性，比如，《枫杨村观景台垮塌，无辜者摔成重伤！》《野心家雪雁大搞面子工程，老支书雷火云险变冤魂！》等等。如今，生活中不如意的事情本就层出不穷，网民们于是借助枫杨村的事件发泄自己的情绪，把枫杨村的事故活活弄成了狂欢节，或趁浑水搭虾笆、或嬉笑怒骂、或信口开河、或讽刺挖苦、或幸灾乐祸。

任为民上网浏览以后很是愤怒，马上召集宣传部、公安局、文旅局、网信办、广播电视台等有关部门开会。他在会上毫不含糊地表露了对某些单位的不满。他说，放任舆情汹涌就是失职，政府必须要在互联网上表明自己的态度。明天上午之前必须举行枫杨村事故的新闻发布会。

县委书记发了话，相关部门不敢怠慢。次日上午10时，关于枫杨村观景台事故的新闻发布会在县委礼堂准时召开。津南县新闻发言人指出，昨天上午10:05发生在古堰镇枫杨村观景台上的事故，不是偶然的意外事故，而是人为的蓄意破坏。作为这个定性的佐证，屏幕上还放出了相关的照片，比如，观景台的近景，第二层平台上的窟窿，现场地上断裂的木板等。

新闻发言人继续指出："犯罪分子采用的手段非常拙劣，他们偷换了观景台顶层平台正中的木板。他们买来同样型号同样厚度的木板，在每块木板背面的中间，用切割机横切一刀，刀口的深度只有木板厚度的二分之一。然后用深红色的泥子将刀口抹平。再用这五块带伤的木板偷换了顶层平台的完好木板。这些带伤的木板，一旦承受的重力超重，瞬间就会断裂。比如，五块断裂木板的近景、特写，切割机留下的整齐的切口，自然断裂的裂口，填补缝隙的暗红色的泥子颗粒，全都清晰可见。"

新闻发言人最后说："这一次蓄意破坏发生的事故，已经立案。关于案件的详细情况，有待于侦破工作的进一步深入。请关注后续报道。"

既然已经立案，刑侦警察便主动介入。他们从调查那五块木板的来历入手，顺利找到了在津南县唯一经营这种品牌的经销商，从经销商暗藏的针孔摄像头拍摄的视频里，发现了购买木板的竟然是有案底的黑毛。继而，在某网吧偷录的视频里，又发现了黑毛当天中午在网上发帖子的踪影。专案组的刑侦警察门由此受到启发，组长老凌忽然联想到，去年8月发生在枫杨村的群体械斗事件，设在街头的天网摄像头，也拍到了黑毛当天晚上进入某家网吧的镜头。看来在互联网上发生的有关枫杨村的群体暴力事件，也跟这个黑毛有关。

老凌忽然想到了一个细节。就是当初他们在调查那次群体械斗事件时，当地有个姓金的村民，曾经告诉过他，说他亲眼看见有一个人从地上捡起一块鹅卵石，猛然一甩，把乙方的一个民工打得头破血流。他当时就追问，问他认识这个人吗。姓金的村民说不认识，但是那个人的皮肤黑，满脸横肉，村民对他的印象很深。还有，他肯定是古堰镇的人，因为他在镇上见到过他。老凌当时误认为这个甩鹅卵石的人可能是看热闹，入戏太深而打抱不平。那么这个甩鹅卵石的人会不会是黑毛呢？假如黑毛就是挑起打群架的人，那么，他的作案动机是什么呢？

老凌马上把有关黑毛的视频截图，然后驱车去了枫杨村，设法找到了这个金老头。经金老头辨认，甩鹅卵石的人果然就是黑毛。然后把黑毛抓起来一审问，他供出了幕后黑手肖显政。

据黑毛交代，肖显政的本意是置雪雁于死地。他认定，"梦里农家"开幕那天，雪雁趾高气扬，必然会登上高台讲话，就是要她从10米高台上直接摔下来，摔她个粉身碎骨，方解他心头之恨。

肖显政这个野心勃勃的腐败分子，如今又被黑毛咬出新罪行，于是被逮捕法办。在审讯中，黑毛还供出了二十年前的一桩罪行，那个头戴棕色尼龙袜套，妄图把陈泽群拖进油菜花田实施强奸的歹徒，正是黑毛本人。等待肖显政和黑毛的将是法律的严惩。

尾声　遥望远方

枫杨村的七彩油菜花海闻所未闻，见所未见，这就大大激发了西都人的游览热情。油菜花从初放，到盛开，再到花谢结荚田野一片柔嫩的青黄，在这四十来天的日子里，枫杨村人流如潮，熙熙攘攘，尤其是在每个周末的两天，游客更是爆满。兼任村游客接待中心负责人的金三妹，见村里专辟的停车场车位全部占完，她不愿啥事都去打扰雪书记，就亲自带着手下，硬是把村里每个能停车的角落都一一找出来，让载着游客来的每辆车，都不会因为无处停车而懊恼。

枫杨村的30多家带民宿的农家乐和10余处景区景点的有偿服务，让村资产公司的收入大增，成为股民的村民们都明白，资产公司收入的80%以上的大头，都将是股民的红利所得，再加上百个青壮年股民在村里的打工收入，村里无论男女老少，自打记事以来，何曾见过村里这样天天收获大额现钞的黄金季节？一个个成天乐得眉开眼笑。像精灵姑儿这样的人，做梦都在数钱。她和所有的股民一样，心里都在暗中祈祷，乞求大慈大悲的观世音菩萨保佑他们的雪雁书记，一帆风顺，长命百岁！他们满心期盼，雪雁书记千万要留在枫杨村，不说永远当他们枫杨村的党支部书记么，怎么也得像总老辈子雷火云一样，至少干个三四十年嘛！

这天清晨，雪雁苏醒，接着梳洗完毕以后，她骑着电动车，径直奔向那深红色的观景台。她一口气噔噔噔地登上10米的最高处，双手扶着栏杆，向着西方的天际极目眺望。川西平原的春天多夜雨，昨夜又下了一场透雨。"好雨知时节，当春乃发生。随风潜入夜，润物细无声……"当年寓居成都的诗圣杜甫提笔写了《春夜喜雨》，将春雨飘洒洗涤川西平原的喜悦，抒写得淋漓尽致。眼下，雨后初霁，山格外青，树格外绿，空气格外清新透明，远山平时只见云缭雾绕，此刻，却重峦叠嶂凸显，竟如海市蜃楼一般在天边的云端里逶迤。

她看见了久违的西岭雪山，这正是诗圣杜甫当年在万里桥边吟咏过的"窗含西岭千秋雪"的雪山啊！在青灰色的云带之上，朝阳犹如聚光灯一般，射出神奇的光束，那连绵起伏的皑皑雪峰竟如金字塔似的，变得金光闪耀。她的心灵陡然一阵冲动，面对远方的故乡，她突然爆发出仰天长啸。

长啸过后，她感觉心情无比舒爽，她的故乡——西岭雪山前山下面的香楠坪，就隐藏在青灰色的云烟里。遥望着故乡的云烟，她的心变得格外柔软。她仿佛看见爸爸、妈妈、奶奶在云端里望着她，露出宠爱的笑容。她在心里默默念叨，爸爸、妈妈、奶奶，你们在天堂过得还好吗？小燕子没有辜负你们的期望，终于找到了自己的恩人，她和那些做好事不图名的恩人一起努力，终于让枫杨村这个心目中的第二故乡，变得愈来愈美好了。

雪雁伫立在观景台上，把目光移向近处。时值季春，但见原野上林盘葱茏，花团锦簇，园林式的新居在青绿地带若隐若现，脚下的七彩油菜花海只剩下零星的残花，四野的油菜田铺满或青黄或粉绿的累累果实。啊！昔日的老林盘，已经焕发了青春，乡亲们住着林盘别墅新居，过上了让城里人羡慕的美好生活。极目远眺，原野上，还有不少的村落和枫杨村相比，恐怕还有着不小的差距吧。前两日就有镇内外几个村子约她去传授乡村振兴经验，她心里很明白，枫杨村的文旅融合模式，是不可能在古堰镇乃至全县无限地复制的，一切都需要因地制宜啊。

雪雁从观景台上走下来，忽然她的手机响了，一看是县委书记的秘书小余打来的，她连忙接听。

小余说："任书记要我转告你，说你们枫杨村又上互联网了，问你知不知道。书记说先给你吹吹风，组织上准备免掉你枫杨村党支部书记的职务，把你调到古堰镇政府待岗。想听听你的意见。关于你调动工作的正式通知，随后就到。"

雪雁不由得心里一沉，村里发生食物中毒的后续效应到底还是来了。就立即表态说："余秘书，请您转告书记，枫杨村发生的食物中毒事件，我负有直接责任，我坚决服从组织上的安排。"

事情发生在陈双梅的四星级农家乐庄园。原来，昨天中午，陈双梅临时找来舅妈在后厨帮忙，岂料这位舅妈节俭成癖，她见厨师长把半边有些变质的土公鸡肉随手扔进垃圾桶，感到实在可惜，就悄悄捡起来，洗了又洗。再交给不知情的墩子匠砍成鸡块后，一个红锅师傅把它做成游客们爱吃的美味干锅鸡块。有一桌游客恰好点到了这道菜。身强力壮的人吃了没事，其中的两位老人和一位孩子出现了上吐下泻的症状。游客接待中心的金三妹，急忙在第一时间帮陈双梅把病人送村卫生站救治，经医生检查判定为食物中毒。立即给病人服药加输液，病情很快得到控制，病人很快没有再吐泻，跟健康人一样可以下床走路了。

陈双梅向病人及其家属真诚检讨道歉，免了这一桌800元的餐费。

但此事还是闹上了互联网。游人往往对食物中毒的事情特别敏感，有好事者就将此事的图片和文字发上了互联网，引来一些网民的关注和吐槽。当事的病人家属很善良，在网上帮陈双梅说好话，事态才趋于平息。

此事给雪雁敲响了警钟。她与尹久耕一起，马上召开了各农家乐负责人的紧急会议，再次强调了食品卫生安全的重要性，并由雷鸣和各农家乐负责人签订了进一步加强食品卫生安全的责任书。

雪雁的心里很明白，食物中毒这件事情，说小就小，说大就大。关键是在社会上的影响如何。说到底，还是自己的失职。既然已经失职，自己就应当承担相应的责任。正如姚开华书记一样，当初也仅仅是为乙方说了一句话，因为闹上了互联网，他不也承担了相应的后果吗？

当天中午，关于雪雁调职的正式通知就送到了她的手上。她把通知交给副支书兼村主任的尹久耕看了，嘱咐他暂时要保密，千万不要惊动任何人。一来是免得乡亲们产生误解，二来是怕乡亲们兴师动众给她送行。尹久耕神色凝重，欲言又止，默默接过雪雁移交给她的党务工作的相关档案和文件。

与此同时，在县委书记的办公室里，小余有些担心地说："任书记，你这么安排，不知雪雁能不能承受，我真担心她会感到心灰意冷。"

"雪雁是一个堪当大任的人，就是要把她挂起来，让她尝尝经受风雨的味道，如果连这点挫折她都不能承受的话，她也就不配组织上的提拔了。任为民意味深长地一笑。"

雪雁在当天下午必须去镇上报到。在临走之前，她又鬼使神差地再次登上观景台。一想到自己即将离去，心里便塞满了不舍。正是这方水土，热情地接纳了她，成就了她，她与枫杨村的乡亲们建立了不可割舍的情感纽带。从今以后，无论她走到哪里，枫杨村永远都是她心目中无可替代的第二故乡。但是，她现在却要静悄悄地离开了，心里不免涌上了说不清道不明的遗憾。

她从深红色的观景台上走下来，步履因依依不舍而沉重，居然还下意识地掉转了方向。她决定不再为难自己，索性信马由缰。她一边享受着田野散发的带点儿土腥味儿的清香，一边朝着满眼青绿的原野深处，满怀信心地走去……

2022年6月6日初稿
2022年6月20日二稿
2022年7月24日三稿